La rose des Highlands

JULIETTE MILLER

La rose des Highlands

BestSellers

Collection : BEST-SELLERS

Titre original : HIGHLANDER CLAIMED

Traduction française de MARIE-JOSE LAMORLETTE

ÉDITIONS HARLEQUIN
83-85, boulevard Vincent Auriol, 75646 PARIS CEDEX 13.
Service Lectrices — Tél. : 01 45 82 47 47

www.harlequin.fr

ISBN 978-2-2803-0881-6 — ISSN 1248-511X

Pour M.,
mon Highlander à moi.

1

La brute était sur moi.

Sa main qui cherchait à m'agripper s'abattit à quelques pouces seulement de la grossière étoffe des chausses d'homme que je portais. D'un bond, je me mis hors d'atteinte. J'avais été bien inspirée d'avoir choisi ce vilain vêtement ce matin-là au lieu d'une cotte[1] de servante, qui aurait été plus facile à attraper.

Mais malgré son poids, laird Ogilvie était prompt pour un grand butor de son âge. Une détermination rageuse lui mettait le feu aux joues.

— Ta mère ne m'a échappé que par la mort, dit-il durement. Toi, tu n'auras pas cette chance.

Il plongea de nouveau sur moi — trop vite — et ses doigts saisirent le dos de ma tunique et tirèrent. Le col m'étranglait. Il en profita pour me pousser à plat ventre sur les fourrures de son lit. Je tournai la tête et cherchai à reprendre mon souffle, luttant contre son emprise.

— Pourquoi t'entêtes-tu à porter des habits d'homme, lass[2] ? Ça ne te va pas du tout. Je vais t'en débarrasser, qu'est-ce que tu dis de ça ?

J'avais mal calculé ma visite dans la chambre du seigneur. C'était mon travail d'y faire le ménage chaque

1. Une cotte est une robe traditionnelle du Moyen Age.

2. En Ecosse et en Irlande, *lass* ou *lassie* est un terme familier pour désigner une jeune femme.

matin et de rapporter dans les cuisines les gobelets et les coupes qu'il avait vidés la veille au soir. Et j'avais bien rempli mes devoirs pendant près de cinq ans — prenant toujours soin d'éviter sa présence. Mais ce jour-là il m'avait attendue, se cachant jusqu'à ce qu'il soit sûr que nous étions seuls et que la porte était fermée. *Maintenant, il était trop tard pour lui échapper.*

— Dans cette forteresse, ma parole fait loi et, crois-moi, tu ne l'oublieras pas de sitôt, dit-il dans un grognement.

D'une main, il continuait à remonter ma tunique dans mon dos tandis qu'il tenait mes poignets de l'autre.

— Tu oublies que ta situation a changé. Tu n'es plus la fille d'un fermier et tu n'as plus droit aux privilèges correspondants. Ta mère l'avait oublié, elle aussi. Après la mort de ton père, elle a eu du mal, tout comme toi, à se faire à la perte de son statut parmi nous. Elle aurait pu continuer à vivre dans votre ferme… si elle avait fait ce qu'il fallait. Mais elle m'a repoussé. Têtue, ça elle l'était ! Désirable, oui, mais terriblement têtue.

Je me débattis contre la pression de son corps qui pesait sur le mien.

— Je l'ai dépouillée de ses terres dans l'espoir qu'elle se soumettrait à moi. Mais elle m'a combattu.

Une des mains du laird tenait les miennes comme dans un étau, pendant que l'autre caressait la peau nue de ma hanche, suivait la courbe de ma taille, montait plus haut.

— C'est seulement quand je t'ai utilisée *toi* comme mon pion, peu avant sa mort, qu'elle a enfin renoncé à sa vaine résistance. Tu devrais lui en être reconnaissante, lass. Elle aurait accepté n'importe quoi pour m'empêcher de te toucher. *N'importe quoi.* Mais à présent qu'elle est morte, rien ne peut m'arrêter. Je t'observe depuis quelque temps. Mais tu le sais déjà, n'est-ce pas, Roses ?

Oh oui, je le savais. Ma mère m'avait donné un triste avertissement alors qu'elle était mourante. C'était d'ailleurs l'une des raisons pour lesquelles je me cachais sous d'amples vêtements d'homme et évitais le laird à tout prix.

— Tu es une fille de cuisine, poursuivit-il, mais tu pourrais être tellement plus. Il est temps que tu me serves à quelque chose. Une maîtresse du laird jouit de privilèges spéciaux, tu sais. Une chambre à elle, des devoirs allégés, de belles robes, du temps et une protection rapprochée pour se promener librement dans les jardins.

Etaient-ce là les paroles qu'il avait chuchotées à ma mère, pour la tenter ?

— Non.

— Non ?

— Je n'accepte pas.

Il resta silencieux et immobile un instant, puis il partit d'un petit rire.

— Je ne t'ai pas demandé ton accord, lass. Tu *m'appartiens*, et j'ai bien l'intention de prendre ce qui est à moi.

J'entendis un gémissement étouffé — et me rendis compte que c'était *moi* qui l'avais poussé. Et c'est là que je fis mon choix — un choix qui était logé inconfortablement contre ma poche de devant, dans une bourse en cuir. *Un couteau.* Normalement, je n'étais autorisée à m'en servir que dans la cuisine et au jardin, mais je le gardais avec moi pour me protéger, bien que ce soit la première fois que j'en aie besoin dans ce but. Savoir qu'il était là, s'enfonçant dans ma hanche, ne me réconfortait qu'un peu tandis que le laird tirait sur la ceinture de mes chausses. Son emprise sur mes poignets se relâcha alors qu'il se concentrait sur son objectif, remontant ma tunique jusqu'à mon cou, la poussant contre mes cheveux.

Il se figea, avant de lâcher une exclamation :

— Qu'est-ce que c'est ? Cette marque ?

Je ne répondis pas. Je me concentrais pour rendre mes mouvements aussi discrets que possible tandis que je glissais ma main gauche vers le couteau.

Les doigts d'Ogilvie effleurèrent ma peau au milieu de mon dos, dessinant un cercle. Il semblait distrait, presque médusé, mais il reprit d'un ton dur :

— Qui t'a peint ceci à l'encre ? Réponds-moi.

— Je ne sais pas de quoi vous parlez, dis-je dans un souffle.

Je mentais.

J'avais passé la majeure partie de ma vie à essayer de garder le minuscule tatouage entre mes omoplates caché à la vue d'autrui. Je me baignais avec précaution quand il y avait des gens à proximité. Je portais mes cheveux longs. Et je me couvrais de vêtements amples. A présent, je me trémoussais frénétiquement, aussi terrifiée par la mise à nu de cette petite marque à l'encre que par celle de tout le reste de mon corps. Mon esprit tourbillonna vers un souvenir obscur qui avait instillé une peur durable à l'enfant perdue que j'avais été.

Une vieille guérisseuse superstitieuse avait été appelée par mes parents quand j'avais la rougeole. J'étais toute petite à l'époque… Je revoyais son visage ridé. Son doigt crochu pointé sur moi, accusateur. Un avertissement prononcé d'une voix aiguë, jamais oublié. « La marque des sorcières ! Elle sera battue, fouettée, brûlée sur un bûcher ! Tenez ceci caché ! Tenez ceci caché à tout prix. »

Laird Ogilvie continuait son examen, suivant la marque du bout du doigt.

— On dirait un sceau. Le sceau de…

Un silence pesant s'abattit soudain sur la chambre. C'était le type de silence que le laird et ses lieutenants observaient quand un serviteur interrompait une de leurs réunions alors qu'une information capitale allait être révélée.

J'ignorais s'il envisageait de me faire fouetter, brûler ou toute autre chose. Quoi qu'il ait eu à l'esprit, ça ne l'empêcha pas de reprendre la tâche qu'il avait entreprise. Il se remit à batailler avec les lacets de ses chausses.

C'est alors que j'agis.

La force de mon coup enfonça la lame aiguisée dans le côté de son ventre. Les nombreux mois où je m'étais discrètement entraînée à l'épée avec les jeunes guerriers du clan m'avaient laissée mal préparée pour viser une cible réduite. Par chance pour le seigneur, le couteau n'était pas grand. S'il avait eu l'occasion d'y réfléchir, laird Ogilvie aurait même pu se réjouir de ses repas copieux : sa graisse lui permettrait probablement de survivre.

Je retirai le couteau et profitai de son choc pour sortir de sous lui et m'écarter. Il toucha son ventre et contempla le sang qui coulait dans sa main d'un air interdit, comme s'il ne pouvait pas croire que sa propre servante avait osé réagir envers lui comme je venais de le faire.

Je profitai de son silence ébahi et m'enfuis en toute hâte de la pièce.

Surprise par ma propre rébellion, et par le calme avec lequel je l'avais menée à bien, je sentis une vague de panique bouillonner dans mon cœur. A quoi venais-je de me condamner ? A la mort, à un châtiment sévère et vengeur, pour le moins, ou à la vie d'une vagabonde sans clan. J'optai pour la dernière solution.

La peur me donna des ailes. Je dévalai l'escalier, longeant les corridors jusque dans la cuisine. Je ne m'arrêtai qu'un instant avant d'entrer. Me rendant compte que je tenais toujours le couteau ensanglanté, je le remis dans ma bourse, en m'assurant rapidement qu'il n'y ait pas de sang sur la lame. J'arrangeai mes habits et me forçai à paraître aussi calme que possible. Après tout, les serviteurs qui travaillaient dans la cuisine étaient habitués à mes tenues peu conventionnelles pour une femme et à ce que j'exécute mes tâches en vitesse. Une fois dans la pièce, j'attrapai vite un grand sac et y fourrai plusieurs miches de pain. Je pris un petit bol de bois. Sur une impulsion, je pris aussi une aiguille et du fil, et une coupe bouchée contenant le baume que j'avais préparé pour Ismay la veille.

Ismay était d'ailleurs debout près d'une table, en train de trier ses herbes. Mon amie la plus proche, mon mentor secret qui m'apprenait à guérir… Elle me regarda, consciente de ma conduite inhabituelle. Je l'enlaçai brièvement. Cela me faisait mal de penser que je ne la reverrais peut-être plus. Elle me rendit mon étreinte d'un air troublé, tandis que ses yeux bruns m'interrogeaient.

Matilda, la cuisinière, s'arrêta de donner des instructions à ses aides. Elle me regarda d'un air réprobateur, comme à son habitude, et jeta un coup d'œil au sac que je portais.

— Le laird a besoin d'aide, dis-je en sortant dans la cour, avant qu'elle puisse me demander des explications.

Je courus jusqu'aux écuries. C'était le milieu de la matinée, alors les hommes du château étaient occupés à s'entraîner, à chasser ou à travailler dans les champs. J'attrapai un sac que j'avais caché parmi les stalles, et que j'avais empli avec soin au fil du temps d'affaires qui pourraient me servir en cas de besoin : une cape doublée de fourrure, plusieurs longueurs de corde, un silex et une petite épée. C'était l'épée que j'utilisais quand je m'entraînais avec Ronan et Ritchie. Les deux frères à la chevelure couleur feu avaient à peu près mon âge et trouvaient amusant mon intérêt pour la bataille. Ils avaient passé de nombreuses heures à m'apprendre comment me battre et monter à cheval. Des talents que j'étais heureuse de posséder, maintenant !

J'avais toujours su que mon destin était ailleurs. La majeure partie de mon clan avait oublié depuis longtemps ma mystérieuse arrivée, alors que j'avais trois ou quatre ans à peine. Ils m'avaient acceptée comme fille d'un membre du clan, puis comme une servante et une paire de mains supplémentaire. On faisait de temps en temps des commentaires sur mes cheveux si blonds qu'ils étaient presque blancs et mes yeux vert clair, pas du tout comme les yeux et les cheveux plus sombres de mes parents et de mes amis. Difficile de passer inaperçue. Mais il y avait trop de travail à faire pour s'appesantir sur les détails qui faisaient de moi une étrangère à leurs yeux. Avec des bouches à nourrir, des murs à construire et des champs à cultiver, il restait peu de temps pour s'attarder sur les origines d'une enfant abandonnée.

Mais moi, je n'avais pas oublié. Les questions se

posaient à moi chaque jour. Elles étaient dans mes rêves. Et elles me rendaient moins encline à accepter mon sort comme servante d'un laird tyrannique dont les intentions à mon égard avaient été inscrites dans chaque regard qu'il m'avait jeté depuis que je n'étais plus une enfant. J'avais su que ceci allait arriver. Depuis le début. J'avais attendu ce jour.

Et il était là.

Au dernier moment, j'attrapai un heaume et le fourrai dans mon sac.

Plusieurs chevaux paissaient près des écuries. Je passai une bride à un poney bai que j'avais déjà monté et j'harnachai tant bien que mal une couverture de selle. Je me servis d'une souche pour grimper sur son dos. Il pouvait sentir ma nervosité, et elle le rendait agité. Heureusement, les valets d'écurie étaient habitués à me voir monter à cheval : ils levèrent les yeux de leurs tâches, mais ne s'appesantirent pas sur ce que j'étais en train de faire.

Mon souci immédiat était de mettre autant de distance que possible entre moi et mon crime, profitant du calme qui précédait la tempête. Le laird était sans doute affaibli par la perte de sang. Il était peut-être même inconscient, pas encore capable de donner l'ordre de me poursuivre, de m'attraper, de me faire battre et tuer. Mais cela ne durerait pas longtemps — j'étais certaine qu'il se remettrait vite, si une fièvre ne se déclarait pas. Je savais très bien qu'Ismay était une excellente guérisseuse. Après tout, elle s'était fiée à moi pour cueillir les herbes nécessaires pour fabriquer l'onguent ; un sacré remède, soit dit en passant.

Je guidai le cheval autour du loch, prenant de la vitesse, et ce fut au galop que j'atteignis les portes grandes ouvertes du château.

Pas une seule fois, je ne regardai en arrière.

Chevauchant plus vite que je ne l'avais jamais fait, je poussai mon cheval jusqu'à ce que son encolure soit couverte d'écume. J'avais la chance que le sol soit sec et qu'il y ait une légère brise ; les traces de sabots de ma monture ne seraient pas profondes et le vent pourrait les effacer avant qu'on ne les suive. Je continuai jusqu'à ce que le ciel se mette à rougeoyer au loin, puis que l'obscurité tombe.

Je chevauchai encore, jusqu'à ce que ma monture trébuche, me jetant presque à terre. Alors seulement, je la laissai me porter à une allure moins rapide, avançant au pas, en silence, à part le bruit léger de ses sabots dans la nuit étoilée. Nous nous approchâmes d'un petit ruisseau qui serpentait à travers bois. La lune et les étoiles y jetaient des reflets argentés.

Je démontai pour boire et laisser le cheval se reposer un moment. Il trouva un carré d'herbe qu'il brouta avidement, me rappelant ma propre faim. Contente d'avoir mon repas chapardé dans la cuisine, je mangeai presque tout le pain que j'avais emporté avec moi. A quoi devait ressembler le château, maintenant, chamboulé par le scandale de mon crime et ma fuite ?

Je m'allongeai un moment par terre, avec mon sac pour oreiller, la bride du cheval enroulée autour de ma main. Je m'assoupis, enfin, et je dormis même un certain temps.

Je m'éveillai en sursaut quand mon cheval tira sur la longe que je serrais dans mon poing.

Il n'y avait aucun bruit hormis le léger clapotis du ruisseau et la mastication régulière de ma monture. Pas de cris, pas de tonnerre de sabots. Pas de signe que les hommes du laird étaient sur mes traces. Mais mon sentiment de sécurité était précaire. J'étais seule, sans toit, une paria. Avec du sang sur les mains et plus qu'une petite miche de pain dans mon sac. Je n'avais pas d'endroit où m'abriter, pas de clan sur qui compter.

Pourtant, j'avais depuis longtemps envisagé où je pourrais aller si je me trouvais obligée de fuir. Aucune des solutions n'était vraiment tentante, mais j'avais décidé que je rejoindrais le clan Macduff, loin dans le nord. La nièce de laird Ogilvie, Una, avait été mariée à l'un de leurs membres de haut rang plusieurs années auparavant. Je pourrais toujours m'adresser à elle ; peut-être se souviendrait-elle de moi et me permettrait-elle de rester avec son clan, pour travailler dans les cuisines. Mais il faudrait plusieurs semaines pour atteindre leurs terres…

Je conduisis mon cheval jusqu'à un arbre tombé et remontai en selle pour reprendre mon voyage. J'étais assez certaine d'aller vers le nord-est. J'essayai de me rappeler les cartes que le laird et ses hommes étalaient souvent sur la grande table quand ils discutaient d'escarmouches, de rassemblements, de mariages et de querelles. Certains jours où je nettoyais la salle de réunion, polissant l'étain des bougeoirs, les cartes étaient toujours là, déroulées. Les noms m'étaient assez familiers, après toutes ces discussions entendues quand je servais. *Ogilvie. Machardie. Stuart. Macduff. Mackenzie. Buchanan. Campbell. Macsorley. Morrison. Munro. Macintosh. Macallister.* Ce que je connaissais moins, par contre, c'était l'emplacement de tous ces clans.

En fouillant dans ma mémoire, je tentai de me représenter la carte et la configuration des frontières à travers le pays. J'avais bien essayé de lire ces cartes, de déchiffrer la forme des lettres et de les associer aux noms des clans que je connaissais. Mais c'était trop difficile. Ma mère avait commencé à m'apprendre à lire quand j'étais petite, mais je n'avais guère eu le temps de pratiquer, alors mon savoir était limité. A la place, mon éducation avait consisté en travaux de jardinage, corvées domestiques, ménage et cuisine. Après la mort de mon père, les talents essentiels requis pour ma nouvelle situation étaient de rester humble, docile et servile en toutes circonstances, comme il convenait. Et j'étais la première à reconnaître que je n'avais jamais maîtrisé aucune de ces qualités !

Il était bien plus facile de se rappeler les histoires que laird Ogilvie et ses lieutenants racontaient sur les clans, les forces et les faiblesses de leurs chefs. Ils en parlaient souvent et moi, tandis que je leur servais de la cervoise, que je remplissais leurs assiettes aussitôt vidées, que je répondais à leurs moindres demandes, tout en évitant habilement les mains en maraude, j'avais appris une foule d'informations.

Je savais par exemple que le clan Mackenzie se trouvait au nord du clan Ogilvie, leurs terres s'étendant vers l'est. Laird Ogilvie disait que les Mackenzie contrôlaient un vaste territoire — plus grand que le sien — composé de champs vallonnés, de terrasses escarpées et de riches forêts. Je supposais que leurs terres devaient être près de l'endroit où je me trouvais en ce moment.

Mackenzie.

Ce nom me mettait mal à l'aise.

Je me souvenais d'une réunion où laird Ogilvie et ses lieutenants avaient parlé des hommes Mackenzie, en particulier. Il était tard et la conversation était décontractée.

« C'était l'année dernière, pendant l'escarmouche d'Ossian Lochs, à propos des terres très convoitées du roi, avait dit l'un des hommes. Une vraie machine à tuer, ce laird Mackenzie. Il a regardé son père mourir à la pointe de l'épée d'un ennemi. En réponse, il a ouvert dans les troupes des Campbell une tranchée qui m'a glacé le sang. Il est fou. Et méchamment dangereux. »

« Oui, avait agréé un autre. C'est un vrai géant, et cette chevelure noire de sauvage ne fait rien pour le faire paraître moins menaçant. »

Laird Ogilvie avait acquiescé.

« Knox Mackenzie est dangereux, renfrogné et aigri. Il est peut-être vrai que les gens de son clan sont doués pour la culture. Leurs champs et leurs vergers sont riches, et leurs récoltes sont assez abondantes non seulement pour nourrir les leurs, mais aussi pour commercer avec d'autres clans et se procurer des biens de valeur. Mais il est rude et manque totalement de la diplomatie de son père. »

« Et quel est le nom du deuxième frère ? Wilkie, c'est ça ? Si vous voulez mon avis, son adresse à l'épée est exagérée. »

« Peut-être, mais les femmes tombent toutes à ses pieds ! Elles s'attroupent autour de lui comme des moineaux. Il devrait être facile à battre — il est bien trop distrait. »

Ils avaient ri.

« Oui, et le plus jeune, Kade — un vrai sauvage, lui aussi. Toujours armé jusqu'aux dents et jaugeant un homme comme s'il pouvait aussi bien le tuer que lui offrir une pinte de bière. »

« Les sœurs, en revanche, sont très plaisantes à regarder », avait dit un homme d'une voix traînante.

D'autres rires grivois.

« Je suis diablement tenté d'attaquer leur forteresse et de prendre un peu de cette nourriture pour moi », avait repris laird Ogilvie.

« Oui. Et moi, je prendrai les sœurs, pendant qu'on y est. »

L'idée de tomber sur un des frères Mackenzie en passant près de leur château n'était pas du tout tentante. Mais un détail clé restait fiché dans mon esprit. « Leurs champs et leurs vergers sont riches. »

Mon estomac vide gargouilla à cette pensée. Les frères Mackenzie étaient intimidants, certes, mais le plan qui se formait dans ma tête n'incluait pas de les rencontrer ou de les alerter d'une manière ou d'une autre sur ma présence, après tout. Par contre, il incluait l'abondance de leurs terres. J'avais si faim que je décidai de me diriger vers la forteresse des Mackenzie, advienne que pourra. Si je parvenais à voler un peu de leurs récoltes, je pourrais me nourrir pendant les jours à venir, voire les semaines de mon voyage vers le nord. C'était risqué, je le savais, mais je n'avais guère le choix ; il n'y avait pas d'autre nourriture à trouver dans les Highlands battus par les vents. Mais pourquoi n'avais-je pas demandé à Ritchie et Ronan de m'apprendre aussi à tirer à l'arc ? Au moins, j'aurais pu chasser en route. Mais là, je n'avais d'autre choix que de me servir dans les jardins des Mackenzie, si je pouvais les trouver…

Voilà ce que j'étais devenue, pensai-je avec amertume, une voleuse en puissance, une vagabonde, une pauvresse sans foyer. Tout cela parce que je n'avais pas pu supporter les avances de laird Ogilvie. Etais-je folle de préférer une vie d'errance à celle de maîtresse attitrée du seigneur ? Probablement. J'avais considéré la question maintes fois depuis que j'avais commencé à suspecter les intentions du seigneur vis-à-vis de moi. Et inconsciemment, j'avais déjà pris ma décision : au plus profond de moi, je ne pouvais me soumettre.

Il ne servait à rien de me morfondre sur ma situation. Après tout, je l'avais vue venir. Je m'étais surprise moi-même par la façon dont je m'en étais sortie — rapide, bien menée et, pour l'instant, réussie. M'apitoyer sur moi-même ou me mépriser n'arrangerait pas les choses. Ce qu'il me fallait, c'était atteindre les abords de la forteresse Mackenzie, confectionner une échelle ou trouver un arbre à escalader et attendre la protection de la nuit.

Avant que je puisse passer à l'action, un bruit rythmé sur lequel je ne pouvais me tromper me fit tendre l'oreille — le bruit de chevaux au galop qui venaient du sud, comme moi.

Un groupe d'hommes d'Ogilvie, sans doute, lancés à mes trousses.

Je talonnai mon cheval pour aller plus vite et pris un sentier parmi des pins clairsemés. D'un côté s'étendaient de vastes champs de bruyère. Sur la gauche se dressait une pente raide qui montait vers des falaises rocheuses. Elle était trop escarpée pour un cheval. Mais je ne pouvais pas m'élancer à travers champs non plus : je serais facilement repérée. Et si j'allais droit devant, je savais par avance que je serais rattrapée — les montures de mes poursuivants étaient plus grandes et plus rapides. Des destriers, pas un cheval de labour, comme le mien…

Sans prévenir, mon cheval hennit fortement et se

cabra, me jetant à terre. J'atterris sur les arêtes dures et douloureuses de mon paquetage. Mais je me remis vite sur pied, trop effrayée pour m'appesantir sur des bosses ou des bleus.

J'entendis des voix d'hommes qui approchaient.

— Déployez-vous ! cria l'un d'eux.

Je saisis la bride de ma monture qui s'emballait et attrapai la couverture sur son dos. Je l'agitai devant elle. Le cheval partit aussitôt au galop, dans la direction de mes poursuivants. J'en profitai pour courir et commencer à gravir la pente.

— *Le cheval !* hurla un homme — trop loin, je l'espérais, pour pouvoir me voir.

Mon cœur manqua un battement. Il y avait un autre poursuivant que je venais de repérer, beaucoup plus près, celui-là — et il galopait droit vers moi. Je n'étais pas suffisamment cachée. Les arbres étaient trop clairsemés.

Le guerrier m'atteindrait dans quelques secondes. Je m'armai de ma petite épée et pivotai pour lui faire face. Je savais que résister serait vain. Il appellerait le reste du groupe de recherche. Je serais cernée, frappée, ramenée à Ogilvie pour être châtiée.

Mais le guerrier ne tira pas son épée. A la place, il ôta son heaume, révélant des cheveux roux en bataille.

— Roses. C'est moi, Ritchie.

Ritchie. Mon ami et mon entraîneur. Celui qui m'avait appris à me battre et à tenir une épée correctement, comme je le faisais en ce moment même.

— Jolie technique.

Il eut un bref sourire, un rapide éclat de gaieté. Puis il redevint sérieux.

— Je ne trahirai pas votre présence, Roses. Mais vous devez agir vite. Faites tout ce que vous pourrez pour vous échapper et ne revenez pas. J'ignore ce que vous avez fait pour irriter laird Ogilvie, mais il est farouchement déterminé à vous ramener. Il a envoyé des groupes de recherche dans toutes les directions. Il veut vous retrouver, par tous les moyens.

Il se tourna pour regarder, derrière lui, les soldats qui approchaient.

— Filez avant que les autres ne nous rattrapent !

— Ritchie, dis-je d'une voix essoufflée, envahie par le soulagement et la gratitude.

— Partez ! insista-t-il. Protégez-vous, Roses.

L'avertissement qui perçait dans sa voix me stimula et je tournai aussitôt les talons. Je ne regardai qu'une fois en arrière. Son cheval disparaissait dans un vallon. J'aurais voulu le remercier, mais il était déjà parti.

Je gravis aussi vite que je le pus la pente escarpée, de plus en plus haut, pendant ce qui me sembla durer une éternité, jusqu'à ce que j'atteigne un endroit herbeux et abrité. Mes poumons et mes jambes me brûlaient après tant d'efforts et je dus m'asseoir un moment pour recouvrer mon souffle. Je pouvais voir que j'étais bien au-dessus des prairies vallonnées, à présent. J'étais si haut que j'avais une vue magnifique sur les champs de bruyère.

Mon cœur s'arrêta un instant quand je regardai au-delà d'une colline voisine et aperçus le grand château en pierre des Mackenzie — Kinloch, si je m'en souvenais bien.

A l'intérieur de la forteresse, je pouvais voir des gens minuscules qui allaient et venaient. Des bâtiments plus petits en pierre et en bois étaient espacés à travers les terrains du château, avec des acres de terre cultivée aux bandes vertes et dorées, le tout agrémenté d'arbres fruitiers, de plantes grimpantes et de jardins. Le paysage était coloré, parsemé des taches orange, rouges, vertes et jaunes des vergers chargés de fruits et des potagers qui semblaient prêts à être récoltés. C'était beaucoup plus luxuriant et mieux entretenu que chez les Ogilvie. Et cela paraissait terriblement attirant, surtout pour mon ventre vide qui se tordait et grommelait à la vue d'une telle abondance.

Le mur en pierre qui entourait la zone centrale du château et des jardins semblait haut comme deux hommes, au moins. Si j'utilisais une échelle — que j'espérais pouvoir confectionner avec du bois et la corde que j'avais emportée —, je serais peut-être capable de l'escalader.

Je profiterais de la lumière du jour pour chercher un abri où passer la nuit, quand je reviendrais de mon raid. A mon vif soulagement, j'en trouvai un facilement. Le flanc de la colline était troué de petites grottes, abritées du vent par de gros rochers et des arbres. J'en découvris une qui n'était pas trop petite et s'enfonçait loin dans le rocher. Au fond, une fente laissait passer le jour, prodiguant de la chaleur et une douce lumière à cet espace plutôt confortable.

Enchantée par ma découverte et pleine d'espoir à la perspective de mettre la main sur de la nourriture, je me mis en quête de branches pour mon échelle. Ce que je trouvai d'abord, de l'autre côté de la colline, fut une belle cascade qui tombait dans un bassin d'eau claire. Je bus longuement, me lavai les mains et le visage avant de continuer à ramasser des bouts de bois suffisamment solides.

Je retournai à la grotte et nouai mes cordes autour des barreaux de mon échelle de fortune, fabriquant ce que j'espérais être mon moyen d'entrer dans les jardins des Mackenzie.

La seule chose qui restait à faire était d'attendre que l'obscurité s'installe autour de mon nouvel abri, tout à fait agréable, par ailleurs. Je préparai mon sac et vérifiai une fois de plus que mon échelle pouvait me porter.

J'attachai ma ceinture, munie de mon couteau et de mon épée, autour de ma taille. Pensant qu'il serait bon de me déguiser, je nattai mes cheveux et les enroulai sur ma nuque, puis enfilai le heaume sur ma tête et me mis en route.

Le mur du château était plus loin que je l'avais estimé. Il me fallut bien une heure pour l'atteindre, et ce fut à ce moment-là que mon manque de sommeil et de nourriture commença à se faire sentir. M'efforçant de l'ignorer, je mis mon échelle en place et attendis en haut du mur, guettant des bruits dans le voisinage. Mes yeux s'étaient accommodés à la maigre lumière prodiguée par une lune argentée et des étoiles voilées par des nuages. Je regardai autour de moi. Personne. J'ajustai mon poids sur l'épaisseur du mur et tirai l'échelle, la plaçant contre le mur intérieur pour pouvoir repartir. Je descendis jusqu'en bas et me retrouvai au bout d'un petit lac qui me séparait du château, en vue des haies du jardin et des arbres fruitiers biscornus et chargés de fruits.

Je longeai le bord de l'eau vers mon but. Je saisis la première poire de ma cueillette et mordis dedans avant de continuer. Elle était d'une douceur indescriptible. Je cueillis autant de fruits que je pouvais en porter.

Tandis que je retournais vers le mur, je tressaillis, surprise. Le ciel se colorait des lueurs de l'aube à l'horizon. *J'avais mis trop de temps.* Bientôt, les gens commenceraient leurs tâches de la journée et j'étais toujours à l'intérieur. Hâtant le pas, j'arrangeai mon heaume et m'approchai de l'échelle. Juste comme je commençais à grimper, un bruit attira mon attention.

Des éclaboussures.

Je me tournai. Un homme venait de sortir du lac.

Un homme très grand, musclé — et nu. *Complètement* nu.

Et il me regardait.

Nous restâmes là, tous les deux, dans un silence figé. Puis il se déplaça dans ma direction, ce qui me fit l'effet d'un coup de fouet. Je gravis l'échelle aussi vite que je le pus, je la remontai derrière moi et je sautai lourdement de l'autre côté, mon sac de fruits et de légumes accroché dans mon dos. Je laissai l'échelle où elle était et je me mis à courir comme une folle. Je ne regardai pas en arrière, mais je savais que l'homme me suivait.

Je forçai l'allure jusqu'à ce que mes jambes menacent de plier sous moi. Mon dos était engourdi par le poids de ma charge tandis que je bataillais pour remonter la pente de la colline.

Je l'entendais qui gagnait du terrain.

— Arrêtez-vous ! hurla-t-il, et sa voix sembla résonner en moi et m'étreignit le cœur, tant ma peur était grande.

Ce n'était pas seulement la force de cet ordre, mais le fait qu'il résonne *si près*.

Et alors je m'arrêtai.

De l'autre côté de la crête se trouvait mon abri. Je laissai tomber mon sac et me tournai face à lui en tirant mon épée.

Il était là, à moins de dix pieds de moi, tout habillé maintenant et tenant son propre glaive — beaucoup plus grand que le mien.

Pour autant que je puisse le voir, il était seul. Avait-il eu le temps d'alerter les autres ?

La première chose qui me frappa chez lui — à part son corps que je connaissais déjà, et dans les moindres détails —, ce fut son visage… Je ne pouvais en détacher les yeux. Ses cheveux noirs, encore mouillés, tombaient sur ses épaules et une petite tresse partait de chaque tempe, comme c'était l'habitude chez les Highlanders. Malgré la petite distance qui nous séparait, je pouvais voir que ses yeux étaient d'un bleu vif. Il affichait une expression farouche, et pourtant cela ne faisait que souligner la beauté de ses traits. J'avais le tournis — j'avais peur et j'étais troublée tout à la fois.

— Qui êtes-vous ? demanda-t-il, son torse large se soulevant tandis qu'il respirait fortement après sa course.

C'était un ordre. Et son ton disait clairement que j'avais intérêt à lui répondre.

Je restai muette, pourtant. Je n'allais pas lui révéler mon identité ! Et s'il me ramenait à laird Ogilvie ? Non, c'était trop risqué.

Il leva son épée et reposa la même question, cette fois d'une voix plus calme — mais pas moins autoritaire.

— J'ai dit : à qui ai-je affaire ?

Je levai à mon tour ma petite arme. Elle était bien moins impressionnante que la sienne, mais je savais m'en servir. Je m'étais entraînée avec des hommes pendant des mois et avais appris qu'un coup rapide pouvait être aussi efficace qu'un long assaut.

— Vous voulez me combattre, c'est ça ? demanda-t-il.

Il y avait une note assurée et sarcastique dans sa question. Je le lui accordai : ma provocation était clairement téméraire. Je n'avais pas envie de mourir au sommet de cette colline, de la main de ce guerrier — ce *beau* guerrier —, mais je n'avais d'autre choix que de me battre.

— Montrez votre visage, ordonna-t-il.

Je ne bronchai pas.

— De grâce, laissez-moi, dis-je après une hésitation, en essayant de prendre une voix plus grave.

Il fronça légèrement les sourcils, comme s'il avait du mal à comprendre la situation et ma requête. Il sourit presque.

— Je ne m'en irai pas tant que vous ne vous serez pas dévoilé, répondit-il, et, contre toute attente, son ton me parut patient ; du moins j'espérais ne pas me tromper…

— Je ne peux pas.

— Alors nous devrons nous battre. Je vous ai pris à voler sur nos terres. Le vol est passible de mort. Si vous pouvez justifier vos actions, faites-le — *maintenant*.

— J'avais faim, répondis-je d'une voix étouffée, faussement grave.

Il sourit, une certaine perplexité se lisant sur son superbe visage.

— C'est une bonne raison. Montrez-vous et vous pourrez garder votre butin — si vous promettez de ne plus revenir nous voler. Faites voir votre visage.

— Je ne peux pas.

Son léger amusement m'irritait.

— Vous ne pouvez pas, répéta-t-il. Et pourquoi ?

La peur et quelque chose d'autre me faisaient perdre mon contrôle. Je me fis violence pour rester maîtresse de moi-même.

— Laissez-moi ! Tenez, prenez votre nourriture ! Je vais partir et je ne vous importunerai plus.

Son sourire s'estompa et je m'avisai d'une chose : j'avais oublié de déguiser ma voix. Il parla lentement, comme pour s'assurer que je comprenne :

— Je crains de ne pas m'en aller, *moi*. Pas avant de savoir à qui j'ai affaire.

Nous étions debout, nos épées levées, dans une impasse. Me montrerait-il de la miséricorde ? Me forcerait-il à retourner dans le clan Ogilvie ? *Ou bien me tuerait-il ?*

Comme pour me répondre en partie, il s'avança, visiblement pas du tout intimidé par moi. Il posa la pointe de son glaive sous mon menton pour relever mon heaume.

Je frappai son épée de la mienne.

Il fut surpris par mon coup et frappa à son tour, si rapidement que j'eus à peine le temps de réagir. Nous étions proches, à présent, si proches que sa parade m'entailla le bras, et la douleur irradia dans tout mon corps. Tandis que je tombais à terre, je tentai un second coup et mon épée glissa sur les muscles de son flanc. Il gronda et frappa ma lame avec une telle force que cela envoya une onde de douleur dans mon bras qui saignait déjà. Mon arme s'envola et je l'entendis siffler dans l'air avant d'atterrir en tintant hors de ma portée.

Saisie, meurtrie, m'accrochant pour ne pas perdre connaissance, je restai allongée sur le sol, lui se tenant au-dessus de moi. Du sang coulait de la blessure que je lui avais infligée au côté. Il s'agenouilla et m'ôta mon heaume. Mes cheveux qui s'étaient détachés se répandirent autour de moi.

Quand il vit mon visage, sa mâchoire sembla se décrocher. Il me fixa un long moment, me parcourant des yeux. Il prit une mèche de mes cheveux et la frotta doucement entre deux doigts, durant plusieurs secondes, comme s'il était fasciné par sa texture ou sa couleur.

— Vous êtes une lass, dit-il enfin.

— Oui.

Son expression se teinta d'une étrange sorte de vénération qui m'atteignit, comment dire ? En des endroits où je n'avais jamais été touchée auparavant. D'une façon inexplicable, une partie de moi s'ouvrit à lui comme une fleur qui voit le soleil pour la première fois. Je brûlais de prolonger cette connexion. Mes sens voulaient toucher, sentir, absorber l'odeur et la vue de cet homme. Son visage était trop beau ; j'étais aveuglée, médusée. Et à vrai dire, lui aussi paraissait… renversé.

Un long moment s'écoula avant qu'il ne reprenne, son incrédulité manifeste rendant sa voix rauque :

— Vous êtes un ange.

— Non, fis-je, toujours sous le choc.

Il ne sembla pas m'entendre et poursuivit :

— Un ange si ravissant qu'il sidère mon esprit. En étant habillé en homme.

Il s'assit assez lourdement à côté de moi. Le devant de sa tunique était taché de sang.

— Pourquoi m'avez-vous frappée ? demandai-je. Du coup, je vous ai blessé.

Après ce simulacre de combat, je n'étais pas très fière que ce soit ma propre main, ma propre épée qui avaient blessé cet inconnu.

— Je ne l'aurais pas fait si vous m'aviez obéi, rétorqua-t-il.

Mes paupières étaient très lourdes, tout à coup.

— Oui, reconnus-je. C'est un défaut, chez moi. Je ne suis pas très bonne pour obéir aux ordres.

Ses mains étaient sur mon bras, me rappelant ma propre blessure : une petite flaque rouge s'était formée par terre.

— Vous êtes blessée aussi.

— Pas aussi gravement que vous, je pense.

Il avait besoin d'être recousu, c'était sûr. Avais-je emporté du fil et une aiguille ? Je ne pouvais m'en souvenir. Ma mémoire paraissait quelque peu brouillée.

— La grotte, dis-je.

Il me regarda d'un air interrogateur, cette même trace

d'amusement s'attardant dans ses yeux malgré notre situation.

— Quelle grotte, lass ?

Je fis un signe dans la direction de mon abri, et il m'aida à m'asseoir. Son odeur et sa chaleur semblaient tourbillonner tout autour de moi et en moi. La brûlure de sa cuisse musclée transperçait les couches de nos vêtements tandis qu'il me soutenait. Je n'étais pas très assurée sur mes jambes, mais je le conduisis vers la grotte et lui aussi, malgré sa taille et sa férocité, sembla faiblir légèrement tandis que nous marchions.

— C'est là, dis-je, pas sûre du tout que je n'allais pas m'évanouir et m'affaler par terre dans un instant.

Je me mis à quatre pattes à l'entrée de la grotte et me glissa à l'intérieur, pour me réfugier dans la chaleur bienvenue du lit que j'avais préparé. Le guerrier en sang rampa derrière moi et s'allongea à côté de moi. Nos regards se croisèrent et le bleu de ses yeux sembla se déverser en moi ; cela me procura un réconfort que je n'avais pas connu depuis très longtemps, si ce n'est jamais. J'avais de la chance dans mon malheur : si la mort venait à me prendre, au moins je pourrais l'accueillir à côté de ce superbe guerrier.

— Je suis Wilkie Mackenzie, dit-il.

Wilkie Mackenzie ? Le célèbre frère de laird Mackenzie ? Je comprenais maintenant pourquoi on disait que les femmes tombaient à ses pieds !

Enhardie par cette entrée en matière, je décidai de lui dire mon nom.

— Je m'appelle Roses.

J'avais été une Ogilvie la majeure partie de ma vie, mais à présent je m'étais irrémédiablement coupée de ce clan. J'étais seule.

— Roses, répéta-t-il, comme si cette présentation sommaire lui suffisait.

Il n'essaya pas d'en savoir plus.

— Un nom inhabituel.

Ses yeux brillaient dans la pénombre.

— Tout le plaisir est pour moi, Roses.

— Vous exagérez, guerrier, murmurai-je. Je ne vous ai guère donné de plaisir.

— Si nous survivons, dit-il, les yeux dans le vague maintenant, du fait de sa perte de sang, c'est quelque chose à quoi nous devrons remédier.

— Oui, m'entendis-je répondre. En effet.

Et le noir m'engloutit.

2

Quand je m'éveillai, il me fallut plusieurs secondes pour me rappeler où je me trouvais. J'étais coincée, un poids pesait sur mon corps, et mon bras me lançait.

Je battis des cils et laissai mes yeux s'accommoder à la pénombre.

La grotte.

Une lumière vive entrait par l'étroite ouverture. Une lumière de fin d'après-midi. J'avais dormi plusieurs heures.

Le guerrier était couché à côté de moi, si près que je pouvais voir sa barbe naissante sur son visage maintenant paisible, encadré par les longues mèches de ses cheveux noirs. Je ne pus m'empêcher de tendre la main pour toucher leur soie épaisse, les écartant de son front haut, passant le doigt sur les tresses qui partaient de ses tempes. Ses traits étaient forts et beaux, durcis par le travail, la guerre et le soleil, juste un peu adoucis maintenant dans ce refuge sombre. Ou cette tombe. Le temps le dirait.

Son bras était passé sur moi, me rivant à la masse de son grand corps chaud. J'essayai de bouger, mais il me serra plus fort, ce qui le fit grimacer et grogner même dans son sommeil. Je fis une autre tentative, mais ne réussis pas plus à le bouger.

Devais-je essayer de m'enfuir discrètement, de prendre mon sac de nourriture et de partir vers le nord ?

J'écartai presque tout de suite cette solution. J'étais trop faible et je n'avais aucune idée de la gravité de ma blessure. Ou de la sienne. Et je n'avais pas l'intention de le laisser mourir. Je me remémorai son expression quand il avait ôté mon heaume. La fascination qui se lisait dans ses yeux, le choc de son regard bleu. La prise de conscience, tellement nouvelle pour moi, de ma propre chaleur, de ma propre peau, et plus encore : de ma propre vie.

Je prendrai le risque.

— Guerrier ? dis-je en essayant de le réveiller.

Pas de réponse.

— *Wilkie*, tentai-je. Vous devez me lâcher pour que je puisse soigner votre blessure et la mienne. Je vais chercher de l'eau pour vous faire boire.

Il ouvrit ses yeux bleus.

— Roses, marmonna-t-il.

— Oui. C'est moi. Lâchez-moi, guerrier.

— Embrassez-moi, mon ange. Avant que la vie ne me quitte.

Son regard se fit acéré, et je crus déceler comme une brève lueur dans ses profondeurs saphir. J'étais sur mes gardes, surtout à cause de sa taille et de sa force évidente, mais il représentait aussi une tentation pour moi et je ne comprenais pas ce qui m'arrivait. Je voulais me libérer de son emprise et en même temps me blottir contre lui.

— Vous me lâcherez, alors ?

L'ombre d'un sourire s'attarda dans ses yeux, mais ne toucha pas ses lèvres qui ne s'entrouvrirent qu'un peu.

— Oui, murmura-t-il.

J'effleurai doucement sa bouche de la mienne. Dans mon idée, cela devait être bref, un simple moyen d'obtenir la possibilité de soigner nos blessures. Mais sentir sa bouche contre la mienne, la chaleur de son souffle sur mon visage, me retint sur place. Je laissai mes lèvres toucher les siennes un moment de plus, savourant ce doux contact. Puis il me rendit mon baiser, suavement, sa bouche juste entrouverte, ses lèvres humides. Je m'écartai, choquée.

— Laissez-moi partir, guerrier.

Il obéit à ma demande, retirant le bras qui me retenait. Mais ce geste le fit souffrir, il poussa un grognement et ferma les yeux en se rallongeant sur notre lit de fortune. Sa blessure était vraiment grave, cela sautait aux yeux à présent. Le devant de sa tunique était trempé de sang. Il sombra de nouveau dans l'inconscience, mais son sommeil était agité.

Je bondis, ignorant la brûlure de mon bras gauche. Prenant mon couteau, je découpai la tunique de Wilkie, révélant la plaie dont j'étais seule responsable. Elle était plus étendue mais moins profonde que je ne le craignais, courant en diagonale sous ses côtes et le long de son côté droit. Les bords étaient nets, et j'en fus soulagée : ils seraient relativement faciles à recoudre. Ismay m'avait permis de l'aider à soigner des blessures et à les recoudre, même si laird Ogilvie l'avait interdit. Elle n'y voyait pas de mal, disait-elle, et était très contente d'avoir une élève pleine de bonne volonté.

Remerciant le ciel d'avoir pris le fil, l'aiguille et l'onguent au beau milieu de mon départ précipité, j'avais bien l'intention de m'en servir maintenant. Mais je devais d'abord nettoyer la plaie. Cherchant autour de moi de quoi transporter de l'eau, j'aperçus le bol.

Je courus le remplir au bassin.

Wilkie était toujours inconscient, et je profitai de son immobilité. Je dus faire plusieurs voyages au point d'eau pour laver son torse de tout ce sang séché. Puis je recousus soigneusement sa blessure, veillant à bien rapprocher les bords avant de passer du baume dessus. Je trouvai la tâche étrangement éprouvante et je terminai épuisée et en nage, mais contente de mes efforts. Je coupai une bande propre dans sa tunique pour panser la plaie, mais, quand j'essayai de le soulever, il ne voulut pas bouger. Il devait faire deux fois mon poids, et mes forces avaient été affaiblies. Alors je coinçai le bandage autour de lui, pour le moment, faute de mieux ; je l'attacherais quand il se réveillerait.

Je pris un instant pour admirer les lignes gracieuses de son torse puissant, ses muscles ciselés. Il avait beaucoup de cicatrices de bataille sur la poitrine et les bras, des lignes pâles qui ressortaient sur sa peau hâlée. J'en suivis plusieurs du bout du doigt, l'effleurant à peine, imaginant les combats qu'il avait livrés pour des terres, pour l'honneur, pour des femmes. Visiblement, je n'étais pas la première à brandir une épée contre ce soldat aguerri.

Ce fut alors que je me rappelai que je ne m'en étais pas sortie indemne non plus. J'avais été si plongée dans ma tâche de soigner Wilkie que j'avais momentanément oublié ma propre blessure. Mais maintenant la douleur flambait, comme pour protester. Mon corps me paraissait inhabituellement chaud, presque cuisant par endroits.

Je retournai au bord de l'eau. J'ôtai promptement ma tunique. Auparavant, je défis l'épingle sertie de verre coloré qui l'ornait, un petit bijou qui avait appartenu à ma mère et qui lui avait été donné par mon père le jour de leur mariage. C'était le seul bien venant d'eux que je possédais et je le portais chaque jour en leur mémoire. Je m'arrêtai brièvement pour le regarder et passer les doigts sur sa surface lisse et arrondie. Une marguerite, avec des pétales en fer ; au milieu, du verre couleur d'ambre qui brillait maintenant au soleil. Ma mère s'appelait Marguerite. *La plus suave, la plus jolie des fleurs,* avait coutume de dire mon père. *Ma Marguerite, ma Roses. J'ai mon propre jardin de fleurs ici même, dans notre maison. Mes adorables femmes.*

Je posai la broche sur une pierre au bord de l'eau et frottai ma tunique pour ôter le sang, le souvenir de mes parents m'enveloppant paisiblement. Leur bonté et leur générosité, que j'avais perdues maintenant. J'accrochai la tunique à une branche pour la faire sécher dans la brise.

Je lavai mon visage de ma sueur et de mes larmes. Je joignis les mains pour boire. Avec précaution, je nettoyai ma blessure, ôtant le sang séché et inspectant les dommages. La brûlure cuisante de la chair à vif me mit les larmes aux yeux. Mais l'épée n'avait fait qu'entailler la peau et n'était pas entrée profondément, donc la plaie n'aurait pas à être recousue. Je pouvais l'enduire d'onguent, la bander et la laisser guérir toute seule. Mais je porterais pour toujours la cicatrice infligée par Wilkie Mackenzie.

Comme un sceau.

On dirait une sorte de sceau.

J'écartai ce souvenir déplaisant de mon esprit et me concentrai : je devais me sécher rapidement. Le guerrier pouvait se réveiller à tout moment. Ou bien des hommes de son clan pouvaient trouver sa trace, ou la mienne. A l'heure qu'il était, ils avaient remarqué sa disparition, c'était certain. Cela faisait des heures qu'il m'avait surprise près du mur, alors qu'il sortait du lac. Je m'attardai sur ce souvenir. Je n'avais pas pu m'empêcher de le regarder, même dans la panique du moment. Je n'avais jamais vu un homme aussi beau, ni aussi… nu. Et pas un brin de gêne. Juste de l'assurance.

Je portais ma fine chemise sans manches, que j'avais raccourcie pour pouvoir l'enfiler dans mes chausses, et je laissai ma tunique de côté pour l'instant. Je ne voulais pas irriter ma blessure avec l'étoffe plus épaisse, étant donné qu'elle saignait de nouveau depuis que j'avais ôté le sang séché. Je pris donc ma tunique et le bol rempli d'eau fraîche et retournai à la grotte.

Le guerrier dormait toujours, ce qui m'inquiéta un peu.

J'appliquai de l'onguent sur ma plaie, ce qui me piqua terriblement et me mit de nouveau les larmes aux yeux. Quand la douleur passa un peu, j'entourai mon bras d'une deuxième bande de tissu prise à la tunique de Wilkie, en faisant plusieurs tours, pour bien serrer. C'était la seule étoffe que j'avais à ma disposition à part mes propres habits, et ils étaient déjà si abîmés que je ne pouvais les déchirer davantage.

Mon bandage en place, je m'assis à côté du guerrier et posai une main sur son front. Pas de fièvre, pour l'instant.

Il lui fallait une guérisseuse expérimentée, avec des connaissances, des infusions et des potions. Se réveillerait-il bientôt ? Serait-il capable de redescendre de la colline ? Il devait boire.

Je soulevai doucement sa tête pour la poser sur mes genoux.

— Guerrier, lui chuchotai-je à l'oreille, vous devez boire. Réveillez-vous. J'ai de l'eau fraîche.

Il grogna un peu et ses yeux s'entrouvrirent. Je portai le bol à ses lèvres.

— Buvez. C'est frais et ça étanchera votre soif.

Il but goulûment, vidant presque le bol. Cela me soulagea. J'écartai ses cheveux de son visage. Il tourna la tête pour me regarder, avec une expression indéchiffrable dans les yeux. J'y vis une lueur farouche… et autre chose. Voulait-il se venger ? Si je le guérissais et prenais soin de lui, il me pardonnerait peut-être mon geste. J'osais même imaginer qu'il me laisserait en liberté et me donnerait de la nourriture en échange de services que je pourrais accomplir pour lui, comme coudre, préparer des onguents… ou même jardiner. Mais je savais que c'était trop espérer ; il ne se fierait probablement pas à moi pour me laisser entrer dans son clan. Et moi ? Pouvais-je me fier à lui et aux autres Mackenzie ? Je connaissais les façons de faire des lairds tyranniques et de leurs lieutenants, et je me méfiais.

Il réprima une grimace de douleur en levant la main pour toucher les longues mèches pâles de mes cheveux. Je ne les avais pas nattés ni attachés depuis notre combat et ils tombaient sur mes épaules, frôlant son bras. Il glissa les doigts dedans et les pressa contre sa joue, les frottant doucement sur sa peau.

— Vous m'avez laissé, me reprocha-t-il d'un ton un peu boudeur.

— Rien qu'un moment. Je suis allée laver ma blessure.

Son regard alla à mon bras bandé, comme s'il avait oublié.

— Je vous ai entaillée.

— Oui, mais je survivrai. Et je vous ai entaillé aussi. Maintenant, je dois vous guérir.

Il tourna légèrement la tête et sa joue effleura la courbe de mon sein. Je rougis à ce contact, car la finesse de ma chemise, en d'autres circonstances, aurait été scandaleuse. Je n'avais pas encore remis ma tunique. Sa respiration se fit plus profonde et son souffle brûlant traversa mon vêtement léger. Là où il me réchauffait, des sensations naissaient et se propageaient sur ma peau et plus profond, dans le bas de mon ventre. Contre ma volonté, mon corps réagissait. Les pointes de mes seins, si proches de sa bouche, se durcissaient presque douloureusement.

Et il le remarqua. Ses pupilles noires s'élargirent, envahissant le bleu de ses iris. Son regard ainsi obscurci le faisait paraître encore plus dangereux.

J'étais troublée, oui. Mais comment parvenir à reposer sa tête sur les fourrures et à me dégager de son emprise ? Sa main restait serrée autour de mes cheveux.

— Vos cheveux sont si blonds, dit-il. Comme du blé. Du miel. De l'or pâle.

Je n'avais pas envie de le fuir. Son contact était trop délicieux. Je savais que c'était un péché de tirer du plaisir de ces choses-là, mais ce n'était guère la plus urgente des questions. Voilà que j'étais une traîtresse et une voleuse. En deux jours, j'avais frappé deux hommes, volé autant de nourriture que je pouvais en transporter, et je me retrouvais maintenant coincée avec un redoutable guerrier qui pouvait aussi bien me tuer que me sauver. Ma liste de crimes s'allongeait constamment. Embrasser un bel étranger était la moindre de mes fautes. Surprise par mes propres impulsions, je me penchai légèrement en avant, m'approchant de sa bouche, rien qu'un tout petit peu…

Mes pensées s'évaporèrent quand il la referma sur mon sein. Même à travers le fin voile de ma chemise, la pression était exquise alors qu'il attirait mon téton dans sa bouche brûlante, passant sa langue dessus, le mordant doucement. Ces sensations qui me mettaient à vif se propagèrent à l'intérieur de mon corps, entre mes jambes où je devins toute moite et gonflée, avec des picotements d'attente.

Un petit gémissement m'échappa et à lui aussi, tandis qu'il bougeait pour atteindre mon autre sein. Il en prit la rondeur dans sa grande main, suscitant des étincelles de plaisir dans mon corps en dessinant des cercles avec ses doigts.

Ma réaction à son contact et le besoin qu'il faisait naître en moi me coupaient le souffle. Mais je ne protestai pas lorsqu'il releva le devant de ma chemise pour avoir accès à ma poitrine nue. Il émit un soupir profond tandis qu'il me touchait avec précaution, me frottant doucement et m'attirant vers sa bouche. Sans barrières entre ma peau et sa langue, le vertige qui m'avait saisie la première fois où je l'avais regardé dans les yeux se fit plus fort. La pulsation qui gonflait mes mamelons tandis qu'il me taquinait de ses dents et de sa bouche s'intensifia pour atteindre mon cœur, mon âme, me dominant entièrement. Je tenais sa tête, caressais ses cheveux, m'offrais à lui.

— Mon ange, dit-il, le souffle court. Vous êtes un rêve, et pourtant je vous sens. Je n'ai jamais éprouvé quelque chose d'aussi intense. Me sentez-vous ?

— Je vous sens, guerrier. Je vous sens tout entier. Partout.

— Comment pouvez-vous être là, comme ceci, me brûlant presque ? Vous ne pouvez pas être réelle. Qui aurait pu dire que la mort serait aussi enchanteresse et d'une beauté aussi prenante ?

Ses paroles se ralentirent sur la fin et il me vint à l'idée qu'il délirait peut-être un peu, et que son souffle court et ses gémissements pouvaient s'expliquer autrement. Il devait faire attention à ne pas déchirer ses points, et la façon dont il avait passé son bras autour de ma taille mettait sa guérison en péril. Je suspectai que la gravité de sa blessure fut la seule raison pour laquelle je pus me libérer de son emprise, reposer doucement sa tête sur les fourrures et m'allonger à côté de lui.

— Vous devez vous reposer, guerrier. Je resterai avec vous.

Je lissai ses cheveux en désordre.

— Roses, murmura-t-il sans quitter mon visage des yeux.

— Oui. Je suis là.

— D'où venez-vous ? demanda-t-il. Pourquoi êtes-vous seule ?

Quelques heures plus tôt, je m'étais battue contre lui pour éviter ce genre de questions. Mais à présent, caressant doucement son torse, sa main posée sur mon visage et ses sublimes yeux bleus si vifs, j'eus envie de faire ce qu'il me demandait. Je voulais satisfaire sa curiosité, et davantage.

— Je viens du clan Ogilvie.

— Ogilvie ?

Il me contempla d'un air pensif, comme si cette information le surprenait.

— Vous n'avez pas l'air d'une Ogilvie.

— Je ne suis pas née dans le clan. J'ai été adoptée à trois ou quatre ans.

— D'où veniez-vous ?

— Je l'ignore, guerrier. Mes origines sont un mystère.

Un maudit mystère qui m'avait laissée avec un petit tatouage et un tempérament agité.

— Et maintenant je travaille au château Ogilvie comme fille de cuisine. Ou plutôt j'y travaillais. Jusqu'à hier.

Il passa le pouce sur ma lèvre inférieure. Il étudiait mon visage comme j'étudiais le sien. Sa beauté troublante trouvait un écho jusqu'au fond de mon ventre.

— J'ai maintes questions à vous poser, mon ange mystérieux, mais j'ai d'abord besoin que vous m'embrassiez de nouveau. Vos lèvres sont si suaves. Si je dois mourir, que ce soit avec votre goût dans ma bouche. Embrassez-moi, mon ange. Je mourrai heureux.

— Vous ne mourrez pas, guerrier.

Cette pensée m'ébranla. Il fallait que j'aille chercher

de l'aide pour lui. Je touchai son front : il était chaud à présent. *Trop* chaud.

Il murmura des mots rauques qui auraient pu être « s'il vous plaît ».

Je me penchai sur lui, passant les doigts sur sa mâchoire rugueuse. Ses yeux d'un bleu sombre étaient comme un rêve, ses lèvres m'appelaient. Je posai ma bouche sur la sienne, comme je l'avais déjà fait. Il leva la main pour saisir ma nuque avec force, même dans son état. Il me tint ainsi pendant qu'il me rendait mon baiser. Sa langue caressa ma lèvre supérieure, puis se coula doucement entre mes lèvres. Dès que je les entrouvris, il la glissa dans ma bouche. Il avait un goût de désir et de douce avidité. Je m'ouvris à lui, voulant que cette connexion continue. Je n'avais jamais rien éprouvé de semblable à la sensation qu'il me procurait en touchant ma langue de la sienne.

Il parut s'oublier, alors, et bougea comme pour se placer au-dessus de moi, pour me serrer plus fort. Mais l'effort le transperça visiblement de douleur. Il retomba en arrière et me lâcha.

— Guerrier? murmurai-je, mais il avait sombré de nouveau dans l'inconscience.

J'aurais pu rester là, le veiller et faire de mon mieux pour l'aider. Mais je n'étais pas une guérisseuse expérimentée. Ismay m'avait beaucoup appris durant nos moments volés, et elle avait souvent mentionné mes talents naturels, mais je sentais qu'il y avait encore beaucoup de choses que j'ignorais.

Je devais aller chercher sa famille, et vite. Ils le ramèneraient chez lui, dans sa chambre confortable et luxueuse, le confieraient à leur équipe de guérisseuses et à leur profusion de remèdes, à leurs cuisiniers servant des bouillons roboratifs et de la cervoise, pour lui donner les meilleurs soins qu'un homme pouvait recevoir.

Je posai ma couverture de cheval sur lui, et la remontai jusqu'au milieu de son torse. Puis j'ajustai mes habits, remettant ma chemise en place. Je remplis le bol d'eau et le posai à sa portée. Enfin, je trouvai le sac de fruits que j'avais volés dans les jardins de son clan. Je plaçai quelques poires à côté du bol.

— Je dois aller chercher de l'aide pour vous, guerrier. Je reviendrai dès que je pourrai.

Je pris un moment pour recoudre ma tunique déchirée par l'épée de Wilkie, faisant une petite tentative pour améliorer mon apparence. Puis je l'enfilai et l'arrangeai en prenant soin de ne pas déplacer mon bandage. Je me mis à la recherche de mon épée, que je trouvai au bout d'un moment. Je la passai à ma ceinture, pris trois pommes, et entrepris de descendre la colline vers la forteresse des Mackenzie.

3

Tandis que j'approchais des portes gardées du château, je me réconfortai en me disant qu'on ne me renverrait probablement pas. Pas alors que j'étais celle qui pouvait les conduire au membre de leur clan qui avait disparu. Et pas n'importe lequel : le puissant frère du laird. Une fois qu'il leur serait rendu, j'espérais juste qu'ils me laisseraient partir en paix…

Quand Wilkie Mackenzie reviendrait à lui — s'il revenait à lui — et qu'il aurait les idées plus au clair, serait-il en colère ? Je repensai à son baiser. A sa bouche sur moi. Ces souvenirs vivaces échauffèrent mon corps et me pénétrèrent d'une étrange agitation, d'une attente. Néanmoins, c'était *moi* la responsable de sa blessure. Et s'il mourait, il était fort probable que l'on me blâme de sa mort. Je pourrais être sévèrement punie, ou même tuée, en représailles.

Il y avait beaucoup d'activité au voisinage de la forteresse des Mackenzie. Des patrouilles à cheval s'apprêtaient à partir, apparemment. *On s'était aperçu de l'absence de Wilkie.*

Deux gardes me regardèrent approcher avec une expression intriguée. Je me tins devant eux.

— Je voudrais parler à laird Mackenzie, dis-je. Je sais où se trouve Wilkie Mackenzie.

Les deux gardes échangèrent un coup d'œil, sceptiques, mais ils prirent néanmoins mes paroles au sérieux et ne perdirent pas de temps.

— Suivez-moi, ordonna l'un d'eux en commençant à marcher vers le château en pierre.

Plusieurs jeunes garçons jouaient dans les jardins, et le garde les appela. Ils s'approchèrent en me détaillant de la tête aux pieds, moi et mes habits.

— Courez au terrain d'entraînement pour voir si le laird y est. Il est demandé d'urgence dans la grand-salle. Dépêchez-vous ! leur commanda-t-il.

Les garçons décampèrent, ravis de leur mission.

Je fus conduite d'un pas vif le long d'un large chemin qui menait à l'imposante forteresse. Je fus frappée de nouveau par le paysage, sa beauté, son bel ordonnancement. Des hommes et des femmes s'arrêtèrent dans leur tâche pour me fixer tandis que je marchais à côté du garde. Je leur enviai leur travail en équipe, leur camaraderie, leur clan et le sentiment d'appartenir à une terre. Je souhaitais avoir moi aussi un clan qui m'accueillerait comme une des leurs et auquel je pourrais contribuer d'une manière significative. J'avais eu le sentiment d'appartenir au clan Ogilvie, quelque temps, jusqu'à la mort de mon père et au déclin de ma mère qui avait suivi rapidement. Depuis, j'avais plutôt eu l'impression d'être une simple servante ou au mieux quelqu'un d'extérieur qui ne cadrait ni avec le rôle qu'on lui demandait de jouer ni avec son entourage. Tout ce que j'étais avait bel et bien été piétiné, mes ailes coupées, m'empêchant de prendre mon envol. Dans mon cœur, je sentais que mon destin était ailleurs.

Le garde m'escorta tandis que nous traversions les portes de bois massives du château, débouchant sur une entrée grandiose. Des tapisseries ornaient les murs de pierre, et de beaux meubles de bois agrémentaient la salle. Les détails de la forteresse étaient visiblement plus raffinés et son entretien plus prospère que ceux du château Ogilvie.

Le garde me fit signe de m'asseoir dans un fauteuil et je m'installai en attendant qu'il revienne. *Wilkie s'était-il réveillé en mon absence ?* Je savais qu'il m'appellerait quand il constaterait que j'étais partie. J'éprouvais une envie indéniable de retourner vers lui, de le soigner de mes propres mains. Mais c'était mieux ainsi. Il avait de la fièvre, et ses chances de survie seraient bien plus grandes grâce aux soins de son clan. Et je souhaitais qu'il vive, de tout mon cœur.

Soudain, je tendis l'oreille. Il y eut de l'agitation et un lourd bruit de pas résonna à l'intérieur du château. Aussitôt après, un petit groupe de gens fit son entrée dans la salle, conduit par un vrai géant qui ne pouvait être que le frère de Wilkie, laird Mackenzie. Sa ressemblance avec Wilkie était frappante, il avait les mêmes cheveux noir comme jais, mais il était encore plus grand et son allure plus imposante. Au lieu d'être bleu vif, ses yeux étaient gris clair. A sa droite se tenait un autre frère de toute évidence. Kade, si je m'en souvenais bien. Ce frère-là était à peu près de la même taille mais plus mince, presque maigre, avec des cheveux châtain foncé et des yeux bleus comme Wilkie, en plus clair. L'expression de son regard suggérait moins de retenue que ses frères, une agitation intérieure qui, à la première impression, était un peu perturbante. Cet effet était encore souligné par le véritable arsenal qu'il portait : plusieurs baudriers munis de couteaux et d'épées, ainsi qu'une bandoulière en cuir en travers de son torse, munie de sacs et de poches où d'autres petits couteaux et autres objets tranchants devaient être cachés.

Je me levai.

Ils me fixèrent comme si j'avais deux têtes. Je devais leur paraître bien étrange, je m'en avisai à ce moment-là. J'avais été si distraite par les soins à donner à Wilkie et par les émotions provoquées par ses baisers que j'avais oublié de natter mes cheveux, qui tombaient librement dans mon dos. Toujours vêtue d'habits d'homme maintenant en haillons, que j'avais pris soin de laver des taches de sang sans y réussir tout à fait, et avec une épée passée dans ma ceinture, je devais avoir l'air d'une vraie sauvage.

Mais tant pis ! Je ne pouvais pas y faire grand-chose maintenant.

Avant que je puisse mieux les détailler, le laird prit la parole :

— Je suis le laird Knox Mackenzie et voici mon frère Kade Mackenzie. A qui est-ce que je m'adresse ?

— Je m'appelle Roses.

Il ne m'interrogea pas sur mon clan, et heureusement ! Il avait des questions plus urgentes à l'esprit, de toute manière.

— Vous avez des nouvelles de Wilkie, dit-il avec une impatience brusque.

— Oui, répondis-je. Il est blessé. Je sais où il est, dans la colline à l'ouest. J'ai recousu sa blessure, mais je crains qu'il n'ait de la fièvre.

Le laird réagit aussitôt, aboyant des ordres aux gens du groupe.

— Fergus, préparez les chevaux et…

— Il a besoin d'une litière, coupai-je. Il ne peut pas marcher, et le porter sur un cheval ne ferait que le blesser davantage.

Le laird tourna vivement la tête dans ma direction. Il n'avait pas apprécié que je l'interrompe, lui le chef, et cela se voyait sur son visage. Kade parut presque amusé.

Tous se turent brièvement à la suite de mon intervention.

— Vous et moi aurons une longue conversation à notre retour, me dit le laird, le regard étincelant, à la fois dur et direct. D'abord, nous devons retrouver Wilkie.

Il se tourna vers son frère.

— La lass peut monter avec toi.

— Je sais monter à cheval, dis-je, mais ma requête fut ignorée.

Apparemment, on ne devait pas me faire confiance… *Eh bien, ce n'est pas la gratitude qui les étouffe*, pensai-je avec un certain agacement.

Le groupe se rassembla rapidement, et je fus conduite dehors sans attendre et hissée sur un cheval colossal, devant Kade.

— Vous allez me montrer le chemin jusqu'à Wilkie, dit-il.

Il passa ses bras massifs autour de moi et mit son cheval au grand galop, suivi de près par les autres. Je craignais d'être blessée ou transpercée par l'une de ses nombreuses armes, mais je n'avais d'autre choix que de m'accrocher à lui.

Nous eûmes vite fait de traverser la plaine et gravîmes bientôt la pente inclinée de la colline. Elle était si raide par endroits que j'avais peur que nos chevaux ne se renversent sous notre poids, mais les hommes continuaient comme si de rien n'était. J'indiquai le sentier et nous atteignîmes l'entrée de la grotte juste comme le crépuscule laissait place à la nuit.

— C'est ici, dis-je.

Kade sauta à bas de son cheval sans faire un geste pour m'aider et marcha vers la grotte à grandes enjambées, suivi de près par le laird et plusieurs autres. Le cheval de Kade était si grand que j'eus du mal à descendre de la hauteur à laquelle je me trouvais. Je passai une jambe par-dessus son dos et tentai de me laisser glisser à terre, mais finis par tomber en un tas pitoyable. Je me relevai, brossai mes vêtements et allai jusqu'à l'entrée de la grotte ; je m'accroupis à l'intérieur, près de l'endroit où les hommes étaient en cercle, agenouillés autour de Wilkie. La lumière mourante jetait de faibles lueurs dans le petit espace.

— Frère, dit le laird en touchant le front de Wilkie. Nous allons te ramener à la maison.

Une inquiétude rigide donna une dure sévérité à ses traits tandis qu'il échangeait un regard avec Kade.

— Il est brûlant.

Kade souleva la couverture que j'avais posée sur le torse de Wilkie et la rabattit pour révéler la blessure que j'avais bandée tant bien que mal. Il ôta le bandage et ils prirent tous une inspiration.

— C'est vous qui avez cousu ceci, lass ? me demanda le laird.

— Oui.

— Pas du mauvais travail, commenta Kade.

Wilkie remua, sa tête ballottant d'un côté à l'autre.

— Roses, dit-il très clairement, bien que ses yeux soient fermés.

— Il délire, déclara le laird. Portons-le jusqu'à la litière.

— Roses ! appela de nouveau Wilkie, plus fort cette fois.

Kade observa son frère, puis son regard glissa jusqu'à moi.

— Comment avez-vous dit que vous vous appeliez ?

— Roses, répondis-je doucement.

Kade fit un signe de tête vers Wilkie, d'un geste bref et autoritaire. On me donnait la permission — ou on m'ordonnait — d'aller jusqu'à lui. Je le rejoignis en rampant et chuchotai à son oreille, sans me soucier d'être entendue :

— Je suis là, guerrier.

Il se calma instantanément. Ses yeux s'ouvrirent, et il cligna plusieurs fois des paupières comme s'il luttait pour les garder ouvertes. Il leva une main pour la passer dans mes cheveux, sur ma nuque.

— Ah, lass. Vous êtes un si beau rêve. Embrassez-moi encore.

Le laird ne parut pas très content de cet échange, mais il étudiait la réaction de son frère avec intérêt, visiblement soulagé de le voir en vie.

— Il est temps pour vous de rentrer chez vous, dis-je doucement. Vos frères sont venus vous chercher.

— Restez avec moi, Roses, dit-il d'une voix ensommeillée.

Je jetai un coup d'œil au laird, dont l'attention était fixée sur moi. Le permettrait-il ? Ses yeux suivirent la main de Wilkie qui caressa mes cheveux, avant de retomber sur son côté.

— Oui, dit laird Mackenzie. Vous venez. Allons-y.

4

Oui, je fus autorisée à rester au côté de Wilkie quand on le transporta dans sa chambre pour qu'il soit pris en charge par la guérisseuse, mais je compris vite que de toute façon je n'aurais pas eu le choix.

Sa chambre était grande et, comme je m'y attendais, luxueuse. D'épaisses fourrures étaient accrochées aux croisées pour protéger de la brise nocturne, qui devenait plus mordante de jour en jour. Un feu avait été allumé dans une grande cheminée en pierre et crépitait agréablement, jetant des lueurs orangées. Le lit de Wilkie était soutenu par quatre montants de bois sculpté qui allaient jusqu'au plafond et étaient garnis de lourds rideaux brodés — écartés maintenant pour que la guérisseuse puisse soigner sa blessure.

Je pris place dans un fauteuil près du feu tandis que ceux qui s'occupaient de Wilkie examinaient et nettoyaient sa plaie. J'étais si épuisée que j'aurais pu m'endormir sur le dur siège de bois. Mes paupières étaient lourdes et je luttais pour m'empêcher de m'assoupir.

Kade et le laird se tenaient en arrière, observant la guérisseuse qui s'occupait de leur frère. Dans un tourbillon, deux jeunes femmes franchirent vivement la porte. Ses sœurs — c'était facile à voir, avec leurs cheveux sombres et leurs yeux bleus. La nouvelle du retour de Wilkie les avait mises dans tous leurs états.

— Wilkie, dit l'une des deux dans un souffle, en

pressant une main sur le front de celui-ci. Il a de la fièvre, ajouta-t-elle.

— Il est vivant, à la maison et fort comme un bœuf, déclara l'autre sœur. Il ira bien.

Elle arrangea avec grand soin les fourrures qui le couvraient, se démenant autour de lui.

J'enviai Wilkie, sa famille qui l'entourait, l'inquiétude poignante sur leurs visages.

La sœur légèrement plus grande, dont les cheveux étaient aussi noirs que ceux de Wilkie, s'adressa à la guérisseuse :

— Effie, quelle est la gravité de ses blessures ?

— Elles sont sérieuses, répondit la femme sans détour. Qui a recousu cette plaie ? demanda-t-elle au laird.

— La lass que voilà, indiqua-t-il. Roses.

Tous les yeux se tournèrent vers moi, mais j'étais trop fatiguée pour remarquer leur attention, qui se reporta vite sur Wilkie.

Effie émit un son qui suggérait qu'elle était assez impressionnée.

— Cela peut rester en place. La blessure elle-même a commencé à guérir. En vérité, le fait qu'elle ait été recousue rapidement lui a probablement sauvé la vie. C'est une méchante blessure, vraiment.

Elle nettoya et banda le torse de Wilkie, puis elle prescrivit une infusion d'écorce de saule, qu'elle puisa dans un pichet avec un gobelet de bois.

Mais quand les femmes essayèrent de relever la tête de Wilkie pour le faire boire, il chassa le gobelet d'un coup de main, l'envoyant voler à travers la pièce où il heurta le mur en pierre.

— Vous devez boire, Wilkie, le tança Effie d'une voix forte, comme s'il était sourd et non fiévreux.

Mais lorsqu'elles essayèrent de nouveau, sa réaction fut encore plus violente et son corps se mit à s'agiter tandis qu'il poussait un grognement, très énervé.

Le laird me fit signe d'aller à son chevet.

— Roses, dit-il, essayez.

Mal à l'aise sous tous ces regards, je rejoignis le lit de Wilkie. Il avait été allongé au milieu, alors je dus grimper pour m'asseoir à côté de lui. J'approchai mon visage du sien.

— Guerrier, vous devez boire. Laissez-moi tenir le gobelet pour vous. Cela vous rafraîchira la gorge.

Il tourna son visage vers moi, mais n'ouvrit pas les yeux.

— Ah, murmura-t-il, un lent sourire se dessinant sur sa bouche. Mon ange est venu à moi.

Effie me tendit le gobelet. Je relevai la tête de Wilkie jusqu'à ce que ses lèvres touchent le bord.

— Voilà. Buvez, guerrier, dis-je d'une voix caressante. Oui, comme cela. Un peu plus encore.

Il vida le gobelet.

— Restez avec moi, dit-il dans sa torpeur. Ici, où je peux vous sentir.

— Oui, guerrier.

Je reposai sa tête sur son oreiller ; il était plus paisible, maintenant. Je fis un mouvement pour descendre du lit, mais il passa un grand bras musclé autour de ma taille et m'attira contre lui. Je tentai doucement de desserrer ses doigts, d'écarter son bras qui entourait mes hanches et me tenait pratiquement allongée sur lui. Mais il se mit aussitôt à protester, me ramenant à lui et affermissant encore plus son emprise sur moi. Dans la brume de sa fièvre, il murmura mon nom et d'autres mots tendres qui échauffèrent mon visage et mon corps. Le laird et Kade remarquèrent ma rougeur, ce qui ne fit que l'aggraver.

Je me penchai vers Wilkie et chuchotai près de son oreille que j'étais toujours là, que je ne le quitterais pas. Il se calma et relâcha son emprise, me permettant de m'asseoir. Mais j'étais toujours serrée avec force contre lui.

— Il a besoin de repos, déclara Effie.

Elle nous contempla Wilkie et moi tandis qu'il me tenait toujours collée à lui, puis ses yeux se posèrent sur nos doigts entremêlés.

— La lass ne tient plus debout. Aimeriez-vous que je lui trouve un lit, laird Mackenzie ?

Wilkie parla lentement, mais avec une force surprenante pour un homme dans son état.

— Elle dormira ici. Avec moi.

A ces mots, Kade rit doucement.

Mais le laird ne semblait pas aussi amusé.

— Elle peut dormir dans les chambres des femmes, et t'être amenée demain matin.

Cette déclaration parut suffisamment désagréable pour tirer un moment Wilkie de sa torpeur. Ses yeux s'entrouvrirent à peine et sa voix était rauque, mais il parla assez clairement pour être compris.

— J'ai besoin d'elle. Elle éloigne la noirceur.

— *Wilkie*, dit le laird, et sa voix était ferme comme s'il était certain de pouvoir rendre un peu de bon sens à son frère. Sois raisonnable. La lass n'est ni un produit de ton imagination ni une captive. En vérité, nous ne savons pratiquement rien sur *qui elle est* — un mystère que j'ai l'intention d'élucider dès qu'elle se sera reposée. Elle dormira dans le lit supplémentaire de la chambre de Christie, et nous pourrons tous nous retrouver et discuter de ce qu'il faut faire dans la matinée. A présent…

— *Non !*

La voix de Wilkie semblait presque paniquée, et il m'agrippa plus fort tandis qu'il essayait de s'asseoir.

— Vous ne la prendrez pas. *Elle est à moi.*

Mais la douleur dans son côté le transperça et il tressaillit, serrant mes doigts comme dans un étau, avant de retomber sur ses oreillers. Choquée par le grognement douloureux qu'il poussa, je le tins doucement en place de mes deux mains.

— S'il vous plaît, guerrier, lui intimai-je en essuyant une larme sur ma joue. Dormez, maintenant. Ne vous faites pas plus de mal. Dès que j'aurai la permission de revenir auprès de vous, je le ferai.

La souffrance qu'il endurait produisait ses effets ; les

yeux de Wilkie étaient rivés sur moi alors même qu'il parlait à son frère, et ses paupières étaient lourdes tandis que sa voix était rendue traînante par le breuvage puissant qu'on lui avait donné.

— J'en *mourrai*. Sa vue. Son toucher… Elle me guérit comme aucun remède ne le ferait. Laissez-la… Roses… Ange…

Sa voix faiblit tandis qu'il luttait pour rester conscient. Son emprise sur mon corps se relâcha et il s'endormit, enfin.

— Il a complètement perdu la raison, c'est sûr, dit Kade d'un ton qui se voulait léger, mais il regardait Wilkie avec inquiétude.

L'une des sœurs prit alors la parole.

— Laissez-moi aller chercher des fourrures et faire le lit dans l'antichambre voisine. De grâce, Knox. Roses peut dormir là, pour le cas où il se réveillerait et l'appellerait.

Nous n'avions pas été présentées formellement, mais elle avait visiblement retenu mon nom. A l'entendre, elle avait déjà accepté les requêtes de Wilkie et ferait tout ce qu'elle pourrait pour y répondre.

— Oui, dit l'autre sœur, clairement excitée par la tension qui régnait. Je dormirai avec elle, si tu veux, afin qu'elle soit chaperonnée. Tu dois dire oui, Knox. Ce n'est pas la peine d'agiter Wilkie davantage en faisant quitter sa chambre à Roses, quand cela va à l'encontre de ses souhaits. Il s'est visiblement attaché à elle. Et nous devons faire tout ce que nous pouvons pour hâter sa guérison.

Laird Mackenzie paraissait profondément irrité par la situation, mais il était malgré tout assez concerné par la détresse de son frère pour se montrer souple. Il jeta un coup d'œil à Kade, qui haussa les épaules et dit :

— C'est une suggestion raisonnable. Nous ne voulons pas qu'une agitation inutile aggrave son état. Nous pourrons venir les voir de temps en temps.

Le regard du laird se posa sur moi un moment, comme s'il essayait de déchiffrer les mobiles qui m'animaient.

— Je suppose que c'est possible.

Avec un gros soupir, il ajouta :

— Très bien, donc. Ailie, tu fais les lits. Christie, tu dormiras avec Roses. Effie, jetez un œil à la lass : l'épaule de sa tunique est tachée de sang frais. Elle semble blessée. Vous la soignerez. Kade, tu viendras voir à des intervalles réguliers pendant la nuit.

Autrefois, il me serait peut-être venu à l'idée de protester et de remettre en question ce plan clairement inconvenant. Moi, dormir dans la chambre voisine de celle d'un homme, et d'un homme que je connaissais à peine, de surcroît ? Mais là, je me sentis vivement soulagée. Je ne serais pas jetée dehors. Et je pourrais être près de lui, ce guerrier dont le sang s'était mêlé au mien et dont les yeux, la bouche et les doigts avaient déjà provoqué en moi une attente que je ne pouvais pas nier ni même expliquer.

Effie commença à rassembler ses affaires.

L'une des sœurs de Wilkie partit devant, par la porte de la chambre voisine, et l'autre m'aida à m'extirper de l'emprise de celui-ci. Elle me prit le bras.

— Venez, Roses. Nous allons vous conduire à votre lit.

— D'abord, dit Kade, nous allons vous ôter vos armes.

Le véritable arsenal qui couvrait son corps, ainsi que sa taille et son air farouche avaient de quoi intimider. Je fis ce qu'il me demandait sans discuter. J'ôtai ma ceinture et la tendis avec ma petite épée et mon couteau. Kade prit le tout.

Je me souvins alors de comment les lieutenants de laird Ogilvie décrivaient les Mackenzie. *De vraies machines à tuer. Armés jusqu'aux dents.*

Oui, Kade Mackenzie était armé jusqu'aux dents. Mais ses yeux bleus semblaient plus curieux que vindicatifs ; il paraissait légèrement intrigué par le tour inhabituel qu'avaient pris les choses et par le désir étrange de Wilkie de m'avoir près de lui.

— Vos armes, dit-il, resteront sous notre garde.

— J'espère que votre chambre vous conviendra, déclara

le laird en faisant un signe de tête pour me souhaiter bonne nuit.

Le geste était poli, curieusement, et m'était assez étranger ; c'était le geste d'un noble, un geste qui aurait pu être adressé à une femme de son rang. *Quelque chose que je n'étais absolument pas.* Il me traversa alors l'esprit qu'il ne connaissait pas ma position inférieure. Le lendemain, la vérité éclaterait, mais cette nuit-là je profiterais des chambres luxueuses des rares privilégiés.

L'antichambre était une longue pièce étroite avec à un bout une embrasure de fenêtre en pierre généreusement garnie de coussins en fourrure. A l'autre bout se trouvait une cheminée où l'on venait d'allumer un feu. Deux lits d'une personne étaient drapés d'épaisses et luxueuses couvertures. La seule vue d'un lit chaud muni de fourrures accrut ma fatigue.

A présent, dans ce lieu aux dimensions moins impressionnantes, je pouvais mieux regarder les sœurs de Wilkie. J'avais remarqué tout de suite la forte ressemblance entre les frères et sœurs Mackenzie. Ses sœurs étaient vraiment très belles. Toutes deux me contemplaient avec une curiosité évidente.

— Je suis Ailie, Roses. Et voici Christie.

— Roses, dit Christie, la plus jeune, aux manières ouvertes et pleines de vivacité.

Elle me prit la main.

— C'est un plaisir de vous rencontrer. Comment diable vous êtes-vous retrouvée dans le lit de Wilkie ? Vous allez faire l'envie de légions de femmes.

Elle était délicieusement menue et ses cheveux avaient une couleur vison foncé ; elle les portait défaits et ils ondulaient doucement sur ses épaules. Ses yeux étaient d'une nuance bleu clair inhabituelle et étincelaient de malice. C'était tout juste si des myriades de questions ne jaillissaient pas d'elle, comme si elle ne pouvait les contenir.

— Vous devez nous raconter toute l'histoire. Que s'est-il passé ? Et d'où venez-vous ?

— Cesse de l'interroger, Christie, la tança Ailie.

Elle était la plus grande des deux, mince et au port élégant. Ses manières plus réservées suggéraient qu'elle était l'aînée. Ses cheveux noirs étaient relevés en un chignon tressé, à la mode. Et ses yeux étaient d'un bleu si profond qu'ils en étaient presque violets.

— Nous parlerons de tout cela demain. Roses a besoin d'être soignée et de dormir. Allongez-vous donc sur ce lit, Roses, pour qu'Effie puisse examiner votre blessure.

Je fis ce qu'elle me conseillait, remerciant le ciel pour la chaleur et la douceur de ce lit.

Effie vint à mon chevet et posa son plateau couvert de tisanes et de remèdes, de bandages et d'onguents. Alors qu'elle se penchait sur moi, je regardai son visage de plus près pour la première fois. Elle avait peut-être deux fois mon âge, était petite et ronde, avec un foisonnement de boucles rousses qui encadraient ses traits aimables et ses joues roses.

— Pouvez-vous vous asseoir, petite ? J'ai besoin de vous ôter votre tunique. Et aussi ces chausses trop grandes que vous portez — pourquoi, je ne saurais le dire. On croirait que vous avez traversé toutes les guerres d'Ecosse !

Je pouvais entendre Kade et le laird qui s'entretenaient à voix basse dans la chambre de Wilkie. Puis la porte se referma.

Effie m'aida à me déshabiller. Je pris bien garde de lui cacher mon dos et mon tatouage, mais c'était une habitude pour moi, et depuis longtemps. Mes cheveux étaient par chance toujours défaits, me couvrant les épaules, et je me rallongeai tandis qu'Effie s'occupait de moi. Elle soigna ma blessure et la banda, m'indiquant qu'elle était en bonne voie de guérison, malgré le sang, et j'appréciai sa gentillesse à mon égard. Tout en s'affairant, elle décrivait ses méthodes, peut-être pour me mettre à l'aise, tandis qu'Ailie et Christie regardaient de temps en temps et s'efforçaient de ranger la pièce. Je leur étais reconnaissante de leur présence discrète, mais reposante. Effie me donna de la tisane et une dose de remède. Elle me toucha le front. Il était chaud, et elle ne me cacha pas qu'elle restait soucieuse de mon état, mais elle espérait que la potion avait été administrée à temps et qu'elle préviendrait toute complication. Puis Effie remonta les couvertures jusqu'à mon cou et les tapota.

— Vos vêtements de dessous sont courts, chuchota-t-elle en approchant son visage du mien. Mais ça ne sera pas un problème, lassie.

Elle souriait aimablement, avec juste une trace de curiosité et de légère remontrance. En fait, elle semblait être très divertie par le quasi-scandale de ma présence juste à côté de la chambre de Wilkie, voire contente d'y participer.

— Ailie et Christie vous trouveront des habits demain. Quelque chose de plus… convenable.

Je voulus la remercier de cette offre et leur assurer à toutes les trois que ce ne serait pas nécessaire ; dès le lendemain, je partirais, si je pouvais juste avoir un peu de pain. Et peut-être quelques poires. Mais je m'endormis avant de pouvoir prononcer le moindre mot.

— Roses.

L'obscurité était trop épaisse, le sommeil trop profond.

— *Roses.*

Je me redressai, complètement hébétée. Durant un bref instant de panique, je crus que j'étais dans les cachots d'Ogilvie, jetée pour toujours dans leurs ténèbres fétides à cause de l'outrage que j'avais fait subir au laird. Puis mon esprit revint vivement à la grotte. Etais-je seule ? Mais je pouvais y voir, maintenant : les motifs du sol de pierre près des braises mourantes du feu, les silhouettes du lit et de la pièce plongés dans l'ombre.

— *Ange, où êtes-vous ?* demanda le murmure rauque et étouffé. *Revenez près de moi.*

Mes idées étaient un peu plus au clair, à présent. Je jetai un coup d'œil autour de moi. Christie dormait dans son propre lit ; elle ne broncha pas. Je m'extirpai du chaud cocon de mes fourrures et allai jusqu'à la porte de la chambre de Wilkie. Elle n'était pas fermée à clé. Il n'y avait personne avec lui et la pièce était silencieuse. J'entrai et refermai la porte derrière moi. Wilkie était couché, les paupières closes, mais il s'agitait légèrement, en murmurant. Ses cheveux étaient en bataille et humides de sueur.

J'allai jusqu'à lui et posai la main sur son front. *Toujours fiévreux.*

Au contact de ma main sur sa peau, ses paupières frémirent mais ne s'ouvrirent pas. Il grogna doucement :

— Roses.

— Je suis là, guerrier, lui chuchotai-je en me penchant sur lui.

Sa chambre était plongée dans l'obscurité, hormis la lumière vacillante d'un feu qui avait été alimenté de bois, pour garder la pièce au chaud. C'en était presque étouffant, pensai-je. L'air était surchauffé. Je retirai les fourrures de son torse et les repliai sur sa taille, juste sous son côté bandé.

J'allai ensuite jusqu'au plateau d'Effie, laissé sur une table près de son lit, et emplis un gobelet de tisane froide. Quand je grimpai à côté de lui pour essayer de le faire suffisamment revenir à lui afin qu'il boive un peu du liquide, je fus surprise de voir que ses yeux étaient ouverts, et d'un bleu étincelant, même s'ils étaient encore brillants et rougis par la fièvre. Il but sans faire de difficultés quand je lui offris le gobelet. Ce fut à ce moment-là seulement que je m'avisai que je ne portais que mes dessous bien trop courts…

Je fis un mouvement pour le quitter, afin d'aller me couvrir.

Sa main agrippa mon poignet avec une force surprenante.

— Restez, dit-il, la voix grave et enrouée après ce silence prolongé.

Ce n'était pas un ordre, mais une requête. L'emprise de sa main se desserra presque aussitôt, ses doigts effleurant le duvet de mon bras.

— Laissez-moi partir, guerrier. Je vais m'habiller. Ensuite je reviendrai.

— Restez, répéta-t-il. Je ne vous regarderai pas.

Mais ses yeux étaient déjà posés sur moi, me transperçant littéralement sur place et faisant naître en moi une curieuse chaleur.

Ma fine chemise ne cachait guère mon corps, mais après tout, ce guerrier m'avait déjà vue, et beaucoup plus que ça ! Il n'avait pas fait que me regarder, d'ailleurs : il m'avait *goûtée*, m'aspirant sensuellement de sa bouche chaude, me mordillant de ses dents. Cette pensée me mit le feu aux joues et à la poitrine tandis que je me remémorais son contact sur ma peau. J'espérai que dans la faible lumière il ne pourrait distinguer ma rougeur… Ou mon désir secret, qui ne cessait de croître, d'être de nouveau délicieusement touchée et caressée par lui.

— Je pourrais vous regarder juste un peu, concéda-t-il en observant mon corps qui réagissait à son contact, la pointe de mes seins qui se durcissait.

L'ombre d'un sourire joua au coin de sa bouche, et entre ses cils sombres son regard avait retrouvé toute sa lucidité. *Il est à couper le souffle,* pensai-je.

— Je rêve, dit-il comme s'il se parlait à lui-même. Elle ne peut pas être réelle.

— Je suis réelle, guerrier, dis-je en passant un doigt sur le dos de sa main pour l'en convaincre.

— Vraiment ? chuchota-t-il.

— Oui.

Il marqua une pause, comme pour s'imprégner de ce que je venais de dire.

— Et vous êtes ici, dans ma chambre, avec moi.

Il rit doucement.

— Mes frères sont vraiment bons avec moi, quand je suis malade.

— Vous avez joliment insisté, dis-je gentiment.

Son lent sourire révéla brièvement ses dents blanches.

— Oui, je m'en souviens. Je vous veux aussi près que vous pouvez l'être. Laissez-moi vous sentir, lass.

Le bout de ses doigts traça des lignes douces sur mes bras, puis il leva la main pour caresser les longues mèches de mes cheveux, les lissant avec soin sur mes épaules et ma poitrine, comme s'il doutait encore que son esprit ne lui joue des tours. Son toucher était possessif et plein d'assurance, laissant sur moi des traces de chaleur partout où ses doigts s'étaient attardés.

— Mes rêves semblaient si réels, dit-il d'un ton songeur. Vous m'êtes apparue, tel un ange doré. Je n'avais jamais vu une beauté égale à la vôtre. Vous étiez le soleil, me brûlant de votre lumière. Jamais je n'avais vécu une chose pareille. Quand vous m'avez laissé, tout est devenu noir. En esprit, je vous ai poursuivie pendant des jours afin de pouvoir entendre de nouveau votre voix, sentir de nouveau votre chaleur et vos cheveux blonds, qui me touchaient comme les plumes d'une aile.

Je savais que Wilkie délirait toujours ; il était clair qu'il me percevait comme une sorte de vision ou d'apparition. Il m'associait plus ou moins à une force vitale qui l'avait conduit des ténèbres de la mort jusqu'à la lumière qui guérissait, semblait-il. Dans son état affaibli, il me voyait comme celle qui l'avait sauvé.

J'ignorais si son désir de me garder près de lui était réel, ou juste un effet de son instinct de survie. Ce que je savais, cependant, c'était que je voulais le sauver. Je voulais que son attachement pour moi dure. Je savais pourtant que ce désir était trop intense, trop rapide. Le fait que j'éprouve une affection aussi farouche pour lui, alors que nous avions passé si peu de temps ensemble et en savions si peu l'un sur l'autre, était quelque peu inapproprié. Aux yeux des autres, en tout cas. Mais à moi, cela ne me semblait *pas* inapproprié. Plus encore, cela m'apparaissait soudain comme vital. Comme si j'avais enfin quelque chose à perdre.

Je me penchai plus près de lui.

— Je m'occuperai de nouveau de vous, guerrier, chuchotai-je. Quels que soient vos besoins.

Son sourire qui s'attardait fit naître en moi un trouble intense. Sa main revint à mes cheveux, qu'il enroula autour de ses doigts, puis laissa retomber en les étalant, comme s'il était fasciné par leur texture et leurs reflets dorés sous la lumière. Certes, je ne connaissais pas Wilkie Mackenzie, à part une poursuite à faire tambouriner le cœur, un combat rapide mais sauvage et deux baisers à couper le souffle. Pourtant, sa présence, son visage et ses cheveux qui frôlaient ma peau me paraissaient déjà familiers après qu'il m'eut serrée contre son torse nu, même si cela avait été trop bref à mon goût. Mais son énergie contenue, comme prête à bondir, était nouvelle pour moi et m'intriguait plus que je ne pouvais le dire. Nous étions des étrangers : nos bouches s'étaient peut-être unies, mais les pensées qui se dissimulaient derrière ses yeux restaient farouches et indéchiffrables.

— Vous m'avez guéri, dit-il.

— J'ai recousu une blessure qui avait été infligée par ma propre main, lui rappelai-je doucement.

— Et qu'en est-il de votre blessure, que je vous ai causée ?

Il se releva pour inspecter mon bandage.

— Elle est déjà presque guérie, dis-je.

Sa main continua son exploration nonchalante de mon corps tandis que son regard soutenait le mien.

— Venez plus près, Roses, murmura-t-il. Plus près encore. Je veux sentir votre souffle sur moi, sur ma bouche.

Je voulais le réconforter, j'avais envie de faire ce qu'il me demandait. J'avais l'impression inexplicable que ses souhaits étaient les miens, qu'ils étaient les mêmes. Je me penchai sur lui. Mes seins se pressèrent contre son torse nu à travers la fine toile de ma chemise. Je relâchai doucement ma respiration, mon souffle caressant ses lèvres, pendant qu'il les écartait, inspirant profondément.

— Aaah…, fit-il. Vous me soignez bien, lass. J'ai l'intention de vous prendre tous vos remèdes.

— Quels remèdes ?

Je commençai à me redresser.

— Je peux aller chercher…

Il me ramena à lui avec force et je fus de nouveau pressée contre sa poitrine. Ses muscles étaient étonnamment durs contre mon corps souple.

— Ce remède-ci, dit-il, et il passa une main sur ma nuque pour attirer mon visage vers le sien tandis qu'il levait la tête. Un baiser, Roses. Embrassez-moi comme vous m'avez embrassé dans mes rêves.

J'hésitai.

— Oui, guerrier. Je vais vous embrasser. Tenez-vous tranquille, maintenant. Vous allez vous fatiguer.

Il obéit et son corps se détendit. Je posai les mains sur ses épaules, pour l'apaiser encore plus. Je passai les doigts le long de sa mâchoire, la frôlant à peine. Je touchai ses cheveux et lissai ses épaisses mèches soyeuses. Je dessinai ses lèvres du bout du doigt. Son haleine était brûlante sur ma peau. Je me penchai davantage vers lui, inhalant son souffle, et quand mes cheveux frôlèrent son torse il émit un son sensuel, comme un doux soupir. J'effleurai sa bouche de la mienne. Cette saveur qu'il avait, et que j'avais déjà goûtée deux fois, était terriblement séduisante. Comme j'en désirais plus, j'osai passer la langue sur sa lèvre supérieure, la poussant plus avant dans sa bouche, comme il me l'avait appris, suçant doucement ses lèvres et le bout de sa langue tandis que je l'embrassais, en savourant son essence si tentante.

— Guerrier ? chuchotai-je.
— Oui.
— Est-ce que ce baiser vous soigne ?
— Non, lass.
Je m'arrêtai.
— Non ?
— Ma fièvre est plus forte que jamais.
Je touchai de nouveau son front. Il sourit à ma confusion.
— Mon innocente Roses. Restez près de moi. Ma fièvre brûle pour vous et ne peut être calmée que par votre corps. Et je peux vous apaiser aussi, douce Roses. Il faut juste que vous me laissiez faire.
J'en mourrais d'envie. Mais il y avait une petite réticence en moi.
— Que voulez-vous de moi ?
Mon inexpérience était très embarrassante à mon âge. J'avais été trop préoccupée par mes corvées pour m'interroger sur autre chose. Jusqu'à maintenant. Et je commençais à comprendre de quelle nouvelle « fièvre » il parlait… Cette sensation de chaleur intense… de besoin qui fourmillait. Ses yeux bleu foncé rendus troubles par le désir semblaient affamés de bien plus que de mes baisers, je m'en rendais compte.
— Vous faites des progrès, lass.
— Des progrès en quoi ?
— Pour répondre à mes ordres.
Je souris.
— Oui. Quand je n'obéis pas à vos ordres, cela ne m'attire que des problèmes, visiblement.
— A moi aussi. Alors à présent, vous allez faire ce que je vous dis.
Ce qu'il pouvait me demander de faire me rendait nerveuse, mais dans mon cœur et au plus profond de moi, rien dans cette proximité avec Wilkie Mackenzie ne me paraissait mal. Le regarder, le toucher, être touchée par lui : rien d'autre ne comptait à ce moment-là.
— Roses, mon soleil, ma lumière dorée. Je dois être

prudent avec vous. Je ne vous ferai pas de mal, et je ne vous prendrai pas. Pas encore.

Ses mots produisaient un étrange effet sur moi, ils me faisaient fondre, littéralement ; ma peau me semblait toute moite et hypersensible.

— Vous allez faire ce que je dis.

La beauté de son visage, sur lequel le feu mourant faisait jouer des ombres, me stupéfiait.

— Oui, guerrier, murmurai-je.

Il passa une main sur ma nuque et attira mon visage vers le sien.

— Embrassez-moi encore.

Je le fis, l'embrassant doucement, explorant ses lèvres de ma langue, l'introduisant juste un peu dans sa bouche. Il me rendit ce baiser, ajustant sa bouche à la mienne, me goûtant, s'introduisant en moi avec plus d'insistance, me nourrissant de son goût et de son feu, qui semblait en retour enflammer mon corps d'une rougeur agréable.

Sa main effleura l'arrière de ma cuisse, par-dessus la légère étoffe de ma chemise. Il m'attira plus fort contre lui, si bien que je me retrouvai à chevaucher sa jambe, collée contre le cuir rugueux de ses chausses. Il me tint avec une douceur surprenante, installant un rythme nonchalant tandis qu'il me frottait contre lui et jouait toujours avec ma langue, usant de sa bouche qui me captivait. Aurais-je dû me montrer choquée ? L'emprise de ses mains sur la peau à peine couverte de mes fesses envoyait une chaleur pleine de picotements dans l'endroit sensible entre mes jambes. Il prit son temps, accroissant peu à peu la pression et le rythme de son geste. Sa force lui donnait un contrôle total sur moi et il continua à travailler mon corps de ses mains, me pressant et me caressant dans une lente ondulation.

Je ne savais pas ce qu'il faisait. Ni *comment* il pouvait le faire. Mais la sensation qui montait en moi était si entêtante, si suave, avec son mouvement en avant qui me donnait une envie folle d'aller plus loin, que je me retrouvai en train de me bercer légèrement contre lui, fondant littéralement sous son toucher. La fièvre de mon corps monta en puissance jusqu'à ce qu'elle me submerge, me traversant d'une vague qui dévastait tout avant de jaillir au plus intime de moi et de se changer en spasmes délicieux, à la limite de l'insoutenable. Je me recroquevillai et gémis d'un plaisir presque douloureux, incapable de me taire tandis que ce feu délicieux pulsait à travers moi.

Les vagues se calmèrent enfin et je m'affalai contre lui, à bout de forces, pour déposer un baiser léger sur ses lèvres. Mon corps me paraissait lourd et plongé dans une douce torpeur.

— *Guerrier.*

— Taisez-vous, maintenant.

Il tira les fourrures sur nous alors que j'avais à peine conscience des pas qui nous avertissaient, du déclic et du craquement de la porte qui s'ouvrait. Je savais que j'aurais dû me cacher ou fuir. Etre surprise comme ceci, à peine vêtue dans le lit de Wilkie et serrée dans une étreinte aussi intime, inconvenante : tout cela aurait dû me mortifier. Ma réputation — si j'en possédais toujours une à présent — serait encore plus en lambeaux qu'elle ne l'était déjà. Mais j'étais trop transportée par lui, par ce qu'il venait de faire à mon corps. J'étais incapable d'éprouver de la honte ou même de rassembler l'énergie nécessaire pour m'écarter de lui, pas du fond de cet engourdissement qui irradiait du plus profond de moi. Je flottais comme dans un rêve merveilleux où les réputations importaient peu et où la seule considération digne d'attention était celle de mon guerrier.

— Je vois que tu te procures des remèdes pour guérir, frère.

Je reconnus la voix sourde de Kade Mackenzie, mais n'avais pas envie d'ouvrir les yeux ; ils me paraissaient aussi lourds et repus que le reste de ma personne.

— Je venais juste voir si tu étais toujours vivant.

— Oui, répondit Wilkie — et j'aimai le son de sa voix, si profonde et réconfortante, tandis que j'étais blottie contre son torse, aussi proche de lui que je pouvais l'être. Toujours vivant.

Les pas s'éloignèrent. Kade s'en allait. Il n'était visiblement pas aussi ulcéré par la possibilité d'un scandale que laird Mackenzie l'avait été. Il s'arrêta malgré tout à la porte et demanda :

— Qu'est-ce qui ne va pas avec la lass ?

Il y avait de l'amusement dans ses paroles.

— Rien, répondit Wilkie d'un ton nonchalant, sa main encore chaude et posée sur moi. Elle va très bien.

Je crus entendre le rire étouffé de Kade tandis que la porte se refermait derrière lui.

Je restai longtemps couchée avec Wilkie, rassasiée, plongeant dans un demi-sommeil et en ressortant de temps à autre, jusqu'à ce que je sois réveillée pour de bon par ses gémissements et sa respiration irrégulière — dus à des cauchemars ou à la douleur de sa blessure, je n'aurais su le dire. Je caressai ses cheveux pour le calmer. Je passai les doigts sur sa barbe de plusieurs jours, savourant son côté râpeux, captivée par la beauté de ses traits. Son bras se resserra autour de ma taille et sa force me tira de mon incertitude, apaisant mon propre malaise.

Je devenais habituée aux étreintes insistantes de Wilkie. Malgré notre familiarité si nouvelle, chaque contact de sa part me réconfortait. Il était peut-être stupide de trouver un tel degré de contentement dans une relation qui pourrait bientôt être brisée. Je savais que Wilkie serait probablement un élément bref et temporaire dans ma vie. Mais sa simple présence était pour moi si inattendue et tellement, tellement belle ! Je voulais seulement savourer le plaisir de l'avoir pour moi pendant que je le pouvais. Je savais que lorsqu'il me laisserait partir, finalement, sa chaleur me manquerait. Comme l'attente de ses lèvres touchant les miennes juste une fois de plus.

Quand la respiration de Wilkie redevint régulière, et

que le noir de la nuit laissa la place à une aube aux teintes violettes, je l'embrassai une dernière fois d'un frôlement de mes lèvres sur les siennes. Puis je me glissai hors de ses couvertures et retournai dans l'antichambre où Christie dormait. Je grimpai sur mon lit.

Les caresses de Wilkie avaient été une telle révélation pour moi que j'étais tout bonnement incapable de m'inquiéter au sujet des incertitudes que la journée apporterait sûrement. Je sentais toujours comme l'écho d'une pulsation au creux de mon corps. C'était une sensation exquise, pleine de chaudes promesses, comme si mon corps était devenu un navire frémissant au vent. En dépit de ma blessure, de ma fatigue, de ma chair à vif, je me sentais plus vivante que je ne l'avais jamais été. Je dormis, ne pensant qu'à lui.

5

Tôt le lendemain matin, je fus sommée par Kade d'aller retrouver laird Mackenzie dans la grand-salle.

Il y eut un coup fort frappé à la porte, qui réveilla Christie et moi. Elle se leva et alla ouvrir. Il n'entra pas, préférant rester sur le seuil, emplissant littéralement l'espace.

Il fut assez généreux pour me laisser quelques minutes, le temps pour moi de reprendre pied avec la réalité, avant de commencer à donner des ordres.

— Quand vous serez habillée, dit-il, je vous conduirai dans la grand-salle pour discuter de ce qui est arrivé et de ce qui va se produire. Le laird nous attend immédiatement.

Il ne fit pas mine de partir, afin de me laisser me lever et m'habiller. Visiblement, chez lui, la curiosité l'emportait.

— Et Wilkie ? demanda Christie.

— Il dort, répondit-il en me dévisageant toujours.

L'indulgence que j'avais cru déceler en Kade Mackenzie la veille au soir avait presque complètement disparu ; il était plus impressionnant que jamais. Ses armes étincelaient dans la lumière tamisée qui entrait par la petite fenêtre — difficile d'ignorer les nombreuses lames dont il était bardé, comme si elles avaient été affûtées et polies avec soin pour affronter la journée. Heureusement, Christie ne s'en laissa pas compter : elle se leva et le poussa dehors, sans tenir compte du regard réprobateur qu'il lui décocha.

— Tu ne comptes pas qu'elle s'habille alors que tu

te tiens là, l'intimidant avec toutes tes épées et tous tes couteaux, frère ? Attends dehors.

— Je n'avais pas l'intention d'intimider quiconque, maugréa-t-il.

Elle lui adressa un petit sourire narquois.

— Tu intimides tout le monde, farouche guerrier, et tu le sais. Pourquoi, sinon, porterais-tu pas moins de trois épées ? T'attends-tu à être attaqué ici, dans nos chambres ? Tu as déjà ôté ses armes à Roses, et moi (elle écarta les bras comme pour le lui prouver), je n'ai rien sur ma personne, je le jure.

En observant l'aisance qu'ils montraient en présence l'un de l'autre, j'éprouvai comme un vide — ou plutôt devrais-je dire une bouffée de jalousie ? Sans frères et sœurs, ni famille dont je pouvais me revendiquer, j'étais fascinée par leurs taquineries, leur camaraderie naturelle. Christie était si totalement calme en sa présence, comme seule une sœur pouvait l'être. Moi, il me paraissait terriblement violent. Mais elle le traitait avec toute la gentillesse d'une enfant, le repoussant avec insistance tout en prenant soin d'éviter ses lames tranchantes, comme si c'était tout naturel pour elle.

Une fois que Kade fut sorti, je me levai et enfilai ma tunique déchirée et mes chausses trop grandes.

— Ma chère Roses, dit Christie en inspectant ma tenue d'un œil critique, nous devons faire quelque chose pour vos habits. Laissez-moi vous dire qu'Ailie est une couturière douée. Pendant que vous rencontrerez Knox et Kade, nous nous occuperons de vous trouver des vêtements plus flatteurs. Et quand vous rejoindrez Wilkie, il n'en croira pas ses yeux.

Son regard pétilla à cette pensée. Elle était si accueillante et si aimable… Il était clair à ses manières ouvertes qu'elle avait déjà accepté ma place ici, peut-être pas au côté de Wilkie, mais pas loin. Christie semblait excitée à la perspective de notre journée ensemble ; elle, m'aidant à me pomponner pour plaire à son frère… Mais si tentantes que soient ses intentions, j'étais méfiante au sujet de mes propres secrets : mon tatouage et la réaction horrifiée qu'il avait provoquée. Non, ce n'était pas des souvenirs très heureux. Je devrais prendre soin de m'assurer que cette marque reste couverte.

Mais je savais qu'il n'y avait aucune garantie que je passe la journée à Kinloch, ni même l'heure suivante.

Je souhaitais pouvoir aller trouver Wilkie. J'avais envie de le voir et de le toucher avant d'affronter ses frères, dans le cas où ils me chasseraient. Je me sentais déconcertée par cette séparation d'avec lui et surtout par la pensée que l'on ne me permettrait peut-être pas de le revoir, même pour lui dire adieu.

— Qu'y a-t-il, Roses ? me demanda Christie. Pourquoi pleurez-vous ?

Elle posa une main sur mon épaule.

J'essuyai une larme.

— Ce n'est rien. Je vais bien.

— Je ne l'ai jamais vu regarder quelqu'un comme il vous regarde, dit-elle doucement. Je n'ai jamais entendu cette sorte de nostalgie dans sa voix, pas une seule fois.

Elle parlait presque avec vénération, comme si l'étrange alchimie qu'elle avait vue de ses propres yeux était empreinte de poids et de pouvoir.

— Ne laissez pas Knox et Kade vous effrayer. Ils ont toujours à cœur les intérêts de Wilkie. Ils feront n'importe quoi pour hâter sa guérison. Et visiblement, vous avez joué et jouerez encore un rôle dans cette guérison. Alors courage !

Oui, je garderai courage. Ses paroles me réconfortèrent un peu.

— Je vous remercie de votre gentillesse, Christie.

— Et moi, je vous remercie d'avoir eu le courage de sauver Wilkie et de venir chercher de l'aide pour lui. Maintenant, allez. Ils ne voudront pas attendre.

Elle m'ouvrit la porte et Kade me fit signe de le suivre, ce que je fis. Il me conduisit hors de l'antichambre de

Wilkie, le long d'un corridor éclairé par des chandelles placées dans des niches creusées dans les murs de pierre, puis dans un large escalier en colimaçon qui descendait dans la grand-salle. N'ayant qu'un vague souvenir de l'intérieur du château lors de la nuit de mon arrivée, je restai pantoise devant sa splendeur. La forteresse des Mackenzie n'était pas, comme je l'avais pensé à première vue, largement plus prospère que le manoir Ogilvie. Non, elle était surtout beaucoup mieux entretenue. Une attention scrupuleuse avait été apportée à chaque détail des terres et de la demeure, administrées par un clan qui chérissait visiblement son espace vital et avait le don de mettre en valeur tout ce qu'il avait à offrir. Autant de valeurs que je partageais totalement. Je ne m'en sentis que plus attirée par ce clan.

Nous entrâmes dans la grand-salle, avec ses tapisseries aux riches coloris, ses beaux meubles, ses chandeliers en étain étincelant. J'étais bien placée pour me rendre compte que quelqu'un avait accordé un soin spécial à ces chandeliers : j'en avais frotté beaucoup de semblables, chez les Ogilvie, mais je n'avais jamais obtenu un aussi bel éclat ! Non pas que j'aie essayé avec une application particulière, mais quand même. C'était admirable.

Laird Mackenzie faisait les cent pas devant la grande cheminée. Il était seul, et l'expression de son visage quand nous approchâmes indiquait qu'il était las d'attendre, et avait d'autres affaires urgentes à régler.

Il nota de nouveau d'un regard mes piètres vêtements masculins et me regarda froidement.

— Asseyez-vous, commanda-t-il en désignant l'une des chaises placées près du feu.

Je lui obéis sans discuter.

Kade nous rejoignit et prit un autre siège, mais le laird resta debout et ses yeux ne cillèrent pas tandis qu'il continuait de me détailler. Je n'étais pas à ma place ici, voilà ce que je ressentais sous son regard qui me vrillait.

J'essayai de lisser mes longs cheveux, consciente que je ne les avais pas brossés depuis un certain temps.

— Je compte que vous répondiez honnêtement à toutes mes questions, dit le laird. Etes-vous disposée à me parler ?

J'avais faim et j'étais meurtrie. Je me sentais transie et en même temps je mourais de chaud. J'avais envie de manger et de prendre un bain, de dormir et surtout d'aller voir Wilkie. Mais toutes ces choses-là devraient attendre. Je savais que je devais des explications au laird.

— Oui, laird Mackenzie. Je suis à votre service.

Je me redressai sur ma chaise et attendis que l'interrogatoire commence.

— Tout d'abord, dit-il, je veux vous remercier d'être venue nous chercher. De ne pas avoir laissé mourir Wilkie.

Cela me surprit. Je n'étais pas habituée à recevoir des remerciements, en particulier d'un homme du rang de laird Mackenzie. Mais ma petite satisfaction fut de courte durée. Je savais que dès qu'il apprendrait que c'était *moi* qui avais blessé son frère, sa gratitude laisserait probablement la place à de la colère et de l'hostilité.

— Je n'aurais pas pu le laisser mourir. Pas quand c'était ma faute si…

— Nous allons y venir dans un instant. Dites-moi d'abord : d'où venez-vous ?

— Du clan Ogilvie.

Voilà, je l'avais dit.

— Ogilvie ? Vous avez voyagé loin, et seule. Mais nous pouvons vous faire ramener à votre clan.

Il marqua une pause.

— Une fois que notre frère sera guéri.

— Je ne peux pas retourner au manoir Ogilvie, avouai-je.

Les deux hommes échangèrent un regard.

— Quelle raison avez-vous d'avoir fui votre clan ? demanda le laird. C'est une dangereuse façon de faire, qui vous laisse seule et sans protection.

Ils attendirent ma réponse.

— Je suis la fille adoptive d'un fermier du clan

Ogilvie, Oliver Ogilvie. J'étais habile en horticulture et me formais comme apprentie guérisseuse. On m'estimait pour mes talents à cueillir, faire pousser et fournir des herbes médicinales. Pendant un certain temps. A la mort de mes parents, on m'a reléguée dans les cuisines. J'ai dûment exercé mes tâches. Mais, dernièrement…

— Pourquoi vous a-t-on changée d'emploi ? coupa laird Mackenzie.

Il savait, comme moi, qu'il était inhabituel pour un membre d'un clan de changer de position dans la maisonnée ; en général, un déclassement était le résultat d'une mauvaise conduite dans un domaine ou un autre.

— Je…

Il était assez difficile de répondre à cela.

— Je crois que le laird m'a donné une autre place parce que j'ai refusé certaines… propositions. Vous voyez, il projetait pour moi… d'autres *devoirs*. Que je ne voulais pas remplir. Je ne l'ai pas prémédité, mais…

Je m'interrompis.

Certes, je pouvais me mettre en danger en reconnaissant les détails de mon histoire devant ces frères, les chefs de ce clan. Mais je n'agissais plus seulement pour me protéger. Je voulais revoir Wilkie, et très vite. Et du peu que je savais sur les Mackenzie, j'avais cru comprendre qu'ils accordaient du prix à l'intégrité et à l'honneur. Moi aussi. J'avais commis des fautes, certes, mais pas par bravade ou malveillance. Seulement parce que j'avais été provoquée par un tyran qui avait causé des torts sans nom à ma famille. Je pouvais mentir à ces deux frères ou leur dire des demi-vérités. Mais je les connaissais, jusqu'ici, pour être curieux, autoritaires et très méticuleux. Ils avaient aussi tout pouvoir pour décider de mon sort et du fait que je pourrais ou non revoir Wilkie. Et cela, par-dessus tout — être privée de sa présence —, me nouait le ventre.

— Mais quoi ? demanda Kade.

— Je… je me suis défendue.

— Défendue ? répéta Kade, très intéressé. De quelle manière ?

— Avec un petit couteau de cuisine.

Je touchai mon ventre pour désigner à peu près l'endroit où j'avais atteint laird Ogilvie.

— Je l'ai blessé là.

Ils considérèrent brièvement ma déclaration.

— Laird Ogilvie a voulu abuser de vous alors que vous étiez sous sa protection, déclara le laird comme pour s'assurer qu'il avait bien compris.

— Il a essayé, oui. Je n'étais pas encline à accepter.

Les deux hommes continuaient de me dévisager avec un mélange de trouble, d'amusement et d'incrédulité. Kade, en particulier, paraissait très diverti par mon histoire.

— Alors vous avez fui, parcourant de grandes distances, pour vous réfugier dans une grotte au sommet d'une colline.

— Oui.

— Une entreprise courageuse, commenta Kade.

— Une entreprise désespérée, rectifiai-je.

Il m'étudia, frottant sa mâchoire de la main, comme s'il se concentrait.

— Oui, il paraît clair que vous étiez désespérée. Mais même ainsi, les choix que vous avez faits demandaient une certaine dose de courage, dirai-je. Et vous présenter ici, à nous, de cette façon, sans savoir quelle serait notre réaction — une action audacieuse, là aussi.

Laird Mackenzie semblait moins intéressé par les traits de ma personnalité que par les détails de mon histoire qui expliqueraient non seulement ce qui avait conduit à mon arrivée à leur forteresse, mais aussi ce qui avait causé les blessures de Wilkie. Lorsqu'il parla, il y avait de l'impatience dans son ton et ses manières.

— Et nous pouvons être reconnaissants de l'audace et du sang-froid de la lass. Si elle n'avait pas été assez hardie pour se présenter ici, Wilkie n'aurait peut-être pas passé la nuit.

Il revint à ses questions.

— Vous dites que vous avez été adoptée par un fermier Ogilvie. Qui sont vos parents de naissance ?

— Je l'ignore. Mon père adoptif m'a trouvée qui errais, enfant.

Kade se leva et ses armes tintèrent. Il se tint debout, les jambes bien plantées dans le sol, ses bras musclés croisés sur sa poitrine : la posture d'un homme, et d'un homme qui réclamait l'attention. Je croisai son regard et détectai dans le léger plissement de ses yeux bleu clair et son menton levé qu'il admirait mes représailles intrépides contre laird Ogilvie. Je pouvais lire dans son expression une légère mais indéniable trace de respect. Non seulement ce détail m'encouragea, mais il me fit me sentir moins effrayée. Et je lui en fus reconnaissante.

— Roses, la vagabonde, dit-il.

— C'était il y a maintes années, dis-je. Je n'étais qu'une enfant de trois ans.

— Et vous vagabondez toujours.

— J'aurais préféré ne pas le faire. Mais je n'ai pas eu le choix.

Le laird passa une main dans ses cheveux sombres. A ce moment-là, sa ressemblance avec Wilkie, dont la présence me manquait tant que j'en avais presque mal, était frappante. Moi, de toute ma vie, je n'avais jamais ressemblé à personne que je connaissais… Je chassai cette pensée.

— Est-ce vous qui avez blessé Wilkie ?

Je pris une grande inspiration. Je ne voulais pas les mettre en colère, et je savais que cette information le ferait. Mais je ne pouvais pas l'éviter.

— J'ai volé quelques fruits dans vos vergers, et je partais avec en me servant d'une échelle que j'avais fabriquée. Wilkie était… Wilkie m'a vue et m'a poursuivie.

— Elle n'est pas seulement courageuse, mais aussi ingénieuse, remarqua Kade.

Le laird l'ignora, attendant que je continue.

— Il m'a poursuivie jusqu'à la grotte, repris-je. J'ai refusé de lui révéler qui j'étais. Il a tenté d'ôter le heaume que je portais avec son épée. J'ai frappé sa lame. Il a frappé en retour, et j'ai réagi.

— En l'étripant presque, observa Kade, non sans colère.

En dépit de tout, je découvris que je *désirais* leur respect et leur approbation. J'eus la pensée fugitive que dans d'autres circonstances, ces frères auraient pu me plaire. Ils continuaient leur interrogatoire pour m'intimider, ayant apparemment du mal à croire que la personne qu'ils fixaient en cet instant était l'assaillant qui avait mis à terre leur puissant guerrier de frère. Ce même frère qui m'avait tenue fermement contre lui, pour que je le réconforte, d'une façon incompréhensible. Je me dis alors que Wilkie, sur le point de sombrer dans l'inconscience, avait lutté pour me garder près de lui jusqu'à ce qu'il recouvre ses forces et puisse se venger. Mais je me rappelai ses yeux, et sa bouche sur mes lèvres et mon corps tandis qu'il m'embrassait, et je me sentis rassurée : non, ce n'était pas sa raison de me vouloir près de lui.

Au bout de plusieurs longues secondes, le laird reprit ses questions :

— Et Ogilvie n'a aucune idée de l'endroit où vous avez fui ?

— Non. S'il savait où je suis, il viendrait me chercher. Il cherchera à se venger de moi, j'en suis sûre.

— Alors vous nous demandez protection, conclut Knox Mackenzie d'un ton bref.

C'était l'irritation que je savais devoir attendre. Mais ses paroles, même portées par la colère, me surprirent. De fait, il ne m'était pas venu à l'idée de leur demander leur protection. Cela faisait longtemps que je ne comptais sur personne hormis moi-même pour me défendre. Les remparts d'Ogilvie ne m'avaient procuré qu'un faible sentiment de sécurité par le passé. J'admis, en y réfléchissant, que les murs des Mackenzie produisaient sur moi une impression bien différente.

— Même après avoir grièvement blessé notre frère avec la petite épée que vous portez, poursuivit Kade, moins amusé maintenant. Une autre entreprise courageuse, dirai-je, considérant votre taille.

— Il m'a frappée le premier !

— Je trouve cela très difficile à croire, rétorqua Kade. Wilkie ne frapperait jamais une femme.

— Il me prenait pour un homme, expliquai-je, apeurée par son ton tranquille derrière lequel devait couver sa rage. Je portais un heaume. J'ai refusé de lui montrer mon visage. Jusqu'à ce que nous soyons blessés tous les deux. Là, il m'a enlevé mon casque.

— De quelle gravité est votre blessure ? demanda le laird.

J'entrepris de relever la manche gauche de ma tunique, où le nouveau bandage était imprégné de sang. Je le défis.

— Il n'avait visiblement pas l'intention de vous blesser sérieusement, commenta Kade.

C'était une entaille dans les muscles du haut du bras qui me faisait plus mal que je ne voulais l'admettre. Maintenant que Kade le mentionnait, j'étais certaine qu'il disait vrai : si Wilkie avait voulu me blesser à mort, il l'aurait probablement fait.

— Depuis combien de temps voyagiez-vous, quand Wilkie vous a trouvée ? demanda le laird.

— Deux jours. J'ai perdu mon cheval quand j'ai été rattrapée par un membre de la patrouille de recherche d'Ogilvie. J'ai eu de la chance. Il m'a permis de m'échapper.

— Il vous a laissée vous échapper, même alors qu'Ogilvie avait ordonné de vous ramener ?

Laird Mackenzie paraissait très courroucé à la pensée d'un soldat désobéissant à son seigneur.

— Je le connaissais bien, expliquai-je. Il m'a appris à me battre.

Kade croisa les bras sur sa poitrine.

— Et pourquoi, dites-moi, une lass serait-elle encline à apprendre l'usage des armes ?

— Pour me protéger.

— De qui ? s'étonna le laird.

— De laird Ogilvie, comme je l'ai dit. Je suspectais ses intentions depuis quelque temps. J'avais peur de lui. Alors j'ai demandé à Ritchie de m'enseigner quelques parades. Pour le cas où j'en aurais besoin.

— Où comptiez-vous aller ? demanda Kade.

— Je pensais me rendre dans les terres des Macduff, dis-je. Una Macduff vient du clan Ogilvie. Il y a des années qu'elle s'est mariée, mais j'espérais que si j'allais la trouver elle pourrait me montrer de la miséricorde et me permettre de rester. Je suis passée non loin de votre forteresse et j'ai vu vos champs. Je n'avais pas de nourriture pour mon voyage, alors…

— Alors vous avez décidé de nous voler, dit le laird.

— Je vous rembourserai, laird Mackenzie. Je ne suis pas une voleuse.

Je me corrigeai.

— Je *n'étais* pas une voleuse. Jusqu'à hier. Je vous offre mes services. Si vous avez besoin d'une fille de cuisine, ou bien je sais m'occuper des jardins. Je peux assister Effie. Ismay, la guérisseuse des Ogilvie, continuait à m'enseigner son art dans les moments de tranquillité. Je sais coudre, aussi. Je travaillerai jusqu'à ce que ma dette soit payée.

Laird Mackenzie arpenta les dalles devant le feu crépitant.

— Vous n'avez vraiment aucune idée de votre ascendance ?

Il y avait presque une note de pitié dans sa qucstion, comme s'il compatissait avec moi sur ce point et considérait cela comme une grandc pcrtc.

Son empathie me toucha. Et après cet interrogatoire serré, j'appréciais leur patience et leur acceptation de tout ce que j'avais révélé. Je souhaitai soudain, follement, *appartenir* à une famille comme la leur et connaître le genre d'affection qu'ils avaient si visiblement les uns pour les autres. Un instant, très bref, je bataillai avec le désir de leur montrer mon tatouage et de leur révéler mon plus grand, mon plus sombre secret. Je souhaitai que cet horrible mystère puisse être élucidé une fois pour toutes, quelles que soient les conséquences. J'imaginai que le partager avec eux pourrait me rapprocher d'eux, les amener à voir que je leur faisais confiance. Et ils pourraient être plus enclins à se fier à moi, en échange.

Mais je ne pus me résigner à le faire. Une telle révélation me ferait probablement jeter dehors en toute hâte et avec dégoût. Je ne verrais plus jamais Wilkie, pas même pour lui dire adieu.

Alors je décidai de renoncer à cette idée.

— Non, répondis-je, complètement épuisée.

Le laird s'arrêta de marcher. Il parla doucement, mais il y avait une autorité d'acier dans ses paroles.

— Vous resterez ici pour le moment, pour réconforter mon frère. Il semble que vous ayez un effet apaisant sur lui, qui peut l'aider à guérir plus vite. Ce sera à lui de décider comment vous serez employée.

Je me tus, et il poursuivit :

— Vous resterez dans son antichambre, avec un chaperon, pour répondre à ses demandes quand il sollicitera votre compagnie. Votre réputation, à cette heure, n'est guère un problème, mais si vous le voulez votre présence dans ses pièces restera secrète, sauf pour moi, Kade, Effie et nos sœurs qui vous aideront à vous habiller. Vous serez nourrie et resterez sous notre protection jusqu'à ce que notre frère soit assez remis pour décider de votre sort. Nous dirons aux membres de notre clan, s'ils le demandent, que vous êtes une apprentie d'Effie venant d'un clan éloigné… les Macduff, peut-être. Et vous l'assisterez pour soigner la blessure de Wilkie.

Ses yeux gris clair étaient d'une froideur troublante.

— Etes-vous d'accord avec ces termes ?

Avais-je le choix en la matière ? Je pouvais retourner à la grotte, dans le clan Ogilvie, ou encore voyager pendant des semaines à travers les Highlands balayés par les vents, sans nourriture, dans l'espoir qu'une ancienne connaissance ait pitié de moi…

— Oui, répondis-je fermement.

— Alors c'est réglé, dit le laird. Jusqu'à ce que Wilkie se remette.

Lorsque l'entretien fut terminé, je fus ramenée par Christie et Ailie dans l'antichambre de Wilkie, où l'on me préparait un bain. Les sœurs de Wilkie, maintenant qu'elles avaient été informées des dispositions relatives à mon séjour, étaient déterminées à me nettoyer.

Un grand cuvier, empli d'eau fumante, avait été placé près de la cheminée, où des flammes dansaient de manière accueillante. Un paravent brodé avait été dressé près de la baignoire et plusieurs vêtements à l'allure luxueuse étaient étalés sur l'un des lits.

Ailie me conduisit jusqu'au bain.

— Voilà, Roses. Un bain chaud vous fera du bien.

J'espérai qu'elle avait raison. Je pouvais admettre que je ne me sentais toujours pas moi-même.

Un parfum de savon imprégnait la chaleur humide de la pièce. Ailie et Christie préparèrent une robe de chambre et un linge pour me sécher. Je ne commençai pas encore à me dévêtir, même si c'était peut-être ce que l'on attendait de moi. Christie toucha mes cheveux, les caressant légèrement.

— Vous avez une chevelure si inhabituelle, Roses. Elle est ravissante. Si longue et si pâle.

Je ne me sentais pas à ma place, de me faire servir et d'être l'objet de telles attentions ; auparavant, j'avais toujours été celle qui servait.

Christie était toujours aussi accueillante et bavarde, excitée par le mystère de mon arrivée et de ma présence. Ailie était plus silencieuse, et je suspectais qu'elle s'interrogeait sur mon installation dans les quartiers de son frère, sur ce que cela pouvait signifier pour lui, pour elle, pour nous tous. Je devinais à ses manières et à son regard curieux qu'elle pouvait sentir comme moi, et très fortement, le côté inhabituel de ce qui me liait à Wilkie, et lui à moi. Elle paraissait posséder une sensibilité extraordinaire, et au lieu d'éprouver de la méfiance vis-à-vis de son examen, je découvrais que je me sentais en confiance avec elle.

Les deux sœurs se mirent à m'aider à me déshabiller et j'hésitai, inquiète comme toujours de révéler mon tatouage. Mais la lourde masse de ma chevelure me couvrait et je veillai à bouger avec précaution pour ne pas découvrir la marque dans mon dos. Je glissai mon corps endolori dans le cuvier.

L'eau chaude était divine et elle sembla effacer comme par magie beaucoup de mes maux et de mes craintes, au moins pour un moment. Je lavai mon corps et mes cheveux avec un savon parfumé et les rinçai plusieurs fois.

— Nous vous avons apporté plusieurs cottes pour que vous choisissiez, Roses, dit Christie, qui décidément savait me mettre à l'aise avec ses joyeux bavardages. Je pensais à la verte, pour aller avec vos yeux. A part votre chevelure d'un blond presque blanc, c'est la première chose que j'ai remarquée chez vous. Le vert clair de vos yeux. Ailie, elle, pensait plutôt à la jaune pâle, pour faire ressortir vos cheveux.

— L'une ou l'autre sera parfaite, dis-je.

— Avez-vous une couleur préférée, Roses ? Vous savez, je pensais que c'était le rose, j'ignore pourquoi. Alors nous avons apporté une cotte rose, aussi.

— *C'est* le rose, lui dis-je, touchée par leurs attentions.

Non pas que j'aie jamais eu l'occasion de porter une cotte rose, ou une verte, ou une jaune pâle… Les grossières cottes de drap tissées par les couturières Ogilvie étaient généralement de diverses nuances de beige ou de brun.

— Ailie commande les étoffes à Edimbourg. De temps à autre, nous faisons même le voyage nous-mêmes, avec une escorte, bien sûr. Kade est venu avec nous la dernière fois. Et Knox la fois d'avant. Edimbourg est tellement raffinée ! J'adore l'activité de la ville, et les échoppes. Etes-vous déjà allée à Edimbourg, Roses ?

— Non, jamais, avouai-je.

En vérité, avant cette aventure, je n'étais même jamais partie de la forteresse Ogilvie, du moins pas que je m'en souvienne.

Les vapeurs du bain causèrent d'étranges effets sur mes pensées, les embrumant et les rendant légèrement incohérentes, comme si mon esprit s'envolait très loin. Je me sentais étourdie et distante, comme si j'allais perdre pied, et Wilkie me manquait. Le bout de mes doigts brûlait d'effleurer sa peau rugueuse, marquée de cicatrices. Le désir me tenaillait rien qu'à la pensée de son goût, de son odeur, de sa langue qui m'explorait.

Comme en réponse, j'entendis sa voix qui m'appelait depuis sa chambre. Il criait mon nom.

Je revins brusquement à la réalité.

— Je devrais aller le voir, dis-je.

Je me levai dans le cuvier, en équilibre précaire, et cherchai le linge pour me sécher.

— Non, Roses, déclara Ailie en me repoussant gentiment dans l'eau. Vous ne pouvez absolument pas aller le voir comme ceci. Terminez votre bain, et nous vous conduirons à lui après.

Mais des bruits sourds nous firent tendre l'oreille. Cela venait de la chambre de Wilkic, commc s'il s'était levé et rentrait dans des meubles. Il me cherchait, m'appelait.

— Je dois y aller, dis-je en sortant du bain d'office, faisant à peine attention à ma nudité et aux traînées d'eau que je laissais par terre, tant mon esprit était embrouillé et impatient. Il a besoin de moi.

On entendit d'autres bruits étouffés dans la chambre voisine.

— Que fait-il donc là-dedans ? demanda Christie en fronçant les sourcils.

Il y eut un autre craquement suivi d'un grognement. *Mon nom.* Wilkie venait de m'appeler.

Prise par un sentiment d'urgence, je me dirigeai vers la porte tandis qu'Ailie acquiesçait et drapait une robe de chambre autour de moi sans se soucier de me sécher d'abord.

— Bon, eh bien, tenez, Roses. Attendez ! Laissez-moi au moins l'attacher.

Elle noua la ceinture autour de ma taille juste au moment où j'ouvrais la porte.

Et Wilkie était là, atteignant le seuil de la chambre au même instant. Quand il me vit, ses yeux s'élargirent. Il était énervé, visiblement, et ses yeux bleus lançaient des éclairs. Derrière lui, plusieurs chaises étaient renversées et les fourrures de son lit étaient en désordre ; certaines étaient même tombées par terre. Il ne portait que ses vêtements de dessous. Sa blessure s'était rouverte sous ses efforts et un filet de sang brun filtrait à travers les bandages.

Avant même que je puisse réagir, je fus enveloppée dans une étreinte qui me serrait tout entière contre son grand corps fiévreux. Il enfouit le visage dans les mèches humides de mes cheveux, glissant les doigts dedans d'une façon presque douloureuse, inhalant profondément, me plaquant contre lui comme s'il essayait de nous souder l'un à l'autre.

— Dieu du ciel, délivrez-moi, murmura-t-il, visiblement en proie au délire. J'ai besoin de vous, mon ange.

Il n'était pas ferme sur ses pieds et s'appuya avec moi contre le mur, vacillant légèrement comme s'il risquait de tomber.

— Wilkie ! s'écrièrent ses sœurs de concert.

J'essayai de m'écarter de lui, de le reconduire jusqu'à son lit, mais il ne voulut pas bouger. Il se moquait complètement de ma robe de chambre, du fait que j'étais mouillée, de l'inconvenance de notre étreinte et de sa blessure qu'il aggravait. Il s'accrochait fermement à moi, pressant aveuglément son visage dans mon cou, respirant profondément mon odeur.

— Il fait vraiment noir sans votre soleil, Roses, dit-il d'une voix rauque et bougonne, tout bas à mon oreille. Revenez près de moi.

— Je suis là, guerrier, dis-je, déstabilisée.

Je voulais le calmer, mais en même temps les visages inquiets et les mains anxieuses de ses deux sœurs m'écartaient de lui.

Elles ramenaient Wilkie vers son lit et moi avec lui, puisqu'il ne voulait toujours pas me lâcher. Elles essuyaient sa blessure et appelaient Effie. Je me sentais comme détachée d'elles, concentrée seulement sur Wilkie et son délire manifeste — délire que je partageais, en quelque sorte —, ainsi que sur son refus obstiné d'accéder à toute demande à moins que je ne sois à sa portée. Je tins sa main pendant qu'il était remis dans son lit. Tout me paraissait brumeux, comme si je canalisais la fièvre de Wilkie, le suivant dans les profondeurs, de plus en plus loin, pour le ramener à la lumière.

J'avais seulement conscience de tenir sa main. D'une façon abstraite, je remarquai que Christie m'installait dans un fauteuil avec des coussins près de son lit, me drapait dans des fourrures, me faisait boire une gorgée d'infusion, tandis qu'Effie arrivait et s'occupait de nouveau de Wilkie. Toute mon attention était focalisée sur la main que je tenais, sa chaleur et sa force, la texture rêche de ses doigts. Tandis que ma conscience m'abandonnait, je serrai sa main aussi fort qu'il serrait la mienne. Cela me demanda des efforts, de maintenir mon emprise alors que l'obscurité descendait sur moi. Si seulement j'avais pu me cramponner à cette main… J'aurais été forte et en sécurité. Comme réchauffée par le soleil. Vivante. Et je n'aurais plus été seule. Si j'avais pu juste tenir bon…

6

Quand je m'éveillai, j'étais toujours prise dans l'étreinte de Wilkie, serrant sa main si fort que mes doigts étaient gourds et endoloris. J'étais allongée en travers de son torse, et nos jambes étaient mêlées sous une couche de fourrures. Nous étions seuls, et Wilkie dormait.

Les rideaux avaient été ouverts, déversant le soleil de la pleine journée. Une cuvette d'eau avait été remplie et fumait légèrement, comme si elle était là depuis quelque temps. De la nourriture avait été posée sur la table près de la croisée, avec le pichet maintenant familier d'infusion d'écorce de saule, qui avait refroidi à présent. Je m'avisai que je n'avais pas mangé depuis que j'avais englouti les fruits volés. Je me souvins des trois pommes vertes que j'avais croquées en descendant de la colline vers Kinloch. C'était il y a des jours de ça, me semblait-il — et peut-être que c'était bien le cas, d'ailleurs. Le temps paraissait élastique et je n'avais aucune idée de combien d'heures s'étaient écoulées pendant que Wilkie et moi dormions, émergeant par intermittence pour sombrer de nouveau.

Cette scène paisible me fit me poser des questions. Nous autorisait-on à dormir ensemble, malgré l'inconvenance de la situation ? Avais-je été acceptée dans le lit de Wilkie comme un… instrument de sa guérison, instrument que, pour le moment, il était plus simple de laisser en place ?

J'essayai de réveiller Wilkie. Il était plongé dans un demi-sommeil, mais quand je baisai ses lèvres et lui chuchotai de me laisser partir, il parut m'entendre et relâcha son emprise.

Jamais nourriture ne m'avait paru aussi bonne. Je mangeai un bol de ragoût froid à la viande, y trempant des morceaux de pain croustillants. Je bus une coupe de bouillon, puis de la tisane.

Je portais toujours la robe de chambre que les sœurs de Wilkie avaient drapée autour de moi, serrée à la taille par une ceinture.

Je peignai et démêlai mes cheveux. Je les nattai et les enroulai proprement autour de ma tête, ramassant le reste sur ma nuque. Je pris une cotte de velours jaune clair, mais, avant que je puisse ôter ma robe de chambre pour m'habiller, la voix de Wilkie derrière moi me fit stopper net.

Je ne m'étais pas rendu compte qu'il s'était réveillé.

— Venez avec moi, lass. Laissez-moi savourer votre éclat.

Il me regarda approcher de lui, ses yeux bleus bien ouverts, à présent, sans trace de la brume précédente.

Je touchai son front, qui était frais. Je ne pus résister à l'envie de laisser ma main suivre la ligne de son visage et de sa mâchoire ombrée de barbe. Sa texture rugueuse avait un je ne sais quoi de fascinant pour moi. Je me sentais comme changée par ce guerrier. Dès l'instant où je l'avais regardé dans les yeux, quelque chose en moi avait basculé. Comme si je pouvais soudain voir de la couleur, alors qu'avant lui tout était terne et sans vie. Mais je n'étais pas sûre que ses sentiments soient aussi intenses que les miens, alors je m'avançai prudemment.

— Vous allez mieux, guerrier.

— Oui, dit-il, et je fus soulagée de voir que l'expression de ses yeux indiquait une vive affection et une fascination réciproque. Vos pouvoirs de guérison sont puissants, vraiment.

— Je ne vous ai pas assez guéri, dis-je. Laissez-moi vous nourrir. Avez-vous faim ?

— Je suis affamé !

Il se redressa légèrement et put bouger sans tressaillir.

Je lui apportai à manger et lui mis la nourriture dans la bouche. Il avala le tout sans se faire prier. Je portai l'infusion à ses lèvres et il but. Ses yeux ne quittaient pas mon visage.

— Votre *visage,* Roses. Vos lèvres. La couleur de vos cheveux. Pourquoi sont-ils si clairs ?

Je ne savais trop quoi répondre…

— Je l'ignore, lui fis-je. Le soleil, peut-être. Je passe beaucoup de mon temps dehors. Plus que je ne le devrais.

Il tendit la main pour toucher ma natte.

— Vous avez une auréole, mon ange.

Je lui donnai une autre bouchée de pain.

— Vous avez un farouche appétit, guerrier. C'est bon signe. Votre santé revient.

— J'ai l'impression de ne pas avoir mangé pendant des jours. Combien exactement, je me le demande. Cela fait combien de temps ?

— Depuis… ?

Je savais ce qu'il voulait dire ; j'hésitais malgré tout à être plus claire.

— Depuis que nous nous sommes battus et que nous sommes tombés, précisa-t-il, pas troublé le moins du monde par ce souvenir.

Avec le recul, penser combien il avait été proche de la mort — et cela parce que *moi*, je l'avais attaqué — suffisait à me submerger d'un océan de regrets.

— Je suis désolée de vous avoir blessé.

Il m'observa un moment mais je ne pus déchiffrer son expression.

— C'était ma faute, pour avoir abaissé ma garde. J'étais distrait d'une manière inhabituelle. Pratiquement aveuglé, en vérité.

Sa bouche se releva en un sourire au souvenir de sa réaction.

— Cela se comprend, vu les circonstances. Vous n'êtes pas d'accord ?

Il prit une autre bouchée de pain et attendit ma réponse, qui ne vint pas. Je ne savais pas trop quoi lui dire. Au lieu de cela, je lui rendis son léger sourire et lui offris de l'infusion, qu'il but en me regardant.

— Bon, dit-il. Commençons par le début et par l'endroit où nous nous sommes arrêtés dans la grotte, où, je crois, vous m'avez fait une promesse que vous avez à peine commencé à tenir.

De nouveau, je n'étais pas très sûre de ce qu'il sous-entendait, mais je ne l'interrompis pas. Je fus brièvement captivée par la forme de ses lèvres tandis qu'il buvait, et par le souvenir de leur doux frôlement sur les miennes.

— Dites-moi donc. Pourquoi avez-vous quitté votre clan Ogilvie ?

Pour moi, c'était une évidence : je serais complètement honnête avec Wilkie. Mais je trébuchai quand même sur mes mots.

— Il le fallait. Je… j'ai frappé le laird avec un couteau de cuisine. J'aurais été tuée, je pense, ou bannie dans les cachots. Je ne suis jamais allée dans les cachots, mais j'ai entendu dire que l'enfer lui-même était préférable.

— Très probablement, affirma-t-il. Vous avez l'habitude de planter des lames dans des hommes sans défense ?

Sa question était calme, mais taquine, et je m'en sentis un peu blessée. Je n'avais pas prévu de blesser laird Ogilvie, ni Wilkie ; et je ne l'aurais pas fait si je ne m'étais pas retrouvée coincée.

— Bien sûr que non. C'était la première fois que je frappais quelqu'un. J'ai fait seulement ce que je devais pour lui échapper.

— Je suis sûr que vous aviez de bonnes raisons d'attaquer le laird de votre forteresse — certainement un crime passible de mort, ou pire. Vous avez bien fait de fuir.

Je n'étais pas entièrement satisfaite du tour que prenait la conversation. Et je ne pouvais déchiffrer les multiples couches de ses émotions. Y avait-il de la colère, ou simplement de la curiosité ?

— Vous l'avez frappé intentionnellement ? demanda-t-il encore.

— Oui, avouai-je à voix basse.

— Et pourquoi donc ?

Je fis une pause. Je ne voulais pas qu'il pense du mal de moi, mais il avait droit à la vérité. *Toute* la vérité. Je le savais et lui aussi. Nous étions déjà liés, impossible de le nier. J'aurais eu du mal à l'expliquer, mais c'était ainsi. Je répondrais à toutes ses questions. Mon guerrier, je l'apprenais, était protecteur, possessif, et extrêmement direct.

A mon bref silence, ses yeux s'assombrirent tandis qu'il m'observait. Il se pouvait qu'il ait deviné la réponse que j'hésitais à donner.

— Il voulait m'ajouter à sa collection de maîtresses, dis-je finalement. *De force.* Ce qui est probablement assez clair étant donné ma fuite. Je pensais depuis longtemps à tenter de lui échapper. Mais je n'avais nulle part où aller. Pour finir, j'ai décidé que l'exil était préférable à une servitude de ce genre. Le travail est une chose, la captivité une autre, bien différente.

Le poing de Wilkie se contracta et les muscles de son bras se crispèrent. Je voulus calmer sa réaction, mais je me dis à ce moment-là qu'il valait mieux le laisser tranquille. Finalement, je ne le touchai pas, gardant les mains sur mes genoux.

Il se passa un certain temps avant qu'il ne pose sa question.

— Avez-vous pu le repousser ?

Son poing restait serré. Il paraissait si plein d'une fureur silencieuse que sur le moment je le craignis presque.

— Oui, lui assurai-je, mais mon murmure fut à peine audible.

— Vous avez réussi à vous échapper avant qu'il ne puisse…

— *Oui,* guerrier. Il ignorait que j'étais armée. Je l'ai surpris par mon attaque, et je me suis tout de suite enfuie.

Il abaissa son regard et considéra ma réponse pendant une minute ou plus. Puis il leva les yeux vers moi et je pus y voir une question anxieuse, hésitante.

— Ainsi vous n'avez *jamais*... accepté ?

Je compris ce qu'il demandait.

— Non, guerrier. Pas une seule fois. Je n'ai jamais cédé. A personne.

Son soulagement fut palpable, et un tendre sourire illumina son visage. Cela m'alla droit au cœur, et j'en eus presque le souffle coupé.

— Vous... êtes le seul, lui dis-je, pensant continuer, mais je m'arrêtai après ces mots.

Ils résumaient tout ce que j'avais besoin de dire. Et alors même que je les prononçais, la tension maintenant familière se réveilla au creux de mon ventre, douce comme du miel. Il tendit la main pour prendre les deux miennes, serrées sur mes genoux. Il les dénoua et en prit une, passant légèrement son pouce sur ma paume, comme s'il percevait ma honte et tentait de l'apaiser.

— Vous avez fait ce que vous deviez, dit-il. Il fallait du courage pour le faire. Je ne suis pas en colère contre vous, lass. Comment pourrais-je l'être ? Vous êtes un ange, après tout, n'est-ce pas vrai ?

En vérité, je ne savais pas ce que j'étais, ni même *qui* j'étais. Ni d'où j'étais venue. J'avais une envie folle de montrer mon tatouage à Wilkie, de révéler tout le sombre mystère de mon passé, de voir si ce lien extraordinairement intense et soudain entre nous était plus fort que ma peur. Mais je ne pus le faire. Je craignais trop de lui causer de la répulsion, qu'il ne veuille plus de moi, qu'il me rejette dans la sinistre noirceur de ma vie antérieure.

— Non, je ne suis pas un ange.

— Vous êtes *mon* ange, dit-il, insistant.

Son expression était affectueuse, et ses yeux bleus à

l'éclat sombre scrutaient les miens, cherchant des signes que je pouvais être rassurée.

— Vous ne devez jamais me craindre. Entendu ? Je veux juste vous apprendre.

— Entendu.

— Ainsi, affamée, exilée et seule, vous avez pillé nos vergers pour vous nourrir ?

— Oui. Je suis désolée pour cela, aussi.

— Pas moi.

Son demi-sourire toucha les endroits les plus secrets de ma personne, me réchauffant encore plus.

— Si vous n'aviez pas volé ces poires, je ne vous aurais pas suivie. J'étais intrigué, oui. Je pensais que vous seriez facile à attraper, sinon je ne vous aurais pas donné la chasse seul. Et quand vous avez parlé sans déguiser votre voix, j'ai eu le sentiment que vous n'étiez pas ce que vous paraissiez. Vous sembliez si…

J'attendis qu'il finisse, et quand il ne poursuivit pas tout de suite, ma curiosité prit le dessus.

— Si quoi ?

— Si petite. Si mince. Je ne m'attendais pas à ce que vous soyez aussi farouche.

— Je suis désolée, dis-je, m'intimant de ne pas pleurer à la pensée de mon accès de férocité et de son résultat.

— Pas moi, répéta-t-il. Si vous ne m'aviez pas attaqué, je ne vous aurais pas frappée en retour, et je ne vous aurais pas ôté votre heaume pour poser les yeux sur la plus belle créature sur cette terre. A cet instant, nos destins se sont entremêlés, Roses. Je ne sais pas pourquoi, mais je sais que c'est vrai — je suis lié à vous pour toujours. Il n'y a rien à regretter.

Mon cœur chanta à ces mots. Mon guerrier me voulait ici. Je pouvais rester avec lui, au moins pour un certain temps. « Vous serez nourrie, et vous serez sous notre protection jusqu'à ce que notre frère soit assez remis pour décider de votre sort. »

— Vous m'avez surpris au loch, ça, c'est sûr, dit-il doucement.

Je rougis de nouveau, me rappelant quand et comment je l'avais rencontré. J'avais voulu détourner les yeux, mais il était trop séduisant, dans mon souvenir et encore plus ici et maintenant.

— Aimeriez-vous que je vous change votre bandage, guerrier ? Que je vous lave ?

La rougeur qui enflammait mes joues redoubla d'ardeur quand je me rendis compte de ce que mon offre aurait pu laisser suggérer.

Il sourit d'un air taquin.

— Il me plairait que vous me fassiez tout ce que vous aimeriez faire.

— Je vais vous laver les cheveux, si vous voulez.

— Il n'y a pas que de mes cheveux qu'il faudra vous occuper, plaisanta-t-il — mais j'étais trop timide pour le prendre au mot.

— J'ai assisté la guérisseuse des Ogilvie, dis-je. J'ai soigné maintes blessures.

Si le prétexte à ma présence était que je sois l'assistante d'Effie, alors je pourrais aussi bien me rendre utile. Et il n'y avait rien que j'aurais préféré faire en cet instant — ou à n'importe quel autre moment — que de pourvoir aux besoins de Wilkie.

— Vous m'avez recousu comme une experte, dit-il. D'après Effie, elle n'aurait pu mieux faire elle-même. Et ce n'est pas rien — elle ne fait pas facilement des compliments, surtout quand il s'agit des talents de guérisseur d'autres personnes.

Je me mis à retirer son bandage, en m'assurant de ne pas rouvrir la blessure.

— Vous êtes-vous formée pour être guérisseuse ? demanda-t-il.

Je lui livrai quelques détails de mon histoire et de ma famille, comme je l'avais déjà expliqué à ses frères. Il parut choqué quand je lui appris qu'en plus de moi, ma mère aussi avait été « recrutée » pour être la maîtresse d'Ogilvie, et que nous avions été déchues de notre position à cause de son refus.

Je levai les yeux vers lui et le trouvai en train de m'observer avec une expression indéchiffrable.

— Vous êtes étonnamment stoïque, considérant l'oppression que vous avez endurée, dit-il. Je suis sûr que je serais bien plus amer si ma famille avait été traitée ainsi.

J'y réfléchis.

— J'ai de l'amertume envers un seul homme. Et il n'est pas là, et j'espère ne jamais le revoir. Je sais que mes parents seraient contents que j'aie vengé au moins un peu les offenses faites à ma mère, et que j'aie échappé à ses griffes. Je peux trouver la paix là-dedans, et faire de mon mieux pour me construire une vie ailleurs.

Wilkie continua à m'observer et je détectai en lui, comme en Kade, le signe qu'il respectait non seulement mon honnêteté, mais aussi mon point de vue. Il me vint à l'esprit que j'avais surpris ces frères, qu'ils ne s'étaient peut-être pas attendus à ce que j'admette mes réactions hardies et rebelles envers Ogilvie ; j'avais aussi l'impression qu'ils trouvaient mes actes entièrement justifiés. Ce n'était pas comme si j'avais *besoin* de leur approbation, mais je leur en étais reconnaissante quand même.

Wilkie suivit le fil de ses pensées et les exprima à voix haute.

— Il est vrai qu'Ogilvie est bien connu pour aimer avoir de nombreuses maîtresses. A tel point qu'il n'a jamais pris d'épouse. Ce n'est pas un plan particulièrement bon pour l'avenir du clan Ogilvie, s'il n'a pas d'héritiers légitimes.

— Non, admis-je, espérant changer de sujet et ne plus parler de l'homme qui avait été ma bête noire pendant tant d'années. Votre blessure guérit bien, guerrier.

C'était vrai. Les bords de la plaie commençaient déjà à se ressouder. J'allai jusqu'à la cuvette et emplis un bol d'eau encore chaude. Je me servis d'un linge propre pour laver la peau autour de la blessure, prenant soin d'être douce avec lui.

— Votre puissant onguent m'a probablement sauvé la vie, d'après Effie, dit Wilkie. Cela, et votre adresse à l'aiguille.

— Je pourrai lui donner la recette, si elle veut. J'en ai souvent préparé pour Ismay.

— Ecrivez-la et elle pourra l'ajouter à son livre.

Je tressaillis, soudain pas très à l'aise.

— Je… Eh bien, je ne sais pas écrire. Mais je peux la lui dicter.

— Vraiment ? demanda-t-il, et il y avait de la stupéfaction dans sa voix, ainsi que peut-être une trace de pitié. On ne vous a jamais appris à écrire, lass ?

— Non, répondis-je calmement.

— Savez-vous lire ?

— Ma mère a commencé à m'apprendre autrefois, mais il y avait trop de travail à faire par ailleurs. Nous n'avions jamais assez de temps pour les leçons.

Il posa le bout d'un doigt sous mon menton et releva mon visage vers lui.

— Eh bien, douce Roses, nous pourrions remédier à cela.

Je ne pus m'empêcher de lui sourire.

— Vous allez m'apprendre à lire, guerrier ?

— Oui, répondit-il d'un air satisfait, comme s'il avait trouvé une nouvelle mission dans la vie. Je le ferai.

Je fus plus qu'heureuse à la pensée de Wilkie m'apprenant à lire et à écrire, faisant un effort pour moi et passant son temps avec moi à quelque titre que ce soit. S'il avait l'intention de m'apprendre à lire, cela prendrait du *temps*. Mon avenir, au moins dans l'immédiat, ne serait peut-être pas menaçant et incertain ; il pourrait même être enchanté, si Wilkie était à mon côté.

— Cela me plairait beaucoup.

Une fois que la blessure de Wilkie fut nettoyée, je

passai l'onguent dessus le plus légèrement possible pour ne pas lui faire mal.

— Votre toucher, dit-il doucement. Il est si léger, et pourtant si sûr.

Sa voix rauque et les mots en eux-mêmes firent naître une curieuse sensation dans le bas de mon ventre, pas de faim mais d'aspiration à… quelque chose d'autre.

Et je commençais à comprendre ce que mon corps brûlait d'avoir.

— Si j'apporte la cuvette sur cette table de chevet, pourrez-vous vous pencher dessus ? demandai-je.

— Oui.

Avec un certain effort, à la fois parce que la cuvette était lourde et pleine, et que mon bras me faisait encore souffrir, je la portai à côté de son lit. Il changea de position pour pouvoir se pencher dessus. Je tins sa tête et défis ses tresses, puis je me servis d'un bol plus petit pour mouiller ses longs cheveux, savourant le contact de leur texture épaisse et soyeuse. J'utilisai du savon pour les frotter et lui massai doucement le crâne, ce qui le fit soupirer d'aise.

— Vos cheveux sont si plaisants, guerrier. Epais et doux.

— Vraiment ? Comment devrais-je prendre cela ? Un guerrier avec des cheveux « plaisants » ?

— Ils sont si noirs. Pourquoi vos cheveux sont-ils si noirs ? demandai-je en le taquinant, reprenant la question qu'il m'avait posée.

— Je ne sais pas. Le loch, peut-être, dit-il d'un ton pensif, tout en souriant. Il est d'un noir d'encre et je m'y suis baigné presque chaque matin de ma vie.

— Il n'est pas froid ?

— Revigorant, rectifia-t-il. Bon pour la constitution, d'après mon père — qui a peut-être aussi quelque chose à voir avec la couleur de mes cheveux. Les siens étaient noirs, également.

J'eus envie de le questionner sur son père, mais je savais que l'ancien laird Mackenzie avait été tué un an plus tôt dans la lutte incessante entre le clan Campbell et les occupants d'Ossian Lochs, le vaste domaine du roi dans les Highlands ; Ogilvie et ses hommes en parlaient régulièrement. Je ne voulais pas bouleverser Wilkie ou réveiller de tristes souvenirs. Je touchais mon guerrier, je tenais sa tête, je passais les mains dans ses cheveux, et je préférais savourer ce moment. Il serait toujours temps d'avoir cette discussion — je l'espérais — un autre jour.

Je le rinçai, en m'assurant d'ôter tout le savon. Puis je pris un linge, séchai ses cheveux, les peignai avec mes doigts et nattai les deux petites tresses sur ses tempes.

— Voilà qui est mieux, dis-je.

Il s'adossa à ses oreillers.

— Voudriez-vous que je vous lave les mains ? demandai-je.

Ismay me rappelait toujours de le faire ; elle disait que c'était nécessaire pour prévenir les infections.

— Si cela vous fait plaisir, répondit-il, ses yeux bleus à la fois brûlants et taquins.

Alors que j'hésitais, il ajouta :

— Cela me ferait très plaisir, à moi.

J'essorai le linge plein d'eau savonneuse et lui lavai doucement les mains. L'expression de ses yeux tandis que je les nettoyais avec soin — ainsi que mon propre désir plein de hardiesse — me conduisit ensuite à laver ses bras sculptés, son torse nu et son ventre, où il était chatouilleux. « Je trouve ça adorable qu'il craigne les chatouilles », pensai-je.

— On me permet d'être ici avec vous, comme ceci ? demandai-je. Où sont vos sœurs ?

— Je leur ai assuré que j'étais capable de vous chaperonner moi-même, et leur ai demandé de partir.

— Est-ce ce que vous êtes ? Mon chaperon ?

Je ne pus m'empêcher de sourire.

— Oui. Mon premier devoir était de m'assurer que vous ayez chaud durant la nuit.

Son sourire en biais toucha mon cœur.

— Eh bien, vous avez très bien réussi dans cette tâche, je peux vous l'assurer. Je n'ai peut-être jamais passé une nuit plus chaude et plus confortable.

— Et de vous garder à l'abri de tout intrus. Bien protégée, ajouta-t-il.

Je fis glisser le linge mouillé sur son épaule et le long de son bras dur et musclé.

— Une tâche également fort bien remplie. Je vous en félicite. Je me suis sentie parfaitement en sécurité.

— Ensuite, mon devoir était de veiller à ce que vous soyez bien nourrie.

— Je n'avais pas fait un tel festin depuis… eh bien, très longtemps, dis-je sincèrement.

— En tant que votre chaperon, je prends mes devoirs très au sérieux, comprenez-vous ? Je ne laisserai pas un seul de vos besoins être négligé.

— Vous faites les choses à fond, concédai-je en prenant plaisir à son jeu. Tous mes besoins ont été admirablement comblés.

Je l'avais complètement lavé au-dessus de la taille. Je posai mon linge près de la cuvette. Je mis un nouveau pansement en place et il s'assit pendant que j'enroulais le bandage autour de son torse, laissant mes doigts effleurer sa peau. Lorsque ce fut fait, je le repoussai doucement sur ses oreillers.

— Je vous remercie, ma dame, pour votre toucher qui guérit, dit-il en inclinant la tête en un geste formel et joueur. Mais je crois qu'il reste un détail à voir.

— J'aimerais pouvoir vous guérir rien qu'en vous touchant, murmurai-je en passant les doigts sur les bords de son bandage, et en enregistrant à ce moment-là seulement sa dernière phrase. Quel est ce détail dont vous parlez ? Je n'ai besoin de rien d'autre.

— J'y viens, dit-il.

Ses lèvres prirent un pli amusé.

— Continuez à me toucher. Je me sens déjà mieux.

Je laissai mes doigts aller au-delà de son bandage pour

caresser son torse de mes mains nues, explorant avec une certaine fascination son côté rugueux, la largeur de ses épaules, le jeu complexe de ses muscles et de ses tendons sous sa peau bronzée. Il était si viril, dur, anguleux et marqué par les batailles, si différent de mes propres courbes pâles.

Il continua à m'observer avec un intérêt nonchalant pendant que je procédais à mon investigation. Je touchai les longues mèches de ses cheveux humides, que je repoussai de son cou et de son visage.

— Vos sœurs sont très aimables, dis-je.

— Mes sœurs n'auraient pas dû vous tenir loin de moi aussi longtemps. Si elles ne l'avaient pas fait, je n'aurais pas éprouvé le besoin d'essayer de prendre d'assaut votre chambre et de vous ramener à moi.

— Vous n'avez qu'à m'appeler et je viendrai à vous, guerrier.

— Alors venez à moi. Maintenant.

Je souris.

— Je suis déjà avec vous.

— Venez plus près de moi.

Je me penchai sur son côté qui n'était pas blessé. Je baisai sa joue piquante, en savourant la texture à la fois douce et rêche sous mes lèvres. J'embrassai la ligne de sa mâchoire et le coin de sa bouche. Il tourna légèrement le visage afin que ses lèvres effleurent à peine les miennes. Nous restâmes ainsi quelques instants, jouant à ces baisers très légers. Mes doigts continuaient à caresser sa peau.

— Vous me tuez, avec votre douceur, chuchota-t-il.

Il lécha mes lèvres pour les ouvrir et ses baisers se firent vite plus pressants, sa langue devenant plus exigeante, plus insistante, comme s'il goûtait les saveurs d'un fruit exotique dont il voulait davantage. M'emparant de sa langue à mon tour, je l'aspirai doucement dans ma bouche. Il émit un son profond, primitif, puis il s'écarta, les yeux sombres et pleins d'un éclat farouche.

Mon cœur battait en deux endroits — dans ma poitrine et… plus bas. Quand il parla, sa voix était rauque.

— Dans mon rêve, Roses, vous m'offriez vos seins.

Je me tus. Voulait-il que je lui réponde ? Voulait-il que je confirme que, complètement captivée par lui, j'avais effectivement commis cet acte dévoyé et enivrant, un acte qui m'avait donné envie de rester avec lui, de le guérir, de faire tout ce qu'il me demanderait à partir de cet instant-là ?

Nous restâmes un moment unis par un regard profond, les sentiments à fleur de peau.

— Faites-le encore. Pour moi, dit-il.

Sa voix était sourde, rauque d'une sombre autorité masculine.

Je marquai une pause. Mais je me rappelai la sensation de sa bouche sur moi, dans la grotte, alors que je tenais sa tête sur mes genoux. La douce succion, cette révélation qui me faisait fondre. J'étais si fascinée par lui que je ne pouvais pas penser à grand-chose d'autre. Dans ma vie antérieure de luttes et de servitude, de lignes entre le bien et le mal qui étaient tracées, puis modifiées par les gens qui les créaient, j'aurais pu m'interroger sur moi-même, sur ce que je me permettais si hardiment. Mais là, avec Wilkie, ces lignes me paraissaient distantes et vides de sens, comme si elles appartenaient à quelqu'un d'autre. Je voulais le satisfaire. Les yeux toujours plongés dans les siens, j'écartai lentement le haut de ma robe de chambre, ouvrant le vêtement, lui dévoilant mon corps. Je sentis son regard sur ma peau si sensible, et la pointe de mes seins, adoucie par la chaleur de son corps, se dressa en petits boutons tendus.

— Votre beauté est plus que je ne peux supporter, Roses, chuchota-t-il.

Mes seins me paraissaient lourds et pleins. J'avais envie qu'il me touche. Maintenant.

— Portez-les à ma bouche afin que je puisse vous goûter, commanda-t-il de sa voix enrouée.

Je n'hésitai qu'un instant, et un défi brilla dans ses yeux. Je fis ce qu'il demandait, me penchant vers lui, et il prit mes seins dans ses mains rugueuses. Il les caressa, les resserrant très doucement, si bien que mes mamelons se retrouvèrent tout près de sa bouche. Il souffla doucement dessus, m'embrassa, encerclant les pointes de sa langue, l'une après l'autre. Attirant un téton dans sa bouche, il le lécha avec douceur ; c'était chaud et mouillé. Le plaisir était dense et brûlant, il me liquéfiait, il tourbillonnait du feu de sa bouche jusque dans mon corps, au creux de mon ventre, dans la palpitation délicieuse de mes endroits les plus secrets. Je m'entendis gémir de volupté.

— Oui, ma Roses, dit-il d'une voix rauque. Gémissez pour moi, et rien que pour moi.

Mes gémissements semblaient l'exciter. Sa bouche se fit plus insistante et l'une de ses mains alla à l'arrière de ma cuisse, glissant sur la peau et montant plus haut. Figée par les effets de son emprise, qui m'engourdissaient l'esprit, j'étais impuissante à lui résister. Il remonta l'ourlet de ma robe de chambre jusqu'au bas de mon dos. Sa main redescendit, se posa derrière mon genou qu'il écarta un peu. Prenant un de mes mamelons dans sa bouche, il le téta fortement tandis qu'il explorait ma peau de sa main qui se promenait, qui montait plus haut, entre mes jambes, où ses doigts me touchèrent doucement, d'une manière si intime, dessinant chaque contour de ma féminité. Je me raidis. Il le sentit et répondit en resserrant son emprise et en tirant sur mon téton avec sa bouche en un rythme soutenu, si bien que la sensation qui roulait en moi augmentait sans s'arrêter. Je n'avais d'autre choix que de me laisser aller à ce plaisir qui m'envahissait. Il trouva les replis délicats de mon sexe, s'y attardant, se servant de leur moiteur pour me caresser avec légèreté. Puis il posa les doigts sur le petit bouton qui se trouvait devant, le frottant doucement de sa main, jouant avec moi tandis qu'il suçait mes seins gonflés.

J'étais comme aveuglée, et seuls les doigts de Wilkie et

sa bouche m'ancraient dans ce monde. Je m'abandonnais complètement à son pouvoir, qui tirait de mon corps un plaisir que je n'avais jamais imaginé auparavant. Ses doigts me caressaient, m'encerclaient et se glissaient à peine à l'intérieur de moi, provoquant des sensations au-delà des mots, des sensations qui diminuaient, puis enflaient, refluaient et montaient de nouveau, allant chaque fois plus haut. Toujours plus haut. Cette ascension vertigineuse me semblait impossible et je me tortillais contre lui, n'étant pas sûre de pouvoir en supporter davantage. Pourrais-je seulement survivre à cette vague qui enflait sans cesse ? Je l'ignorais. Mais Wilkie me tenait en place, pressant et caressant plus fortement, augmentant son rythme. Les mouvements pleins d'assurance de sa bouche et de ses doigts allaient de pair, jusqu'à ce que je sois submergée. Le plaisir atteignit son apogée et se maintint, faisant peser sur mes sens une telle surcharge extatique que j'en sanglotai, murmurant le nom de Wilkie dans un souffle. Le suppliant. Plantant mes ongles dans sa peau. Le sommet de la volupté sembla partir en tous sens, alors, s'enroulant en des explosions qui m'enserraient et faisaient voler mon cœur en éclats. Les vagues roulaient en moi, si enchanteresses, si sublimes que je m'affalai contre lui, inerte, savourant cet épanouissement de sensations qui s'attardait.

Je ne pouvais rien dire. Je ne sentais rien hormis le creux de mon corps qui se crispait doucement et la chaleur du torse de Wilkie dont les bras m'enveloppaient.

Nous restâmes allongés ainsi quelque temps. Je plongeais dans une torpeur enchantée et en émergeais tour à tour tandis que nos mains et nos bouches continuaient à toucher et à goûter. Je me sentais fluide comme de l'eau et je pensais au propre plaisir de Wilkie, à sa propre brûlure. Pouvais-je lui faire ce qu'il m'avait fait — par deux fois ? Je sentais sa dureté à travers l'étoffe de ma robe de chambre, qu'il avait rabattue sur mes jambes pour me couvrir. J'étais inexpérimentée et timide, mais je voulais essayer. Je laissai glisser plus bas ma main posée sur son estomac, pour effleurer le cuir de ses chausses.

Mais je m'arrêtai net, l'oreille aux aguets. Le bruit éloigné de gens, dans le couloir, peut-être, ou dans l'escalier, nous parvenait à présent.

Je m'écartai de lui, paniquée à l'idée qu'on nous trouve ainsi. Je ne doutais pas que laird Mackenzie savait très bien que j'avais, en vérité, dormi dans le lit de Wilkie. S'il n'avait pas ordonné qu'on me laisse dans l'étreinte fiévreuse de son frère, il avait du moins accepté l'arrangement. Toutefois, s'il nous découvrait là, comme nous étions, cela pourrait le faire revenir sur sa décision.

— Je devrais retourner dans l'antichambre, dis-je.

— Je vous ferai ramener à moi bientôt. Pour l'instant, oui, il serait peut-être mieux que vous vous en alliez. Si mon frère vous trouvait à demi nue dans mon lit, il pourrait mal réagir. Il n'aime pas le scandale.

— Suis-je un objet de scandale, guerrier ?

— Vous êtes beaucoup plus que ça, lass, dit-il d'une façon énigmatique, en me prenant la main et en m'attirant à lui.

Il m'embrassa sur les lèvres avec tant de désir que je sentis le puits brûlant en moi s'attiser de nouveau. *Je voulais encore plus de lui. Beaucoup, beaucoup plus.*

Mais les bruits se faisaient plus forts et plus proches.

Je m'arrachai à l'étreinte de Wilkie, lui jetant un coup d'œil en arrière en m'en allant. Il paraissait frustré, son côté farouche le disputait à une sorte de nostalgie. Et je me sentis aussi perdue qu'il en avait l'air, à la perspective de cette petite séparation.

— Je vous ferai venir dès que je le pourrai, répéta-t-il.

Je hochai la tête, savourant un dernier regard vers lui, appréciant ses épaules larges et musclées, son torse magnifique, son estomac plat et dur, ses hanches sur lesquelles ses chausses défaites tombaient bas.

Il sourit à mon regard qui s'attardait et continua à

tendre la main vers moi tandis que je m'échappais et courais jusqu'à la porte.

— A bientôt, mon ange, dit-il.

Je refermai la porte de l'antichambre derrière moi juste à temps. Quelques secondes plus tard à peine, un remue-ménage se fit entendre dans la chambre de Wilkie.

L'antichambre était déserte. Le feu était presque éteint, le cuvier et le paravent avaient été enlevés. *Où était Christie, en ce moment ?* Je m'occupai à refaire les lits et à décider quelle cotte je porterais. Je touchai la belle étoffe des vêtements qu'elles avaient laissés pour moi, stupéfaite par leur travail soigné et leur qualité. Une chemise avait été étalée, aussi, exquise avec sa toile douce et diaphane. Je n'avais jamais porté d'aussi beaux habits. Ils paraissaient même trop beaux, trop luxueux. Je n'avais pas envie de me faire remarquer dans l'une de ces cottes. Mais je m'avisai alors que mes vêtements d'homme, déchirés et trop grands, étaient bien plus singuliers qu'une cotte de dame noble superbement cousue. Après quelque délibération, je choisis la jaune pâle. La verte était ravissante, aussi, comme la rose. Mais le velours jaune était simplement trop doux et trop luxueux pour y résister.

J'entendis très nettement la voix de Kade ; elle avait un caractère particulier, elle était profonde et légèrement rauque.

— Il est réveillé, et paraît presque redevenu lui-même. La fièvre est tombée.

— Peux-tu te lever, Wilkie ?

Je reconnus la voix de laird Mackenzie.

— Des orages ont éclaté. Nous avons beaucoup à discuter.

— Quels orages ? demanda Wilkie.

Que je puisse entendre leur voix même à travers la cloison de bois entre les deux chambres m'ennuyait. Je ne voulais pas écouter, mais je n'avais guère le choix. Ces hommes étaient grands, rudes, importants, et ils n'étaient pas enclins à parler à voix basse. Faute de mieux, je pouvais me distraire. J'ôtai la robe de chambre et enfilai la chemise neuve qu'Ailie et Christie avaient laissée pour moi. Elle m'allait parfaitement. J'enfilai ensuite la cotte jaune et l'ajustai sur moi. Elle était presque trop serrée sur la poitrine — et plus décolletée que je n'y étais habituée — et un peu plus large à la taille. Mais c'était une cotte splendide, qui tombait gracieusement en plis généreux jusqu'au sol. Je lissai mes cheveux, replaçant les épingles, et je mis mes vieilles bottes usées, heureuse de voir qu'elles étaient couvertes par mes jupes. Malgré mes tentatives pour ne pas écouter la conversation des hommes, j'entendis chaque mot échangé tandis que je m'habillais.

Après une longue pause, le laird dit :

— Assieds-toi, frère. Tu es encore étourdi. Nous pouvons parler ici.

Wilkie avait-il essayé de se lever ? S'était-il fait mal ? J'aurais tellement voulu pouvoir retourner auprès de lui, mais je savais que je n'avais pas lieu de les interrompre.

— Je ne peux pas dire que je t'aie jamais vu aussi content d'être cloué au lit, frère, commenta Kade. Normalement, tu serais de retour sur le terrain, en ce moment même, aboyant des ordres à tout le monde.

Wilkie rit doucement.

— Oui. Il semble que je me trouve étrangement bien dans ce lit de malade.

— Quoi qu'il en soit, interrompit le laird, comme si le sujet l'agaçait, plus vite tu seras sur pied, mieux ce sera. Les hommes d'Ogilvie ont accosté nos gardes le jour de l'arrivée de Roses et plusieurs patrouilles de recherche sont venues depuis, certaines plus d'une fois. Elles étaient en quête d'une lass aux cheveux d'un blond peu commun, et qui portait des vêtements d'homme la dernière fois qu'on l'avait vue. Laird Ogilvie tient beaucoup à ce qu'on la lui ramène, et promptement. Ses hommes parcourent les Highlands pour la trouver.

Entendre mentionner le nom d'Ogilvie me causa un choc. Je savais qu'il me ferait rechercher. Néanmoins, ces dernières nouvelles données par la voix dure et guerrière de laird Mackenzie me secouèrent. Dans les bras de Wilkie, je m'étais sentie en sécurité, protégée et réconfortée. Mais je n'avais finalement aucune garantie. Wilkie n'était pas le premier décideur du château, après tout ; c'était laird Mackenzie.

La réponse de Wilkie fut sèche et empreinte de colère.

— Et que leur as-tu dit ?

Quand le laird reprit la parole, il était clair qu'il cherchait à se contrôler, comme s'il essayait d'amadouer son frère, d'atténuer sa réaction.

— Je les ai renvoyés, dit-il d'un ton posé. Je leur ai dit que nous n'avions vu personne correspondant à cette description. Mais je préférerais ne pas abuser de mensonges. Ni héberger une fugitive qui est très activement recherchée par Ogilvie. Ses gardes ont parlé de la soif de sang de ce dernier. Il veut que la lass soit retrouvée immédiatement et a menacé de tuer des membres de ses patrouilles si elle ne lui est pas ramenée. C'est une situation potentiellement explosive, étant donné qu'elle a été vue par un certain nombre de gens dans notre forteresse et aux alentours. Les rumeurs ont le don d'aller où elles veulent.

— *Fugitive*, répéta Wilkie, comme si le mot lui laissait un goût amer dans la bouche.

Kade rapporta les informations que je leur avais données plus tôt.

— C'est une fille de cuisine d'Ogilvie, Wilkie. Elle l'a frappé avec un couteau quand il…

— Je sais tout cela, coupa Wilkie. Elle me l'a dit.

— C'est une voleuse et une source de problèmes, dit laird Mackenzie. Si nous l'abritons ici, et qu'Ogilvie l'apprend, il ne reculera devant rien pour la récupérer. Y compris prendre notre forteresse d'assaut. Ses gardes l'ont quasiment confirmé.

— Alors nous combattrons Ogilvie, déclara rudement Wilkie. Nous défendons ce qui est nôtre. Il n'a pas de droits sur elle.

— De fait, il en a, dit le laird. Elle n'est pas *nôtre,* Wilkie. Elle fait partie de son clan.

— Et il est donc tenu par le devoir de la protéger, rétorqua Wilkie. S'il manque à son honneur en s'en prenant à sa vertu, il perd tous ses droits sur elle.

Il y eut un bref silence, comme s'ils réfléchissaient tous.

— Je propose que nous l'escortions chez les Macduff, suggéra Kade. Si…

— Elle reste avec moi, affirma Wilkie avec une tranquille mais farouche détermination.

— Wilkie…, dit le laird.

— Elle est *mienne*, coupa-t-il.

— Tu comptes la garder comme maîtresse, frère ? demanda le laird. Tu mesures, j'espère, qu'un contingent de cinq filles et deux nièces de Morrison arrive dans moins d'une semaine, comme nos invitées, pour t'être présentées en tant que fiancées potentielles. Laird Morrison est souffrant, il veut être remplacé par quelqu'un de plus jeune et n'a pas de fils. Il gouverne aussi l'un des plus grands domaines des Highlands. Voisin du nôtre.

— J'ai conscience des atouts des Morrison, Knox, dit fermement Wilkie. Ce dont je ne suis pas certain, cependant, c'est pourquoi tu éprouves le besoin de me les énumérer constamment.

— Tu seras le maître de ta propre forteresse, Wilkie, poursuivit le laird. Et tu étendras du même coup le renom et les possessions des Mackenzie.

— A ce qu'il semble, j'ai quatre frères et sœurs pour m'aider dans cette entreprise, répliqua-t-il.

Sa voix s'adoucit :

— Deux ans ont passé, Knox. Il est temps que tu te remaries. Je peux honorer mon devoir de Mackenzie en jurant allégeance à mon frère et en défendant la forteresse de mon clan aussi efficacement que je le ferais en épousant une Morrison.

— En vérité, dit le laird, tu peux avant tout honorer ton devoir de Mackenzie en assurant l'alliance de notre armée avec une armée voisine potentiellement puissante. Ton allégeance à ton frère — et ton laird — exige que tu agisses avec les meilleurs intérêts de ton clan à l'esprit. Et ces intérêts comprennent le mariage avec une fille ou une nièce de laird Morrison.

— Kade et toi pouvez festoyer au buffet de Morrison. Aucune de ces génisses ne m'intéresse.

Que l'insolence de Wilkie soit tolérée par le laird rendait plus apparent que jamais que ces frères partageaient un lien plus profond que beaucoup. Le désaccord de Wilkie avec les ordres clairs du laird était pour le moment toléré. Mais je ne pus m'empêcher de me demander si son refus aurait beaucoup de poids… J'admets que cette conversation m'affecta, mais je n'avais pas d'attentes — je ne pouvais pas en avoir —, à part ma prochaine rencontre avec Wilkie.

Je n'avais pas de plans, hormis apprendre à lire.

Je n'avais pas d'espoirs, sauf un autre baiser.

— Tu ne critiquais pas tant l'une de ces génisses — Maisie, non ? — la dernière fois que nous sommes allés chez eux et avons rencontré quelques-unes d'entre elles, observa Kade. Je me souviens que les deux plus âgées n'étaient pas présentes. Mais les autres si.

— C'est pourquoi je peux confirmer avec ardeur que je ne suis pas intéressé, rétorqua Wilkie.

— Wilkie, reprit le laird. Tu sais que nous sommes en discussion avec laird Morrison au sujet de tes fiançailles avec Maisie, sa troisième fille.

— Pourquoi la troisième ? demanda Kade avec une désinvolture qui suggérait qu'il connaissait déjà la réponse. Morrison a-t-il renoncé à essayer de marier sa fille aînée ?

— Il semble qu'elle ait décidé d'entrer au couvent,

répondit laird Mackenzie, ne paraissant pas passionné par le sujet.

Kade, comme je commençais à m'y habituer, semblait presque amusé par une question qui aurait été loin d'être plaisante pour n'importe qui à part lui.

— Oui, je suppose que deux ou trois tentatives de mariage avortées suffiraient à convertir n'importe qui. Mais qu'en est-il de la deuxième ? Stella, c'est ça ? Ne devrait-elle pas être la prochaine en lice pour le mariage ? Tu devrais avoir cette chance, frère. Je ne l'ai jamais vue, mais je crois qu'elle est la beauté du groupe. J'ai entendu plus d'un commentaire admiratif à son sujet, et pas qu'une fois.

Laird Mackenzie intervint :

— Maisie a exprimé une préférence marquée et insistante pour Wilkie, et a demandé à son père de lui permettre d'être celle qui scellerait l'alliance. La dénommée Stella a accepté. Laird Morrison a expliqué dans sa dernière missive que Stella est quelque peu introvertie. *Solitaire,* je crois qu'il a dit. Elle n'est pas assez ambitieuse pour passer outre aux requêtes de Maisie concernant la main de Wilkie. Non seulement cela, mais je peux te dire, Wilkie, que laird Morrison est très irrité que tu aies pris la virginité de Maisie lors de ta dernière visite et ne l'aies pas encore demandée en mariage. Il est urgent, pour ces raisons plus que pour toute autre, de conclure ces fiançailles. Il a mentionné ses inquiétudes à propos… eh bien, dans le cas où un héritier ferait déjà partie de l'équation.

— D'abord, déclara Wilkie d'un ton courroucé, croyez-moi quand je dis que je n'étais pas le premier à toucher à sa vertu.

— Néanmoins tu admets que tu as pu la laisser dans une situation où elle était compromise, dit le laird.

— Elle s'est placée elle-même dans quantité de situations pendables, malgré mes tentatives pour restaurer son respect d'elle-même, répondit Wilkie. De fait, j'ai essayé de m'en aller et le lui ai dit plusieurs fois, avec insistance.

Elle était… Je n'entrerai pas dans les détails, mais qu'il suffise de dire que cela paraissait plus honorable sur le moment de l'obliger que de la repousser. Toutefois, je lui ai déclaré très clairement qu'il n'en sortirait rien. Je n'ai fait aucune promesse. Quant à un héritier possible — la question ne se pose pas.

Il parut un peu embarrassé quand il clarifia sa dernière affirmation.

— Je me suis bien assuré que *cela* ne se produirait pas.

Ces détails étaient affligeants pour moi, certes. Mais il n'était guère surprenant qu'un homme comme Wilkie Mackenzie soit très recherché — dans tous les domaines. Apprendre qu'il était sur le point de se fiancer à une autre femme me parcourut d'un frisson glacé, mais il ne dura pas. Après tout, j'étais habituée à être quelqu'un d'extérieur et de peu de valeur, à n'avoir rien à espérer au-delà de ma portée, c'est-à-dire pas grand-chose. Wilkie avait introduit l'espoir, la joie et la beauté dans ma vie, et d'une façon très intense. Et cette cascade de bonheur était si nouvelle et si douce pour moi qu'elle s'attardait avec insistance, même face à cette information malvenue.

— Quoi qu'il en soit, reprit le laird, devenant de plus en plus agité, son père souhaite vivement sceller une alliance, et bientôt. Si tu n'aimes pas trop Maisie, alors prends une des autres ! Il n'a pas moins de sept filles et nièces parmi lesquelles choisir. Il a bien dit que tu avais le choix entre toutes. Stella n'est pas bien disposée, mais Morrison est plus enclin à conclure cette alliance qu'à satisfaire les caprices de ses filles.

Kade parvint à paraître amusé.

— Voilà qui assurerait d'harmonieuses relations familiales entre les sœurs.

— Tu peux faire ton choix, Wilkie, c'est ce qu'il entend par là. Mais sois sûr d'une chose : tu *épouseras* l'une des Morrison, et je crains qu'il n'y ait pas à en discuter, déclara Knox Mackenzie. Les arrangements ont déjà commencé. Ils arrivent la semaine prochaine et, si laird

Morrison insiste, le mariage aura lieu durant leur visite. Ce n'est pas nouveau pour toi, frère. Tu as accepté il y a quelque temps, je te rappelle.

— En vérité, je n'ai jamais accepté, répliqua Wilkie. J'ai accepté d'y *réfléchir.* Toi surtout, Knox, tu sais que je suis revenu sur l'idée d'épouser une femme pour qui je n'ai pas de sentiments…

— Tu as bien dû en avoir d'une sorte ou d'une autre…, coupa le laird.

Mais Wilkie l'interrompit à son tour :

— Je n'avais *pas* de sentiments pour elle. Nous avons partagé un bref moment. Un moment qui est maintenant du passé. Laisse-moi te rappeler que le mariage n'est peut-être pas le seul moyen de sceller une alliance avec l'armée des Morrison. J'ai toujours pris ton point de vue à cœur, frère, et suivi docilement tes ordres. Mais j'ai du mal avec celui-ci. Je te prie d'envisager d'autres options.

Wilkie se tut, et j'eus l'impression qu'il y avait de nombreuses émotions à l'œuvre entre les frères. Quand il reprit la parole, sa voix parut plus sombre, plus grave.

— J'ai accepté de considérer un mariage avec une Morrison par respect pour toi et pour notre père. Mais je pense à notre mère quand je te dis ceci : maintenant, il semble que j'aie une autre préférence.

C'était la première fois que j'entendais l'un des Mackenzie mentionner leur mère, et même si Wilkie l'avait évoquée avec de l'affection dans la voix, je ne pus m'empêcher de me demander ce qu'il voulait dire par ce commentaire.

— Wilkie, déclara le laird, maintenant assez ulcéré mais visiblement touché par la référence de son frère à leurs parents. Tu as le choix parmi toutes les femmes de sang noble de toute l'Ecosse ! Il ne tient qu'à toi de prendre celle que tu veux.

Il baissa la voix et je pus à peine entendre sa déclaration suivante.

— J'ai montré de l'indulgence pour accélérer ta

guérison. Prends ce que tu veux d'elle. Fais ce que tu dois. Mais cette lass n'est pas…

Wilkie l'interrompit avant qu'il ne puisse terminer :

— La flèche de Cupidon a transpercé mon cœur.

— C'est *l'épée* de Cupidon qui t'a transpercé, intervint sèchement Kade, et tu peux t'estimer heureux qu'elle ait manqué ton cœur !

Le laird en avait entendu assez, apparemment. Il y eut des bruits de mouvement.

— La décision est définitive, Wilkie, mais si tu insistes, nous continuerons cette discussion quand tu seras en pleine possession de ton jugement, dit-il comme s'il était convaincu à présent que son frère était encore en proie à la fièvre. Kade et moi devons assister à une réunion. Nous allons te laisser te reposer. Et je suggère que tu en profites au maximum. Il se peut que nous soyons obligés de nous battre plus tôt que nous ne le pensions.

— Que veux-tu dire ? demanda Wilkie d'un ton assez irrité.

— La rébellion des Campbell, expliqua Kade. Elle reprend, et rapidement.

— Je vais venir avec vous, dit Wilkie.

— Tu es sûr de le pouvoir ? demanda Kade. Tu…

— Oui. Donnez-moi une chemise.

Je pus entendre des bruits d'étoffe tandis que Wilkie s'habillait, ne jurant qu'une fois sous l'effort. Le laird ne dit rien d'autre, peut-être encore en prise à son agacement devant l'obstination de son frère. Leurs pas s'éloignèrent tandis qu'ils suivaient le couloir pour aller jusqu'à l'escalier et descendre.

Je me laissai choir dans un fauteuil près du feu mourant. J'avais beaucoup à penser. Pour l'instant, je savourerais simplement le souvenir de chaque sensation merveilleuse éprouvée avec Wilkie, et j'attendrais le prochain moment volé.

Christie vint me rejoindre, entrant furtivement dans l'antichambre comme si elle se méfiait d'être observée. Dès qu'elle me vit, elle s'arrêta, bouche bée, fixant durant plusieurs secondes ma nouvelle apparence.

— Eh bien, c'est certainement un progrès, dit-elle de sa manière aimable et franche. Vous allez mettre Wilkie dans tous ses états, c'est sûr, quand il vous verra.

Elle sourit à cette pensée.

Elle s'assit à côté de moi, contemplant ma mine sombre.

— A quoi pensez-vous, Roses ? Vous aviez une expression si songeuse quand je vous ai interrompue.

Je lui souris, m'efforçant d'écarter mes soucis.

— Ce n'est rien, Christie.

Elle s'adossa à son fauteuil, observant le feu pendant un moment. Je voyais bien qu'elle n'avait pas l'intention de me lâcher si facilement.

— Il y a eu de l'agitation la nuit dernière, n'est-ce pas ? dit-elle. Wilkie vous appelant et faisant presque irruption dans votre chambre comme un possédé. Je n'ai jamais rien vu de pareil dans toute ma vie. Je n'ai certainement jamais vu mon frère, si insouciant, se conduire de cette façon. Pas une fois.

Elle marqua une pause et je décidai alors de satisfaire sa curiosité. J'avais envie de me fier à elle et avais l'intime conviction que je le pouvais.

— Oui, répondis-je. Je crois qu'il était dominé par son délire.

— Je crois plutôt, moi, qu'il était dominé par *vous*, Roses. Vous devriez savoir que Wilkie n'a jamais admis une femme dans sa chambre auparavant. C'est un homme très réservé, malgré son côté sociable. Il rend des visites, certes, et il reçoit beaucoup d'invitations.

Elle s'arrêta, comme si elle réfléchissait à la façon d'exprimer ce qu'elle voulait dire avec délicatesse. Elle prenait plus de précautions que je ne l'avais jamais vue faire.

— Mais il n'est pas homme à *lancer* des invitations, si vous voyez ce que je veux dire.

Je compris ce qu'elle sous-entendait. Et je ne pus m'empêcher d'avouer :

— Il ne m'a pas « lancé une invitation », j'en suis sûre. C'était plus un ordre, je crois, de l'aider et de le soutenir dans sa guérison.

Mais c'était bien plus que cela, en fait ; je le savais et Christie aussi. Dans mon esprit, la volonté de Wilkie de m'avoir près de lui était beaucoup plus qu'une simple requête. Il me voulait et avait *besoin* de moi. Durant ces moments enfiévrés et magiques à la grotte et après, nous avions été une nécessité inexplicable l'un pour l'autre. Nous avions frôlé la mort. Notre combat et notre sang nous avaient liés. C'était un constat qui me faisait plaisir, mais m'inquiétait aussi. Je savais combien ce lien me paraissait indélébile : il était permanent et incluait *tout*, et ce, d'une manière alarmante. Mais Wilkie le ressentait-il aussi intensément que moi ? Je me sentais déjà « possédée » par lui. Comme s'il m'avait marquée d'un nouveau tatouage, celui-ci gravé dans mon cœur. Ce qui nous liait pouvait-il durer, ici, dans la réalité qui était celle de Wilkie ? Ou serait-ce écarté, tandis que son devoir passerait en premier ?

Sans le vouloir, je posai ma question à haute voix :

— Je me demande ce qu'il va advenir de moi.

— Je ne sais pas, Roses, répondit Christie. Seuls Wilkie et vous pouvez en décider.

— Peut-être me gardera-t-il près de lui jusqu'à ce qu'il se lasse de moi, remarquai-je, affligée à cette pensée.

Deviendrais-je une fille de cuisine des Mackenzie, ou serais-je jetée dehors, escortée peut-être — ou peut-être pas — jusque chez les Macduff ?

Christie ne pouvait pas me répondre, ni confirmer les sentiments de son frère d'une façon ou d'une autre, mais cela me faisait du bien d'exprimer mes soucis, très réels.

— Ou peut-être me voudra-t-il comme maîtresse

quand il aura épousé une des innombrables filles ou nièces Morrison. Peut-être m'emmènera-t-il dans le château des Morrison quand il deviendra leur nouveau laird. Ou peut-être choisira-t-il une autre héritière à épouser, comme c'est son droit de naissance.

Christie soupira.

— J'aimerais pouvoir vous dire ce que vous souhaitez entendre, Roses. Mais aucune de ces décisions ne dépend de moi, j'en ai peur. Tout repose entre les mains de mes frères.

— Mon avenir est vraiment incertain, dis-je, appréciant sa sympathie, même si ses paroles ne me réconfortaient pas.

— Seriez-vous seulement *consentante* pour devenir la maîtresse de Wilkie ? Ce n'est pas une perspective particulièrement brillante, Roses, et une femme de votre beauté pourrait préférer attendre d'avoir un époux à elle, au lieu de partager un homme avec sa femme légitime — et peut-être même d'autres maîtresses. D'attendre ses visites et de renoncer pendant ce temps à un mariage et à des enfants. Vous avez le choix.

Ah, chère Christie ! Je l'aimais déjà pour ses avis spontanés sur tous les sujets, même si la question dont nous discutions maintenant était l'homme de mon cœur et l'improbabilité que l'on me permette un jour de l'épouser.

Mais Christie avait raison : bien sûr, j'avais le choix. On ne m'avait pas laissé le choix de devenir la maîtresse d'Ogilvie, peut-être, mais j'avais choisi une autre voie, malgré les difficultés considérables que cette option impliquait. Je pouvais toujours quitter Wilkie, comme j'avais quitté Ogilvie, partir en catimini et me rendre dans le nord comme je l'avais prévu au départ.

Mais la perspective de devenir la maîtresse de Wilkie était, assurément, très différente de devenir celle de laird Ogilvie.

— Que *voulez-vous*, Roses ? insista Christie.

Sa question me prit un peu de court, et je m'accordai

un moment pour y réfléchir. Qu'est-ce que je *voulais* ? C'était un chemin que je choisissais rarement d'arpenter. Mes désirs personnels n'étaient pas quelque chose sur quoi je m'arrêtais souvent ; ils avaient bien peu d'importance dans le grand plan de ma vie. Travail, servitude, survie, satisfaction des besoins des autres : telles étaient les seules priorités que j'avais toujours connues. Ce que je *voulais* était une considération frivole que je soupesais rarement. Mais je le fis alors. Je n'avais rien d'autre à faire, après tout, que de divulguer mes pensées les plus intimes à Christie en attendant que Wilkie revienne.

— Que voulez-vous dans la vie, Roses ? reprit Christie, reflétant la question que je me posais à cet instant précis.

— J'aimerais avoir un jardin à moi, répondis-je avec une complète sincérité, et elle m'écouta avec un vif intérêt, en silence. Une petite maison, comme celle de mon père, rendue confortable par les attentions aimantes de ma mère, et entourée par les acres de terre qu'il travaillait.

Je m'arrêtai, réfléchissant.

— La sécurité. Le sentiment d'appartenir à un endroit. La liberté de travailler et d'exprimer mes talents pour le bien et la prospérité de mon clan et des miens.

Christie se taisait, m'observant, alors je poursuivis :

— Je pense que ce sont des aspirations trop élevées, vraiment, pour quelqu'un comme moi. Je ne suis qu'une servante sans passé et sans famille.

Je m'interrompis. *En avais-je trop révélé ?*

— Dites-m'en plus, Roses, m'encouragea Christie. Je ne divulguerai pas vos secrets, sauf si vous m'y autorisez. Wilkie vous les arrachera, de toute façon ! Il n'est pas du genre à prendre un « non » pour une réponse. Et il s'intéresse beaucoup à vous, c'est assez clair.

— Ce n'est pas quelque chose que j'ai eu grand besoin de considérer auparavant, Christie. Pendant maintes années, chaque jour, du matin au soir, on m'a dit ce que je devais faire et quand le faire. J'accomplissais des tâches subalternes et désagréables dont personne d'autre ne voulait se charger. Je vivais dans les quartiers bondés des serviteurs, à côté des cuisines. Et je serai probablement reléguée au même niveau inférieur chez les Macduff, si j'y arrive, ou dans un quelconque autre endroit que je ne connais pas encore.

Christie écoutait en ouvrant de grands yeux.

— Voulez-vous *vraiment* aller chez les Macduff ?

Je réprimai un soupir.

— Pas vraiment. Je n'avais pas d'autre choix que d'aller dans cette direction, une fois que j'ai pris la route. Je ne connaissais personne en dehors du clan Ogilvie, à part cette femme chez les Macduff. Mais je n'ai rien entendu de très positif sur leur forteresse, à part qu'ils sont particulièrement bons pour essayer de prendre des terres le long de leurs frontières du nord, d'après les Ogilvie. Ils décrivaient Macduff comme vieux, grincheux et pas particulièrement accueillant… et son fils comme une brute barbue et massive qui adore montrer sa force impressionnante.

— Oui, j'ai entendu dire des choses similaires, commenta Christie. Cela ne me paraît pas très engageant.

Non, en effet. Ces détails, je pouvais l'admettre, m'avaient mise en garde une fois ou deux. Mais c'était à une époque où je n'avais pas d'autre alternative raisonnable.

Maintenant, à ce qu'il semblait, je pourrais par contre en avoir une.

— Vous pourriez rester ici, Roses, dit Christie en suivant mes pensées. Il se peut que vous n'ayez pas le choix, en vérité, si Wilkie en fait à sa tête.

Kinloch, avec ses vastes champs bien entretenus regorgeant d'abondance, avec son ordre et sa chaleur : c'était l'endroit le plus accueillant que j'avais jamais vu ou même imaginé. Le jugement d'Ogilvie sur laird Mackenzie me paraissait moins menaçant, aussi, maintenant que je l'avais rencontré par moi-même. Il était bougon, certes, mais il semblait juste et je n'avais pas détecté de cruauté dans ses manières — même s'il était plus intimidant que tout homme que j'avais connu jusqu'ici. Kade n'était pas du tout aussi sévère qu'on l'avait dépeint, bien que les descriptions de son arsenal lui aient à peine rendu justice. Que les Mackenzie aient jusqu'ici montré de la tolérance et de la bienveillance envers moi ne faisait qu'ajouter à l'attrait de Kinloch. Les sœurs de Wilkie étaient certainement parmi les personnes les plus aimables et les plus accueillantes que j'avais jamais rencontrées. Et tous ces détails ne faisaient que couronner mon plus vif désir : être avec Wilkie.

Mais décider si je restais ou partais reviendrait finalement à une seule personne : laird Mackenzie, qui acceptait pour le moment ce qu'il considérait comme la nouvelle lubie de son frère. Je devinais aux manières du laird qu'il espérait que la « maladie » de Wilkie passerait bientôt, qu'il me garderait dans son lit simplement jusqu'à ce qu'il se lasse de moi. J'avais la forte impression que s'il pouvait faire entendre raison à son frère, laird Mackenzie m'ordonnerait probablement de partir à la première occasion.

— Et *vous*, qu'est-ce que vous voulez, Roses ?

Je détectai dans la question répétée de Christie l'attente d'une confirmation, comme si elle avait l'intérêt de Wilkie à l'esprit et était inquiète de la soudaineté et de la force de ses réactions vis-à-vis de moi.

Et sur ce point, je pouvais l'assurer de mon choix sans hésitation. C'était une question à laquelle il était facile de répondre : je voulais que Wilkie me revienne, qu'il me prenne dans son lit, qu'il m'embrasse de nouveau. Qu'il me fasse pleurer, m'envoler et brûler avec sa façon magnifique, insistante, stupéfiante de me toucher. Et je voulais lui donner du plaisir, aussi, comme il l'avait fait pour moi. Je savais qu'il y avait beaucoup plus dans ses caresses que ce qu'il m'avait donné jusqu'à présent.

J'étais curieuse.

Et oui, j'étais consentante.

Mes désirs me surprirent par leur véhémence.

— Je le veux *lui,* murmurai-je.

Oui, ce que je voulais vraiment, c'était Wilkie Mackenzie. Mais je savais que je ne pourrais jamais l'avoir.

7

Ailie arriva. Elle était vêtue d'une cotte crème à la coupe originale, avec des demi-manches et un empiècement à la taille d'une étoffe différente, vert clair, qui flattait sa silhouette mince. Ses cheveux s'étaient échappés de son chignon et de petites boucles encadraient son visage, lui donnant un air jeune et insouciant légèrement différent de son élégance et de sa réserve habituelles.

Elle remarqua tout de suite ma toilette et me prit gentiment par la main pour que je me tienne devant elle, puis elle tourna autour de moi, examinant tous les détails de mes vêtements, comme si elle avait la responsabilité de s'assurer que tout était exactement comme cela devait être.

— Vous êtes magnifique, Roses, dit-elle. La cotte vous va à ravir. Mais laissez-moi ajuster la taille. Elle est un peu plus large que ce que j'escomptais.

Elle sortit une aiguille et du fil d'un petit sac qu'elle portait presque toujours sur elle, comme je devais l'apprendre. Elle se mit à reprendre la couture au milieu du dos. Avec mes cheveux relevés, j'étais heureuse d'avoir vérifié que mon tatouage était bien couvert par la cotte.

— Vous vous y habituerez, Roses, dit Christie. Ma sœur ajuste tout le temps les habits des gens et, de fait, elle est recherchée par toutes les femmes du clan pour son talent en couture. C'est son obsession, alors nous lui faisons plaisir.

— Me faire plaisir, vraiment, ma chère sœur ! Qui est-ce qui m'a réveillée de bonne heure ce matin pour me demander mon avis et faire appel à mon adresse, alors qu'en réalité on t'avait assigné la tâche de chaperonner Roses et d'aller la voir régulièrement ?

Mes joues s'échauffèrent aussitôt. Je pouvais bénir le ciel que l'attention de Christie se soit portée ailleurs…

— Oui, eh bien, je suis là, maintenant, et regarde, elle va bien, dit Christie. Wilkie se promène et Roses n'avait pas du tout besoin de chaperon, n'est-ce pas, Roses ? Quand je l'ai trouvée, elle était confinée dans l'antichambre, seule.

— Peut-être Roses a-t-elle besoin d'un *nouveau* chaperon, qui ne soit pas aussi facilement distrait, dit Ailie. Voilà, ajouta-t-elle, satisfaite de ses ajustements. C'est beaucoup mieux.

Elle lissa ma cotte pour la mettre en place et inspecta le vêtement d'un œil critique.

— De toute façon, elle n'aura bientôt plus besoin d'un chaperon, sauf la nuit. Wilkie se remettra sans doute à son entraînement aujourd'hui ou demain, et Roses sera occupée avec Effie. On nous a demandé de vous emmener dès maintenant dans les quartiers dédiés aux soins médicaux, Roses. Knox vous a-t-il dit que cela doit être votre couverture, pendant que vous serez à Kinloch ? Pour détourner les rumeurs. Nous avons pensé dire que vous venez du clan Macduff et que vous êtes une apprentie guérisseuse, puisque vous avez bel et bien un certain talent dans ce domaine.

— Oui, renchérit Christie. Comme ce sont les terres les plus éloignées des nôtres, peu de membres de notre clan ont des relations avec les Macduff, ainsi tout ragot mourra probablement avant de pouvoir être confirmé.

Je hochai la tête.

— Le laird m'en a informée, oui. Je serai honorée d'être l'apprentie d'Effie, et j'espère pouvoir lui être utile.

Les deux sœurs me conduisirent dans le couloir et nous descendîmes un escalier situé tout au fond. Je ne pus m'empêcher de noter de nouveau l'aspect propre et ordonné du manoir des Mackenzie, dans tous ses détails. Les chandelles qui éclairaient l'escalier avaient même été parfumées et une senteur de citron et d'épices flottait dans l'air. Nous longeâmes un corridor faiblement éclairé où plusieurs chambrières nous croisèrent, portant des draps propres. Elles me regardèrent avec curiosité.

Je devinai que nous approchions des pièces réservées aux soins ; je pouvais sentir les herbes médicinales et les onguents même à l'extérieur de la porte ouverte.

Les quartiers de la guérisseuse étaient spacieux, étonnamment bien garnis et admirablement bien organisés.

J'aurais bien aimé pouvoir montrer cet endroit à Ismay, tant il était impressionnant. Ismay travaillait dans un coin de la cuisine, où elle n'avait que plusieurs petites tables pour préparer ses remèdes. Ici, des chambres séparées contenaient plusieurs lits où des blessés ou des malades pouvaient être soignés sur place, alors que les chambres de soins des Ogilvie étaient encombrées et assez lugubres — pas du tout un lieu agréable pour se remettre. Et elles n'étaient pas commodément placées, se trouvant à plusieurs minutes de la cuisine.

En comparaison, ces quartiers de guérison des Mackenzie étaient propres, confortables, spacieux et donnaient l'impression que les malades étaient assurément bien soignés. Sur les murs s'alignaient des étagères pleines de flacons, de pots, de livres et d'instruments. Des tables au milieu de la pièce étaient utilisées pour mélanger et préparer des remèdes et des teintures, et plusieurs décoctions bouillonnaient sur des réchauds. Au fond, il y avait trois lits actuellement inoccupés.

Effie était déjà là et elle leva les yeux de son livre de recettes, remarquant aussitôt ma nouvelle apparence et la cotte que je portais. Elle passa plusieurs secondes à m'examiner.

— Eh bien, eh bien. Le convoité Wilkie Mackenzie a finalement trouvé son égale, dit-elle d'une façon énigmatique.

Christie et Ailie s'en allèrent un moment, afin de superviser les préparatifs pour les visiteurs attendus la semaine suivante. Je passai une bonne partie de la journée à discuter de recettes avec Effie, que se révéla être patiente et très savante. Je lui donnai celle de mon onguent. Elle fut un peu surprise que je ne sache pas lire ni écrire, mais pas trop ; après tout, beaucoup de serviteurs étaient dans le même cas que moi.

— J'aimerais que vous me prépariez un pot de cet onguent, lass, si cela ne vous ennuie pas, dit-elle.

Je lui assurai que je le ferais très volontiers.

— Mais je ne suis pas sûre d'avoir ici tous les ingrédients frais, ajouta-t-elle. Il va falloir que je vous montre le jardin aux herbes.

Elle me conduisit par un petit couloir jusqu'à un jardin exquis dont je n'avais jamais vu l'équivalent. C'était un lopin de terre modérément grand, plein d'herbes et de plantes médicinales de toutes sortes, bien entretenues. Le plus original dans ce jardin, c'était qu'il était protégé de tous côtés par une haute paroi rocheuse. Dans le mur du fond, une porte voûtée de bois était restée ouverte ; à travers, je pus voir au loin les terrains d'entraînement où plusieurs soldats s'exerçaient et discutaient de leurs mouvements. Wilkie n'était pas parmi eux, comme je le constatai alors. Contre le mur ouest se trouvait un banc pittoresque, comme si ce jardin avait été conçu non seulement pour ses plantes, mais aussi pour la contemplation, comme tout bon jardin.

— Pourquoi le jardin est-il enclos, Effie ? demandai-je.

— Nous avons ici une variété de plantes difficiles à trouver, expliqua-t-elle. Nous les faisons venir de toute l'Ecosse et l'Angleterre, et même d'aussi loin que le Continent. Nous avons jugé bon de les protéger du bétail et du vent. Et beaucoup sont aussi très précieuses. Il vaut mieux les garder entre des murs.

— Quelle bonne idée !

Je songeai aux simples cultivées par les Ogilvie,

qui étaient dispersées parmi les potagers. Il était vrai que beaucoup de plantes ne survivaient pas plus d'une saison, du fait de la compétition avec d'autres plantes ou des moutons qui passaient par là ; elles avaient souvent besoin d'être renouvelées. Les séparer du reste comme ceci aurait probablement été bien plus efficace pour les garder d'année en année. Ce n'était pas la première idée intelligente que j'avais vue à Kinloch, où l'inventivité était visiblement appréciée et encouragée.

Nous avons cueilli les herbes dont nous avions besoin et sommes retournées dans les pièces dédiées aux soins, où nous nous sommes affairées pendant presque toute la journée.

J'étais heureuse de la compagnie d'Effie, qui était d'humeur égale et savait se montrer discrète. Pour le moment, elle semblait moins intéressée par les remous qui m'entouraient que par ma connaissance des simples, et elle posa maintes questions sur les techniques d'Ismay. Je n'étais pas assez expérimentée dans les méthodes de guérison pour répondre à beaucoup de ses interrogations, mais elle fut impressionnée par mon savoir dans le domaine des plantes.

Christie et Ailie revinrent en milieu d'après-midi. Elles s'assirent sur des tabourets, me regardant préparer un pichet d'infusion d'écorce de saule pour le soir, dans le cas où les douleurs de Wilkie le feraient souffrir. Les deux sœurs relatèrent leur avancement dans la préparation des menus et des chambres de leurs futurs hôtes.

Je ne pus m'empêcher de poser une question sur un détail que Christie avait mentionné plus tôt.

— Est-ce que Wilkie s'entraîne tous les jours ?

— Oh ! oui, répondit-elle.

— Il s'entraîne chaque jour où ses entrailles ne menacent pas de se répandre, précisa Ailie. En outre, des guerres seront livrées dans peu de temps.

— Quelles guerres ? demandai-je.

— Celles d'Ossian Lochs. La situation ne s'est pas

améliorée, et devient en vérité plus explosive de jour en jour.

— Les terres du clan Stuart ?

Je me souvenais qu'Ogilvie les avait mentionnées, et les Mackenzie en avaient parlé en passant, aussi.

— Oui, dit Christie. Les terres du roi William. La forteresse la plus grandiose des Highlands. Les tenanciers du roi l'entretiennent et l'on espérait que son épouse Mary mettrait au monde un héritier pour la reprendre. Elle a connu bien des difficultés, hélas !

Je connaissais certains détails de la situation, et les deux sœurs semblaient disposées à discuter librement de ce sujet avec moi.

— Ainsi, il n'y a pas d'héritier pour réclamer ce domaine.

— Pas par Mary, répondit Ailie. Et elle a maintenant passé l'âge d'enfanter. Mais le roi a une maîtresse publique, et il en a aussi eu une secrète il y a maintes années. La maîtresse publique ne lui a pas donné d'enfant, elle non plus. Mais sa maîtresse secrète, dont le nom n'est pas connu, lui a donné un enfant, elle. Un héritier. Un rejeton du roi lui-même. Ossian Lochs sera à lui dès que l'on saura où il est. C'est son droit de naissance.

— Même s'il est né hors des liens du mariage ? demandai-je.

— Dans ce cas, oui. Le roi l'a décrété. C'est son seul enfant et il a décidé qu'il hériterait du domaine. Mais l'enfant en question est introuvable. Le roi a des envoyés qui le cherchent à travers toute l'Ecosse, toute l'Angleterre et toute l'Europe. Ils ne l'ont toujours pas trouvé.

— Pourquoi l'enfant a-t-il été caché ?

Les deux sœurs répondaient à mes questions patiemment et de bon gré ; je sentais que je les intriguais et qu'elles étaient avides de m'entraîner dans la conversation.

— La reine Mary, semble-t-il, était férocement jalouse, dit Christie. Elle a demandé à son époux de renoncer à ses maîtresses et il lui a cédé — en partie. Il a mis fin à sa relation avec Elizabeth, mais il a continué à voir sa maîtresse secrète. Mary avait des espions qui ont révélé que le roi poursuivait sa relation avec la deuxième femme. La reine, outragée, a ordonné à ses gardes de tuer l'enfant et la maîtresse. Celle-ci a pu cacher l'enfant et a été tuée peu après. C'est une fin tragique. Mais l'on pense que l'enfant en a réchappé.

Ailie prit la parole.

— Néanmoins, on ignore où il se trouve. Campbell croit que l'enfant est mort et que les droits sur Ossian Lochs devraient lui être donnés.

— Ce n'est pas vrai ? demandai-je.

— Il n'y a aucune preuve que l'enfant soit mort. Le roi le croit vivant, et Knox aussi, dit Ailie.

— Est-ce que quelqu'un l'a jamais vu ?

— Je ne sais pas comment on l'identifierait, même si on le voyait, commenta Christie. Le roi se méfie des imposteurs, alors il n'a pas divulgué les traits permettant de le reconnaître. Plusieurs personnes se sont présentées au roi William avec un enfant perdu ou un autre, en prétendant amener son fils. Mais il a déclaré chaque fois que ces enfants n'étaient pas de lui.

Je tentai de me rappeler les discussions des Ogilvie, mais ne pus me souvenir des détails.

— Comment se fait-il que Campbell se sente des droits sur Ossian Lochs ?

— La sœur du roi William a épousé le laird du clan Campbell il y a maintes années, et lui a donné un fils. Elle est morte à la naissance. Laird Campbell jugeait que son fils était l'héritier légitime d'Ossian Lochs, en tant que neveu du roi. Il a rejeté le décret du roi disant que l'enfant disparu devrait réclamer les terres, étant donné qu'il est illégitime. Dans la plupart des circonstances, cela signifierait qu'il n'a pas de droit de naissance sur le domaine.

— Alors l'armée des Mackenzie va se battre pour

empêcher Campbell de réclamer Ossian Lochs, dis-je pour m'assurer que je comprenais bien.

Ailie acquiesça.

— Notre père a conduit la bataille destinée à étouffer la rébellion. C'est lui qui a tué l'ancien laird Campbell, mais pas avant d'être mortellement blessé dans le combat. Il a perdu la vie dans cette bataille. Et maintenant le neveu du roi est assez âgé pour relancer la rébellion, tenter d'obtenir les terres pour lui et venger la mort de son père. Nos frères se battent parce que le neveu n'a pas à réclamer Ossian Lochs. Le roi lui-même l'a décrété. Nos frères se battent pour le roi d'Ecosse. Et ils se battent afin que notre père ne soit pas mort pour rien.

Je compatissais à leur perte. Je ne comprenais que trop bien l'abîme de chagrin que la mort d'un père pouvait apporter ; le trépas de mon propre père avait été l'un des événements les plus tristes de toute ma vie — du moins parmi ceux dont je me souvenais.

— Sa mort a été bonne, s'il peut y avoir une bonne mort, reprit Christie. Une mort honorable. Nos guerriers se battront pour sa cause, comme lui. Pour servir le roi et honorer la mémoire de notre père.

Je m'inquiétai à la pensée de Wilkie partant se battre. Mais après tout, il était un guerrier, et c'était ce à quoi les guerriers s'entraînaient jour après jour. J'étais bien placée pour savoir que son adresse et sa force le serviraient bien.

Et même si je connaissais peu les complexités de la politique des Highlands, j'admets que je les trouvais intéressantes. J'avais souvent écouté laird Ogilvie, ses lieutenants et ses hôtes lorsqu'ils discutaient de frontières et d'escarmouches, et j'en avais entendu assez pour me rappeler sa position sur la situation d'Ossian Lochs.

— Le neveu est maintenant le nouveau laird Campbell ? demandai-je.

— Oui, répondit Ailie.

Je me tus un moment, me souvenant de quelque chose :

une des maintes bribes d'informations que j'avais régulièrement entendues à la table de laird Ogilvie.

— Ogilvie est du côté de Campbell, dis-je.

Les deux sœurs me dévisagèrent, en alerte, comprenant les implications de cette déclaration en même temps que moi.

— Vraiment ?

Un sombre intérêt brillait dans les yeux d'Ailie.

— Comment le savez-vous ?

— Je l'ai entendu le dire. Il a l'intention de soutenir Campbell dans sa rébellion. Campbell est venu plusieurs fois à la forteresse Ogilvie. Je l'ai servi moi-même.

Ces dires perturbèrent Ailie.

— Knox est convaincu qu'Ogilvie est du côté du roi. Comme tous nos clans voisins. Du moins, nous le pensions.

Perdue dans ses pensées, elle réfléchit pendant un moment.

— Ainsi, ils rassemblent une armée plus importante que Knox ne le pensait, marmonna-t-elle comme pour elle-même. Il se peut aussi qu'ils essaient de s'allier d'autres clans.

Elle me pressa la main. Ses yeux étaient brillants, son regard déterminé.

— Roses. Nous devons aller dire cela à Knox. *Vous* devez le lui dire. Au moment où nous parlons, il se réunit avec nos frères et ses lieutenants dans sa pièce privée. Venez, ils seront très intéressés par ce que vous nous avez révélé.

Une réunion, avec les frères de Wilkie et leurs lieutenants ? M'asseoir à une table avec le laird lui-même, un homme qui préférerait sans doute me voir hors de ses murs, et au plus vite ? Et Kade, le frère aux yeux d'orage dont l'arsenal intimiderait même des soldats aguerris ? Cette pensée me fit monter une bouffée d'appréhension.

Ailie avait dû lire la peur dans mon regard. Elle posa une main sur mon épaule.

— Vous n'avez pas à craindre nos frères, Roses. Ils

seront intéressés par ce que vous avez à dire. Les informations que vous avez données pourraient bien sauver des vies, dont celle de Wilkie. Et nous serons à votre côté durant tout l'entretien.

— Oui, Roses, insista Christie. Nous ne les laisserons pas vous effrayer.

Leurs paroles me calmèrent quelque peu, mais mon cœur semblait s'envoler dans ma poitrine.

Les sœurs de Wilkie me conduisirent à travers un labyrinthe de corridors, jusqu'à un petit passage étroit. Dans l'antre privé du laird lui-même. Ailie frappa à la porte et une voix grave et irritée lui ordonna d'entrer.

Laird Mackenzie, Kade, Wilkie et quatre autres hommes étaient assis autour d'une table ronde, sur laquelle un vrai festin avait été posé. Mon estomac gargouilla aux effluves de canard rôti, de pain chaud et d'agneau à la sauge.

Les hommes ne s'attendaient pas à notre arrivée, c'était plus qu'évident. Dès que nous entrâmes dans la pièce, ils se levèrent tous ensemble. Chacun d'eux me fixa — et ils ne se privèrent pas de détailler durant plusieurs longues secondes ma coiffure et la cotte que je portais.

Sous le coup de la surprise, Wilkie faillit en rester la bouche ouverte, mais son expression se modifia aussitôt et trahit une agitation silencieuse. Il jeta un coup d'œil aux quatre lieutenants, tour à tour, notant leurs regards dans ma direction. Puis ses yeux revinrent à moi. Etait-il en colère à cause de notre intrusion ? Ou pour une autre raison ?

— Knox, dit Ailie. Tu dois entendre ce que Roses nous a dit. Elle a des informations sur Campbell.

— Campbell ? tonna le laird. Quelles informations ?

— Tu souhaiteras indéniablement entendre ceci, dit Christie, comme si elle savourait le suspense qu'elles entretenaient.

— Dans ce cas, Ailie, Christie, Roses, déclara le laird, plus poliment mais avec tout autant d'autorité, joignez-vous à nous.

Wilkie bondit et marcha jusqu'à moi. Il passa un bras autour mes épaules, me guida jusqu'à une chaise à côté de la sienne et la tira pour moi. Son expression restait indéchiffrable, mais ses mains étaient pleines d'assurance : si je devais être là, parmi sa famille et ses pairs, je m'assiérais près de lui. Il me servit un gobelet de cervoise et commença à emplir mon assiette d'une sélection de bonnes choses.

Après quelques aménagements des places, Christie s'assit à côté de moi elle aussi et Ailie prit la chaise voisine de sa sœur. Kade emplit leurs gobelets et elles se servirent de petites portions de nourriture.

J'étais assise, me sentant toute petite et pas du tout à ma place ici, mais les hommes quant à eux paraissaient plutôt à l'aise, même si leurs yeux trahissaient une curiosité déconcertante.

— De quoi souhaitiez-vous nous parler ? demanda le laird avec une certaine impatience.

Mais je ne pus émettre un seul son. Leurs regards me coupaient tous mes moyens.

— Buvez un peu de cervoise, Roses, m'encouragea Wilkie en me tendant mon gobelet.

Je n'avais jamais goûté ce breuvage, car les réserves de laird Ogilvie étaient limitées et il préférait les garder pour lui-même et ses hôtes ; on n'offrait pas ce genre de choses aux serviteurs. Je bus quelques longues gorgées, tant j'avais la gorge sèche. La cervoise avait un goût d'amertume et de miel que je trouvai plaisant.

— Doucement, dit Wilkie en souriant presque. C'cst une boisson forte.

Je posai mon gobelet, consciente d'être observéc par neuf paires d'yeux. Ceux des Mackenzie et des lieutenants du laird, qui étaient de grands hommes à l'air robuste avec des regards observateurs et quantité d'armes.

— Dites-nous ce que vous savez sur Campbell, dit Wilkie, plus gentiment que son frère mais d'une manière non moins pressante.

— Je… je peux vous dire que Campbell était l'invité d'Ogilvie il y a moins de quinze jours. Ou à peu près.

Je me corrigeai, ne sachant pas exactement depuis quand j'étais ici :

— Je les servais à table. Je suis certaine qu'Ogilvie a offert son allégeance à la rébellion de Campbell à Ossian Lochs. Ils en ont discuté en détail.

Je m'arrêtai, troublée par une pensée qui me traversa soudain l'esprit.

— Ogilvie est du côté de Campbell ? insista laird Mackenzie, d'une voix vibrante où on sentait le choc d'une telle nouvelle.

— Oui.

Les choses se précisèrent dans ma tête, alors. Wilkie détecta immédiatement mon malaise.

— Qu'y a-t-il, lass ?

— J'ai déjà trahi Ogilvie. Et je vous donnerai toutes les informations que je pourrai. Mais les autres membres du clan Ogilvie — on ne leur fera pas de mal ?

Je songeai à Ismay, à mes amis et connaissances avec qui j'avais travaillé dans les cuisines pendant près de cinq ans. Je pensai même à Matilda, qui ne m'avait jamais appréciée, ou apprécié mon travail, mais qui m'avait de temps en temps glissé une tranche de gibier séché, un régal qu'elle savait que j'adorais, quand elle me trouvait trop maigre. Je pensai à Ronan et Ritchie, les jeunes guerriers qui m'avaient prise sous leur aile pour m'entraîner à l'épée et à monter à cheval, parce que je me montrais si intéressée. Ritchie, aussi, m'avait sauvée de misères inimaginables si j'étais tombée aux mains de laird Ogilvie, en me laissant m'échapper quand il m'avait trouvée sur mon chemin d'errance. Et les autres membres de mon clan qui m'avaient témoigné de la gentillesse au fil des années, même si je passais pour quelqu'un du dehors et occupais une position inférieure…

Ce fut Kade qui répondit le premier à ma question.

— Les hommes qui combattent dans son armée courent

toujours des risques. C'est leur sort, en tant que guerriers. S'ils attaquent Ossian Lochs au côté de Campbell, alors ils s'exposent à être blessés. Et si ce que vous dites est vrai, ils agissent comme traîtres au roi William et méritent d'être châtiés pour cela.

Le laird poursuivit, et ses paroles furent un peu plus rassurantes :

— Les membres du clan qui résident dans la forteresse d'Ogilvie et y resteront ne seront pas en danger de notre part. Notre but est de défendre les possessions légitimes du roi, pas de nous livrer à des agressions inutiles à travers les Highlands.

— Ont-ils dit quand ils comptaient lancer leur rébellion ? demanda Wilkie.

Je réfléchis soigneusement.

— Ils ne l'ont pas dit, non. Ils ont d'abord discuté de qui d'autre ils pouvaient approcher pour se joindre à leur alliance. S'il y avait d'autres lairds qui étaient mécontents ou qui trouvaient leur domaine plus petit qu'il ne devrait l'être. Ils ont mentionné Buchanan.

— Buchanan..., répéta le laird en digérant l'information.

— Sa forteresse est petite et assez décrépite, avança Wilkie, bien que ce soit probablement le résultat de sa paresse plus qu'autre chose.

— En ont-ils mentionné d'autres ? demanda Knox.

Je souhaitais maintenant avoir fait plus attention, sur le moment. Je luttai pour retrouver les noms qu'ils avaient énumérés.

— Macintosh, Munro...

Ailie réprima un petit cri et je ne pus m'empêcher de remarquer que les frères accordaient une attention spéciale au nom de Munro. Je ne compris pas du tout pourquoi et je repris :

— Macallister est aussi un nom qu'ils ont cité. Mais je suis certaine qu'ils ont finalement tranché contre ces trois clans, car ils ont tous les trois montré leur loyauté envers le roi en plus d'une occasion, ou bien ils ont des liens avec la famille royale par le sang ou le mariage.

— D'autres encore ? demanda Kade.

— Mackenzie, dis-je.

Le laird se raidit.

— Ils vous ont éliminé tout de suite, laird Mackenzie, ajoutai-je précipitamment. Ils ont parlé de votre ferme loyauté envers le roi. Ils savaient que vous ne vous joindriez jamais à leur rébellion.

C'était à ce moment-là qu'Ogilvie avait décrit les frères Mackenzie, des descriptions qui s'étaient attardées dans mon esprit. Je n'entrai pas dans ces détails.

Wilkie, Kade, laird Mackenzie et leurs quatre lieutenants parlèrent pendant un certain temps, discutant de leurs plans pour obtenir plus d'informations par des messagers, afin de découvrir si les lairds que j'avais mentionnés envisageaient de se joindre — ou s'étaient déjà joints — à la rébellion. De temps à autre ils me posaient des questions plus précises, mais je leur avais dit tout ce que je savais. Je pus manger un peu de la délicieuse nourriture qui avait été servie. Et après un demi-gobelet de cervoise, je commençai à me sentir étourdie. Sans réfléchir, je me levai et me mis à ramasser les assiettes pour les porter dans la cuisine. C'était devenu une seconde nature chez moi, après mes nombreuses années d'entraînement. Je m'arrêtai quand la pièce devint silencieuse, et m'aperçus que tout le monde me fixait. Les yeux de Wilkie étincelèrent.

— Asseyez-vous, lass, dit-il doucement, mais avec une autorité absolue.

Ce que je fis aussitôt.

— Roses est fatiguée, ajouta-t-il. Je vais la reconduire à sa chambre.

Mais Ailie et Christie se levèrent, me faisant signe de les imiter, et m'écartèrent de Wilkie.

— Nous allons la ramener auprès d'Effie, Wilkie. Elle a été recrutée pour aider dans les quartiers des soins, étant donné qu'elle est visiblement douée. D'après Effie, c'est un puits de science sur les plantes médicinales. Venez, Roses.

Wilkie me considéra et considéra ses sœurs pleines d'entrain, qui m'intimaient de les suivre.

— Qui a eu cette idée ? demanda-t-il, courroucé.

Idée qui ne semblait pas *du tout* lui plaire.

— Moi, déclara le laird d'un ton abrupt.

Il congédia brièvement les lieutenants avant de poursuivre :

— C'est une couverture raisonnable pendant qu'elle est ici.

Wilkie se leva brusquement de sa chaise, en montrant très peu de signes d'inconfort : sa douleur était émoussée par sa férocité retrouvée. Le guerrier en lui était revenu sans demi-mesure. Même dans le tumulte de ce moment, je fus frappée de nouveau par sa taille et sa force, et par la beauté de sa silhouette. Sa tunique écrue faisait paraître sa peau encore plus hâlée. Ses cheveux noirs ébouriffés et son visage encore ombré d'une barbe de plusieurs jours lui donnaient l'air d'un pirate. Et son énergie semblait irradier en ondes séduisantes qui me donnaient envie d'aller à lui. Mais il était déjà là, venant vers moi, immense et imposant — et passablement énervé.

— Vous allez retourner dans votre chambre et y rester jusqu'à ce que je vienne vous chercher, dit-il d'un ton sans appel.

Je lui pris la main, avant de me rappeler que nous étions en public. Mais quand je relâchai mon emprise, il serra fortement la mienne, m'empêchant de me libérer.

— Je vous en prie, guerrier, dis-je. Laissez-moi me rendre utile. Il serait ridicule que je reste oisive quand je peux aider dans les quartiers dédiés aux soins. Il n'est pas nécessaire que je me cache.

— Vous vous trompez ! tonna-t-il, me faisant sursauter. Il y a au contraire *toutes les raisons* pour que vous vous cachiez ! Vous rendez-vous compte que des essaims de soldats d'Ogilvie écument les environs ? Pour *vous* ? Avez-vous conscience qu'ils ne reculeront devant rien jusqu'à ce qu'ils vous retrouvent et vous ramènent au laird ?

Sa voix enfla de plus belle et ses doigts se resserrèrent encore plus fort sur les miens.

— Avez-vous une idée de ce qu'Ogilvie vous fera s'il remet la main sur vous ? Avez-vous considéré ceci, Roses ? L'avez-vous fait ? J'aurais pourtant cru que cela vous était venu à l'esprit, après ce qu'il…

Il s'interrompit, respirant fortement et me fusillant du regard.

J'étais assez bouleversée par sa tirade pour m'écarter de lui, mais il me tenait fermement.

Kade se leva et alla se placer derrière Wilkie pour poser une main sur son épaule. Je ne pus m'empêcher de remarquer qu'à la fois Kade et laird Mackenzie regardaient leur frère comme s'ils ne l'avaient jamais vu auparavant, comme si sa réaction ne lui ressemblait absolument pas.

— Wilkie, dit Kade. Ressaisis-toi, frère. Elle est bien protégée, ici. Il n'y a pas de mal à l'employer dans les quartiers des soins, si elle le souhaite. C'est aussi sûr que ton antichambre. A partir du moment où elle n'erre pas toute seule dans les Highlands, elle n'est guère menacée. Nous négocierons tous — ou nous nous battrons tous à tes côtés si Ogilvie se montre.

Aux paroles de Kade, Wilkie parut reprendre un semblant de contrôle. Quand il parla, sa voix était redevenue égale, mais ses yeux restaient fixés sur moi, même s'il s'adressait à ses frères et sœurs.

— Je vais parler à Roses un moment, en privé.

Sans attendre leur accord, il me tira par la main et m'entraîna dans le couloir, refermant la porte derrière nous. Il tourna à un coin, moi à sa suite, et là il me fit face. Ses yeux lançaient des éclairs et, coincée par lui, je reculai dans une petite alcôve dans le mur. Je posai une main sur son torse, non pas pour le repousser, mais juste pour le *sentir.* Son cœur battait à tout rompre.

— *Roses,* dit-il d'un ton sifflant. Il n'y aura *pas* de quartiers des soins ! Vous allez retourner dans mes quartiers *à moi* et m'y attendre. Je ne veux pas que vous attiriez une attention indésirable, en particulier dans cette cotte…

Il s'interrompit brusquement, ses yeux effleurant brièvement mes vêtements puis se détournant, comme si cette vue le brûlait.

— Vous n'aimez pas cette cotte, guerrier ?

— *Non,* Roses. Je ne l'aime pas. Elle est bien trop… ajustée.

Que voulait-il dire, au juste ? Je passai les mains sur le velours jaune, un peu nerveuse.

— Trop ajustée ? Ailie l'a arrangée elle-même…

— Roses, vous allez retourner dans mes quartiers et m'y attendre, est-ce clair ? répéta-t-il, comme si le sujet de ma tenue le contrariait.

Il n'était pas certain que je lui obéirais, je le voyais bien, et cela l'irritait encore plus. Il attendit une réponse que je ne donnai pas.

— Roses ?

— Le temps passe très lentement à vous attendre dans vos quartiers, dis-je doucement. Laissez-moi travailler pour payer ma dette envers votre clan. Pour les fruits.

— Vous ne les avez même jamais mangés ! lança-t-il, bouillant de colère, tout en se passant une main dans les cheveux d'un geste exaspéré. Vous n'avez pas de dette envers mon clan ! Vous êtes avec *moi.*

J'eus envie d'accorder une foule de significations à ces quatre derniers mots, mais je n'osai pas.

— Je suis avec vous, oui, dis-je. Chaque fois que vous me voulez. Mais je ne suis pas avec vous quand vous vous entraînez ou assistez à des réunions. Je suis seule. Je n'éprouve que du désespoir quand vous n'êtes pas avec moi.

Son ton ne s'adoucit qu'un peu.

— Vous n'avez pas besoin de désespérer, lass. Je vous

ai dit que je reviendrais auprès de vous et je le ferai. Dès que je le pourrai.

J'avais parfaitement conscience que mes paroles allaient l'énerver encore plus, mais j'avais le sentiment très fort que si je restais assise à ne rien faire dans le lit de Wilkie, à l'attendre pendant qu'il était absent, je deviendrais folle. Je voulais cet homme, tellement et d'une façon si irréaliste que cela me faisait me sentir intrépide — et parfois j'étais à bout de nerfs. Je devais faire *quelque chose* : m'occuper, réagir, me battre d'une manière quelconque pour faire vivre ce lien qui nous unissait.

— Vous voulez que je vous attende patiemment dans votre lit, guerrier ? Comme votre fidèle servante ? Est-ce là ce que vous désirez de moi ? La soumission et la servitude ?

— Essayez-vous délibérément de me provoquer, Roses ? Vous n'êtes *pas* ma servante ! gronda-t-il.

— Non ? rétorquai-je d'un air renfrogné. Que suis-je, alors ?

Il étudia mon visage, comme s'il pouvait y lire les raisons de mon insolence. Et il contra ma tactique par la sienne. Ses manières se calmèrent considérablement. Il se pencha sur moi, si bien que ses cheveux frôlèrent mes lèvres. Il prit mon visage dans sa main et m'embrassa, sa langue à la fois douce et farouche m'ouvrant à lui. Sa bouche réussit à me réchauffer et à chasser tout le froid de mon corps, m'emplissant une fois de plus de son goût de miel.

— Vous êtes mon ange, dit-il. Et je vous veux en sécurité.

Mais je voulais davantage de lui, maintenant. Et j'étais blessée par son plan de me garder séquestrée comme… eh bien, comme la fugitive que j'étais. Je ne voulais plus me sentir honteuse et effrayée, me cacher, comme je l'avais fait si longtemps. Wilkie avait instillé en moi une énergie, un optimisme et un sens de ma propre valeur qui étaient nouveaux pour moi. Je ne voyais plus ma vie de la même manière. Je le voulais avec moi, pour sentir encore la proximité et la chaleur de son corps. Si je faisais ce qu'il demandait, combien de temps durerait mon isolement ? Je pourrais attendre pendant des heures ou plus, oisive dans son antichambre, seule, m'interrogeant sur mon sort et mon avenir ; cela fit naître dans mon cœur ce qui ressemblait bien à une étincelle de panique. Je voulais trop — plus que ce qu'il pouvait donner — et je le savais. Comme Maisie Morrison avant moi. *Je lui ai parfaitement fait savoir qu'il n'en sortirait rien. Je n'ai pas fait de promesses.*

— Quel sera mon sort, guerrier ? Vous avez l'intention de me garder comme une captive ? De me cacher dans votre chambre et de m'apaiser en secret, à votre guise ?

Il me jeta un regard glacial, comme si mes paroles le piquaient au vif.

— Nous en discuterons quand je reviendrai vous voir.

Ses mots étaient mordants.

Je me sentais devenir folle de désir et d'attente, à la pensée de la solitude qui m'envelopperait de nouveau, comme elle l'avait fait avec tant d'insistance avant qu'il n'entre dans ma vie. La menace de son départ soudain mettait en lumière la précarité de mon avenir, et la juxtaposition d'issues possibles et très différentes me bouleversait grandement.

— Je ne veux pas en parler quand vous reviendrez, osai-je lui dire. Je veux en parler *maintenant.*

Il resta figé sur place, visiblement surpris et également furieux de mon refus et peut-être de mon désespoir. C'était un homme habitué à contrôler les choses et à donner des ordres. Je n'avais aucun moyen de savoir s'il pensait ce à quoi je pensais : *qui étais-je pour poser des conditions et lui imposer mes exigences ?* Je n'étais qu'une servante et une vagabonde sans clan ; il était le second noble par rang d'importance de l'un des clans les plus prospères et les plus puissants de toute l'Ecosse. Il fit un autre essai, et son ton fut sévère et autoritaire.

— Je ne réglerai pas ceci avec vous maintenant. Je retourne à la réunion. Et vous allez dans mes quartiers. Nous en reparlerons plus tard.

Mais je le voulais trop ardemment pour ne pas me battre contre lui. Me battre *pour* lui.

— *Ceci ?* Quoi, *ceci* ?

— Que voulez-vous dire ?

Sa patience s'effilochait de plus en plus.

— Je veux dire : *ceci,* comme l'impossibilité pour moi de rester ici avec vous et de me donner complètement à vous, ce qui est mon souhait de tous les instants ? Ou *ceci,* comme le fait que vous êtes indécis sur ce que vous voulez faire de moi ?

Il m'observa un moment, farouche et direct.

— Je ne suis pas indécis sur ce que je veux faire de vous.

Je le regardai dans les yeux et pus y voir à la fois de la certitude et de l'inquiétude. De nouveau, cela me frustra de ne pas le connaître assez profondément pour déchiffrer les différentes couches de ses émotions. Je voulais découvrir et apprendre toutes ses complexités afin de pouvoir bannir sa douleur et ses peurs, l'apaiser et le réconforter. Mais mes propres inquiétudes enflaient en proportion et elles étaient sombres et mordantes, avec de l'espoir, cependant. Plus d'espoir que je n'en avais jamais eu auparavant. Ce qui faisait paraître les doutes encore plus épineux.

Des voix s'immiscèrent dans notre petite bulle tendue, ce qui fit reculer Wilkie. Il détourna les yeux.

— Wilkie ?

C'étaient ses sœurs.

— Roses ? Oh ! vous voilà.

Elles étaient là, sentant la tension et essayant de la dissiper.

— Avez-vous fini de discuter ? demanda Ailie.

— *Non,* répondit abruptement Wilkie.

— Parce que Knox a demandé que tu reviennes à la réunion, dit Christie.

Wilkie regarda ses sœurs et déclara :

— Dites à Knox que je dois respectueusement décliner sa demande de retourner à la réunion ce soir. Dites à Effie que Roses a été retenue. Et, ajouta-t-il à l'intention de Christie, Roses n'aura pas besoin de chaperon jusqu'à ce que j'en appelle un.

Là-dessus, je fus soulevée dans ses bras, serrée contre son grand corps chaud, et emportée dans ses quartiers privés.

8

Dès que nous entrâmes dans la chambre de Wilkie, il me déposa doucement sur le lit. Sa colère avait été calmée par la marche et la proximité de nos corps tandis qu'il me tenait contre lui.

Il alluma du feu, sans rien dire. Il prit son temps, alimentant les flammes avec de petits morceaux de bois, d'abord, puis de plus gros, jusqu'à ce que la pièce soit emplie d'un éclat doré qui dansait et se reflétait sur ses cheveux, son visage et ses habits.

Mon cœur papillonna de joie, j'éprouvai un bonheur inexplicable du fait que nous soyons là, ensemble, et que nous ayons émergé de notre petite dispute comme des égaux — ou presque. J'avais réussi à le garder avec moi. Etre séparée de lui maintenant me ferait mal, vraiment. Je n'avais jamais éprouvé un attachement aussi fort pour quelqu'un — pas même pour ma mère, enfant, puisque j'avais été obligée de vivre sans elle. Je ne pouvais me rappeler un seul souvenir de ma vie avant mon arrivée à la forteresse Ogilvie, mais j'avais toujours eu, peut-être à cause de mes mystérieuses premières années, un goût marqué pour l'indépendance. Aussi paraissait-il étrange maintenant que j'aspire tant à me lier à quelqu'un ! Que cela m'obsède à ce point. La vue de Wilkie, avec ses épaules musclées qui tendaient l'étoffe de sa tunique, illuminées par la lumière des flammes, allumait en moi une tout autre sorte de feu…

— Guerrier, dis-je, et ma voix était légèrement altérée. Venez ici.

Il s'arrêta en plein mouvement, percevant dans mon ton une note qui retint son attention. Il marcha jusqu'au lit, le regard direct et profond.

— Guerrier, dis-je en lui prenant la main. De grâce, pardonnez-moi. Je vous attendrai ici, si cela vous fait plaisir. Je ferai n'importe quoi pour vous. N'importe quoi. J'obéirai à tous vos ordres, comme j'ai promis de le faire. J'ai agi de cette façon seulement parce que je voulais si désespérément vous avoir et tout vous donner de moi, maintenant et toujours. Je vous ai dit une fois que je n'étais pas bonne à suivre des ordres et c'est vrai. Par le passé, j'ai toujours eu besoin de défier les autres ; c'était ma manière de me protéger et de rester fidèle à moi-même. Quelquefois, avec vous, je m'oublie. J'oublie que je n'ai pas besoin d'agir ainsi vis-à-vis de vous. Je ferai des efforts, je le promets. Je me vouerai à vous plaire. C'est tout ce que je souhaite faire. Je ne veux pas vous défier, Wilkie. Je vous en prie, pardonnez-moi.

Il s'assit à côté de moi sur le lit, étendit les jambes sur les fourrures et passa un bras autour de mes épaules pour que je puisse m'appuyer contre lui.

— Je ne veux pas votre obéissance aveugle, lass.

Il défit soigneusement mes tresses, caressant et lissant mes longues mèches de la main.

— C'est moi qui devrais m'excuser. Je n'ai aucune idée de ce qui me prend. Vous me rendez idiot avec votre beauté dorée. Que l'on vous voie et vous regarde…

Il s'interrompit et je me pressai davantage contre lui. Je baisai le coin de sa bouche.

— Je vous permettrai de travailler avec Effie, reprit-il. Mais vous ne vous aventurerez pas dehors. *Du tout.* Sauf si je suis avec vous. Je me montre l'esprit aussi ouvert que possible, Roses, mais il n'est pas sûr pour vous d'être trop visible. Les hommes d'Ogilvie vous cherchent. Pour le moment, nous devons rester discrets sur votre présence ici. Il y a déjà un risque que l'on vous ait vue quand vous êtes arrivée. Cela pourrait mettre votre sécurité en danger s'il l'apprenait.

Je réfléchis. Si Ogilvie ordonnait à son armée d'envahir Kinloch pour me reprendre, cela pourrait mettre en danger la sécurité de beaucoup de gens. Son orgueil était-il si offensé par la petite rébellion d'une servante ? Je ne voulais certainement pas provoquer une bataille, et en vérité cette pensée m'horrifiait pour maintes raisons. Je ne sortirais donc pas pour regarder Wilkie s'entraîner. Ni pour visiter les jardins.

— Bien. Je suis votre captive consentante, dis-je.

Je voulais le taquiner et m'excuser pour mes refus précédents, mais ses yeux s'assombrirent à ce commentaire et je regrettai aussitôt mes paroles.

— Ne vous fâchez pas. Je veux être avec vous, guerrier. A l'idée que vous me quittiez pour vous entraîner, mes propos ont dépassé ma pensée…

Il fronça les sourcils.

— Je ne vaux pas mieux qu'Ogilvie, de vous garder captive ici, dans mon lit. C'est un besoin étrangement puissant que j'ai, de vous garder près de moi. Il trouble mon jugement. Ça ne m'était encore jamais arrivé. Je ne pense plus qu'à cela, Roses.

Cela le perturbait visiblement. Voulant dissiper son désarroi, je m'assis pour lui faire face, songeant à ce que je pouvais faire pour chasser son froncement de sourcils.

En vérité, je me sentais très alerte, comme si les effets de ma blessure et la tension des derniers jours s'étaient presque complètement évanouis. J'étais ici avec lui, contre toute attente, revigorée par les sensations si puissantes et déconcertantes que mon guerrier m'avait fait découvrir. Mon énergie semblait bourdonner en moi, comme si l'étincelle de la dispute m'avait ranimée, maintenant qu'elle était finie. Je me sentais d'humeur joueuse, un sentiment que je n'avais pas éprouvé depuis un certain temps. Je grimpai sur lui avec précaution pour l'enfourcher.

— Guerrier. Si je peux vous assurer une chose, que ce soit celle-ci : vous n'êtes en rien comme laird Ogilvie.

J'embrassai ses lèvres, mais il resta immobile et impassible, les sourcils froncés.

— Je veux être ici, avec vous, insistai-je.

Je fis glisser mes doigts sur ses épaules, le long de ses bras, sur son estomac, le chatouillant. Il remua un peu.

Je poursuivis :

— J'aime quand vous me caressez. Et je veux obéir à vos ordres. Tous.

Mes doigts parcoururent son torse. Et je me penchai davantage sur lui, si bien que mes seins se pressèrent contre lui. Je pris soin de ne pas lui faire mal. Je passai ma langue sur ses lèvres, très doucement, pour les ouvrir.

— Donnez-moi un ordre, guerrier. N'importe lequel.

Il m'observa et il y avait de la méfiance dans ses yeux, mais aussi de la faim. Son torse se soulevait et s'abaissait sous son souffle puissant. Assise comme je l'étais sur ses hanches, je pouvais sentir une pression dure sous moi, la partie de lui dont j'étais curieuse. L'embrassant toujours légèrement, glissant ma langue dans sa bouche, je bougeai mon corps sur le sien, me frottant à lui sans insister. Mes doigts continuaient à glisser sur sa peau.

— Je veux apaiser mon guerrier, lui chuchotai-je. Chasser son froncement de sourcils de mes baisers. Je veux faire tout ce qu'il me dira de faire.

Il me rendait mes baisers, à présent, et j'attirai sa langue dans ma bouche pour jouer avec, la suçant doucement.

Il émit un petit gémissement de capitulation. Puis, d'un mouvement soudain, il se colla à moi et me rallongea sur les oreillers. Il avait dû tirer sur sa blessure, car une grimace fugace traversa son visage.

— Attention, guerrier. Vous allez vous faire mal.

— Je suis presque guéri, lass. J'ai guéri d'autant plus vite que vous m'avez apaisé par vos soins.

Wilkie s'assit à mes pieds. Il m'ôta mes bottes et mes

bas. Puis il encercla mes chevilles nues de ses mains, comme par des anneaux.

— C'est mon tour d'explorer en prenant des précautions.

Il écarta lentement mes jambes et repoussa mes chevilles vers mon corps, repliant mes genoux.

Mon pouls se mit à battre dans des endroits inhabituels.

Il se courba pour baiser mes orteils et le dessus de mes pieds. Puis il relâcha son emprise et se mit à tracer des lignes légères comme des plumes sur ma peau, comme je l'avais fait pour lui. Sa bouche entama une lente remontée sur mes chevilles, sur mes mollets, tandis qu'il me murmurait des mots doux.

— Tout en vous me rend fou de désir. Votre peau, si dorée. Vos lèvres. Je ressens tant de choses, Roses, plus que je ne peux le supporter. Je veux vous voir.

Ses mains, si grandes et si chaudes, montaient toujours plus haut, le bout rêche de ses doigts égratignant légèrement ma peau. Il repoussa l'étoffe de ma cotte jusqu'à mes genoux.

Ma question fut à peine audible.

— Guerrier ?

— Je veux régaler mes yeux de votre douceur féminine.

Je ne pouvais plus parler. Je me sentais tout à la fois gelée et baignée de chaleur.

Peu à peu, très lentement, si bien que je connus simultanément l'attente, la peur du scandale et le désir, Wilkie releva l'ourlet de ma cotte jusqu'à ma taille.

Par réflexe, je plaquai une main pour me couvrir. C'était trop intime, d'être exposée ainsi à lui, aussi vulnérable que je pouvais l'être.

— Ne vous couvrez pas, lass. Je veux vous embrasser. Laissez-moi faire.

Il écarta doucement mes mains. Puis il se mit à embrasser l'intérieur de mes genoux, qu'il écarta d'un geste tandis que sa bouche continuait toujours plus haut ses chatouillis et ses baisers.

Je me tortillai sur le lit pour me remonter et m'éloigner de lui, submergée par la sensation qui s'épanouissait en moi, par la pensée de ce qu'il faisait et allait faire. Je n'avais jamais imaginé une chose pareille. Percevant sans doute mon embarras, il attendit que je me calme. Puis il posa les mains sur mes hanches et me ramena lentement à lui. Encore plus près. Si près que je pouvais sentir son souffle humide sur ma chair la plus intime.

— Guerrier…, murmurai-je.

Je me relevai légèrement pour voir son visage.

— Oui, chuchota-t-il, son regard sombre me défiant dans une invite silencieuse.

— Est-ce que vous allez…

Je ne pus formuler ma question jusqu'au bout.

— Non, lass. Pas avant que nous soyons mariés. Je vais seulement vous embrasser.

Abasourdi par cette déclaration aussi soudaine qu'inattendue, mon esprit eut du mal à saisir les mots que Wilkie venait de prononcer.

— *Mariés ?* Que voulez-vous dire ?

— Je veux dire que je vous veux. Tout entière. Comme mienne. Comment puis-je vous laisser sortir de ma vie alors que je ne supporte même pas de vous laisser sortir de mon lit ?

Il m'embrassa de nouveau, à l'intérieur d'une cuisse.

— Mais d'abord, il faut que je vous goûte.

— Guerrier, dis-je dans un souffle. Vous ne pouvez pas m'épouser. Votre frère ne le permettra jamais. Je suis une simple fille de cuisine.

Cela ne l'arrêta pas, et l'effet combiné de son haleine brûlante et du frottement de sa barbe sur la peau sensible de ma cuisse était presque plus que je ne pouvais supporter.

— Vous ne l'êtes plus.

J'étais peut-être distraite par ce qu'il faisait avec sa

bouche, mais cela ne m'empêchait pas d'être suffisamment choquée par sa déclaration pour continuer à l'interroger.

— Mais qu'en est-il de la légion d'héritières qui convoitent votre main ?

— Ah, vous l'avez entendu dire, fit-il avec un léger soupir. Je n'en ai trouvé aucune qui m'inspire ne fût-ce qu'une étincelle du feu que vous allumez en moi, Roses. Si je ne vous ai pas bientôt, je ne le supporterai pas.

J'aurais pu faire remarquer un point évident : que Wilkie, en vérité, pouvait très bien m'avoir quand il le voulait. Tout entière. Bientôt. Maintenant. J'étais plus vulnérable — et consentante — que je ne l'avais jamais été. Je voulais cet homme plus que je n'avais jamais voulu quoi que ce soit dans la vie. De n'importe quelle façon. Tout dans sa présence me faisait ressentir un espoir sans limites. Mais j'étais littéralement sans voix du fait de l'exploration humide et déterminée de sa bouche. *Sa bouche.* Si près…

— *Wilkie.* Allez-vous…

— Oui, lass. Je vais vous embrasser. Rallongez-vous et laissez-moi faire.

Il écarta encore mes cuisses. J'allais protester, essayer de lui échapper une nouvelle fois, quand sa langue se glissa dans la fente fermée de mon sexe. Le plaisir suscité par cette seule caresse mouillée et suave fut si aigu que je me tortillai et attrapai ses cheveux à pleines mains. Je n'aurais su dire si j'essayais de le repousser ou de l'attirer à moi, mais sa force et son emprise dominatrice rendaient la question vaine. Il souffla de nouveau sur moi, en chaudes bouffées. Puis sa langue me lécha en une longue caresse brûlante qui commença en bas et remonta avec avidité, une fois, deux fois, jusqu'à ce que sa bouche se referme sur le petit bouton sensible d'où partait mon plaisir. En alternant le rythme, sa langue se poussait doucement en moi, puis il me suçait, puis revenait en moi. La tendre succion de sa bouche et les ondulations de son toucher étaient une vraie révélation pour moi. Ces taquineries et ces coups de langue subtils, doux et rythmés, faisaient naître du plaisir et de la chaleur à chaque endroit où sa bouche se posait. Son festin affamé ne cessait pas un instant. La volupté grandit et s'épanouit en des sommets si insupportables que je craignis de pleurer, de m'évanouir ou de mourir de ce surcroît de jouissance. Mais alors, quand il atteignit son pic d'extase, ce plaisir déchirant vola en éclats, se changeant en vagues de volupté qui crispèrent si fortement mes muscles intérieurs que je sanglotai de cette plénitude de sensations, criant le nom de Wilkie, agrippant ses cheveux dans mes mains.

Il continua à me caresser jusqu'à ce que les vagues se calment. Puis il remonta pour s'allonger à côté de moi et me prit dans ses bras, m'enveloppant de sa chaleur, logeant ma tête au creux de son cou. Il essuya de ses doigts les larmes au coin de mes yeux.

— Vous aimez mes baisers, dit-il, l'air content de lui. Vous êtes à moi et je dois vous protéger. Vous irez voir Effie pour l'aider quand je l'autoriserai. Vous m'attendrez quand je vous le demanderai. Et vous me laisserez vous embrasser quand et où cela me plaira.

Me remettant encore des sensations que ses caresses m'avaient procurées, je ne pus réussir à murmurer un seul mot.

— Roses ? demanda-t-il avec une fausse sévérité, en savourant ma torpeur et en me baisant les lèvres.

— *Oui.*

Oui. Quand et où cela lui plairait. Voilà bien un ordre avec lequel je pouvais certainement être d'accord !

9

Le lendemain matin passa vite en l'absence de Wilkie, étant donné que je fus entourée de l'enthousiasme et des attentions d'Effie, d'Ailie et de Christie, qui ne se satisfaisaient plus des informations restreintes qu'on leur avait données jusque-là sur moi. Il était maintenant très clair que Wilkie était remis sur pied, pratiquement guéri, et qu'il n'était plus en proie à la fièvre ou au délire. Pourtant je logeais toujours dans ses quartiers. Et pas seulement dans son antichambre, mais dans *son lit* — après plusieurs scènes épiques où il refusa d'accepter un « non » pour réponse. Que nous ayons partagé plusieurs moments en privé — à l'initiative de Wilkie — était connu et apparemment accepté par sa famille. Il n'y eut pas de commentaires sur nos arrangements pour dormir, ni sur les questions délicates qui pouvaient toucher à ce sujet particulier. Et je ne m'en plaignais pas ! On semblait m'avoir acceptée comme une présence régulière au côté de Wilkie, pour le moment.

Effie, Ailie et Christie étaient très amusées que Wilkie leur ait donné des ordres stricts pour s'occuper de moi. On devait m'offrir des vêtements, ma blessure devait être examinée pour s'assurer qu'elle guérissait bien, et je devais manger dans une pièce particulière choisie par Wilkie, où Kade et lui nous retrouveraient pour le repas de midi…

Autant d'activités, certes, qui étaient assez plaisantes. Mais je ne pouvais m'empêcher de penser à mon tatouage et à mes sempiternels stratagèmes pour éviter qu'il ne soit découvert. Je devrais être prudente.

J'aimais bien écouter les commentaires et les anecdotes d'Effie sur la vie en général dans la forteresse des Mackenzie, et ça ne me gênait pas de répondre à ses questions, ainsi qu'à celles des sœurs de Wilkie. Je trouvais la présence des trois femmes très réconfortante et appréciais même leur intérêt taquin pour l'attachement inhabituel — et soudain — de Wilkie pour moi.

J'enfilai ma chemise neuve et choisis une cotte bleu pâle à manches courtes, pour la raison spécifique que son encolure dans le dos était assez haute pour garder mon secret caché. Je fis glisser la cotte par-dessus ma tête et émergeai du petit recoin privé fermé par le paravent. Elles me firent signe de prendre une chaise, et toutes trois s'occupèrent de moi.

— Si vous me permettez de le dire, lassie, déclara Effie d'un ton songeur, cet homme a complètement perdu la tête. Vous savez, ce matin, il a fait irruption dans mes quartiers en exigeant que je m'occupe personnellement de vous, et tout de suite ! Je lui ai dit que j'avais plusieurs patients à voir — par bonheur, aucun d'eux n'a une maladie particulièrement grave et ils peuvent aisément être soignés par Fiona et Thora. Une bonne chose, parce que je ne pense pas qu'il aurait accepté un refus. C'est très inhabituel, vous ne trouvez pas, Ailie ?

— Oui, répondit celle-ci.

Elle me brossait les cheveux pendant qu'Effie étalait un onguent sur ma blessure, qu'elle déclara quasiment guérie.

— Je n'ai jamais vu Wilkie s'intéresser à autre chose que se battre, manger, nager et chasser !

Et si Effie était une mine de renseignements sur le fonctionnement du clan au sens large, je découvris que c'était Christie qui fournissait les détails les plus personnels — et les plus informatifs — sur Wilkie et sa famille. Elle semblait incapable de filtrer ses pensées, comme si elle n'avait jamais eu besoin de le faire ; sa candeur juvénile était attendrissante et je me sentais étrangement protectrice vis-à-vis d'elle. Je ne savais pas très bien pourquoi, en fait. C'était même un peu bizarre. Après tout, elle devait avoir mon âge, ou juste un peu moins. Quoi qu'il en soit, je me sentais proche d'elle, après lui avoir avoué mes sentiments pour Wilkie lors de notre intense conversation privée dans l'antichambre. Cela nous avait liées comme des sœurs.

— Ce n'est pas entièrement vrai, vous deux, et vous le savez, dit-elle. Wilkie s'intéresse vivement aux femmes. Mais il choisit juste de visiter leur lit, au lieu de les amener dans le sien.

Que Christie n'éprouve pas le besoin de me protéger de cette information fut un petit soulagement pour moi. J'appréciai son honnêteté. Mon importance dans la vie de Wilkie n'était pas encore claire — ni pour elles ni même pour moi, en fait, malgré sa fougueuse déclaration de ce matin-là. Je doutais fortement que laird Mackenzie tolère les intentions de Wilkie à mon égard, si elles étaient sincères, et Christie ne faisait que dire la vérité. La vision lointaine d'un mariage avec Wilkie paraissait trop irréelle, trop inaccessible, pour être sérieusement envisagée. Et cela ne me blessait pas d'entendre parler de ses autres conquêtes. Je n'avais pas de droits sur lui et je ne pouvais guère blâmer d'autres femmes de chercher à séduire un homme comme Wilkie. Mais ce que j'éprouvai à ce moment-là fut une sorte de sentiment d'oppression qui pesait sur ma poitrine, comme une douleur sourde qu'après réflexion je pus identifier : *il me manquait.* Je savais qu'il s'entraînait avec ses frères et les autres guerriers de leur clan, se préparant pour la bataille comme ils devaient le faire. J'aurais tant voulu pouvoir le voir. J'avais envie de sa chaleur et de sa présence autour de moi, comme je m'y étais habituée. Quand reviendrait-il à moi ? Je ne cessais de me le demander.

— Eh bien, il a certainement fait se pâmer toutes les femmes des Highlands, ce n'est pas vrai ? reprit Effie. Il en a poussé plus d'une à s'emporter parce qu'il refusait de s'engager. Il semble se lasser rapidement d'elles. Et ne montre aucun intérêt pour les courtiser ! Et puis voilà que *vous* arrivez, Roses, dit-elle en m'étudiant discrètement, comme si la réponse était inscrite dans mes cheveux ou sur ma peau. Et il ne veut pas vous laisser sortir de son lit ni être hors de sa vue, quand il le peut.

— Vous n'avez qu'à la regarder, Effie, dit Christie. Je dirais que Wilkie n'a jamais rencontré une femme comme elle. Avez-vous déjà vu des cheveux de cette couleur ?

Elle passa la main sur mes mèches, glissant les doigts dedans comme si elle était fascinée.

— Laisse-moi les natter, Christie, la réprimanda Ailie. Wilkie a dit qu'il serait de retour à midi, pour s'assurer que l'on s'occupe bien d'elle.

Christie rit.

— Nous avons intérêt à le faire convenablement, alors.

Je l'entendis dans le rire de Christie et le ressentis au fond de moi : ces attentions frivoles à mon bien-être étaient exagérées, complètement hors de l'ordinaire et pas loin d'être ridicules.

— Je suis désolée que vous ayez à être ennuyées par ces tracas, dis-je, gênée. Je peux très bien finir de m'habiller toute seule, et si vous me donnez quelques tâches auxquelles je peux aider, j'en serais reconnaissante. Au moins, je pourrais me rendre utile.

Effie trouva ceci encore plus amusant.

— Dieu du ciel, non, lass. Wilkie en serait outragé. On nous a donné des instructions strictes, voyez-vous, et nous n'aurions pas fini d'en entendre parler si nous négligions nos devoirs !

Une fois ma cotte ajustée et mes cheveux nattés, elles m'annoncèrent que j'avais le droit de visiter le manoir des Mackenzie, même si mes déplacements devaient rester assez limités.

— Wilkie est inquiet que l'on vous voie, expliqua Ailie. Des messagers vont et viennent régulièrement.

— Et, apparemment, Ogilvie a entendu dire que l'on vous avait aperçue par ici. Son envie de tuer lui fait presque perdre la raison, ajouta Christie.

Si je savais déjà qu'Ogilvie était à ma poursuite, je fus profondément troublée d'apprendre qu'il avait concentré ses recherches sur Kinloch. Allait-il attaquer ? Je savais que ses soldats étaient bien entraînés, ou du moins ils le semblaient de mon point de vue inexpérimenté ; je les avais assez souvent observés !

Christie se montrait moins concernée, plus insouciante, et paraissait très divertie par le scandale sans fin qui m'entourait.

— J'ai entendu Knox dire que des messagers d'Ogilvie sont venus le voir plusieurs fois depuis votre arrivée. Laird Ogilvie insiste beaucoup pour que vous lui soyez rendue.

— Il sait que je suis ici ? murmurai-je en me levant, souhaitant de plus en plus désespérément voir Wilkie.

Trois paires de mains me firent rasseoir gentiment, puis continuèrent à me parer.

— Knox leur a dit que vous n'étiez pas chez nous. Mais Ogilvie n'est pas convaincu. Un de ses messagers pensait vous avoir reconnue, lors de sa première visite.

— Qu'avez-vous donc *fait,* Roses ? demanda doucement Ailie. Et pourquoi vous êtes-vous enfuie ?

Je ne doutais pas que les deux sœurs connaissaient au moins certaines informations que j'avais données à laird Mackenzie et à Kade sur mon histoire et mes raisons d'être ici, ainsi que les détails sur la blessure de Wilkie et la mienne. Qu'elles n'aient pas posé ces questions tout de suite semblait confirmer que les frères et sœurs de Wilkie avaient parlé de moi à un moment donné pendant que lui et moi dormions dans les bras l'un de l'autre. Et vu ce que je savais sur cette famille jusqu'ici — leur proximité, la manière dont ils s'étaient inquiétés pour Wilkie, leur curiosité à propos de notre relation —, oui, il était raisonnable de penser qu'Ailie et Christie étaient au courant.

Mais elles voulaient l'entendre de ma bouche, semblait-il.

A quoi bon cacher quoi que ce soit à ces femmes ? Elles ne m'avaient montré que de la sollicitude. Alors, je leur racontai comment je m'étais défendue et pourquoi. Je leur parlai de mon périple, de mon vol, de ma rencontre avec Wilkie. De notre bref mais virulent combat. Je leur dis tout. Enfin, pas vraiment *tout*... Et bien sûr, elles étaient curieuses des détails que j'omettais, je pouvais le voir sur leurs visages. Mais même Christie se retint de poser ces questions-*là*.

— Oh ! Roses, dit Ailie, atterrée. Comment avez-vous eu le courage de vous enfuir comme cela ? Seule et sans défense ? Vous avez dû être terrifiée.

— Oui. Je l'étais. Mais les intentions du laird étaient on ne peut plus claires, et je pense que je savais dès le départ que j'agirais quand le moment viendrait. J'ai été soulagée d'être libérée de lui, croyez-moi. J'ai eu très peur quand Wilkie m'a couru après, lorsqu'il m'a vue. Mais je crois que j'aurais préféré qu'il me tue plutôt que de me rendre à Ogilvie.

Effie émit un petit bruit, comme si elle était impressionnée par ma bravoure ou amusée par ma stupidité, je n'aurais su le dire.

— Voilà, dit enfin Ailie.

Elle me tendit un petit miroir à main pour que je puisse me regarder. Mes cheveux avaient été artistiquement nattés et enroulés en un chignon à la mode à l'arrière de ma tête. Et ils brillaient d'avoir été lavés et brossés avec soin. L'encolure de ma cotte bleu clair était haute dans le dos mais, de nouveau, plus basse que je n'y étais habituée sur le devant, accentuant la courbe de ma poitrine de façon flatteuse. « Coupée comme les cottes portées à Paris », avait dit fièrement Christie en laçant le corselet, tout en se désespérant d'aller un jour sur le Continent.

Tandis que je contemplais mon reflet, je fus quelque peu secouée par ma transformation. C'était certainement un changement radical par rapport à la sauvageonne aux yeux affolés, couverte de sang, qui s'était présentée à la porte des Mackenzie peu de temps auparavant seulement. Ce nouveau reflet était… magnifique, je devais l'admettre, mais il ne semblait pas être complètement *moi*. Je passai la main sur l'étoffe soyeuse de ma cotte, me rappelant pour la première fois depuis mon arrivée la broche de ma mère en forme de marguerite. L'avais-je laissée épinglée à ma tunique ? Il faudrait que je vérifie. Puis je me souvins vaguement de l'avoir ôtée à la mare près de la grotte, et posée sur une pierre. J'étais presque certaine de l'avoir laissée là. Il faudrait que je dise à Wilkie que j'avais besoin de la retrouver. C'était ma seule possession qui avait appartenu autrefois à mes parents. Mon seul souvenir d'eux.

Mais je n'avais pas le temps de m'en soucier maintenant.

On m'escorta hors de l'antichambre de Wilkie et dans l'escalier. J'étais tout excitée, à la fois par ma sortie et par le fait de savoir que Wilkie viendrait me voir à midi. Ce ne serait pas long avant que je puisse le retrouver. Rien qu'à cette perspective, j'en eus des papillons dans l'estomac. Et, honteusement, mes endroits les plus secrets me picotèrent et fourmillèrent à la promesse de sa présence.

Effie s'excusa et je fus conduite par Ailie et Christie dans une autre pièce où un léger repas avait été disposé près d'une croisée ouverte. Je me sentis revigorée par le soleil qui entrait à flots dans la pièce, la brise légère qui apportait les senteurs de l'automne, de récoltes sur le point d'être moissonnées, de fruits mûrs et d'abondance.

Je soupirai en me tenant près de la croisée, inspirant profondément l'air frais, appréciant la vue et ma bonne fortune du moment.

Ailie m'observa, notant ma fascination pour le jardin et mon aise évidente dans la brise et les doux rayons du soleil qui touchaient mon visage et mes cheveux.

— Wilkie nous permettra peut-être de vous escorter pour une promenade dans les vergers, Roses, dit-elle. Je le lui demanderai.

Je ne pus m'empêcher de lui sourire.

— Cela me plairait beaucoup, Ailie. Beaucoup.

— Vous ne devez pas rester trop longtemps au soleil, Roses, dit Christie en me servant une tasse de thé et en remarquant combien je savourais la chaleur des rayons.

— Juste un instant, Christie, dit Ailie. Elle est restée enfermée des semaines.

Cela avait-il été aussi long ?

Mais pourquoi Christie semblait-elle craindre le soleil ? Et puis je compris : bien sûr, il n'était pas bien vu pour une femme d'être trop hâlée. En vérité, je ne m'étais jamais beaucoup préoccupée de protéger ma peau du soleil ; j'aimais bien trop le sentir sur mon visage pour m'en cacher. Et comme mon travail me demandait de rester le plus clair de mon temps à l'intérieur, je passais le peu de temps où je pouvais être dehors à aider dans les jardins ou à m'exercer secrètement à l'épée ou à monter à cheval. Alors je n'avais guère de raisons de m'inquiéter de ce genre de choses. Et jamais auparavant je n'avais connu le luxe de suivre cette mode de la pâleur — ni aucune autre mode, d'ailleurs. Les cottes de servantes étaient grossières et encombrantes. Les chausses d'homme portées par une femme faisaient froncer les sourcils, mais elles me permettaient de me mouvoir plus librement et de cacher mon corps aux regards lubriques d'Ogilvie. Aussi, je les portais chaque fois que je le pouvais. Mon aspect en général, et la pâleur de mon teint en particulier n'avaient jamais été des préoccupations sur lesquelles je m'arrêtais.

Et ma peau n'était pas crémeuse et rose sur les joues, comme celle des sœurs de Wilkie, mais plutôt d'une nuance dorée, si bien que j'étais rarement brûlée par le soleil, même s'il m'arrivait de passer des heures dehors. Et en cet instant, la chaleur me paraissait tout simplement trop bonne pour que je m'écarte de la légère caresse de ses rayons.

Ce fut à ce moment-là que Wilkie et Kade entrèrent

à grands pas dans la pièce, parlant avec animation, visiblement de bonne humeur.

— Je ne t'ai jamais vu aussi féroce à l'entraînement, frère, disait Kade. J'ai craint pour la vie de Crispen. Tu sembles non seulement complètement rétabli, mais doté d'une nouvelle vigueur.

— Oui, on dirait.

Wilkie rit, puis s'arrêta net quand il me vit debout près de la croisée.

Le seul fait de le voir là, endurci et plein d'énergie à la suite de sa matinée de combat, me fit flageoler les genoux. Sa virilité l'enveloppait comme la lumière du soleil. Ses cheveux noirs étaient décoiffés par le vent, et ses yeux semblèrent prendre une teinte plus sombre dès qu'il me regarda. Tout cela combiné le faisait paraître à la fois dangereux et douloureusement beau, à vous engourdir l'esprit.

Il marcha jusqu'à moi, comme dans un rêve. Il baissa les yeux sur mon visage avec une intensité qui m'empourpra les joues. Il y avait comme de l'incrédulité dans son regard.

— Mon ange, dit-il.

Sa voix sembla me toucher aux endroits les plus intimes de ma personne ; ces mêmes endroits qui fourmillaient déjà et étaient hypersensibles rien que de penser à lui devenaient tout moites et gonflés dès qu'il m'approchait. Je voulais qu'il me caresse et m'embrasse, et m'allonge par terre pour faire des choses peu racontables à mon corps. Je brûlais de le tenir, d'avoir le goût de lui sur ma langue et de sentir sa peau sous mes doigts.

A la place, tenant compte des yeux très intrigués et très observateurs de Kade, Christie et Ailie, je parvins à prendre sur moi pour lui rendre sa douce salutation.

— Guerrier.

Nous sommes restés ainsi un moment, nous buvant des yeux, formulant des pensées qui étaient — au moins pour ma part — complètement inconvenantes et terriblement séduisantes. Après une minute ou deux de cette torture silencieuse, j'éprouvai de nouveau cette même sensation : que si Wilkie m'avait, à ce moment-là, touché très légèrement au creux le plus intime de moi, j'aurais explosé en ces spasmes exquis, qui me faisaient frissonner tout entière et qu'il semblait si facilement capable de provoquer en moi.

Quand il tendit la main pour prendre la mienne, je faillis reculer, craignant ce que son contact pourrait me faire. Mais il saisit fermement mes deux mains dans la sienne. Et il se pencha, sa bouche près de mon oreille.

— Vous êtes un vrai soleil, chuchota-t-il.

Puis il se pencha encore comme pour me donner un baiser sur la joue. Rien de déplacé, juste une salutation publique sous le regard de ses frères et sœurs. Mais alors, au lieu d'embrasser ma joue, il se décala pour poser sa bouche plus bas, sur le côté de mon cou, et ses lèvres ouvertes me firent retenir une exclamation.

Ailie et Christie échangèrent un coup d'œil éloquent, puis ramenèrent leur regard sur moi, sur le spectacle que nous offrions.

Embarrassée par ma faiblesse évidente vis-à-vis de lui, et marquée par la brûlure de la gêne qui me montait aux joues, j'essayai de lui sourire, de sourire à Ailie et Christie, à Kade, dont le regard fixe et posé enregistrait la conduite inhabituelle de son frère.

— Comment… comment s'est passé votre entraînement ? demandai-je, en espérant que ma voix ne trahissait pas l'intensité de mon désir.

— J'espère que tu n'as pas aggravé ta blessure en en faisant trop, Wilkie, dit Ailie, et je lui fus reconnaissante de briser le silence observateur qui régnait entre eux trois. Effie a dit d'y aller doucement aujourd'hui, et durant plusieurs jours.

— C'est une bonne chose qu'elle n'ait pas été là, alors, déclara Kade. Wilkie n'y est pas allé doucement, c'est le moins que l'on puisse dire. En vérité, il a presque transpercé plusieurs de nos hommes.

J'eus envie de relever la chemise de Wilkie, de voir s'il y avait du sang frais sur son bandage, mais tout ce que je pus faire fut de rester debout et de garder un semblant de contenance tandis que sa main remontait doucement le long de mon bras. Le bout rugueux de ses doigts était un peu rêche sur la peau fine à l'intérieur de mon bras, puis il le saisit de telle sorte que leur revers effleure légèrement, et très brièvement, la courbe de mon sein. Sa main remonta ensuite jusqu'à mon cou et se referma sur ma nuque. Qu'il se sente complètement à l'aise de me toucher ainsi devant sa famille me troublait — surtout parce que cela faisait naître en moi une chaleur intense que je luttais pour contrôler.

— Et les messagers d'Ogilvie, Wilkie ? demanda Christie de sa voix claire où perçait l'excitation. Ont-ils découvert que Roses est ici ?

D'une certaine manière, son intervention un peu brutale tombait bien. Cette question réussit à me refroidir, d'un degré sinon plus, et Wilkie se figea sur place lui aussi. Se tournant lentement, il la regarda.

— Ils n'ont rien découvert, dit-il. Et ils ne découvriront rien.

Christie adressa sa question suivante à Kade, espérant peut-être obtenir plus d'informations que Wilkie ne voulait en donner.

— Knox a dit qu'ils étaient revenus plusieurs fois, et que l'un d'eux a aperçu Roses. Est-ce vrai ?

— Nous pensons qu'Ogilvie *croit* que c'est vrai, répondit Kade.

L'expression effrayée sur le visage d'Ailie me causa un choc et me ramena à la réalité. Son visage si ravissant avec le rose discret de ses joues, la pâleur de sa peau encadrée par des boucles noir comme jais, et l'éclat violet de ses yeux inquiets… Je ne pouvais pas laisser Ogilvie attaquer Kinloch. C'était ma faute si des hommes d'Ogilvie bourdonnaient autour de la forteresse comme des abeilles folles furieuses, me traquant pour assouvir la vengeance de leur laird. Et si Ailie ou Christie étaient blessées ? Si Wilkie était mis à mort par un guerrier d'Ogilvie ?

Je ne pouvais pas laisser arriver une telle chose.

Je n'avais pas de plan, mais je savais que je devais les quitter pour les protéger.

Et pourtant, quitter Kinloch était la dernière chose que j'avais envie de faire. Pour moi, ce lieu avait été un vrai sanctuaire magique, tout droit sorti d'un rêve merveilleux. Je ne voulais pas être la cause de sa chute. Je ne pouvais supporter l'idée de voir cet endroit paisible et magnifique assailli et souillé par Ogilvie et ses hommes. Je ne me représentais que trop bien les guerriers d'Ogilvie à cheval, pénétrant en trombe dans le château, pourfendant des paysans, piétinant les jardins, mettant ces terres à feu et à sang. Je ne pouvais tolérer que des gens de ce clan — Christie, Ailie, Effie, même Kade et le laird en personne, bougon et protecteur — payent très cher les conséquences de ma fuite. Que mon propre guerrier puisse être mis en danger était un risque que je ne pouvais tout simplement pas admettre. Pas quand il était en mon pouvoir de faire quelque chose pour empêcher que cela se produise.

Provoquer une attaque par les forces d'Ogilvie serait bien plus catastrophique que simplement m'éloigner quelque temps. Je pourrais retourner à la grotte, rester cachée. Peut-être qu'au bout d'un certain temps le courroux d'Ogilvie s'estomperait ; peut-être qu'il m'oublierait pour se concentrer sur la rébellion d'Ossian Lochs et la conquête d'autres nouvelles maîtresses potentielles. Et peut-être qu'alors, et seulement alors, je pourrais être autorisée à revenir chez les Mackenzie.

M'éloigner de Wilkie : cette pensée me vrillait le cœur. Mais une séparation temporaire vaudrait mieux que la mort. Le perdre dans une bataille — une bataille causée par *moi* — serait insupportable, surtout quand je pouvais si facilement rétablir la situation en disparaissant.

— Je dois partir, dis-je brusquement en me libérant de l'emprise de Wilkie. Je n'accepterai pas qu'Ogilvie vous attaque, alors que c'est moi qu'il veut. Ce n'est pas juste de ma part de vous mettre en danger comme je le fais.

Wilkie saisit mon bras. Il me regarda d'un air méfiant. Kade, lui aussi, parut songeur, comme si je l'avais surpris.

— Que voulez-vous dire, lass ? me demanda Wilkie, d'un ton presque impatient.

— Je veux dire que je dois m'en aller ! *Partir d'ici.* S'ils viennent me chercher et prennent votre forteresse d'assaut, vous pourriez être blessés. Vous tous. Ogilvie a une armée puissante. Je le sais, je les ai côtoyés suffisamment longtemps et je les ai bien observés. Ogilvie peut être un homme cruel et retors. Si je m'en vais, ils vous laisseront tranquilles.

Je tentai de détacher ses doigts de mon bras, et eus honte de sentir des larmes brûlantes me monter aux yeux.

— Je dois partir, guerrier. Rendez-moi mes armes. Lâchez-moi.

L'emprise de Wilkie sur mon bras ne se relâcha pas ; bien au contraire, elle se resserra, si fortement que cela me fit mal au niveau de la blessure qu'il m'avait infligée avec son épée quelques semaines auparavant seulement.

— Je vous en prie, Wilkie, suppliai-je, et les larmes trop longtemps retenues se mirent à couler librement.

Oui, j'étais affolée de peur et de désespoir rien qu'à la pensée de le quitter, de renoncer à sa beauté et à la beauté de tout ce qui l'entourait, de reprendre mon exil, seule, à travers les longues journées et les nuits froides des Highlands battus par les vents. Mais c'était la seule chose que je pouvais faire pour les garder en sécurité.

— Ne soyez pas idiote, lass, dit Wilkie en me ramenant à lui.

Cela m'irrita qu'il semble ignorer complètement ma résolution. De fait, il paraissait presque agacé.

Je luttai contre son emprise, mais il me tint à deux mains et je ne pus me libérer.

— Si je pars maintenant et si les soldats d'Ogilvie arrivent, insistai-je, vous pourrez leur dire que j'étais ici, mais que je me suis enfuie. Que vous ne savez pas quelle direction j'ai prise. Ils se lanceront à mes trousses et ne vous ennuieront plus à cause de cette histoire.

Mes larmes coulaient toujours, et elles me faisaient honte. J'aurais dû être plus forte. Je me tournai vers le frère de Wilkie, et ses yeux qui d'habitude vous foudroyaient sur place me contemplaient avec une expression que je ne lui avais jamais vue. Il paraissait presque… compatissant. Mais ma propre voix résonna, sans âme, distante.

— Kade, pouvez-vous aller chercher mes armes ?

Ce dernier me regarda, puis regarda Wilkie. Je ne pus voir l'expression des yeux de Wilkie quand il rendit son regard à son frère.

— Non, lass, dit Kade.

La pensée de me mettre en chemin seule, poursuivie et sans mon épée était inconcevable. Mais alors il me vint à l'esprit que j'avais laissé mon couteau à la grotte. Avec ma couverture et mon bol. Et les fruits. Et la broche de ma mère. Je commencerais par là, j'y camperais pour la nuit, puis partirais vers les terres des Macduff à l'aube.

— Vous rendez les choses plus difficiles pour moi, lui dis-je, mais s'il doit en être ainsi, soit.

J'essayai de nouveau de détacher les doigts de Wilkie de mes bras.

— Guerrier ! commandai-je avec toute l'autorité que je pus rassembler. Lâchez-moi.

— Non, Roses, dit-il d'une voix basse et apaisante, comme s'il parlait à un cheval effrayé qui menaçait de se cabrer. Vous ne quitterez pas cette forteresse. Les hommes d'Ogilvie ne sont qu'une faible menace pour nous. Notre armée est bien supérieure à la sienne et nos murailles sont solides. Nous avons des gardes en place et nos armes sont prêtes. Notre château est bien protégé. Et vous aussi.

C'est alors que je craquai. Je mis les mains sur mon visage et Wilkie me laissa faire, en desserrant légèrement son emprise. Je sanglotai, honteuse de leur imposer cela, tenaillée par la peur que j'éprouvais pour eux, et je pleurais aussi pour moi-même, pour tout ce que j'avais perdu : ma famille — deux fois —, le sens de ma propre valeur, le fait de ne jamais sentir que j'appartenais à un lieu ou à un groupe, ma vigilance constante et épuisante vis-à-vis d'un prédateur qui m'avait observée pendant des années. Je craquai à ce moment-là parce que Wilkie, mon guerrier, avait réussi à mettre au jour tous ces sentiments d'injustice et de vide. Par son emprise et ses paroles, par son contact et ses promesses, il m'avait donné tout ce que j'avais si longtemps désiré et tout ce que j'avais toujours voulu, si j'avais jamais été assez hardie pour imaginer ces choses-là. Maintenant, tout mon cœur et toute mon âme ne désiraient rien d'autre que de rester avec lui et de le croire.

Wilkie me tint contre lui et me laissa pleurer. Mes larmes mouillaient sa tunique. Il passa ses bras puissants autour de moi. Et Ailie et Christie étaient là, aussi, me réconfortant.

— Roses, dit Ailie avec de grands yeux. Nous ne vous laisserons pas errer toute seule. Vous allez rester avec nous. Nous vous cacherons et prendrons soin de vous.

— Vous seriez tuée, c'est sûr, Roses, ajouta Christie. Et qui sait ce qui pourrait arriver d'autre si les hommes d'Ogilvie vous attrapaient ? On ne peut même pas y penser.

Même Kade dit :

— Nous ne serions pas des hommes d'honneur si nous vous jetions dehors, lass, en sachant très bien que vous courez un grave danger. Laissez-nous faire ce que nous sommes entraînés à faire — défendre notre forteresse et tous ceux qui y vivent.

— Vous êtes mienne, maintenant, Roses, dit Wilkie. Mon clan et ma famille protégeront ce qui est mien. C'est leur honneur et leur devoir.

Mais je ne pouvais m'empêcher de songer au propre devoir de Wilkie, envers son frère le laird.

— Laird Mackenzie veut que je parte. Il voit à l'avance les troubles, le désordre et le danger que j'apporte.

Ce fut Kade, étonnamment, qui me rassura.

— Les pensées de notre frère sont tout le temps occupées par des alliances militaires et le renforcement continu de notre armée. Il est vrai qu'il est un peu plus réticent à reconnaître ce que nous pouvons tous voir clairement — que Wilkie non seulement s'est entiché de vous dès le départ, mais encore qu'il est devenu complètement obsédé par vous. Nous devrions tous avoir la chance de trouver un lien aussi puissant !

Kade paraissait presque mélancolique à cette pensée. Quand je l'avais rencontré, je ne l'aurais pas pris pour un romantique, mais il était indubitablement moins menaçant tandis que ces facettes inattendues de sa personnalité se révélaient.

Je m'essuyai les yeux, ayant du mal à accepter leur gentillesse. Elle me redonnait la force de me battre. Et cela faisait très longtemps que je n'avais pas senti une véritable affection de ce genre. Mes parents me l'avaient donnée, de tout leur cœur. Ismay aussi. Et maintenant les Mackenzie, même ceux de qui je ne l'aurais jamais attendue.

— Je suis désolée d'avoir attiré ces problèmes sur vous, dis-je.

— Ce que vous avez attiré sur nous, riposta Kade, c'est un frère qui est fou de vous au point qu'il pourrait fort bien abattre à lui seul l'armée d'Ogilvie tout entière. Je ne m'inquiéterais pas trop de la portée de nos forces, si j'étais vous.

Wilkie prit la parole, choisissant d'ignorer la remarque de Kade.

— Ogilvie sait qu'il a peu de chances de dominer nos hommes et de prendre notre forteresse d'assaut. A mon avis, ils nous jettent de la poudre aux yeux. Knox pense inviter Ogilvie, seul, pour en discuter d'une manière civilisée. Il est probable que nous puissions lui offrir un échange quelconque pour le calmer. Les pots-de-vin savent apaiser les griefs.

Pourvu qu'il en soit ainsi !

Wilkie essuya une larme sur ma joue.

— Alors c'est bon ? Plus de sottes déclarations de départ ?

Il m'adressa un regard de douce sévérité.

— Vous savez que j'irais sur-le-champ vous chercher, de toute façon, alors il est plus sûr pour nous tous que vous restiez où vous êtes.

— Vous en êtes certain ? Je ne pourrais supporter que l'un d'entre vous soit blessé à cause de moi, insistai-je.

— Et moi, rétorqua Kade, je ne pourrais supporter qu'Ogilvie, ce butor, ait le dessus sur un seul de nos hommes. Je considérerais cela comme un affront personnel.

— C'est donc réglé, lass, dit Wilkie, comme s'il était impatient d'en finir avec toute la discussion. D'accord ?

Je hochai la tête. Et je l'admets, j'éprouvai un soulagement euphorique de ne pas avoir à le quitter et à marcher seule dans les collines, avec des hommes sur les talons et rien qu'un couteau pour me défendre. Et l'idée que je ne dormirais pas ce soir-là dans une grotte solitaire, mais dans un lit douillet au côté de Wilkie, acheva de me convaincre.

— Bien. Mangeons, dit Wilkie. Je suis affamé !

— Nous voulons emmener Roses se promener dans les vergers, annonça Christie à son frère. Elle a été enfermée pendant des jours et l'air frais l'aiderait à se remettre complètement.

Nous étions assis dans la pièce où j'avais pris le thé avec Ailie et Christie, près de la fenêtre ouverte. D'autres soldats et travailleurs en tout genre prenaient souvent leur repas de midi dans la grand-salle, m'avait-on dit. Laird Mackenzie pensait que les repas devaient être partagés et offrir une nourriture riche et abondante, pas seulement pour que les membres du clan qui travaillaient dur reprennent des forces, mais aussi pour créer un lien de camaraderie. C'était une bonne occasion pour discuter de tactiques, d'irrigation des cultures ou de techniques pour construire les murailles les plus durables. Et nous pouvions entendre leurs voix fortes et leurs rires d'où nous étions assis, derrière des portes closes. Mais Wilkie ne voulait pas me laisser participer aux activités générales du clan. Il jugeait encore trop dangereux qu'il vienne à l'oreille d'Ogilvie que je m'étais bien installée à Kinloch. Jusqu'à ce que des discussions puissent être organisées entre laird Ogilvie et laird Mackenzie, il valait mieux rester discrète et cachée.

Et je devinais que pour cette même raison, il ne voudrait pas que je me promène dans les jardins, même sous l'escorte attentive de ses sœurs. Il surprit l'attente avide qui se lisait dans mon regard à cette question. Je guettai sa réponse, regardant derrière lui, à distance, les herbes qui ondulaient et les arbres chargés de fruits.

— Elle a déjà visité le jardin aux simples avec Effie, insista Christie. Tout ira bien.

— Nous nous tiendrons loin des jardiniers, renchérit Ailie. Nous serons très prudentes, Wilkie. Et Roses peut porter une coiffe, pour cacher ses cheveux. Ainsi, on ne la remarquera pas. Regarde-la : elle meurt d'envie d'y aller.

Wilkie se tourna vers moi, et son air farouche s'adoucit. Il réfléchit une minute ou deux, sans cesser d'observer mon visage.

— Très bien, dit-il finalement.

Il avait dit oui ! Je serais autorisée à marcher dans ces superbes jardins, à profiter du soleil et de l'air, en sentant l'herbe sous mes pieds ! Je pourrais manger un fruit chauffé par le soleil, et j'aurais peut-être même l'occasion d'étudier le dessin des jardins et les techniques d'horticulture. En silence, je joignis les mains.

Wilkie sourit à mon expression.

— Roses parle souvent des jardins.

Si en plus je trouvais une poire à manger, ce serait fantastique !

— Cela se pourrait très bien, commenta Kade, me faisant sursauter.

Je ne m'étais pas rendu compte que j'avais parlé à voix haute.

Il se tourna ensuite vers Wilkie.

— Ils vont se demander ce qui nous retient, Wilkie. Allons-y.

Le sourire de celui-ci s'était évanoui.

— Vous devez rester de ce côté du verger, uniquement, rappela-t-il à ses sœurs. Et dans le bosquet de bouleaux. Nulle part ailleurs.

— Oui, Wilkie, lui assura Christie. Ne t'inquiète pas. Nous n'irons pas loin.

Il tira sa chaise près de la mienne et me regarda dans les yeux. Il paraissait légèrement angoissé. Il effleura mes lèvres des siennes, brièvement, puis s'écarta.

Kade était exaspéré.

— Pour l'amour du ciel, frère ! Les vergers et les jardins intérieurs sont à l'abri des murs. Laisse la lass prendre un peu le soleil. Tu la verras ce soir.

— Elle aura un goût de poire, ajouta Christie avec un sourire taquin.

Plutôt étrange, comme commentaire… Mais quand nous la regardâmes tous, elle fixa Wilkie d'un air innocent.

— Quoi ?

Il se leva et cela me parut trop soudain, trop abrupt. Il sortit de la pièce, suivi de Kade, sans un regard en arrière. Et je me sentis perdue et abandonnée face à ce départ hâtif.

Mais Christie et Ailie étaient fermement décidées à me distraire et à m'emmener dehors, et je ne pus m'empêcher de me sentir ragaillardie par leur exubérance et ma propre impatience.

Christie alla chercher une coiffe pour moi, puis les

deux sœurs m'escortèrent par une porte latérale vers cette journée resplendissante au grand air.

M'étais-je jamais sentie aussi vivante ? Non, ce monde largement ouvert ne m'avait jamais paru aussi rassurant ni aussi appréciable. Il y avait un réconfort nouveau dans sa beauté enclose entre les murs de cette forteresse. J'étais abritée des ennemis et des prédateurs. La journée était ensoleillée, les plantes éclataient de riches promesses et j'étais en bonne compagnie. Mes nouvelles sœurs, une à chacun de mes bras, bavardaient gaiement. Et j'étais follement heureuse de savoir que Wilkie n'était pas loin et que nous serions réunis dès que le jour laisserait la place à la nuit.

Si nous voyions des gens au loin, nous prenions soin d'éviter leur voisinage, même si cela me faisait un drôle d'effet d'être si furtive et secrète. Dans ma vie passée, les gens ne me remarquaient pas ; à présent, devoir me cacher et me déguiser me paraissait presque risible.

J'essayai de rassurer Ailie et Christie.

— Personne ne ferait attention à moi. J'en suis sûre.

— De fait (Christie sourit prudemment, comme si elle révélait une information secrète), il y a une rumeur comme quoi Wilkie garde une jeune fille dans ses appartements privés. J'ai entendu plusieurs des cuisiniers en discuter. Croyez-moi, Roses, ils feront tout à fait attention à vous si le bruit court que vous êtes ici, bien réelle, et que vous vous promenez dans les jardins. Wilkie est populaire, pas seulement dans notre clan, mais bien au-delà.

Je me retrouvai à souhaiter que Christie ne me donne pas autant d'informations à ce sujet ! Mais après tout, je savais déjà tout cela. Et le fait que le séduisant et très recherché frère du laird ait un secret de ce genre constituerait en effet une nouvelle intéressante, supposai-je.

Nous marchâmes dans un bosquet de jeunes bouleaux, et les feuilles tamisaient le soleil qui émaillait le sol couvert d'herbe douce.

— Quittons nos bottes, proposai-je, désirant sentir la fraîcheur de l'herbe et de la terre sous mes pieds.

Je m'assis et me mis à délacer mes chausses, notant en passant qu'elles étaient vieilles et usées. Je me sentis honteuse qu'Ailie et Christie puissent le remarquer et que cela leur rappelle de nouveau qui j'étais et d'où je venais. Mais je ne pouvais pas y faire grand-chose…

Les deux sœurs hésitèrent, comme si ôter leurs bottes ne leur serait jamais venu à l'idée.

— Je n'ai pas marché pieds nus depuis que j'étais enfant, dit Ailie.

— Oh ! alors vous devez le faire maintenant, l'encourageai-je. C'est une sensation merveilleuse. On se sent si libre !

Elles m'imitèrent sans discuter, et nous nous promenâmes ainsi un moment, savourant la douceur du sol. Peu de temps après, nous courions et jouions comme des enfants à travers le bosquet et plus loin, jusqu'au bord du verger de poiriers.

Nous nous assîmes sous un arbre tordu, chargé de fruits, et nous mangeâmes plusieurs poires, laissant couler le jus sur notre menton, enchantées de les trouver mûres à point.

— Vous voyez ? lança Christie en riant. Roses aura bien un goût de poire, ce soir !

— Christie, la réprimanda Ailie. Ne sois pas puérile.

Je ne pus m'empêcher de sourire, me sentant complètement à l'aise avec elles. N'ayant jamais eu de frères et sœurs, à partager ces moments avec elles, à écouter leurs querelles joueuses, je les trouvais fascinantes. Et au commentaire de Christie, je m'allongeai dans l'herbe. Je fermai les yeux et pensai à Wilkie m'embrassant, goûtant mes lèvres sucrées. Cette pensée m'échauffa le corps et je pus sentir de nouveau la légère pulsation qui naissait entre mes jambes, là où il m'avait touchée et avait provoqué de si délicieuses sensations. J'avais envie qu'il recommence, ici et maintenant.

Nous entendîmes craquer une brindille non loin,

comme si quelqu'un approchait. J'ouvris les yeux. Les deux sœurs étaient en alerte.

— Nous devrions rentrer, à présent, dit Ailie à voix basse. Wilkie nous a dit de ne pas rester dehors trop longtemps. Venez.

Elle commença à se lever, et Christie et moi nous mîmes sur pied pour la suivre.

Une forme sombre émergea alors de derrière un arbre voisin. Puis une autre.

Ailie poussa un petit cri de détresse à l'instant précis où, moi aussi, je me rendis compte qu'il ne s'agissait pas de jardiniers des Mackenzie.

C'étaient des guerriers d'Ogilvie.

10

Mon esprit tourbillonna, saisi de panique. D'où venaient-ils ? Comment avaient-ils pénétré à l'intérieur des murs ? Wilkie n'avait-il pas dit que la forteresse était bien gardée ? Avaient-ils trouvé une faille dans les défenses ?

Ils étaient quatre et nous encerclaient. Ils portaient des capuchons, mais leurs visages m'étaient familiers, même si je ne les connaissais pas par leur nom.

Christie, Ailie et moi nous blottîmes les unes contre les autres au milieu de leur cercle qui se resserrait et, quand l'un d'eux tendit le bras pour saisir celui de Christie, elle poussa un cri strident. Mais cela suffirait-il à alerter quelqu'un sur notre situation critique ?

Le guerrier d'Ogilvie fut pris de court et sur le coup, il la lâcha. Elle se remit à hurler, appelant Wilkie par deux fois. Alors le guerrier l'attrapa de nouveau et la regarda d'un air sarcastique.

— Nous nous sommes peut-être trouvé plus d'une bonne prise, soldats.

Christie hurla encore, et le guerrier l'attira contre lui pour couvrir sa bouche de sa main. Elle se débattit, ses cris étouffés. Ailie fut saisie par un autre guerrier, et son expression me fit ressentir douloureusement notre situation : le danger que je craignais tant venait de nous rattraper. Et c'était ma faute si mes amies se retrouvaient dans cette horrible situation.

Avant qu'un troisième guerrier ne puisse s'emparer de

moi, je me penchai pour ramasser un épais bout de bois qui gisait par terre à mes pieds.

J'ôtai ma coiffe.

— Lâchez-les. C'est moi, Roses. Je suis celle que vous voulez. Laissez-les tranquilles.

L'un des guerriers gloussa.

— Malin, comme déguisement, lass. Personne n'aurait deviné que vous êtes en réalité une fille de cuisine.

Il s'approcha, mais je tins mon bâton comme une épée. Protection dérisoire : il l'esquiverait sans peine si je l'abattais sur lui. Toutefois, cela le tint brièvement à distance.

— Je viendrai avec vous de mon plein gré, dis-je. Ce n'est pas la peine de me violenter. Et elles non plus. Vous devriez me prendre et laisser les deux autres partir immédiatement. Les guerriers des Mackenzie auront entendu les cris — ils ne sont pas loin. Ils doivent être en chemin alors que nous parlons. Laissez-les partir.

— Prenons les trois, dit l'homme qui tenait Christie.

— Non ! tonna le guerrier le plus proche de moi, le plus grand et apparemment le chef de l'attaque. Laissez-les ! Nous prenons celle-là. Allons-y !

A regret, le guerrier relâcha Christie, et le deuxième Ailie. Les deux sœurs s'éloignèrent à reculons, en se serrant la main, mais elles ne partirent pas en courant. Elles me regardaient, impuissantes, les yeux terrifiés. *Elles ne pouvaient rien faire pour me sauver.*

— Courez ! leur criai-je.

Je lus une question dans le regard d'Ailie, mais elle m'obéit et entraîna Christie avec elle. Je me sentis terriblement soulagée quand elles disparurent, au point que cela domina ma propre peur pendant quelques secondes.

Je laissai tomber mon bâton et suivis le chef, flanquée de près par les autres guerriers d'Ogilvie.

A ce moment-là seulement, le poids de ma terreur commença à se faire sentir, me nouant le ventre.

Pouvais-je essayer de me battre contre eux ? C'était

peu probable, étant donné qu'ils étaient quatre et que chacun pesait le double de moi. Et ils étaient armés. Ce fut à peine si je pensai à mes propres armes, bien cachées sur moi… et si loin de ma portée qu'elles auraient pu ne pas exister du tout.

Quelque chose me vint à l'idée, alors, tandis que nous nous approchions rapidement du mur de la forteresse. Est-ce que je pourrais prendre une de leurs armes *à eux* ? Je savais me servir d'une épée et ils ne s'attendraient pas à ce que je possède une telle adresse. Si je pouvais mettre la main sur une des leurs, ils seraient pris par surprise. Je me réconfortai un peu en me disant qu'ils ne me tueraient probablement pas ; il faisait peu de doute, pour moi, qu'Ogilvie leur avait ordonné de me ramener bien vivante.

C'était un plan risqué. Mais j'observai de nouveau leurs ceintures, auxquelles étaient accrochés leurs épées et leurs couteaux, et je me mis à réfléchir à la façon de m'emparer d'une de ces armes.

Le chef lança une corde par-dessus le mur. En moins d'une minute, elle fut tendue. Ce qui me conduisit à penser qu'il y avait d'autres guerriers d'Ogilvie qui attendaient de l'autre côté. Pourquoi n'avaient-ils pas été repérés ? Je ne pouvais que supposer. La témérité de leur attaque avait dû être inattendue. Tout comme sa furtivité, son silence. Une poignée d'hommes qui se faufilait dans la forteresse en plein jour : cette tactique téméraire n'avait pas dû être prévue. Les Mackenzie s'étaient attendus à une armée. Ou à une intimidation. Certainement pas à ceci.

L'un des guerriers grimpa à la corde et disparut par-dessus le mur.

Je fus hissée sur le dos d'un deuxième, celui qui avait tenu Christie. On m'ordonna de me tenir. Ses cheveux étaient longs et des tresses pendaient dans son dos. M'agrippant à lui comme je le faisais, je pouvais dire qu'il n'avait pas pris de bain depuis un certain temps… Son odeur forte, bestiale, combinée à ma propre peur, me soulevait l'estomac, et j'ai bien cru que j'allais vomir. Mais je tournai le visage de côté et pris une grande inspiration dans la brise. Je l'imaginai peut-être, mais je sentis brièvement le parfum fruité de poires mûres. Cette odeur suave et heureuse remua quelque chose en moi et ma peur laissa place à la colère. Maintenant qu'Ailie et Christie étaient en sécurité, je n'avais pas à suivre docilement ces hommes. Je pouvais me *battre*.

Et j'étais dans la position parfaite pour attraper le couteau du guerrier.

Il grimpait le long du mur, tenant la corde, nous hissant vers le haut, un poing après l'autre.

Je savais que mes chances de m'échapper, ou même de survivre, si je choisissais de combattre, seraient bien plus grandes à l'intérieur de la forteresse des Mackenzie que dehors, sur les landes ouvertes. Ou, au pire, quand je serais ramenée dans le manoir d'Ogilvie. Si je pouvais gagner du temps, Wilkie viendrait peut-être à mon secours. Il pourrait peut-être me rattraper.

— Dépêche-toi, mon gars ! bougonna l'un des guerriers restés en bas.

Celui à qui je me tenais grimpa plus vite. Il était presque au sommet du mur. Alors je saisis ma chance. J'attrapai le couteau accroché à sa ceinture. Avant de pouvoir remettre en question mon plan intrépide, je plongeai profondément la lame dans son dos, juste au-dessus de sa taille, du côté droit.

Je l'avais pris par surprise et il poussa un hurlement. Il lâcha la corde d'une main et je cessai de me tenir à lui pour tomber lourdement sur le sol. Se rendant compte qu'il avait perdu sa charge, il sauta après moi. Une chance qu'il n'ait pas atterri sur moi ! Toutefois, c'était une chute de *quinze pieds* au moins, et j'en avais le souffle coupé.

Le guerrier porta la main à sa blessure et, voyant le sang sur ses doigts, se mit en rage.

— Espèce de sale petite teigne ! hurla-t-il, puis il me gifla si violemment que j'en tombai à la renverse.

Je luttai contre le noir qui gagnait les bords de ma vision et les petites étoiles blanches qui constellaient la scène devant moi.

Je tentai de m'éloigner d'eux à reculons, toujours allongée par terre, mais le chef m'empoigna rudement, me mit debout et me fit faire un tour sur moi-même. Il noua une corde autour de mes poignets, la serrant trop fort, à m'en faire mal, et me jeta sur son épaule.

— Attachez-la à moi ! Je les entends arriver !

On passa un autre lien autour de ma taille et de mes épaules, m'amarrant étroitement au guerrier. Mes côtes et mon estomac me faisaient mal là où j'étais pliée sur son épaule et j'avais la tête en bas, ce qui me donnait le tournis. Je m'entendis grogner faiblement. Mes cheveux, qui s'étaient détachés durant la lutte, couvraient mon visage. Le chef se mit à grimper avec moi ligotée à son dos.

Je perdais ma bataille contre l'inconscience qui me gagnait, tandis que ma position douloureuse et le côté droit de mon visage, meurtri, se faisaient sentir. Je crus imaginer la voix de Wilkie qui m'appelait au loin. Je savais que je le rêvais. Je souhaitai pouvoir le voir une dernière fois, avant d'être perdue pour lui pour de bon.

Il y avait de l'agitation, maintenant. Avions-nous atteint le haut du mur ? Etaient-ce les soldats de l'autre côté qui criaient et sautaient ? J'ouvris les yeux et vis une silhouette floue qui grimpait à la corde derrière nous, attrapant la jambe du guerrier Ogilvie, l'entaillant avec un couteau. Le rouge du sang qui coulait paraissait irréel, presque théâtral dans son abondance. Et puis nous sommes tombés de nouveau et le heurt avec le sol, dur et brutal, m'étourdit une nouvelle fois. Je ne pouvais pas respirer et j'avais les cheveux dans les yeux. J'étais prise entre deux hommes, l'un mou et sans vie, l'autre furieux. Il y avait tant d'agitation. Et de sang.

C'est alors que je l'entendis.

Wilkie.

— Roses.

Ce fut tout ce qu'il dit. Il coupa mes liens pour me détacher du guerrier mort et me porta pour m'asseoir sous un arbre. Il prit un bref instant pour repousser mes cheveux de mon visage et m'examiner avec une concentration farouche. Lorsqu'il vit que j'étais vivante et consciente, il courut rejoindre le combat, son épée déjà levée. Je distinguais vaguement Kade, avec d'autres. Un groupe se formait à distance.

Wilkie se battait avec le guerrier que j'avais blessé d'un coup de couteau. Je ne pus qu'observer, stupéfaite, son adresse et la grâce de ses attaques. Il pourrait paraître étrange d'apprécier ce genre de choses, mais ses gestes étaient si nets, si bien enchaînés et si assurés que je ne pouvais les décrire que d'un mot : ils étaient beaux. Comme toute autre chose en lui.

Ce qui fut moins beau, cependant, ce fut le spectacle de son épée qui tranchait le cou du guerrier Ogilvie d'un coup net, séparant sa tête de son corps, les deux parties tombant lourdement sur le sol.

Presque en même temps, Kade plongea sa propre épée dans la poitrine du dernier envahisseur, qui tomba à genoux, soutenu uniquement par la lame qui lui transperçait le cœur. Il me regardait tandis que la vie s'écoulait de lui avec son sang.

— Il continuera à vous… pourchasser, articula-t-il.

Puis il s'affala, inerte. Ses dernières paroles me troublèrent grandement.

Wilkie aussi, apparemment. Il saisit la tête du guerrier Ogilvie décapité par ses longs cheveux emmêlés et la lança par-dessus le mur.

— Portez ça à votre laird, marmonna-t-il en remettant son épée dans son fourreau.

Si vicieux et sournois qu'aient pu être ces guerriers d'Ogilvie, je regrettai leur mort. Et je regrettai que les Mackenzie soient maintenant aussi impliqués que moi dans cette histoire, si ce n'était davantage.

Mais je ne pouvais regretter d'être toujours ici, dans

l'enceinte des murs du clan, avec Wilkie qui s'agenouillait maintenant à côté de moi et me touchait avec précaution.

— Roses ? Allez-vous bien ?

Il tâtait mes bras et mes jambes pour voir si je n'avais rien de cassé.

— Vous ont-ils enlevé vos souliers ? demanda-t-il d'un ton abrupt, en remarquant mes pieds nus.

J'eus un peu de mal à parler. Ma gorge était irritée et ma mâchoire meurtrie.

— Je les ai quittés dans le bosquet de bouleaux.

Je devinai ce qu'il pensait et le rassurai.

— Ils ne m'ont pas fait de mal, guerrier.

Ses yeux brûlaient de colère. La tension du combat faisait briller son regard. Il paraissait grand, féroce et puissant, l'air sévère, ses muscles crispés par la fureur de la bataille. Je pouvais sentir sa brutalité tapie derrière ses gestes tandis qu'il manipulait doucement mon corps, cherchant des meurtrissures, regardant si je saignais. Du sang, il y en avait beaucoup, mais je ne pensais pas que ce soit le mien. J'avais eu peur, c'était tout. Mon visage était endolori, comme mes côtes, mais rien de grave, à mon avis.

Kade se tenait derrière Wilkie, l'air tout aussi féroce. Ses yeux bleu clair brûlaient d'une flamme sauvage et trahissaient une fureur au combat qui se calmait à peine.

— Il y a plus là-dedans qu'un vulgaire coup de couteau de cuisine contre laird Ogilvie, dit-il. C'est forcé. Il cherche la guerre.

Je lui rendis son regard et réfléchis à sa déclaration. Que laird Ogilvie ait décidé de prendre des mesures extrêmes pour me ramener dans ses griffes était maintenant très clair. Et j'étais d'accord avec Kade : l'importance de ses actions pour me récupérer paraissait exagérée par rapport à mon petit crime, un coup de couteau qui l'avait surpris plus que blessé ! Je n'avais aucun moyen de déchiffrer ses mobiles ou ses agissements, mais je me demandai soudain si sa fureur à se venger, et sur moi en particulier, pouvait venir d'une querelle avec mes parents… Peut-être était-il habité par un reste de colère à propos d'un tort que mon père lui avait causé. Ou par une rancœur persistante pour les refus véhéments de ma mère au cœur brisé. Je ne voyais rien d'autre. L'espace d'un instant, je pensai aux mots qu'il avait marmonnés quand il avait tenté de m'agresser. A ses doigts sur la peau de mon omoplate. A la stupeur dans sa voix et à son intonation qui trahissait… Quoi, au juste ? De la convoitise, peut-être… « On dirait un sceau… »

Je n'avais pas d'explication à offrir. J'avais évité à dessein de considérer la signification de mon tatouage. La fascination muette d'Ogilvie n'avait pas fourni d'indices sur le mystère des origines de cette marque — ni des miennes. Mais quelque chose à propos de ce vague souvenir concernant la réaction du laird, combiné à présent au danger très réel que j'avais apporté au sein même du clan Mackenzie, me forçait à reconsidérer la chose. Si montrer ma marque à Wilkie et à sa famille pouvait d'une manière ou d'une autre fournir des informations susceptibles de les protéger, alors cela paraissait plus crucial en cet instant que mon propre intérêt. Je décidai sur-le-champ de révéler mon secret, une fois pour toutes.

— Je veux vous montrer…, dis-je, luttant pour bouger.

— Non, Roses, dit Wilkie en m'interrompant et en posant une main sur la mienne. Restez tranquille une minute. Vous souffrez. Votre joue est meurtrie et vous avez peut-être d'autres blessures.

Ailie et Christie revinrent, les yeux élargis par l'angoisse, et s'agenouillèrent à côté de moi, près de Wilkie.

— Roses a obligé les hommes à nous relâcher, Wilkie, dit Christie. Ils voulaient nous emmener aussi.

Les yeux de Wilkie étincelèrent. Je fus médusée par son aspect farouche et la beauté de son visage. J'avais juste envie de le regarder, de l'observer. Je souhaitai pouvoir le tenir et le protéger de la guerre, et dissiper son courroux. Je me promis de lui montrer le tatouage

— plus tard. Mais mon courage précaire à propos de ce secret s'estompa, dominé une fois de plus par ma peur ; je désirais tellement le garder.

— Je vais vous soulever avec précaution, déclara-t-il. Et vous amener auprès d'Effie.

Sa force était telle que le mouvement me secoua à peine et il me porta à travers l'attroupement de curieux, sans se soucier que je sois vue. Le bruit se répandrait sûrement bientôt, si ce n'était déjà fait, à propos du combat et de ce qui l'avait causé. Et on ne pouvait cacher les trois guerriers d'Ogilvie morts qui gisaient par terre.

La foule s'ouvrit devant nous, mais j'accordai peu d'intérêt aux spectateurs. Mon attention était focalisée sur une cible : mon guerrier, qui m'avait sauvée de tant de façons. Je posai la main sur le torse de Wilkie, pour sentir battre son cœur.

— Guerrier…, murmurai-je, n'ayant rien d'autre à dire.

Je voulais seulement lui parler. Et il parut le comprendre aussitôt.

— Oui, lass. Je suis avec vous.

Il était avec moi. Et moi avec lui. Et c'était tout ce que je souhaitais ou dont j'avais besoin dans ce vaste monde.

— La lass restera-t-elle ici pour se reposer, Wilkie ? demanda Effie. Elle est fatiguée.

J'étais couchée dans mon lit dans l'antichambre de Wilkie, qui m'avait portée là et refusait de quitter mon chevet. Effie s'affairait autour de moi et voulait me faire prendre une nouvelle dose de remèdes avant que nous dormions. Christie devait arriver bientôt. Wilkie et moi avions été soignés et nourris dans les quartiers de la guérisseuse. J'avais de légères meurtrissures sur un côté du visage, qui était un peu enflé. Et mes côtes étaient bleues, mais pas cassées. Wilkie avait rouvert sa blessure, qu'Effie avait recousue et pansée.

— Oui. Je vais la veiller jusqu'à ce que Christie arrive, répondit-il d'un ton presque ennuyé.

C'était le ton d'un homme qui était habitué à être obéi et n'avait jamais connu autre chose.

Mais dès qu'Effie s'en alla, il me souleva doucement, enveloppée dans des fourrures, et me porta jusqu'à son lit.

— Et Christie ? demandai-je.

— Elle reviendra près de vous demain matin, quand vous aurez rejoint votre lit. Jusque-là, je serai votre chaperon.

Il n'y avait pas d'humour dans sa voix, cette fois, juste de la tendresse et de la résolution.

Laird Mackenzie était furieux de l'attaque et avait ordonné à ses hommes de doubler leurs efforts pour protéger la forteresse. Un groupe irait porter un message à laird Ogilvie, pour le rencontrer et négocier avant que plus de sang ne soit versé. Je priai en silence pour que ces pourparlers soient fructueux. Je m'efforçai de ne pas penser à ce qui pourrait arriver dans le cas contraire.

Je m'étais inquiétée que laird Mackenzie soit en colère contre moi, pour avoir apporté ce conflit dans son monde paisible. Je lui avais fait mes excuses. De sa manière abrupte, il m'avait informée que son monde était loin d'être paisible, que la paix était durement gagnée, ce jour-là comme tous les autres jours. Au lieu de courroux, il me montra une sèche sollicitude, me promit sa protection et me témoigna sa gratitude, étonnamment humble, à propos de ses sœurs qui lui avaient raconté l'histoire. Ogilvie, décidai-je, s'était terriblement trompé sur laird Mackenzie ; sa sévérité provenait de sa détermination résolue à garantir la sécurité et la prospérité de sa famille et de son clan. Sous l'épaisse couche de ses manières brusques, il débordait en fait de gentillesse. Et je trouvai encourageante cette découverte qui m'attacha encore plus au clan Mackenzie.

La journée avait certainement été pleine d'émotions. Mais je me sentais curieusement détachée des événements effrayants de l'après-midi. Je me concentrais à présent complètement sur Wilkie et sur le besoin de dissiper la tension qui se lisait sur son visage.

On m'avait rendu mes armes, et elles étaient posées contre le mur de pierre de l'antichambre. Leur présence ne n'apportait pas de réconfort, ni à Wilkie, comme je le décelais à sa conduite agitée.

Il était accroupi devant la cheminée et ajoutait des bûches au feu. Il semblait complètement perdu dans ses pensées. Puis il vint jusqu'à moi et s'assit dans un fauteuil près du lit.

Il était toujours contrarié et perturbé, cela se voyait.

Je restai allongée tranquillement, au chaud sous les couches de fourrures. Je fermai les yeux un instant. J'étais encore trop pudique et naïve pour le séduire en prenant les devants. Mais je voulais le contenter ce soir-là, le calmer et lui donner du plaisir comme il l'avait fait pour moi. Je n'étais pas du tout sûre de ce qu'il fallait faire, mais j'avais envie d'essayer.

Au bout d'un moment, je l'entendis se déshabiller — le bruit de ses bottes, de sa ceinture, des vêtements qui tombaient par terre. Puis je sentis la chaleur de son corps près du mien tandis qu'il s'allongeait à côté de moi, tirant les fourrures jusqu'à son bandage.

Nous restâmes silencieux pendant un moment, laissant les événements de la journée se dissiper.

D'un geste distrait, il glissa les doigts dans les mèches de mes cheveux. Je me redressai légèrement et me penchai vers lui. Il m'observa pendant que j'arrangeais son bandage et repoussais une mèche de son front.

— J'ai l'intention de vous apaiser ce soir, mon guerrier, dis-je, et ma voix parut nerveuse et altérée sous l'effet de mon désir mêlé d'une pointe d'angoisse. Vous savez que je ferais n'importe quoi pour vous. Vous m'avez sauvée.

Il ouvrit la bouche pour parler, mais je posai doucement un doigt sur ses lèvres pour le faire taire, puis caressai sa lèvre inférieure charnue. Ensuite je l'embrassai et utilisai toutes les ressources que j'avais apprises de lui, explorant sa bouche de ma langue, le goûtant, le taquinant. J'avais faim de proximité avec lui. Je me glissai plus loin en travers de son torse, si bien que j'étais presque sur lui, et je sentis la dureté de son désir contre ma jambe.

J'embrassai son visage, la barbe qui ombrait ses joues. Je mordillai le lobe de son oreille, semai des baisers le long de son cou, de sa poitrine. Je pris un de ses mamelons entre mes dents, et il se tortilla et réprima un petit rire. Cela m'encouragea ; mes efforts pour dissiper sa tension marchaient.

— Vous êtes une séductrice, lass. Vous sapez mon contrôle.

Ses yeux étaient si sombres, attirants et farouches. M'invitant à le tenter davantage.

J'étais curieuse de son érection, sous les couvertures. Je me rappelai la beauté de son corps, un souvenir fugace, cette première fois où je l'avais vu émerger du loch… Je me mis sur le côté et osai faire descendre mes doigts plus bas, en deçà de son bandage, jusqu'à la bosse qui trahissait son désir. Par-dessus les fourrures, je frottai ma paume sur le renflement, percevant sa chaleur à travers les couvertures.

Il me laissa le toucher ainsi. Mes caresses lui plaisaient, je pouvais le voir. Je suivis du doigt la longueur de son sexe, fascinée par sa dureté.

Au bout de quelques minutes, et alors que je devenais plus apte à déchiffrer ses réactions, il poussa un soupir. Ses yeux bleus s'enflammèrent.

— Ma Roses. Votre toucher est un miracle. Si doux et pourtant si puissant. Je ne peux pas m'en lasser, lass.

Timidement, je saisis le bord de la couverture. Je la rabattis pour le révéler à mes yeux.

J'étouffai une exclamation. Sa taille était stupéfiante. Quel changement en lui ! L'image dont je me souvenais, au bord du loch, ne correspondait pas du tout à la découverte que je faisais ici.

— *Guerrier,* murmurai-je.

Sa vue me fascinait et m'alarmait à la fois. Mon éducation dans ce domaine était limitée, mais je savais ce qu'il y avait à savoir. Je m'interrogeai juste sur la mécanique de l'acte, de *nous deux* ensemble.

— Touchez-moi, lass. N'ayez pas peur de moi.

Je fis ce qu'il voulait, le touchant avec hésitation au début, passant les doigts sur lui, m'émerveillant de sa douceur soyeuse et de sa chaleur. Il était brûlant. Je laissai une main explorer, plus bas, la peau plus lâche qui se trouvait au-dessous, tandis que l'autre serrait plus fortement son sexe, le massant sur toute sa longueur jusqu'à la pointe où perlait un peu de liquide. Oubliant mes réserves, j'avais envie de poser ma bouche sur lui, de le goûter. Il émit un grognement sourd quand je passai mon doigt sur l'extrémité de son membre.

Comme s'il lisait dans mes pensées, il murmura sa requête d'une voix basse, enrouée par la passion.

— Posez votre bouche sur moi, Roses.

Je me penchai alors sur lui, saisis son sexe gonflé à deux mains et l'écartai de son ventre. Je posai ma langue sur lui, percevant un goût salé, léchant légèrement son essence. Je plaçai mes lèvres autour de lui, le prenant plus en moi, bataillant pour ajuster ma bouche à son épaisseur. Je le pris autant que je pus, pressant doucement la base de son sexe, le massant lentement, à l'écoute de ses réactions. Mes longs cheveux frôlaient sa peau.

— *Ah, Dieu…*, grommela Wilkie.

Je ne l'avais jamais entendu utiliser le nom de Notre Seigneur pour rien, auparavant — ce qui ne l'empêcha pas de le répéter plusieurs fois à la suite.

J'étais trop inexpérimentée pour savoir comment le contenter. Son corps était tendu et arqué, ses mains empoignaient les fourrures sur ses côtés comme s'il était soumis à la torture. Il me fallut un certain temps pour trouver mon rythme. Je le suçai aussi tendrement que je le pouvais, l'attirant de plus en plus loin dans ma bouche, me servant de ma langue pour le caresser.

Il laissa échapper un gémissement de plaisir et je fus un peu surprise quand son sexe fut secoué d'un tremblement et qu'un liquide chaud se répandit dans ma gorge, envahissant ma bouche de sa semence laiteuse. Wilkie resta immobile tandis que je continuais à embrasser tendrement son corps, adorant son contact et éprouvant un léger sentiment de jubilation à avoir pu le satisfaire de cette façon. J'aimais apprendre à le connaître et découvrir comment le contenter au mieux. Je sentais qu'il flottait, à présent, comme j'avais flotté lorsqu'il avait embrassé l'endroit le plus intime de ma personne.

— Venez à moi, lass, dit-il d'une voix rauque.

Je grimpai sur lui et m'allongeai au creux de son bras tandis qu'il me tenait contre lui.

— Vous toucher est pour moi la chose la plus merveilleuse sur cette Terre. Je n'ai jamais ressenti quoi que ce soit d'approchant.

— Moi non plus.

— Ne me quittez jamais, dit-il en scrutant mon regard, quêtant un acquiescement.

— Non, guerrier. Je resterai avec vous et vous apaiserai chaque jour et chaque nuit. Fermez les yeux.

Il obéit. Je tendis la main pour toucher ses cheveux et embrassai son visage. Je les frôlai de mes doigts en touches aussi légères qu'une plume, comme ma mère le faisait quand j'étais enfant, pour me calmer quand je ne pouvais pas dormir, afin que je m'assoupisse et me sente aimée grâce à ses douces attentions et sa présence.

La respiration de Wilkie devint plus profonde et détendue, et même alors je continuai à savourer de le toucher et de le goûter.

— *Je vous aime, guerrier,* lui chuchotai-je dans son sommeil, l'embrassant une fois encore sur les lèvres.

Je me blottis dans sa chaleur, le plus près possible de lui dans l'obscurité à peine éclairée par le feu, considérant mon destin et le sien.

Mais je ne pus pas dormir.

Je me levai, drapant une fourrure autour de moi comme une cape. J'allai m'asseoir dans l'embrasure en pierre de la croisée de sa chambre, garnie de coussins et de fourrures. Dehors, les étoiles étaient basses dans la nuit claire et la lune des moissons brillait d'un éclat jaune, jetant une lumière dorée sur les vergers et les champs au-dessous.

Un peu plus tard, j'entendis Wilkie remuer et me chercher, tapotant l'endroit où j'avais été couchée. Il s'assit.

Me voyant à la croisée, il vint jusqu'à moi, ceignant sa taille d'une fourrure. Puis il s'assit avec moi et me tint contre son torse. Ensemble, nous contemplâmes la nuit.

— A quoi pensez-vous, lass ?

Au bout d'un moment, je le lui dis :

— J'ai un souvenir, mais ce n'est peut-être qu'un rêve brumeux, du tout début de ma vie. Il me vient de temps à autre.

— Dites-moi ce que c'est, dit-il doucement.

— Il y a une femme blonde. Elle est très jeune. Elle pleure. Il y a des larmes brillantes dans ses yeux verts. Et elle s'en va.

Le silence qui suivit fut doux, apaisant et contemplatif.

La voix grave et veloutée de Wilkie me fit l'effet d'un baume, d'un remède à toute tristesse.

— Il paraît sensé que la femme qui vous a donné le jour, qui qu'elle soit, ait eu des cheveux blonds et des yeux verts, mon amour. Je suis sûr qu'elle était très belle, comme vous, même s'il est difficile d'imaginer quelqu'un qui égale votre beauté.

— Pourquoi m'a-t-elle abandonnée, à votre avis ? demandai-je, tout en sachant déjà que c'était une question qui n'aurait probablement jamais de réponse.

— J'imagine qu'elle a dû être en danger, d'une façon ou d'une autre, dit-il. C'est la seule explication. Ou bien incapable de vous nourrir et de prendre soin de vous.

Comme j'aurais voulu pouvoir découvrir la vérité !

— Parlez-moi des parents qui vous ont élevée, reprit Wilkie.

— Ils m'aimaient comme leur propre fille. Mon père s'appelait Oliver. Il était habile de ses mains et travaillait sans relâche. Les airs qu'il sifflait toujours sont présents dans beaucoup de mes souvenirs, même si ces moments d'insouciance se sont faits rares au fur et à mesure qu'il s'est mis à détester de plus en plus laird Ogilvie.

Il caressait mes cheveux.

— Pourquoi ?

— Je pense qu'il voyait peut-être l'avenir, comme moi.

— Le fait que laird Ogilvie vous fasse des avances, voulez-vous dire ?

— Oui, à moi et à ma mère aussi. Elle était si gentille, si amoureuse… Son visage s'éclairait quand mon père entrait dans notre cahute. Elle était minuscule mais entretenue avec amour, toujours propre et bien rangée. J'ai eu une enfance comblée. Jusqu'à ce que ma mère décline.

Hormis ce moment terrible, impliquant une vieille femme ridée et un avertissement jamais oublié.

Mais je n'en parlai pas.

Je songeai à la seule possession de mes parents, qui était maintenant perdue pour moi : la broche de ma mère. J'aurais souhaité pouvoir aller la chercher.

— Aller chercher quoi ?

Je ne m'étais pas rendu compte que j'avais exprimé mon désir à voix haute. Un fugace sentiment d'alarme me traversa : *avais-je parlé de mon souvenir précédent, aussi ?* Mais non, je ne le pensais pas. C'était un secret trop bien gardé, trop enfoui en moi.

— Une broche, répondis-je, que mon père a donnée à ma mère le jour de leur mariage. C'est tout ce qui me reste d'eux. Je l'avais au bord de la petite mare près de la grotte. Je crois que j'ai dû la laisser là. Un jour, il faudra que j'y retourne, voir si je peux la retrouver.

— Je l'enverrai chercher pour vous, dit-il, glissant les doigts dans mes cheveux. Vous ne vous aventurerez pas jusque-là, lass. Pas pendant un certain temps. C'est trop dangereux, vous le savez.

Je me tournai vers lui, posant la tête au creux de son cou, et ses bras se resserrèrent autour de moi. Je ne me sentais pas prisonnière de lui, j'étais seulement reconnaissante de sa protection, de sa proximité et de tout ce qu'il était. Je pouvais encore sentir son goût et la chaleur de son essence à l'intérieur de moi.

— Parlez-moi de vos parents, guerrier. Comment étaient-ils ? demandai-je timidement.

La question était très personnelle, et je savais qu'il gardait ces détails dans son cœur et en parlait rarement. *Les évoquerait-il volontiers pour moi ?* Je fus surprise lorsqu'il répondit ouvertement à ma question, avec de l'émotion dans la voix.

— Ma mère est morte quand j'avais dix ans, dit-il. Elle a eu des problèmes à la naissance de Christie. Elle s'est éteinte quelques jours plus tard. Je me souviens bien d'elle. Elle était douce comme Ailie et avait l'exubérance de Christie, mais en plus calme. Elle avait des cheveux bruns — pas tout à fait noirs — et des yeux gris pâle, comme Knox. On la complimentait souvent pour sa beauté vibrante.

Il s'arrêta à ce souvenir, sa voix adoucie par l'affection.

— Elle m'a appelé une fois « le plus farouche de ses guerriers de fils », quand j'ai gagné un concours à l'épée alors que nous étions petits. Kade n'a pas apprécié ce commentaire et a décidé de s'armer jusqu'aux dents, mettant un point d'honneur à s'équiper plus lourdement que Knox ou moi ! Notre mère l'a remarqué, et peu après c'est *lui* qu'elle a appelé « le plus farouche de ses guerriers de fils ». Kade en a été content plus que je ne peux le décrire et encore aujourd'hui il s'assure de porter plus d'armes que nous.

Il rit doucement à ce souvenir.

— Et Knox ? demandai-je. N'a-t-il pas été jaloux ?

— Non, il n'a jamais eu besoin de l'être. Il était le futur laird et mon père l'a toujours traité comme tel. Ils se ressemblaient beaucoup, tous les deux, de caractère et d'apparence.

Je me représentai Wilkie en petit garçon plein de fierté. Et Kade, lui disputant les attentions de leur élégante mère. Puis j'imaginai le jeune Knox, peut-être une miniature de son noble père.

— Je suis sûre qu'elle aurait été très fière des hommes que vous êtes tous devenus.

— Je l'espère, dit-il, les yeux perdus dans le vague. La dernière chose qu'elle nous a dite avant de mourir est celle-ci : « Promettez-moi ceci : suivez toujours votre cœur. »

Le silence qui suivit fut empreint de tristesse, mais aussi d'une tension qui le faisait presque crépiter. J'osai à peine le demander, mais je glissai doucement :

— Et c'est ce que vous faites ?

— Oui, lass, répondit-il, ses yeux d'un bleu sombre et profond. Je suis mon cœur — jusqu'à vous.

Il baisa mes lèvres pendant un tendre moment, en s'attardant. Puis il m'installa contre lui et regarda de nouveau la lune basse. Il murmura son commentaire suivant, toujours perdu dans ses pensées :

— Je suis mon cœur, mais je ne suis pas les ordres directs de mon frère le laird. Là est le problème.

Je compris alors un peu plus clairement son conflit, et quelle situation difficile j'avais créée pour lui. Il pouvait justifier et accepter son désir pour moi en partie parce qu'il se disait qu'il suivait les dernières volontés de sa mère en me gardant près de lui ; mais ce désir était en butte avec son devoir envers son frère et son clan. Leur prospérité et le renforcement d'alliances militaires cruciales étaient en jeu.

J'étais troublée par son dilemme. Et aussi réconfortée par son aveu. *« Je suis mon cœur — jusqu'à vous. »* L'espoir enfla dans ma poitrine. Peut-être, juste peut-être, pouvait-il y avoir une autre solution que les fiançailles de Wilkie avec l'une des femmes Morrison, une autre manière d'assurer l'alliance entre clans et armées. Peut-être, si l'on rappelait à Knox les dernières paroles de leur mère et s'il apprenait les intentions de Wilkie me concernant, nous laisserait-il être ensemble…

Mes paupières étaient lourdes, mais mon esprit continuait à s'agiter.

— Venez, lass, dit Wilkie. Il est temps de se coucher.

Il me porta jusqu'à son lit pour m'allonger et s'installa face à moi, serrant les fourrures autour de nous. Sa main posée sur ma hanche se détendit et sa respiration ralentit tandis qu'il s'endormait. Je l'avais déjà remarqué : il n'avait aucun mal à s'assoupir et glisser dans ses rêves.

Mes pensées somnolentes étaient mouvantes et perturbées. Si Knox campait sur ses positions et que Wilkie épousât une autre femme, serais-je capable de le partager ou de le quitter quand le temps viendrait ? Je ne le pensais pas. J'étais trop profondément liée à cet homme pour être séparée de lui maintenant et y survivre. Sa présence dans ma vie était trop forte, trop fondamentale pour m'en passer, maintenant que j'avais expérimenté un tel bonheur. Son sang avait été mêlé au mien et j'avais pris sa semence dans mon corps. Il était en moi, je pouvais le sentir. J'étais submergée par tout ce qu'il était. « Vous êtes le soleil. » C'était ainsi qu'il me décrivait, et j'aurais pu dire la même chose de lui. Moi aussi, je percevais sa lumière et son essence à l'intérieur de moi et tout autour de moi, comme une nouvelle force de vie. Chaque souvenir d'avant ces moments où je l'avais vu et touché pour la première fois, près du loch et dans la grotte, paraissait fade et terne. Quand Wilkie avait fait irruption dans ma vie, la noirceur était devenue lumière.

Je me rendis compte d'une chose, et peu importaient les difficultés : je ne voulais plus vivre sans lui.

11

Je faisais un rêve magnifique. J'étais couchée dans ma grotte, près d'un feu qui me réchauffait au point que de la sueur perlait sur ma peau. Je repoussai mes fourrures d'un coup de pied. Mon guerrier aux cheveux noirs vint à moi et s'allongea à mon côté dans notre tranquille abri. Il releva ma chemise, ce qui rafraîchit délicieusement ma peau. Il écarta mes jambes afin de pouvoir s'agenouiller entre elles. Sa bouche embrassait la peau de mon ventre. Il releva davantage ma chemise, au-dessus de mes seins qu'il baisa et taquina jusqu'à ce qu'ils soient lourds et tendus. Il posa sa bouche brûlante sur une pointe et la suça avidement, ce qui envoya des frissons fiévreux jusqu'au cœur de ma personne. Je devins toute moite, emplie de désir et d'une douceur de miel. Je m'arquai vers lui et il prit mon autre téton entre ses doigts, le taquinant et le pinçant, se servant de sa bouche humide pour faire naître des sensations dans l'autre. Je me tortillais et gémissais, voulant plus. Je l'implorais. J'avais besoin de lui pour combler le vide qui me brûlait, pour attiser la marée qui me soulevait. Il toucha ma féminité de son sexe raidi, et en fit glisser le bout contre moi. Ce très léger contact combla tous les désirs que j'avais jamais connus. Par sa subtile persuasion, il nourrit une brûlure qui s'enroula en moi comme une spirale, embrasant mon corps, m'aveuglant de sensations tandis que cette brûlure faisait rage à travers mon sexe contracté.

Mais alors le contact disparut et je me retrouvai en

train de barboter dans ma déception, frustrée par la privation d'une extase aussi intense. La colère me réveilla et j'ouvris les yeux.

Nous n'étions pas dans notre grotte, mais dans la chambre de Wilkie. Il n'était pas un amant rêvé, mais bien réel. Je tendis la main vers lui et elle rencontra la soie épaisse de ses cheveux. Ses mains écartaient déjà mes jambes. Et sa bouche était sur moi, caressant la source de mon plaisir qui se prolongeait, le ravivant de ses attentions avides. Les vagues qui me soulevèrent furent moins intenses, cette fois, mais longues, riches, débordant d'une volupté qui me faisait fondre.

Je restai allongée sur le dos tandis qu'il continuait ses tendres baisers et ses doigts étaient partout, apprenant avec légèreté toutes mes courbes et tous mes contours.

Je tirai très légèrement sur ses cheveux. Il releva la tête pour me regarder. Ses yeux brillaient de malice, et je me laissai aller, soulagée. Pour le moment, son anxiété et ses tourments étaient bannis.

— Ma Roses se réveille, dit-il.

Il s'allongea sur moi, s'appuyant sur ses bras pour alléger son poids, mais il pesait néanmoins lourdement sur ma poitrine. J'étais très consciente de son sexe durci qui se pressait hardiment le long de mon corps presque nu.

— Vous me donnez du plaisir, guerrier.

Ses yeux sombres avaient une expression satisfaite et luisaient de la chaleur qui l'habitait.

— Vous êtes le plus suave des fruits.

— Et votre propre plaisir ?

— Vous êtes mon plaisir.

Mais je n'en étais pas convaincue. Le contact de son corps à peine engagé à l'intérieur du mien m'embrasait d'un nouveau désir. Je voulais davantage.

— Vous vous retenez, dis-je, et je fus surprise de constater que cela m'irritait un peu.

Il sourit à mon léger emportement.

— Pour le moment.

Je me doutais de pourquoi il ne voulait pas me prendre complètement, même si en cet instant c'était exactement ce que je voulais qu'il fasse. Certes, c'était une activité réservée au lit conjugal. Mais les circonstances qui étaient les nôtres, me semblait-il, étaient loin d'être habituelles. Ce que nous avions déjà fait était *aussi* du domaine du lit conjugal, non ? Et toutes ces choses étaient les expériences les plus sublimes de ma vie. J'ignorais si Wilkie m'épouserait — certes, il avait mentionné son intention de le faire, mais comme ça, en passant, et ne l'avait jamais répété — ou même s'il serait autorisé à le faire s'il le souhaitait. Son devoir pouvait l'orienter, par nécessité, vers l'une des héritières qui rivalisaient pour sa main. C'étaient là des ponts qui restaient à traverser.

Mais pour l'instant, je savais ce que *moi* je voulais.

J'avais déjà décidé de ne pas vivre sans lui. Peu importait qu'il me possède maintenant ou plus tard. Dans mon cœur, j'étais déjà toute à lui.

Je voulais me donner à lui. Je voulais qu'il me prenne. Je voulais le sentir en moi, profondément. Cette pensée, bien sûr, était intimidante. La *taille* de son sexe ! Je ne savais pas très bien comment nous nous ajusterions. Mais j'en savais assez sur le plaisir qu'il était capable de me donner sans relâche et j'en voulais davantage. Je voulais davantage de *lui*.

Je me mis à bouger un peu, me soulevant pouce par pouce, puisque j'étais allongée sous lui. J'arquai mes hanches vers lui, jusqu'à ce que je sente son sexe pressé contre ma cuisse. La promesse de lui là, si près, était étonnamment excitante. Je brûlais si farouchement pour lui que je pensais pouvoir atteindre un nouvel orgasme rien qu'à cette possibilité.

— Roses.

Sa voix grave était sérieuse, interrogative.

Je bougeai encore, cherchant, me mettant en place. Mais Wilkie, comme s'il lisait dans mes pensées, s'écarta de moi, roulant sur le côté si soudainement et si violemment qu'il manqua tomber du lit. Il attrapa une fourrure et la drapa autour de sa taille. Puis il alla jusqu'à la cheminée. Il saisit le rebord de bois. La vue de ces doigts et de leur force brutale m'excita incroyablement. Son corps éclairé par le feu était dur et sculpté.

Sa poitrine se souleva légèrement. Sa respiration était saccadée.

L'avais-je blessé ou fâché ? Il se passa la main dans les cheveux comme s'il réfléchissait, et je m'assis, troublée par sa conduite farouche.

— Je ne me servirai pas de vous, dit-il en regardant les flammes. Je vous vénère.

— Alors vénérez-moi *maintenant*. Comme cela vous plaît. Je suis à vous.

Il tourna la tête avec humeur dans ma direction, sans me répondre.

— Revenez près de moi, dis-je.

Il resta figé sur place.

— Je ne vous toucherai pas, promis-je. Je ferai tout ce que vous voudrez.

Nos regards lourds se joignirent. Je frémissais encore secrètement de ses caresses.

— Je veux que vous reveniez, guerrier, murmurai-je. S'il vous plaît.

— Je ne peux pas, lass. Pas encore.

— Vous ne pouvez pas…

Je me rappelai notre première rencontre près de la grotte et imitai ses paroles :

— Et pourquoi donc ?

— Vous êtes trop pure.

Sa façon de me prendre de haut m'irrita. Je fronçai les sourcils.

— Je ne suis pas « trop pure ».

— Si. Vous êtes parfaite. Et innocente. Je ne vous utiliserai pas, Roses.

Quand il poursuivit, sa voix était basse et je pus y

entendre la note que je redoutais : une faible trace de douleur. Et d'incertitude.

— Je veux vous prendre quand vous serez ma femme. Pas avant.

Je le fixai et pus le voir lire la question dans mes yeux. *Etait-ce vrai ? Cela pouvait-il arriver comme il le décrivait ?* Et puis, si nous étions destinés à nous marier, à quoi bon attendre une nuit de noces ? Et pourquoi, alors, sa voix était-elle teintée d'hésitation ?

Un millier de questions tournoyaient entre nous. Mais il y avait une certitude absolue qui écartait toutes les difficultés : même si je ne devais jamais épouser Wilkie, cela ne changeait pas ce que j'éprouvais pour lui. Je le voulais quand même. Je voulais tout ce qu'il pourrait donner de lui. L'éclat aveuglant de ce sentiment était presque plus troublant pour moi que tout le reste.

Je me détournai de lui, m'allongeant sur le dos et fixant le plafond, frustrée et contrariée.

Il revint au lit et s'allongea à côté de moi. Il saisit mon menton dans sa main et tourna mon visage vers lui.

— Je vous épouserai, Roses. Je vous le jure. Vous êtes trop belle pour m'échapper. Mon cœur ne peut supporter un seul moment loin de vous. Mais votre corps est sacré pour moi, et je vous honorerai complètement seulement quand nous serons unis par les liens du mariage.

Il se pencha, effleurant mes lèvres des siennes en une lente et délicieuse caresse.

— Jusque-là, je vous adorerai chaque minute de la journée. Je vous contenterai et vous apaiserai chaque heure de la nuit. Voulez-vous m'épouser, Roses ? Voulez-vous devenir ma femme ?

Il semblait toujours inconcevable qu'il soit à ma portée, que je puisse garder mon guerrier pour moi seule. J'avais la forte impression que ce ne serait pas aussi simple qu'il paraissait le penser. Mais à présent que j'avais découvert des facettes moins intimidantes de la personnalité de laird Mackenzie, j'osais espérer qu'un jour, peut-être, cela pourrait être une possibilité.

Et je ne voulais pas bouder, ni perdre de précieux moments de son amour pour moi. Si Wilkie continuait à me donner le genre de plaisir qu'il m'avait donné jusque-là pendant des jours et des nuits, et puis plus rien, ce serait déjà amplement suffisant.

Je lui rendis son léger baiser, posant très doucement mes lèvres sur les siennes.

— Oui, guerrier. Je vous épouserai. Et je me tiendrai à votre côté chaque minute du jour et de la nuit, à partir d'aujourd'hui, et tous les autres jours.

Il sourit contre ma bouche.

— Roses m'a dit oui. Ma bien-aimée est à présent ma promise.

— Je ne vous ai jamais dit autre chose que « oui » !

Il rit doucement et me regarda profondément dans les yeux.

— Mon corps brûle pour vous, lass. Et mon cœur se brise pour vous. Quand j'ai cru tout à l'heure qu'on vous avait enlevée à moi…

Ses yeux étincelèrent d'une telle fureur que je touchai ses lèvres.

— On ne m'a pas enlevée. Je suis ici avec vous.

Il absorba cette déclaration et ses yeux se calmèrent lentement. Il se tut pendant un long moment, me contemplant, avant de demander :

— Dites-moi : que choisiriez-vous de faire si vous aviez toute liberté de décider ?

Je n'hésitai pas.

— Rester avec vous.

— Oui, mais je veux dire, *après*, reprit Wilkie. Vous resterez ici avec moi. Et vous m'épouserez. Et je vous garderai aussi proche de moi que je le pourrai, quand je m'entraînerai et travaillerai. Mais que voudriez-vous faire d'autre de votre temps ? Vous devenez nerveuse, tendue, quand je ne suis pas là pour vous donner toute mon attention !

Un coin de sa bouche se releva.

— Oh ! Je choisirais de…

J'observai sa réaction. *Me permettrait-il une telle chose ?*

— J'aimerais continuer à assister Effie, si elle est d'accord, lui avouai-je. Mais surtout… je choisirais d'aider à entretenir les jardins. Le jardin de simples. Le potager. Les vergers.

Wilkie me regarda comme s'il venait de découvrir un monde nouveau et fascinant : ma conception de la vie de tous les jours. Et c'était vrai ; je ne lui avais pas encore expliqué mes goûts, mes passions : m'occuper de plantes, d'arbres, d'herbes et de lianes, passer mes jours à sentir la terre et l'herbe, regarder pousser les fruits de mon labeur.

— Si vous voulez vous occuper des jardins, lass, alors qu'il en soit ainsi, dit-il. Quand vous le choisirez. Si tel est votre désir.

Je restai immobile un moment. Peut-être que je ne m'étais pas réveillée, après tout. Peut-être que tout ceci, ses paroles, sa présence, était toujours le produit magnifique et brumeux de mon inconscient, de mon esprit plein d'espoir.

Je le tins contre moi, sans bouger, respirant à peine. Je ne voulais pas déranger cette perfection. Je ne voulais pas me réveiller, ou déséquilibrer d'un mot ou d'un mouvement la beauté de ce moment.

La petite graine d'espoir et d'optimisme que Wilkie avait plantée dans ma vie lors de notre première rencontre se mit à germer en moi, alors, se déployant, creusant plus profond, s'enracinant dans mon esprit. Me transformant radicalement, comme si mon âme s'enroulait autour de celle de Wilkie, osant s'épanouir et fleurir — enfin.

12

Le lendemain, on m'assigna un garde du corps.

C'était un guerrier massif, à l'air agité, du nom de Fergus, et il ne paraissait guère heureux de sa nouvelle mission.

Il fut appelé dans la chambre de Wilkie et présenté à moi. Il m'adressa un simple signe de tête, tandis que j'étais assise près du feu. Puis il retourna hâtivement à son poste, refermant la porte derrière lui.

Wilkie s'était réveillé de bonne heure et avait disparu pour un moment, et j'avais entrepris de ranger ses quartiers, de m'habiller et de me brosser les cheveux jusqu'à ce qu'ils soient lisses et brillants. J'attendais docilement les instructions de Wilkie et n'envisageais pas de quitter ses appartements, pour l'instant.

J'étais donc assise avec ma brosse à la main, vêtue de ma cotte mais les pieds nus, réchauffés par le feu.

— Fergus va rester devant cette porte, Roses. C'est l'un des hommes de confiance de Knox. Les murailles et les portes ont été renforcées par des soldats, à la fois à l'intérieur et dehors. Il n'y aura plus d'attaque-surprise. Nous avons été pris de court par la détermination d'Ogilvie, mais ses tactiques ne nous intimident pas et nous ne les tolérerons pas. Des messagers ont été envoyés pour transmettre une invitation à négocier. Tout se passera donc comme d'habitude.

A part l'énorme guerrier qui était maintenant chargé d'assurer ma sécurité…

— Fergus vous gardera jusqu'à ce que je puisse vous rejoindre.

Je jugeais cela inutile, mais ne discutai pas avec Wilkie. Sa fureur à propos de ma tentative d'enlèvement couvait de nouveau dans ses yeux. Et j'étais méfiante, également, après les événements de la veille. Je me montrerais plus prudente dorénavant.

— Quand vous reverrai-je ? demandai-je doucement, le cœur déjà lourd à la pensée de son départ.

— Ce soir.

Beaucoup, beaucoup d'heures à passer… Le désespoir que j'éprouvais à être séparée de lui si longtemps dut se lire sur mon visage.

— Si je le peux, je reviendrai plus tôt, dit-il alors. Quand vous aurez fini de vous préparer, Fergus vous escortera auprès d'Effie, avec qui vous pourrez passer la journée.

Je savais que cet arrangement était difficile à concéder pour lui ; il avait cédé pour m'apaiser, alors je ne discuterais pas avec lui ni ne l'accuserais subtilement de me garder prisonnière.

— Si vous voulez, ajouta-t-il. A moins que vous ne préfériez vous reposer.

Je me levai et allai jusqu'à lui. Je tendis une main et posai les doigts sur la tresse à sa tempe, attirée par son côté farouche et souhaitant en même temps le calmer. Le guerrier en lui était à son summum ce matin-là tandis qu'il se préparait à une journée d'entraînement, de chasse, de mises au point de tactiques de bataille et de commandement de soldats — des tâches viriles qui correspondaient à sa position de frère du laird.

— Vous êtes très accommodant, guerrier. Ce que je souhaite, c'est venir avec vous, où que vous alliez. Mais je ferai ce qui vous plaît, ainsi vous n'aurez pas à vous inquiéter pour moi.

Je me mis sur la pointe des pieds, mais même ainsi je ne pus atteindre ses lèvres pour l'embrasser.

— Je me sens très petite, pieds nus devant vous, alors

que vous avez vos bottes et votre ceinture avec votre épée et vos couteaux.

Il baissa les yeux sur moi, mais ne se pencha pas. J'enroulai doucement ses cheveux autour de mon doigt, attirant son visage à moi jusqu'à ce que je puisse poser mes lèvres entrouvertes sur les siennes.

Il m'embrassa presque avec révérence, puis s'écarta.

— D'où êtes-vous venue ? murmura-t-il en repoussant les cheveux de mon visage.

— Je…

— Non. Je veux dire, par quel miracle vous ai-je trouvée ? Vous êtes plus que tout ce dont j'aurais pu rêver, vous savez.

— Pourquoi…

— Savez-vous ce que je vais faire, lass ? demanda-t-il, et son beau visage s'illumina à cette idée. Je vais vous emmener. Beaucoup des hommes sont partis chasser, aujourd'hui. Les gardes sont nombreux à surveiller la forteresse. Je vais rencontrer Kade pour déterminer ce dont nous pourrions avoir besoin si la rébellion de Campbell est imminente. Et je veux que vous soyez armée aussi, lass. Je vais vous rendre votre épée.

J'étais submergée d'excitation devant cette offre ! Qu'il me veuille avec lui, alors qu'il travaillait, me paraissait lourd de sens.

— Est-ce que vous m'apprendrez ?

— Vous apprendre quoi ?

— Comment me battre avec une épée.

— Vous savez déjà le faire, non ? répondit-il. Si vous deveniez plus efficace avec votre petite épée, ajouta-t-il d'un air pensif, je pourrais courir un grave danger.

Je fronçai les sourcils à ce souvenir. Oui, je l'avais blessé.

Il me souleva dans ses bras, me tenant contre lui de telle sorte que mes pieds ne touchaient pas terre. Il était heureux, je le lisais dans ses yeux.

— Non, lass. Je ne veux pas que vous me regardiez en fronçant les sourcils. Souriez-moi. Vous vous êtes bien défendue, et vous n'aviez pas d'autre choix que de le faire. Maintenant, nous combattons du même côté. Et vous m'avez pour vous protéger. Je vous enseignerai la technique, si c'est ce que vous voulez. Et ce soir, nous lirons un peu.

Je ne pus m'empêcher de lui rendre son sourire, de passer les bras autour de son cou et de l'embrasser encore et encore. Ses sourcils à la ligne forte, ses yeux fermés, son visage, ses lèvres.

— J'ai longtemps souhaité pouvoir lire et écrire.

— Vous le pourrez bientôt. Je pense que vous apprendrez vite, assura-t-il avant de s'interrompre : Non, lass. Plus de baisers. Je suis en retard et c'est le moindre de mes manquements à mes devoirs, tout cela parce que je ne peux me rassasier de vous. Dieu, ce que vous êtes douce ! soupira-t-il avec de s'arrêter de nouveau : Non, arrêtez. Je ne peux plus plaider une grave blessure ou le délire de la fièvre pour rester enfermé avec vous. Je ne pourrais blâmer que le désir et l'obsession, pour lesquels mes frères sont moins tolérants. Venez, maintenant. Encore un baiser. Mais un seul.

Je pus sentir le désir et goûter l'obsession dont il parlait quand il me rendit mon baiser. J'avais envie de nouer les jambes autour de lui, de m'allonger avec lui. Mais je m'écartai, ne voulant pas déranger davantage son programme et ses devoirs.

— Etes-vous certain de vouloir que je reste avec vous ?

— Oui. Absolument certain !

Fergus parut tellement soulagé d'être libéré si vite de ses nouvelles fonctions que ce fut presque comique. Et Wilkie me conduisit, ma main serrée dans la sienne, à travers le manoir et dehors. La journée était claire et ensoleillée, avec seulement quelques nuages blancs élevés pour tamiser la lumière.

A quelque distance à l'arrière du manoir, il y avait

une série de bâtiments en pierre rectangulaires et une grande surface ouverte. Un usage intensif avait changé le champ herbeux en une aire d'entraînement sèche et poussiéreuse. Au loin, un petit groupe de jeunes garçons écoutait le formateur qui les instruisait, et quelques soldats se battaient un peu plus loin. Un poste de tir à l'arc était installé avec six cibles, mais personne ne s'en servait pour l'instant. Comme Wilkie l'avait mentionné, la plupart des hommes avaient d'autres occupations ce jour-là et le terrain d'entraînement était presque désert.

En approchant de la dépendance la plus proche, nous avons trouvé Kade assis sur un tronc, à l'abri d'un appentis appuyé à un bâtiment en pierre. Il était en train d'affûter une épée avec une grande pierre à aiguiser ronde qui tournait quand on utilisait une pédale. Des étincelles jaillissaient en gerbe.

Près de lui, un râtelier contenait une dizaine ou plus d'épées de différentes tailles. Celles qu'il avait déjà affûtées étincelaient sous la lumière.

Il leva les yeux à notre arrivée et ses sourcils se haussèrent quand il me vit marcher au côté de son frère, ma main dans la sienne. Il ne s'y attendait pas, forcément.

— Wilkie, dit-il. Roses.

Il ôta son pied de la pédale et se tourna vers nous.

— Roses et moi allons nous mesurer à l'épée, dit Wilkie. Elle m'a demandé de lui donner quelques conseils.

Kade parut amusé par cette idée. Il se leva et s'adossa au mur de pierre, croisant ses bras nus et musclés pour nous regarder.

Wilkie prit dans le râtelier l'épée la plus petite — encore que bien plus grande que toutes celles avec lesquelles je m'étais entraînée par le passé — et me la tendit.

— C'est peut-être la lass qui devrait te donner des conseils, commenta Kade. Voudrais-tu que j'aille te chercher une armure, frère ? Une cotte de mailles ? Au moins, prends un bouclier. Nous ne voulons pas te retrouver confiné dans ta chambre à la suite d'une autre blessure. A moins que ce ne soit ton intention ?

— C'est toi que je vais confiner dans ta chambre si tu ne te tais pas.

— J'aimerais bien te voir essayer ! ricana Kade. Je vais laisser Roses commencer avec toi et, si elle ne peut pas te vaincre, j'interviendrai.

— Va donc aiguiser tes épées, grommela Wilkie.

Mais au ton détendu de leur escarmouche, il était clair qu'en réalité ils appréciaient la compagnie l'un de l'autre.

Wilkie leva son épée et prit position, me souriant avec assurance et plissant les paupières d'une manière faussement menaçante.

— Terrifiant, commenta Kade.

Cette scène me rappela désagréablement notre combat, le sang versé... Je ne levai pas ma lourde épée vers lui. Soudain, je n'avais plus vraiment envie de m'exercer avec Wilkie, finalement. Le souvenir de sa blessure presque mortelle affleurait trop à la surface. Et j'étais distraite, aussi, par sa beauté, je l'avoue. Le soleil allumait des éclats dorés dans ses cheveux noirs. Ses dents blanches étincelaient. Son visage hâlé était rehaussé par sa barbe d'un jour et ses yeux bleus rieurs.

— Tenez-la fermement, m'ordonna-t-il.

Avec méfiance, je levai mon épée d'un pouce. Même en tenant le pommeau à deux mains, elle était assez lourde pour paraître peu maniable, comme si elle avait sa propre volonté. Je ne me sentais pas assez sûre de moi pour l'utiliser. Pas comme ceci. Pas contre Wilkie.

J'abaissai la lame.

— Ne faisons pas cela, guerrier. Je préfère vous regarder.

— Allons, lass, insista-t-il. Frappez-moi. Placez vos mains plus haut. Jusqu'à la garde. Votre prise sera meilleure. Donnez-lui un bon élan.

Etant donné notre histoire avec des épées, Wilkie s'attendait peut-être à ce que je sois plus expérimentée que je ne l'étais, ou plus forte, ou plus assurée. En réalité, je ne m'étais entraînée qu'un peu, à l'occasion, et mes récentes expériences s'étant soldées par des blessures et du sang, elles m'avaient laissée indiscutablement mal à l'aise. De fait, à me tenir ainsi face à lui, armes à la main, il était très clair pour moi que Wilkie me surpassait tellement sous tous les aspects du combat à l'épée que même un échange joueur m'impressionnait terriblement. Kade avait fait la remarque une fois que si Wilkie avait eu l'intention de me tuer ce jour-là à la grotte, il l'aurait fait, et j'étais maintenant certaine qu'il avait raison. Je savais que Wilkie ne me ferait pas de mal volontairement, mais sa taille et sa force, l'aisance avec laquelle il tenait sa gigantesque épée, tout cela me faisait regretter ma requête.

Et ses yeux brillaient de défi, d'excitation, comme si sentir une épée dans ses mains attisait en lui une tendance naturelle à se battre et à vaincre.

— Allez-vous maintenant prendre votre revanche sur moi, guerrier ? demandai-je, peut-être en réponse à ma soudaine envie d'être prudente.

Il était trop grand et trop habile au combat pour que je joue avec lui de cette façon. La dernière fois que nous nous étions fait face, nous nous étions presque tués l'un l'autre ! Mes instincts de survie ne l'avaient certainement pas oublié.

— Ne soyez pas sotte, Roses, dit-il, mais il brandit son épée encore plus haut. Levez-la, c'est tout.

Je fis ce qu'il me disait. Et je balançai légèrement la lame d'avant en arrière, pour sentir son poids et sa puissance. Il la toucha de la sienne, sans forcer.

— La cotte donne une sensibilité complètement différente à la lass — surtout avec une épée à la main — que lorsqu'elle était habillée en homme, observa Kade.

— C'est vrai, dit Wilkie.

— Et de quelle « sensibilité » s'agit-il ? demandai-je.

Wilkie me décocha un sourire de vaurien.

— Elle n'est pas aussi faible et douce qu'elle en a l'air.

Son sourire s'élargit quand je rougis à son insinuation.

Kade gloussa.

— Je l’ai deviné la première fois qu’elle est entrée dans la grand-salle de Kinloch, en vérité. Elle était très déterminée.

— Elle l’est, en effet, répondit Wilkie à son frère.

Puis il s’adressa à moi :

— Quand vous serez prête, lass, montrez-moi de quoi vous êtes capable. Balancez-la bien.

C’est ce que je fis, poussée par ses taquineries. Mais quand je brandis mon épée pour attaquer Wilkie, sa taille et sa masse lui donnèrent un élan plus important et plus rapide que je ne m’y attendais. Mon arme énorme et indisciplinée heurta la lame ferme de Wilkie avec une telle force — acier contre acier — que le choc remonta dans mes bras, dans mes épaules, dans mon cou, ricochant à travers tout mon corps en un assaut féroce. J’eus l’impression d’avoir été frappée par la foudre. Le bruit bourdonna dans mes oreilles. Je fus si choquée par cette force inattendue que je lâchai l’épée et vacillai.

Wilkie écarta immédiatement sa lame et m’attrapa avant que je ne tombe. Son visage exprimait la confusion, comme s’il me croyait invincible et ne pouvait concevoir mes faiblesses.

Il me tenait serrée contre lui. Il prit mon visage dans ses mains, ses yeux cherchant des signes de douleur.

Non, je n’avais pas mal. Pas physiquement, du moins. La réaction pleine de compassion de Wilkie vis-à-vis de moi me serra le cœur. Il agissait comme si c’était lui qui avait été frappé, comme si mon choc s’était réverbéré en *lui* autant qu’en moi. Qu’il soit autant à l’écoute de mes émotions me toucha profondément. Il tenait à moi, je le savais. C’était une nouvelle preuve que nous étions profondément liés, et d’une façon peu commune.

Cela faisait longtemps que personne ne m’avait prêté autant d’attention — à part pour critiquer ma cuisine ou la façon dont je m’acquittais de mes tâches ménagères, pour me demander pourquoi j’étais en retard ou me punir pour une corvée pas encore terminée. Le désir de Wilkie de me protéger me comblait plus que je ne pouvais le dire. Pour moi, c'était un pur miracle, comme un océan là où il n'y avait eu auparavant qu'une seule petite goutte de pluie.

— Que s'est-il passé, lass ?

— Je vais bien, guerrier, dis-je, le souffle court. Je ne m'attendais pas à tant de force.

Il me remit sur pied et m'écarta de lui.

Kade, je ne pus m'empêcher de le remarquer, observait Wilkie d'un regard intense, comme si la conduite de son frère le fascinait.

— Cette épée est trop grande pour elle, commenta-t-il.

Oui, elle l'était ; je venais de l'apprendre à mes dépens !

Une fois que Wilkie se fut assuré que j'étais assez stable pour me tenir debout et marcher, il me conduisit jusqu'à Kade et me fit asseoir sur le tronc.

— Qu'est-ce que ceci ? demanda ce dernier, feignant d'être choqué. Pas de sang ? Vous perdez la main, Roses.

Fallait-il vraiment me rappeler la liste grandissante d'attaques au couteau que j'avais commises récemment ? *Toutes pour me défendre*, avais-je envie de lui rétorquer. Je détectai quelque chose de mordant dans sa plaisanterie joueuse.

— Où est la petite épée de Roses ? demanda Wilkie à son frère, ignorant son commentaire.

— Là-dedans, répondit Kade en indiquant le bâtiment le plus proche. Soit suspendue à un crochet près du feu, soit sur l'un des établis.

— Je vais la chercher, dit Wilkie, et il s'éloigna aussitôt pour disparaître au coin du bâtiment.

Lorsqu'il fut hors de vue, Kade se tourna vers moi. Il m'étudia un moment, notant d'un air détaché mes habits et ma coiffure. Il croisait toujours les bras sur sa poitrine et ne portait que deux baudriers, ce jour-là. *Moins que d'habitude*. Je pensai à l'histoire que Wilkie m'avait racontée, le compliment de leur mère, Kade jeune garçon voulant l'impressionner. Tandis que je me représentais cette image, le malaise perpétuel que je ressentais en présence de Kade commença à s'estomper légèrement.

— Si Wilkie ordonnait que vous soyez escortée chez les Macduff, dit-il d'une voix égale, partiriez-vous de votre plein gré ?

Ses paroles auraient pu raviver ma réserve, mais elles avaient été prononcées avec une curiosité tranquille et sincère.

Je n'en fus pas moins surprise par cette question directe. Mais pas par le sujet lui-même, à vrai dire. Wilkie m'avait bien dit qu'il se heurtait à la diplomatie du clan, sans parler de son obéissance à son frère, en me gardant si près de lui, en particulier alors que des plans pour son mariage étaient tout tracés. Je connaissais l'histoire. Je connaissais les intentions du laird et ses raisons. Et je savais combien le devoir de Wilkie lui tenait à cœur. La question de Kade, certes, fit manquer un battement à mon cœur, mais je n'hésitai pas :

— Oui, répondis-je en m'efforçant de garder une voix ferme. Bien sûr.

Kade parut tout aussi surpris par ma réponse rapide et décidée. Il me regarda dans les yeux et me dévisagea pendant une bonne minute.

— Vous nous avez tous sidérés, en vous enfuyant aussi hardiment de chez Ogilvie. Et par la façon dont vous êtes venue dans notre forteresse pour nous dire où était Wilkie, blessé. C'était un acte courageux, qui lui a probablement sauvé la vie. Nous avons une dette envers vous. Mais nous essayons aussi de définir comment régler une situation complexe. C'est une décision qui devra être prise bientôt.

Je n'eus pas besoin de lui demander les détails de la décision dont il parlait — et il ne les donna pas.

— Je ferai tout ce que Wilkie me demandera, dis-je. Je l'aime.

Kade me fixa avec plus d'attention encore et ses yeux bleu pâle s'arrondirent légèrement. Puis son expression s'adoucit et l'ombre d'un sourire joua au coin de ses lèvres. Et lors de cette brève trêve avec son côté farouche, il parut plus aimable et plus agréable que je ne l'avais jamais vu, comme si un nuage s'était écarté du soleil et que les couches profondes de son humanité avaient pu voir la lumière.

— On ne vous renverra pas. Pas maintenant. Pas encore. Knox préférerait que vous partiez, étant donné que votre présence ici compromet la résolution de Wilkie dans certains domaines, comme vous le savez. Mais Wilkie irait à coup sûr vous chercher et mettrait peut-être sa vie en danger pour le faire.

— Je ne voudrais jamais qu'il prenne de risques pour moi.

— Quand il s'agit de vous, lass, il semble qu'on ne puisse raisonner Wilkie, et il est plus qu'évident que si vous êtes mise en danger, il volera à votre secours à n'importe quel prix. Et je ne peux pas dire que je l'en blâme.

Cette dernière déclaration de Kade me prit au dépourvu. Sous ses abords intimidants, on aurait presque pu croire qu'il me faisait un compliment !

Mais alors son sourire s'estompa complètement et sa mine redevint sérieuse.

— Je vais vous demander ceci, Roses : vos intentions sont-elles sincères ?

Je ne pouvais être sûre de mon intuition : je n'en savais pas beaucoup sur Kade, finalement, à part son implication dans son clan et sa proximité avec sa famille, mais je suspectais qu'il soupesait une décision. Et j'avais le sentiment très net que la réponse que je lui donnerais jouerait un rôle dans cette même décision. Son sérieux, sa façon de chercher à y voir clair et son souci évident de son frère me poussèrent à choisir mes mots avec soin, en toute honnêteté.

— Je… je n'ai aucune intention, Kade, hormis être avec lui et faire ce qu'il me demande. Mon amour pour lui est ce qui compte le plus pour moi.

Il écouta ma réponse d'un air pensif et ne dit rien de plus.

Wilkie revint, alors, et comprit d'instinct qu'il y avait quelque chose.

— Qu'y a-t-il ? demanda-t-il en me regardant, puis en regardant Kade, puis de nouveau moi.

Sa question resta sans réponse, mais il n'insista pas et entreprit de fixer ma vieille ceinture à outils autour de ma taille. Cela me fit un drôle d'effet de la revoir, comme un vestige de ma vie passée. Plus bizarre encore était le contraste de son usure avec la cotte que je portais. Mais Wilkie, lui, recula pour l'admirer, comme s'il trouvait que les armes et les beaux vêtements allaient bien ensemble !

Kade l'observa tandis qu'il s'avançait pour remettre une de mes mèches en place, avec délicatesse, et passait distraitement son pouce sur la courbe de mon sourcil.

Et quand je vis les yeux de Kade se plisser légèrement et son expression se figer, je compris qu'il avait pris sa décision.

— Je vous laisse à vos exercices, dit-il en s'éloignant à travers le terrain poussiéreux.

Wilkie me garda avec lui toute la journée. Il me donna une nouvelle leçon, beaucoup plus prudente celle-là, avec ma petite épée. Nous continuâmes ainsi jusqu'à ce que Kade, dégoûté, déclare que cet entraînement ne servait à rien. Je fus autorisée à les regarder tandis que tout en discutant ils affûtaient et rangeaient les épées, les lances et de nombreuses autres armes gardées dans l'une des armureries. Et j'observai Wilkie, ne me lassant pas de sa voix, de sa large carrure, de sa grâce fluide et virile.

Je savais, et Wilkie aussi, que notre lien avait la solidité d'acier des épées qu'il manipulait — je le lisais dans son regard chaque fois qu'il croisait le mien. Mais il était tenu par l'honneur de suivre la voie que l'on choisirait pour lui. La conversation au calme avec Kade ne m'avait pas apaisée. Bien au contraire. Le temps filait. J'ignorais quelles décisions apporteraient les jours à venir, mais je savais qu'elles me briseraient très probablement. Pour l'heure, cependant, je laissais la proximité de Wilkie m'envelopper et me protéger, me plongeant dans un cocon de vrai bonheur. Et, durant ces moments qui devaient bientôt prendre fin, j'étais heureuse, vraiment.

Dans la soirée, Wilkie m'emmena dans un endroit merveilleux. *La bibliothèque*. Située au fond du manoir, c'était une grande pièce avec de hautes croisées, imprégnée de l'odeur ancienne et poussiéreuse du savoir et de l'Histoire. Les murs étaient couverts de rayonnages qui ne contenaient pas seulement des livres, mais aussi des objets et bibelots exotiques que je n'avais jamais vus.

Je touchai du doigt une pièce d'or ouvragée. Elle brillait d'une opulence dorée. Je n'avais jamais imaginé un travail aussi minutieux.

— Prenez-la, si vous voulez, dit Wilkie. Mon oncle l'a rapportée de Rome quand il y est allé voilà des années.

— *Rome*, répétai-je en prenant la pièce et en appréciant la finesse de sa réalisation.

Je n'avais jamais entendu parler de cet endroit, mais son nom me plaisait.

— C'est une ville fascinante, dit-il.

— Etes-vous allé à Rome, guerrier ?

— Oui. Quand j'avais seize ans, mon oncle a emmené mes frères et moi faire un tour d'Europe. Mon père jugeait important pour nous de voir le monde au-delà de l'Ecosse. Nous avons voyagé pendant presque trois ans.

J'avais à peine envisagé le monde au-delà d'Edimbourg, une ville où je n'étais jamais allée et que je n'osais espérer voir de toute ma vie. Je ne connaissais que vaguement les noms d'endroits situés plus au sud des îles Britanniques, d'après des cartes de laird Ogilvie. J'avais entendu parler d'York et bien sûr de Londres, qui à mon avis devait être la plus grande ville du monde. Mais ce n'étaient pas des destinations que je verrais un jour. Je n'avais guère besoin de me pencher sur leur culture ou leurs habitants, alors que ces villes étaient si loin de moi.

Wilkie posa une feuille de parchemin sur la table et prit une petite boîte sur une étagère, qu'il plaça à côté.

— Etes-vous prête ? demanda-t-il.

Il alluma plusieurs lampes à huile et des bougies. L'odeur des lampes et le parfum de miel des bougies se mêlèrent dans la nuit doucement éclairée. Ses yeux bleus paraissaient plus clairs, à la lueur des flammes. Il tira l'une des deux chaises à haut dossier pour me faire asseoir.

Je m'installai, il prit l'autre chaise et l'approcha si bien que sa cuisse toucha la mienne.

— Où se sont arrêtées les leçons de votre mère ? me demanda-t-il. Avez-vous appris les lettres de l'alphabet ?

Il déboucha le petit encrier de verre, plongea la pointe de la plume dedans et remua doucement.

Je réfléchis en le regardant se préparer. Je me souvins de certaines lettres.

— Je me rappelle le A, le B et le C. Et le R. Et le O.

— C'est un bon début, dit-il. Il y a vingt-six lettres. Et chacune a deux formes : majuscule et minuscule.

— Pourquoi deux ?

— Les majuscules sont les premières lettres des noms propres et servent quand on commence une phrase.

— Qu'est-ce qu'une phrase ?

J'avais beaucoup à apprendre, je m'en rendais compte, mais Wilkie était patient et me regardait avec tendresse tandis qu'il expliquait. Je m'efforçais de me concentrer, mais c'était difficile avec son visage si près du mien, une mèche de ses doux cheveux frôlant ma joue.

— Une phrase… Une phrase est une idée. Elle commence par une majuscule et se termine comme ceci.

Il sortit la plume de l'encrier et l'essuya sur le bord. Puis il fit un petit point sur le parchemin.

— Un point ? dis-je.

— Oui. Il faut que vous appreniez chaque lettre et sa

prononciation — je vous l'enseignerai bientôt —, mais d'abord laissez-moi vous montrer à quoi servent les lettres.

— Dites-moi une phrase, demandai-je.

Une phrase… Je n'étais pas sûre de ce qu'il entendait par là. Wilkie réfléchit un instant et sourit.

— « Un jour, je suis allé nager dans le loch. »

— C'est une phrase ?

— Oui. Et elle ressemble à ceci.

Il écrivit quelques lettres et je pus voir que la première était plus grande que les autres et qu'il mettait un point à la fin.

— Dites-m'en une autre.

Son sourire s'attarda. Il écrivit d'autres lettres. L'encre dessinait sur le parchemin des formes arrondies qui avaient belle allure.

— « J'ai vu un petit voleur. »

— La première phrase est plus longue que la deuxième.

— Oui. Une phrase peut être longue ou courte. Tout dépend de ce que vous voulez lui faire dire.

— Quelle est la phrase suivante ?

— Hum, fit-il en plissant les yeux comme s'il se concentrait. « J'ai poursuivi le petit voleur sur une colline très raide. »

— Guerrier, dis-je doucement, allez-vous vraiment écrire cette histoire-*là* ?

— Oui. Elle me plaît.

Il continua à écrire et termina par le point.

— Est-ce que ceci est un J ? demandai-je en le montrant du doigt.

Je pensais me rappeler cette lettre, aussi.

— Oui.

— Je ne veux pas entendre la phrase qui suit. Je n'aime pas y penser.

— Laquelle ?

— Celle où nous nous battons.

— Très bien, dit-il. Nous allons la sauter. Passons à ma partie préférée.

— Quelle partie ?

Il écrivit une autre phrase.

— Que dit-elle ?

— Par quoi commence-t-elle ? m'interrogea-t-il. Pouvez-vous lire la première lettre ?

Je lui souris. Je savais !

— Vous êtes un bon maître, guerrier. C'est un J.

— En effet, lass. Vous êtes douée.

Je lui souris de nouveau, tout excitée, et il rit.

— Que dit le reste de la phrase ?

— Attendez. Je n'ai pas fini.

Il continua à écrire et termina par un autre point.

— Je vous en prie, dites-moi ce qu'elle signifie.

— Patience, lass. J'ai écrit : « J'ai ôté le heaume du petit voleur et contemplé le plus enchanteur des anges, avec des cheveux comme du blé mûr à la fin de l'été. »

Impressionnée par lui de toutes les façons possibles, je dis :

— Vous êtes également un très bon écrivain, guerrier.

— Merci.

Il continua à écrire et à lire.

— « Sa vue m'a touché en plein cœur. » Non, corrigea-t-il en tirant un trait sur certaines lettres. « Sa vue m'a *enflammé* le cœur. Sa beauté m'a abasourdi, pénétrant mon âme et mon corps et me changeant pour toujours. Je n'avais qu'une envie, me livrer entièrement à ses caresses qui me guériraient. »

Je touchai sa manche, attendant la suite, voulant en entendre plus. Il plongea la plume dans l'encrier et continua à écrire sur le parchemin. Je pouvais voir les minuscules fibres absorber l'encre noire.

— « Et maintenant je ne peux penser à rien d'autre qu'à ses yeux verts et à son doux sourire. »

— Guerrier, murmurai-je, tellement touchée par ses mots, tellement amoureuse de lui.

J'avais l'impression que les battements de mon cœur emplissaient ma poitrine et me réchauffaient de l'intérieur.

Je laissai ma main caresser son bras musclé à travers l'étoffe de sa tunique. J'aimais la façon dont sa main tenait la plume et la plongeait avec soin dans l'encre. J'adorais voir son grand corps de guerrier calme et concentré. Il n'était pas seulement un soldat, mais un noble instruit, qui savait beaucoup de choses, et je découvrais de nouveaux aspects encore de son caractère : c'était un maître doué et patient, et il avait du talent pour les mots. Je pouvais me représenter sa description comme s'il dessinait une image dans mon esprit. Je connaissais cette histoire, certes, mais j'étais ravie d'en entendre son interprétation.

Je passai ses cheveux derrière son oreille pour pouvoir voir plus clairement son profil net et volontaire.

— « Et j'ai su, lut-il, qu'à partir de ce moment, je ne pourrais pas supporter d'être séparé d'une telle beauté, pas même une seule seconde. »

J'observais sa bouche tandis qu'il parlait, ses lèvres parfaites. J'observais le mouvement de ses cils sombres tandis qu'il clignait des paupières, les yeux baissés sur le parchemin.

— « Et alors, poursuivit-il, quand j'ai goûté… »

— Vous ne pouvez pas écrire *cela,* chuchotai-je, le rouge me montant aux joues. Si quelqu'un le lisait…

— Chut, j'écris. «… quand j'ai goûté ma Roses… »

— Oui, je vois mon nom.

— Laissez-moi finir, dit-il en souriant. « Quand j'ai goûté ma Roses, j'ai été aussitôt envoûté par son parfum, son visage et ses lèvres. De sa douce lumière, elle m'a guidé hors de l'obscurité. La noirceur m'appelait, m'attirait dans ses profondeurs boueuses. Mais Roses était là. Elle était la lumière. Et je l'ai suivie. Je ne voulais suivre qu'elle, et la voir, et contempler sa beauté. Elle est devenue mon espoir et ma vie. »

Avant même que je m'en aperçoive, une larme chaude coula sur ma joue. *Wilkie*. Je pleurais de bonheur, de l'avoir trouvé et d'avoir peut-être pu lui donner de l'espoir ou quoi que ce soit d'autre. Tout en moi, en cet instant, était tourné vers un seul but : lui donner davantage de moi, de toutes les façons que je pourrais. Mon cœur, mon âme et mon corps ne voulaient que le contenter, le réconforter. Maintenant et pour toujours. C'était ce que j'étais devenue, avec joie et de mon plein gré : *sienne*.

— « Je savais que si je pouvais obtenir que ma Roses m'embrasse, je ne mourrais pas, mais je vivrais. Je le *savais*. Et alors je l'ai suppliée de me donner ses lèvres, de les poser sur ma bouche. Et elle l'a fait. Et j'ai été guéri. Cela a été le contact le plus intense que j'avais jamais ressenti. Et ensuite, quand elle a entrouvert la bouche juste assez pour que je glisse ma langue… »

— *Wilkie !* Quelle sorte d'histoire écrivez-vous là ?

— La meilleure qui soit !

Il s'arrêta et me regarda.

— Redites mon nom. J'aime vous entendre le dire.

— Wilkie.

Sa bouche s'incurva en un demi-sourire tandis qu'il se remettait au travail.

— Où en étais-je ? Ah, oui, ici… «… juste assez pour que je glisse ma langue… »

Il fit une pause et me sourit d'un air encourageant alors qu'il écrivait une autre lettre.

— J, dis-je.

— Parfait. «… je suis revenu à la vie, la mort et l'obscurité ont été bannies par la lumière et la douceur que Roses me donnait, s'offrant à moi. Et, oh, comme j'aime les doux gémissements qu'elle pousse quand je la caresse et bois à son corps son essence… »

Entendre ce mot, prononcé par la voix basse de Wilkie, me fit fondre complètement.

— « … et si je n'obtiens pas bientôt qu'elle m'épouse pour que je puisse lui faire l'amour, je pourrais bien devenir fou. »

Tandis qu'il continuait à écrire, je perçus comme un froid planant sur nous aux mots « qu'elle m'épouse », avec tous les problèmes qui entouraient ce sujet délicat et toutes nos incertitudes, et je voulus le dissiper.

Je lui pris la plume de la main et la tins, nos doigts se joignant.

— Avez-vous vraiment écrit tout cela ?

— Oui, dit-il.

Je fus heureuse de voir que mon contact l'avait apaisé. Une lueur de malice brilla dans ses yeux quand il rencontra mon regard.

— En tout cas, j'étais en train de l'écrire quand vous m'avez pris ma plume.

— Vous êtes censé m'apprendre à lire, le taquinai-je gentiment — mais tout en écoutant sa dernière phrase, ma respiration s'était faite plus rapide. Et là, je n'ai guère appris quoi que ce soit…

Il sourit.

— Ce n'est pas vrai. Vous avez appris à lire le J.

— Je pense que je le savais déjà.

Il se tourna vers moi, prenant mes genoux entre les siens, tenant mon visage dans ses grandes mains.

— Vous avez appris que je trouve ces lèvres tout à fait irrésistibles…

— Je pense que je le savais aussi.

Sa bouche était tout près de la mienne. Il ajouta doucement :

— Et vous avez appris que je vous aime. Profondément. Follement. Insatiablement. Le saviez-vous aussi déjà, Roses ?

Il m'embrassa. Et recommença, plus longuement, plus profondément, avec plus d'ardeur. Il m'embrassa tendrement, sans fin. Et c'est ainsi que se termina ma leçon — pour l'instant.

13

La veille du rassemblement du clan, Wilkie m'escorta dans son antichambre, où un bain m'attendait.

— Quand vous serez prête, Fergus vous accompagnera dans la grand-salle où les femmes préparent l'arrivée de laird Morrison, dit-il.

Il paraissait légèrement fâché de prononcer le nom de l'invité. Ou peut-être était-ce moi qui l'imaginais, projetant mes propres émotions sur ses paroles.

— Vous préférez la compagnie d'Ailie et de Christie plutôt que de rester ici toute la journée ? demanda-t-il, sachant très bien que je ne souhaitais pas être confinée dans son antichambre pendant des heures.

Et je n'étais pas autorisée à l'accompagner ce jour-là. Tout le clan, lui compris, préparait la forteresse pour les visiteurs.

— Oh ! oui.

— Mes sœurs vous divertiront bien, m'assura-t-il.

C'était vrai et j'étais contente à l'idée d'être avec elles, de pouvoir travailler, aider, me tenir occupée.

— On installe un lit pour vous dans les chambres de mes sœurs, ajouta Wilkie. C'est une façade, pendant que les invités seront là.

— Une façade…, répétai-je, comprenant ce qu'il voulait dire par là.

Il ne répondit pas, mais continua à me dévisager.

— Ah, dis-je. Pour garder ma réputation intacte.

De nouveau, je détectai en lui un sentiment de malaise. Je risquai d'un ton hésitant :

— Est-ce que je…

— Vous dormirez avec moi, déclara-t-il d'un ton bref.

De toute évidence, le sujet l'agaçait, alors je n'insistai pas. Je suppose que j'aurais dû être reconnaissante que l'on se préoccupe autant de ma réputation…

— Et maintenant, je vais vous donner un petit baiser, dit-il. Puisque faire quelque chose de plus me conduirait à négliger mes devoirs, tant vous êtes tentante. Mais je reviendrai vous voir ce soir. Et je vous embrasserai bien plus d'une fois, et je goûterai sur ma langue votre plaisir, ajouta-t-il d'une voix sourde.

Il m'effleura seulement de sa bouche, un baiser incroyablement érotique dans sa légèreté, puis il me laissa à mon bain et à ma journée.

Durant la courte période où j'avais vécu à Kinloch, songeai-je, j'avais été plus propre que jamais auparavant dans ma vie ! Comme je n'étais pas encore accoutumée à de tels luxes, je décidai de profiter de ma bonne fortune. J'utilisai les savons parfumés à la rose laissés à mon intention. Ayant passé des années dans les cuisines et les quartiers des domestiques du manoir Ogilvie, où régnaient les ragots, je savais que la nouvelle de ma présence et de ma mystérieuse arrivée s'était sans doute répandue comme une traînée de poudre. On devait discuter de mes accommodations, si j'étais ou non dans les quartiers privés de Wilkie. Raconter mon sauvetage. S'interroger sur ma position et mes origines. Je m'en souciais peu. Ma réputation — comme laird Mackenzie l'avait si généreusement fait remarquer — n'était guère un problème. Mais, ne pus-je m'empêcher de me demander, si les chambres d'Ailie et de Christie devaient servir de façade, pourquoi mon bain était-il apporté *ici* ? On aurait presque dit que Wilkie *voulait* encourager les rumeurs à ce sujet.

Si je ne devais jamais épouser Wilkie, si je ne devais jamais m'unir à lui comme je le désirais, et par là même si j'étais à jamais perdue pour un autre homme à cause ou en dépit de cela, je refusais en tout cas de m'agiter inutilement. Que j'aie largement de quoi m'inquiéter était assez évident. Je ne pouvais pas prévoir de quoi l'avenir serait fait, et en vérité je ne tenais pas à m'en soucier. Je voulais juste vivre l'attente des retrouvailles avec Wilkie, ce soir-là. Il avait promis de m'apprendre une autre lettre. Et j'étais excitée par ma journée, également, sachant que je serais incluse dans les activités du clan et que je profiterais de la compagnie des sœurs de Wilkie, qui étaient vraiment charmantes et accueillantes. Je préférais ne pas me tracasser au-delà.

Un souci grandissant et irritant qui refusait de se laisser étouffer, cependant, était le problème des invités que le clan Mackenzie se préparait à recevoir. Un laird âgé et souffreteux avec son essaim de filles et de nièces, toutes héritières de leur plein droit, rivalisant pour un époux qui deviendrait laird lui-même. Et pas n'importe quel époux. Elles avaient toutes les yeux rivés sur un homme en particulier, à conquérir à tout prix : *mon* guerrier.

Maudites Morrison !

Lorsque j'eus pris mon bain, je me regardai dans le petit miroir à main. Il subsistait une légère meurtrissure rouge sur ma joue, mais autrement mon visage n'avait pas trop souffert de mon agression par les Ogilvie. Mes côtes étaient encore endolories, certes, et il me restait une marque violette d'avoir été brutalement jetée sur l'épaule d'un de mes ravisseurs, mais cela ne gênait pas trop mes mouvements.

Je m'habillai, tressai et attachai mes cheveux. Je fus escortée par Fergus, qui ne dit rien mais me regarda une fois ou deux avec une expression légèrement perplexe tandis qu'il me conduisait dans l'escalier, puis jusqu'à la grand-salle qui fourmillait d'activité. C'était très excitant. Plus d'une douzaine de femmes discutaient tout en s'affairant.

Ailie et Christie m'aperçurent et se précipitèrent aussitôt vers moi pour s'enquérir de ma santé, comme elles ne m'avaient pas revue depuis la tentative d'enlèvement, et je leur assurai que j'allais bien et que j'étais prête à les aider selon leurs besoins.

Ailie était particulièrement enjouée ce jour-là, et je m'interrogeai sur son excitation. Je me renseignai prudemment, donc, espérant ne pas aller trop loin.

— Vous appréciez la compagnie des Morrison ? lui demandai-je.

Christie, comme d'habitude, s'empressa de fournir plus d'informations qu'elle n'aurait dû.

— Les Morrison ne seront pas les seuls invités. Il y aura aussi les Munro. Ailie apprécie particulièrement la compagnie de Magnus Munro, le fils aîné du laird. N'est-ce pas, Ailie ?

Ailie n'était pas du genre à en révéler autant.

— Pas plus que celle des autres Munro, ma chère sœur, répondit-elle.

Mais ses yeux pétillaient d'une excitation qui confirmait le commentaire de Christie.

Je fus présentée à Beatrice, la cuisinière en chef, simplement par mon prénom. Plusieurs autres serviteurs vinrent à moi, aussi, curieux et avides d'en apprendre plus sur ma mystérieuse arrivée. On répandit discrètement l'histoire que j'étais une apprentie guérisseuse venue de chez les Macduff ; il se pouvait que quelqu'un mette cette version en question si on insistait trop. D'après les regards qui m'étaient adressés et les murmures, il était clair que les rumeurs allaient déjà bon train dans le manoir.

— Voici Roses, répétait Christie.

Et cette simplicité me convenait. « Roses la vagabonde », comme m'avait appelée Kade. Et c'était une description exacte, ma foi. J'étais aussi déracinée et voguant à la dérive qu'un nuage dans le ciel. *Non*, me rappelai-je. Plus maintenant. Dans mon cœur, j'étais irrémédiablement attachée à Wilkie.

Je m'occupai en suivant les consignes d'Ailie et de Christie, aidant à arranger et à dresser les tables. Ailie, en particulier, dirigeait le personnel de cuisine, ordonnait que l'on allume des feux, conduisait l'inspection des tâches de nettoyage et organisait tout ce qui devait être fait avant l'arrivée des invités en fin d'après-midi. Elle assumait ses devoirs avec une calme assurance, comme si elle était bien habituée à ce rôle. Elle était la femme la plus âgée parmi la proche famille du laird, ce qui lui conférait la position la plus élevée dans le clan. Je savais qu'elle ne prendrait pas le titre de dame Mackenzie ; il était réservé à l'épouse du laird, et je m'interrogeai d'ailleurs sur le fait que laird Mackenzie ne soit pas marié. Je me rappelai vaguement Wilkie y faisant allusion, une fois, quand il était en proie à la fièvre. « Deux ans ont passé, Knox, avait-il dit. Il est temps que tu te remaries. » Donc il avait été marié autrefois… Mais quelle était son histoire, et comment avait-il perdu sa femme ?

Je me sentais inhabituellement abattue, malgré toute cette activité autour de moi, et je ne pouvais plus ignorer mon malaise grandissant vis-à-vis de l'arrivée des femmes Morrison. De nouveau, je me remémorai la conversation des frères Mackenzie à ce sujet. Wilkie avait parlé d'un buffet en l'honneur des Morrison, et c'était alors que Kade avait mentionné en particulier une sœur appelée Maisie…

Ce détail — que Wilkie ait passé du temps avec au moins une des sœurs de ce clan — me perturbait grandement. L'avait-il contentée comme il me contentait ? Ou même plus ? S'était-il donné complètement à elle, ce qu'il me refusait ? Je ne pouvais m'empêcher de me demander s'il était sincère quand il soutenait qu'il ne s'intéressait pas du tout à Maisie ou Stella, la beauté du groupe. Je me sentis presque malade à cette pensée, et je fus bien tentée de me retirer dans la chambre de Wilkie pour être seule. Je savais que Wilkie avait eu sa part de femmes ; rien d'étonnant pour un homme qui possédait à la fois une beauté exceptionnelle et un statut aussi enviable.

Ce qui m'inquiétait, c'était que l'une d'elles, au moins, serait là, dans cette salle, en sa compagnie, et cela d'ici quelques heures.

— Qu'est-ce qui vous contrarie, Roses ? demanda doucement Ailie.

Mais bien sûr elle le savait. J'étais même sûre que c'était évident pour tous ceux qui étaient au courant pour moi : mon amour absolu pour Wilkie ne serait pas nécessairement autorisé au-delà des prochains jours, ou même des prochaines heures. Ici, à la froide lumière de la réalité, mes espoirs des soirs passés, quand Wilkie m'avait tenue dans ses bras à la lueur de la lune et qu'il avait lu patiemment pour moi, paraissaient mornes et improbables. Et je pouvais voir, inscrit dans l'expression compatissante d'Ailie, que les promesses que Wilkie m'avait faites étaient probablement vaines. Elles avaient été inspirées par le désir dans le chaud refuge de sa chambre éclairée par le feu. Il s'était montré passionné et dominé par cette passion. Mais il se pouvait très bien que ses paroles restent confinées au cercle de nos étreintes intimes, et n'aillent pas plus loin.

Là, au milieu de l'activité des gens de son clan qui se préparaient pour leurs nobles visiteurs, le côté inéluctable de ma situation m'apparut.

Wilkie épouserait quelqu'un de son rang. Si je devais rester dans sa vie, ce serait probablement comme une maîtresse de bas étage, qui serait appelée quand son épouse en titre serait fatiguée, malade ou enceinte de ses héritiers légitimes. Pourrais-je le partager de cette façon et me contenter des invitations occasionnelles qui me resteraient quand il se serait occupé de sa famille ?

Non. Je le savais dans mon cœur : si je ne pouvais pas l'avoir à moi, et l'avoir tout entier, je quitterais l'abri idyllique du clan Mackenzie.

Je pris la main d'Ailie.

— Je vais bien, Ailie. Dites-moi ce que je peux faire d'autre pour aider.

— C'est pratiquement fini, je pense, répondit-elle. Nous allons nous reposer dans ma chambre, Roses, et décider de ce que nous porterons pour les festivités de ce soir.

— Je ne suis pas sûre d'assister à la réunion. Je me satisferai d'attendre Wilkie.

Elle me décocha un regard sévère.

— On m'a donné de strictes instructions, Roses. Wilkie veut que vous soyez là. Il m'a demandé de vous aider à vous préparer, puis de le retrouver dans la grand-salle quand ils reviendront pour le repas.

J'avais assisté à des réunions du clan Ogilvie bien des années plus tôt, quand j'étais une enfant et sous l'aile de mes parents. Depuis, les seules réunions auxquelles j'avais participé étaient celles où je servais. Je me sentais nerveuse, ayant peur de ne pas savoir comment me comporter, craignant qu'il ne soit évident pour tous que j'étais différente, mal éduquée et pas à ma place. Mais d'un autre côté, si accompagner Ailie dans la grand-salle était le moyen le plus rapide de revoir Wilkie, je le ferais. Sa présence me manquait trop.

Au bout d'un certain temps, et quand les derniers préparatifs furent terminés, je me rendis avec Ailie et Christie dans les appartements de la première, escortée en silence par Fergus qui prit son poste devant la porte. Les chambres réservées à Ailie étaient tout aussi luxueuses que celles de Wilkie, mais bien plus accueillantes. Alors que les quartiers de Wilkie contenaient son grand lit, une petite table, quelques fauteuils et ses armes éparpillées, ceux d'Ailie étaient agrémentés de ses vêtements soigneusement pendus, d'une grande table sur laquelle étaient posés un nécessaire de couture et des étoffes, et de plusieurs coins agréables où s'asseoir. Deux fauteuils garnis de coussins étaient disposés près du feu et une jolie table se dressait près de l'embrasure de la fenêtre. Je compris alors, en voyant les étoffes et les cottes, que c'était Ailie elle-même qui les avait cousues. Elle ne les avait pas simplement ajustées, comme elle le prétendait modestement.

— C'est vous qui faites ces belles cottes, dis-je, admirative.

— Oui, dit Christie, répondant pour sa sœur. Ailie les dessine, aussi, et beaucoup de ses idées proviennent des recueils de mode d'Edimbourg, de Londres et même de Paris. Elle a un talent merveilleux, vous ne pensez pas, Roses ?

— Oh ! oui.

Je touchai le doux tissu d'une robe posée sur sa table de travail, du velours rose pâle. Je n'avais jamais vu un aussi beau vêtement.

— Roses devrait porter celle-ci ce soir, tu ne crois pas, Christie ? demanda Ailie. Je vous aime bien dans des couleurs pastel, Roses. Elles font ressortir vos yeux et vos cheveux.

Christie acquiesça.

— Passez-la, Roses.

— Je peux la reprendre un peu, si nécessaire, commenta Ailie en levant déjà la cotte pour la tenir devant moi.

Effarée à l'idée de porter quelque chose d'aussi luxueux, je murmurai :

— Je ne pourrais jamais porter ceci. C'est à vous. C'est trop beau…

Ailie protesta aussitôt :

— Sottise, Roses. J'ai quantité de cottes.

— C'est normal, vu le temps que tu passes à les coudre ! dit Christie.

Elle s'adressa ensuite à moi :

— Et les cottes d'Ailie sont recherchées par les autres clans, aussi. Les femmes Morrison voudront sûrement voir certaines de ses créations.

— Je doute qu'elles aillent à l'une d'entre elles, déclara Ailie, et je détectai une note de dédain dans sa voix.

— Ne sois pas trop dure avec l'une de tes futures belles-sœurs, Ailie !

Christie rit. Mais elle se reprit aussitôt quand elle me regarda, et son rire s'éteignit.

— Kade sera peut-être l'heureux élu, dit-elle en posant une main réconfortante sur mon épaule.

— Cela ne me surprendrait pas, de fait, répondit Ailie. Il a mentionné plusieurs fois une des sœurs Morrison, en passant — l'as-tu remarqué ? Je ne me rappelle pas laquelle…

— Stella, bien sûr, ma chère sœur. Tous les hommes parlent d'elle. J'ai entendu Shamus et Robb en discuter l'autre jour. *Fascinante* est le mot qu'ils ont employé, si je me souviens bien.

Christie bavardait gaiement ; sa vivacité était encore plus prononcée ce soir-là, en prévision de la fête sans doute.

— Surtout si on la compare à ses sœurs plus ordinaires, je suis désolée de le dire. Même si elles sont voluptueuses, ce à quoi les hommes ne sont pas insensibles, bien sûr. Allez, Roses. Mettez cette cotte. Vous allez éclipser toutes les jeunes filles de l'assemblée.

— Enlevez tout, commanda Ailie. Vous ne pouvez porter de chemise sous cette cotte. Cela en gâcherait le tombé.

Je me figeai.

Elle sera battue, fouettée, brûlée sur un bûcher ! Tenez ceci caché !

— Voyons, Roses, insista gentiment Ailie. Vous n'avez pas besoin d'être aussi timide avec nous.

Je pris une inspiration et je fis ce qu'elle me demandait, heureuse que mes cheveux soient lâchés et que je sois face à elles. Je pouvais seulement espérer que mon secret ne serait pas révélé. Et bizarrement, à un autre niveau, je souhaitais presque qu'elles le découvrent… Je voulais qu'elles me pardonnent la plus sombre de mes imperfections, comme elles m'avaient pardonné toutes les autres.

Elles m'entourèrent.

Et ce fut ainsi, avant qu'Ailie ne puisse enfiler la cotte par-dessus ma tête et alors que Christie faisait passer mes cheveux sur le côté d'un geste affectueux, que mon secret fut dévoilé.

Christie se figea.

Ma peur se déversa par flots dans le moment de silence qui suivit et m'enveloppa.

— Qu'est-ce que ceci, Roses ? demanda Christie, légèrement choquée. Vous avez… un tatouage à l'encre ?

— Oui, murmurai-je en m'écartant, le cœur battant follement.

J'attendis sa réaction tandis que je me tenais devant elles, nue et honteuse.

Ailie s'approcha et me contourna pour regarder à son tour, curieuse. J'aurais voulu partir en courant, me cacher. Mais j'étais si *fatiguée* de me cacher… Au lieu de cela, je la laissai écarter mes cheveux et examiner le tatouage. Christie la rejoignit.

— C'est un dessin inhabituel, commenta Ailie, et sa voix — à mon intense soulagement — ne parut ni révulsée ni effrayée. Qu'est-ce qu'il signifie, Roses ?

Ma voix fut à peine audible.

— Je l'ignore. Il était déjà tatoué sur moi quand on m'a trouvée, toute petite.

— Vos parents n'ont jamais cherché à savoir ce qu'il voulait dire ? demanda Christie.

Les deux sœurs continuèrent à étudier ma marque, la suivant du doigt et étudiant ses lignes.

A vrai dire, je n'avais jamais pensé qu'il pourrait y avoir quelqu'un à consulter pour ce genre de choses.

— Je… Non. Comment pourrais-je me renseigner là-dessus ?

Je n'avais pas accès à des informations de cette sorte. Et si les lairds en avaient, laird Ogilvie était certainement la dernière personne que j'aurais pensé consulter à ce sujet — ou à un autre, d'ailleurs.

Se pouvait-il que la vieille femme se soit trompée sur la signification du tatouage ? En vérité, je ne m'étais jamais *sentie* une sorcière. La jeune femme blonde de mes souvenirs et de mes rêves n'en avait certainement pas l'air. Mais après tout, qui étais-je pour savoir à quoi ressemblaient les sorcières ?

— Il y a des livres à ce sujet, suggéra Christie.

— On m'a dit une fois…, déclarai-je doucement, en redoutant d'entendre le mot que j'étais sur le point de prononcer.

Mais Christie suivait sa pensée et était déterminée à aller jusqu'au bout.

— J'ai vu Knox en lire un, dernièrement.

Ailie ajouta avant que je puisse exprimer la terrible révélation :

— Tous les lairds, je crois, aiment être informés sur les tatouages rituels, les tatouages des clans, ceux des mouvements clandestins et des alliances secrètes, les marques royales, religieuses et autres.

— Oui, acquiesça Christie. Il y a des marques de prisonniers, aussi. Et des marques de valeur militaire.

Je pris une grande inspiration pour me ressaisir.

— Je suis tout à fait certaine que je n'ai pas été tatouée pour ma valeur militaire ! dis-je en essayant de plaisanter.

— Est-ce que Wilkie est au courant ? demanda Christie.

Puis, en souriant mais les yeux baissés, elle dit :

— Bien sûr, qu'il sait…

— Non, coupai-je. Il ne sait pas.

Les deux sœurs me contemplèrent sans rien dire et je ne pus deviner leurs pensées.

— J'ai peur, dis-je, la voix tremblante et hésitante. J'ignore ce que ce signe veut dire.

Et je parvins à admettre :

— Et je suis effrayée de ce qu'il *pourrait* signifier, en fait. Je le lui ai caché à dessein. Je pensais… que ce tatouage était peut-être la marque de quelque chose… quelque chose de sinistre, qui horrifierait Wilkie. Je craignais qu'il ne veuille plus de moi.

J'eus honte de sentir des larmes me piquer les yeux.

— Cela n'arriverait sûrement pas, Roses, dit Christie.

Mais je savais, comme elle probablement, que seul Wilkie pourrait me le prouver.

— Nous ne le lui dirons pas, déclara Ailie, et son expression était étonnamment troublée et pressante. Mais *vous*, vous devez le lui dire, Roses. Vous le *devez*. Knox s'assure que tous ses lieutenants connaissent les tatouages des Highlands et ceux qui peuvent être vus en Ecosse. Wilkie saura de quoi il s'agit, j'en suis sûre. Il s'est toujours particulièrement intéressé aux marques des clans et aux autres, d'origines plus éloignées. Il vaut mieux que vous lui demandiez et découvriez ce que c'est. Cela pourrait vous donner un indice sur votre héritage.

Et c'était exactement ce que je redoutais. Mais je répondis, sincèrement :

— J'allais le lui montrer, et je le ferai. J'attendais juste le bon moment.

— Tant de mystères autour de notre Roses, commenta Christie d'un ton léger, tandis qu'Ailie enfilait la cotte sur ma tête et l'ajustait sur moi en la considérant d'un œil critique.

Je me sentis mieux dès que mon tatouage fut recouvert.

Elles arrangèrent mes cheveux sur l'étoffe.

— Alors vous allez le lui montrer, Roses ? me demanda Ailie en continuant à ajuster la cotte.

Sa question avait une insistance inhabituelle, et je sentais bien qu'elle jugeait très important que Wilkie soit mis au courant, et rapidement.

— Oui, Ailie. Je le ferai. Je le promets.

Elle hocha la tête, me pressa la main et me regarda dans les yeux. Je pouvais voir de l'inquiétude dans son expression, ainsi qu'une trace de malaise. *Et je comprenais*. Au moins, je pouvais être heureuse que sa réaction se limite à cela, au lieu de pointer le doigt sur moi et de crier des avertissements horrifiés.

Comme si l'affaire était réglée, à présent, Christie changea de sujet et observa :

— Elle est un peu serrée en haut.

Elle avait pris du recul et m'étudiait, les bras croisés.

— Sa poitrine déborde presque.

— Elle ne « déborde » pas, se récria Ailie. C'est la mode à Paris ! Ta cotte a la même coupe. Et la mienne aussi. Et celles des Morrison seront sûrement coupées ainsi, aussi, ajouta-t-elle avec une certaine emphase.

Ce dernier commentaire me mit du baume au cœur. Je percevais le soutien silencieux des deux sœurs vis-à-vis de moi et de ma cause. Je les aimais pour cela. Et pour tout le reste.

— Oui, concéda Christie. Mais ni toi ni moi n'avons autant à mettre en avant, il faut le dire.

— Nous, non. Mais les Morrison, si.

Nous échangeâmes des coups d'œil.

— Elle est parfaite, alors, décréta Christie.

Ailie acquiesça.

— Je vais juste ajuster la taille, ici.

Elle tira sur les lacets dans le dos de la cotte et serra.

— Christie, sers donc le thé. Nous devons nous habiller à notre tour.

Sa voix trembla un peu lorsqu'elle ajouta :

— Les invités ne vont pas tarder à arriver.

La cotte de Christie était d'un vert d'eau qui faisait ressortir son teint pâle et crémeux. Et Ailie enfila une cotte flatteuse, bleu nuit, qui mettait en valeur la couleur saphir de ses yeux. Christie se brossa elle-même les cheveux, les laissant libres. Elle coiffa ceux d'Ailie en chignon, avec de petites boucles qui encadraient délicatement son visage. Puis elle fixa son attention sur les miens : elle fit de petites nattes qu'elle enroula autour de ma tête et laissa le reste long, en brossant ma chevelure avec soin.

— Je dirais que vous allez être remarquée, ce soir.

Les Morrison furent les premiers à arriver, juste comme la nuit commençait à tomber. Sept jeunes femmes un peu rondes et très animées envahirent la grand-salle dans un tourbillon de rires joyeux, d'étoffes aux couleurs vives, de cheveux châtains et bouclés presque identiques et — comme Ailie l'avait laissé entendre — de poitrines généreuses.

Je me rappelai la conversation des frères de Wilkie à propos de la cadette, Stella.

Je l'identifiai immédiatement. Elle ressortait parmi ses sœurs de plusieurs façons : elle était un peu plus grande, avec des cheveux plus longs et plus sombres, et une beauté particulière, chatoyante. Et alors que ses sœurs s'éparpillaient dans le manoir, excitées et bruyantes, Stella gardait les yeux baissés et ne semblait pas du tout heureuse d'être là.

Les femmes furent suivies par un homme âgé à l'air fatigué, mais qui se tenait très droit. Les sourcils froncés, la mine déterminée, il paraissait impatient de retrouver laird Mackenzie et ses frères, dont aucun — j'en pris péniblement conscience — n'avait encore fait son apparition.

Le groupe fut salué par Ailie, Christie et d'autres membres importants du clan, dont des cousins et autres parents Mackenzie, et reçu avec de la cervoise et de la nourriture. J'avais déjà rencontré plusieurs de ces parents éloignés, mais je remarquai que les sœurs de Wilkie se montraient protectrices avec moi et restaient à mes côtés la plupart du temps. Comme auparavant, quand on me présenta, ce fut d'une manière plaisante mais brève, en donnant peu d'informations.

Les Munro arrivèrent peu après — les deux fils, deux neveux et une fille de laird Munro. Ils présentaient diverses nuances de cheveux blond-roux, allant du doré de la jeune fille au cuivré des fils. L'aîné, Magnus, était un grand homme à la beauté rude, et je remarquai que les yeux d'Ailie ne le quittaient que lorsqu'il regardait par hasard dans sa direction, auquel cas ses joues rosissaient.

— Elle refuse de lui parler, me chuchota Christie en me tendant un gobelet de cervoise. C'est très amusant à voir. Ma sœur calme et sûre d'elle se changeant en une femme effacée et tremblante.

Christie insista pour remplir mon gobelet, et après quelques gorgées je commençai à sentir l'effet relaxant et euphorisant de la boisson. Elle bavarda au sujet des gens présents, me racontant des histoires fascinantes sur chaque invité, tandis qu'elle me les désignait l'un après l'autre. Un ou deux d'entre eux me parurent vaguement familiers. J'avais pu les servir au manoir d'Ogilvie, supposai-je. De toute façon, je doutais qu'ils me reconnaissent.

Clementine Morrison, la sœur aînée, fut le premier sujet que Christie aborda.

— Elle a connu une série de malchances avec les hommes, la pauvre, me confia-t-elle à voix basse. La première fois, c'était un Macallister qui a décidé qu'il était épris d'une autre femme juste quelques jours avant le mariage. Vous imaginez cela ? La deuxième fois, c'était Eoin Buchanan, le neveu du laird, qui a fini par s'enfuir scandaleusement avec l'épouse de son frère. Il semble que Clementine en ait eu assez. Aux dernières nouvelles, elle doit se retirer dans un couvent au printemps. Elle est devenue très dévote — regardez sa cotte, elle est bien plus modeste que celles de ses sœurs. Elle a décidé de laisser tomber les hommes et de se vouer à l'Eglise. On ne peut guère l'en blâmer, je dirais.

Elle s'interrompit pour reprendre son souffle.

— Alors Stella est la prochaine en ligne pour fournir un nouveau laird au clan Morrison. Et regardez-la : elle est très belle, mais affreusement timide.

Il était vrai que Stella Morrison était d'une rare beauté. Elle avait de longs cheveux châtain foncé avec des reflets blonds. Ses longues mèches bouclaient au bout et brillaient telles des spirales chatoyantes. Elle donnait une impression différente du reste de sa famille. Elle paraissait sombre et détachée des gens qui l'entouraient.

— J'ai entendu dire par Ainsley Munro — cette lass est un puits d'informations, surtout parce que ses frères et ses cousins parcourent les Highlands et assistent à tous les rassemblements — que Stella est amoureuse d'un vulgaire garçon d'écurie ou quelqu'un de ce genre, mais que son père a banni ce dernier de la forteresse il y a seulement quelques jours de cela. Elle a le cœur brisé et a refusé d'épouser un autre homme.

— C'est sûrement pour cette raison qu'elle a l'air si triste, dis-je.

— Oui, sans doute. Cela, et le fait que son père ne voudra probablement rien entendre. S'il arrange un mariage pour elle en dépit de ses protestations, elle ne pourra pas faire grand-chose. Elle n'est pas en position de refuser ses décisions, que ce soit l'exil de son bien-aimé ou un mariage forcé avec l'homme qu'il choisira.

L'homme qu'il choisira. Les mots s'attardèrent en un écho désagréable. Je savais, comme nous tous, quel homme laird Morrison avait à l'esprit. Wilkie avait déclaré à ses frères qu'aucune des femmes Morrison ne lui plaisait, mais maintenant que j'avais vu Stella par moi-même, je ne pouvais m'empêcher de me demander si elle pouvait représenter une possibilité plus attrayante pour Wilkie que sa sœur Maisie…

Et Christie poursuivit, comme si elle avait lu dans mes pensées :

— Celle-là, c'est Maisie. C'est elle qui a lancé une invitation à Wilkie le mois dernier, avec l'approbation de laird Morrison. Elle est très précoce et souhaite que ce soit *son époux* qui hérite du titre de laird.

Maisie Morrison n'était pas du tout ordinaire, comme Christie l'avait décrite ; elle était même charmante, en vérité, il fallait bien le reconnaître. Elle n'était pas robuste comme sa sœur Clementine, ni grande et mince comme Stella, mais plutôt petite et bien en chair. Toutefois, sa rondeur lui allait bien. Ses courbes engageantes remplissaient sa cotte d'une façon voluptueuse. Ses cheveux châtains, ondulés, brillaient à la lumière des bougies, et ses joues roses et ses yeux pétillants suggéraient une frivolité presque délurée. Elle gloussait et chuchotait avec ses plus jeunes sœurs, l'excitation inscrite sur son visage.

— Maisie a le dessein…

Christie hésita et me regarda, ses yeux bleu clair pleins d'un sérieux juvénile.

— Eh bien, elle a le dessein d'épouser un Mackenzie. Et comme Stella n'a pas cette ambition, laird Morrison a donné son accord. Mais je me demande si cela va changer, à présent que le garçon d'écurie de Stella a été chassé. Peut-être que maintenant Stella va être forcée de se marier à cause de ses désirs inconvenants, poursuivit-elle, exprimant ses troublantes pensées à haute voix.

Elle me pressa brièvement la main.

— Je suis contente que vous portiez cette cotte ce soir, Roses. Vous éclipsez tout le monde dans la salle.

— Vous êtes gentille, Christie. Si gentille…

De fait, je me sentais presque au bord des larmes ; je n'étais pas sûre de mériter le ferme soutien d'Ailie et de Christie, mais elles semblaient sincèrement encourager ma présence dans la vie de Wilkie. Je n'arrivais pas à concevoir pourquoi. Et comme en réponse à ma question non formulée, Christie ajouta doucement :

— Nous, les Mackenzie, nous sommes tous des romantiques, vous devez le savoir.

Elle s'arrêta, me contemplant avec sérieux, et reprit :

— Notre mère est morte en couches quand je suis née, Roses. Notre père l'a pleurée et a continué à honorer sa mémoire jusqu'à sa mort. Il ne s'est jamais remarié. Et je peux vous dire que tous mes frères et sœur, moi comprise, aspirons à ce genre d'amour fidèle. Nous avons conclu un pacte : si nous devions le trouver un jour, cet amour, nous le reconnaîtrions pour ce qu'il est et ne le dénierions pas. Knox l'a trouvé, mais il a perdu son épouse, qui est elle aussi morte en couches avec leur petit garçon. Ce fut un événement tragique pour nous tous, et qui, je crois, a changé Knox. Il est plus dur qu'autrefois, moins indulgent pour ses propres sentiments ou ceux des autres. Je suppose que cela peut tenir à son rôle de laird autant qu'à autre chose, je ne sais pas. Ce que je sais bel et bien, c'est qu'il n'est plus le même, au moins en surface. Il s'est *forcé* à changer. Mais le reste d'entre nous continue à croire en l'amour inconditionnel. Je pense que Wilkie a été conquis par vous de cette façon, Roses. Nous le voyons tous. Nous ne l'avons certainement jamais vu se conduire comme il le fait avec vous. Il est fou de vous. Je dois admettre que c'est nouveau pour lui et que je trouve cela très divertissant — oh, regardez, il arrive !

A ce moment-là, laird Mackenzie, Wilkie et Kade entrèrent dans la grand-salle et je retins mon souffle. Les voir tous les trois ensemble était un spectacle en lui-même, rien que par leur taille et leur virilité. Ils incarnaient une force avec laquelle il fallait compter, avec leurs cheveux sombres et leurs yeux étincelants, vêtus de leurs kilts aux couleurs de leur clan, comme les autres hommes. Leur présence emplit littéralement la salle et attira l'attention de la foule.

Mais je n'avais d'yeux que pour l'un d'eux.

Wilkie avait un air farouche, que ce soit à la suite de sa journée d'entraînement et de chasse ou pour une autre raison, c'était difficile à dire. Son regard me trouva immédiatement dans l'agitation bruyante de la salle comble. Ses yeux parcoururent mon visage, ma cotte — et tout ce qu'elle révélait — puis mes cheveux. Son expression s'assombrit. De la fureur et une flamme s'allumèrent dans son regard direct et échauffèrent ma peau. Etait-il en colère ? Ailie avait-elle mal compris ses instructions ? Peut-être Wilkie voulait-il que je reste dans sa chambre, à l'attendre. Cela ne m'aurait rien fait, mais en vérité, maintenant que j'étais là, je ne me sentais pas aussi déplacée que je l'aurais pensé. Christie était à mon côté, satisfaite semblait-il d'être à la fois ma compagne et ma gardienne. Il fallait dire que j'avais bu la moitié du gobelet de cervoise qu'elle m'avait offert, et l'alcool me procurait une aisance inattendue, avec le sentiment que je pouvais presque maîtriser la soirée. Il accroissait en outre la chaleur que le regard de Wilkie provoquait en moi. Ma cotte était très ajustée et douce sur ma peau. *Et je ne portais rien dessous.* Il ne pouvait pas le savoir, mais son expression me brûlait en des endroits intimes, excitant mon envie d'être caressée par lui.

Il marcha vers moi et mon estomac se noua tandis qu'il s'approchait. Il y avait une véhémence indéniable dans son expression ; je ne comprenais pas ce qu'elle signifiait ou ce qui la causait, mais elle me troublait.

Avant qu'il ne m'atteigne, son attention fut détournée par Magnus Munro, qui le salua et lui donna une tape dans le dos comme s'ils étaient de vieux amis. Wilkie était populaire, comme ses sœurs l'avaient indiqué. C'était clair aux attroupements qui se formaient autour de lui. Je l'observai tandis qu'il parlait et riait avec ses nobles amis et connaissances. Il semblait essayer d'aller dans ma direction, mais il y avait toujours d'autres gens qui voulaient le saluer. De temps à autre, je croisais son regard.

Plusieurs des femmes Morrison, dont Maisie, vinrent ensuite à sa rencontre. Maisie tira scandaleusement sur son décolleté, dans le dessein évident de le charmer. Elle était visiblement déterminée à obtenir son attention, sans se soucier de ternir sa réputation pour y parvenir. Elle débordait carrément de sa cotte, avec son avidité à séduire. Stella, remarquai-je, n'était pas en vue, un détail qui me soulagea momentanément.

Les femmes Morrison entouraient Wilkie, bloquant toute tentative de sa part de leur échapper. Elles riaient et minaudaient, le touchant légèrement du bout des doigts à chaque occasion. Les attentions de Maisie, en particulier, étaient de nature possessive. Elle glissa son bras au creux du sien, d'autorité, comme s'il était son escorte. Au bout d'un moment, Wilkie se dégagea subtilement tandis qu'on lui resservait à boire.

Il m'observa un certain temps à cette courte distance, son expression indéchiffrable. Et le voir là, entouré de ces héritières qui l'adulaient, fit vaciller mon contrôle. Que pouvais-je faire ? Je ne pouvais guère me ruer sur lui, ôter leurs maudites mains de ses bras et les écarter. Je pouvais certes me réfugier dans ses quartiers, mais je ne souhaitais pas m'éloigner volontairement de sa présence ; non, j'étais venue et je comptais bien rester !

Il remarqua mon irritation et y répondit par la sienne. Il avait un regard de prédateur, comme s'il se préparait à fondre sur une proie. Mais sa posture paraissait, par contraste, plutôt détendue. Je ne pouvais déchiffrer sa conduite et cela m'irrita encore plus. Je souhaitais pouvoir le toucher, *sentir* son indifférence, s'il s'agissait bien de cela. Car si je n'étais pas encore capable de le deviner de loin, un simple contact avec lui me révélerait tout.

La compagnie de ses pairs suffisait-elle à me chasser de ses faveurs ?

Eh bien, moi aussi, je pouvais me montrer distante ! me dis-je avec indignation.

Mes émotions faisaient rage en moi, mais en apparence je restais calme. Après tout, j'avais déjà pris ma décision : je le voulais tout entier, et je n'allais certainement pas le partager avec une autre.

Il était toujours encerclé par sa bande d'admiratrices. *A quoi pouvait-il bien penser ?* Je ne me souciais plus d'être vue, dévisagée, et de faire l'objet de murmures. Je me moquais que les femmes Morrison me barrent le passage ou même que Wilkie apprécie leurs attentions explicites. *J'irais le rejoindre.*

Mais je m'arrêtai avant de faire un pas. Maisie Morrison venait de prendre le menton de Wilkie dans sa main pour tourner son visage vers le sien. Elle lui disait quelque chose et il se penchait pour l'écouter. A ce moment-là, elle croisa mes yeux d'un regard de défi et leva la main pour caresser légèrement son visage et toucher ses cheveux.

Ce regard me fournit des informations que je ne souhaitais pas avoir : non seulement Maisie Morrison voulait Wilkie, mais elle pensait *qu'elle l'avait déjà.* C'était le regard d'une femme qui se sait être en territoire conquis, le genre de regard que l'on pouvait lancer à un voleur convoitant votre bien.

Mon âme se glaça. Wilkie se refusait à une alliance avec les Morrison par un quelconque mariage avec l'une d'elles, mais ce rejet initial avait-il été contourné d'une manière ou d'une autre ? Laird Mackenzie avait-il accepté la proposition de laird Morrison à l'instigation de sa troisième fille — qui me tenait toujours sous son regard observateur ?

Avant que je puisse me reprendre et réagir, deux grands gaillards s'approchèrent de Christie et moi, me bloquant la vue sur Maisie et Wilkie, comme pour me distraire un moment de mon anxiété. Leurs cheveux cuivrés les identifiaient tout de suite comme des Munro. La diversion qu'ils offraient était la bienvenue — elle me donna l'occasion de me ressaisir une minute.

— Etes-vous le frère de Magnus ? demanda Christie à celui qui se tenait juste à côté de moi.

— Oui, Christie. Nous nous sommes rencontrés une fois quand vous étiez très jeune. Je suis Angus. Le troisième par rang de succession.

Il eut un sourire narquois, comme si le sujet de son héritage l'amusait beaucoup.

— Voici Tosh Munro, mon cousin.

Angus Munro avait une chevelure remarquable : des mèches blond-roux se mêlaient à ses cheveux roux foncé ; cela lui donnait un côté ensoleillé qui semblait correspondre à sa personnalité. Sa présence était éclatante et pleine d'énergie, jetant un peu de chaleur dans mon silence glacé.

— Et qui pouvez-vous bien être ? me demanda-t-il en levant ma main pour y déposer un baiser léger — pas une fois mais plusieurs.

— Je te présente Roses, répondit Christie avant que je ne puisse parler.

— Pourquoi ne vous ai-je pas rencontrée auparavant ? demanda Angus. Etes-vous nouvelle dans le clan Mackenzie ?

Christie changea habilement de sujet. Les Macduff avaient beau être éloignés, ces hommes étaient des guerriers qui voyageaient régulièrement entre les clans, pour se rencontrer et discuter de politique. Il était risqué de mentir. Je sentis, et Christie aussi, apparemment, qu'il valait mieux esquiver cette question.

— Pas si nouvelle. Voulez-vous reprendre de la cervoise ?

Elle emplit leurs gobelets.

Moi, de mon côté, je me sentais perdue, comme à la dérive. Et complètement seule, malgré la foule.

Christie semblait apprécier la conversation d'Angus et Tosh. De Tosh, surtout, dont elle paraissait trouver le rire contagieux… Et Angus, se sentant exclu de leur relation naissante, peut-être, reporta son attention sur moi.

Je craignais d'avoir bu trop de cervoise. Ma vision semblait légèrement décalée. J'appréciais les reflets plus clairs dans les cheveux d'Angus, et je le lui dis. Ils accrochaient la lumière des bougies. Je tentai ensuite de m'excuser, de me diriger vers Wilkie pour discuter et faire la paix avec lui, mais Angus me barra le passage.

La tête me tournait un peu. La salle était plus sombre, à présent, pleine de gens, et le brouhaha ambiant était presque réconfortant, comme si l'assemblée avait trouvé son harmonie, même si moi je n'avais pas trouvé la mienne. On jouait de la musique. La soirée battait son plein. Les personnes qui m'entouraient étaient parfaitement à l'aise, maintenant.

— Vous ne m'avez pas dit d'où vous veniez, insista Angus en se penchant plus près.

Si près, en vérité, qu'une goutte de sa boisson coula de son gobelet et mouilla les rondeurs de ma poitrine. Le remarquant, il posa doucement un doigt sur la gouttelette et traça une ligne sur ma peau. Ce contact me troubla beaucoup. Je m'écartai brusquement de lui, mais j'étais déjà pressée contre le mur. Notant peut-être ma gêne, il retira son doigt. Puis, plongeant les yeux dans les miens, il le lécha.

Sa main fut saisie alors par une main plus grande, ce qui le prit de court.

Une silhouette sombre et imposante se dressait à mon côté. Je reconnus son odeur et son énergie avant même de voir de qui il s'agissait ; elles me pénétraient de réconfort et m'illuminaient de l'intérieur. *Wilkie*. Il lâcha la main d'Angus qui la massa de son autre main, comme si elle lui faisait mal.

Wilkie passa son bras musclé autour de moi d'un air protecteur, en m'attirant contre lui.

— Angus, dit-il, j'espère que vous prenez du bon temps. Vous devriez aller vous resservir à la table, de boisson et de nourriture.

Le sous-entendu était clair et l'ordre implacable perçait derrière l'aimable invitation.

— Wilkie, le salua Angus.

Son ton était teinté de surprise, de respect — et d'une pointe de déception d'avoir été interrompu. Il s'éloigna, enregistrant très bien la mise en garde non formulée de Wilkie.

Franchement, je ne m'étais jamais sentie aussi soulagée ni transportée. Ma colère ou ma jalousie de l'instant précédent s'était volatilisée. Mon guerrier était là, avec moi. Et mes inhibitions, après le gobelet de cervoise que j'avais bu, avaient pratiquement disparu… J'étais heureuse de sa proximité, maintenant, pour cette raison autant qu'une autre ; je n'aurais su dire ce que j'étais capable de faire, à ce moment-là.

Dans la faible lumière qui baignait la foule animée, Wilkie avait l'air d'un vrai géant. Un géant à moitié fou de rage. Pendant un moment, ses yeux ne se posèrent pas sur moi mais sur Angus. Son regard sombre était de glace. Il me serra contre lui, s'oubliant peut-être dans des circonstances aussi publiques.

Et moi aussi, dans mon état de relâchement, j'oubliai

toute restreinte. Mon corps était collé rudement contre lui, mes seins à peine contenus par le doux velours rose de ma cotte. Sa cuisse était pressée contre la mienne, émettant une chaleur intense. Et sa bouche, entrouverte sur son souffle lourd, n'était qu'à quelques pouces de la mienne.

Je me retins de justesse de l'embrasser. A la place, je me haussai sur la pointe des pieds pour lui murmurer à l'oreille :

— Vous m'avez manqué, guerrier.

Il ne me répondit pas, ne me regarda pas, persistant dans son silence furieux, comme s'il s'efforçait de se contenir et avait du mal à le faire.

C'est peut-être la cervoise qui me rendit hardie ; je me sentais d'humeur intrépide. Je me penchai de nouveau vers lui et chuchotai :

— J'ai envie de vous embrasser.

Il me serra encore plus fort et me regarda d'un air farouche.

— *Roses.*

Je lui rendis son regard, alarmée par sa réaction.

— Je suis déjà un crétin fini à force de vous désirer, dit-il d'une voix rauque. Montrez-moi quelque pitié !

— Moi ? relevai-je, sceptique.

— *Oui,* lâcha-t-il, de la colère dans la voix. Vous.

Je jetai un coup d'œil à Maisie. Son regard dur me promettait la mort ou pire, et j'avoue qu'elle réussit à me perturber.

— Et les Morrison ?

— Ne me parlez pas d'elles ! grommela-t-il.

Puis, comme s'il ne pouvait en supporter davantage, il m'entraîna hors des lisières sombres de la salle et dans le corridor peu éclairé, sans un regard en arrière. J'eus le sentiment que laird Mackenzie ne serait pas content *du tout* de son départ. D'un autre côté, les sœurs et le frère de Wilkie faisaient de leur mieux pour sceller une union ce soir-là, non ? J'en avais vu au moins deux à l'œuvre…

C'était peut-être la pleine lune, me dis-je, puisque tout

le monde agissait un peu follement, moi en particulier. J'étais toujours plaquée contre le torse de Wilkie. Dès que nous atteignîmes l'escalier, il me souleva dans ses bras et me porta dans sa chambre.

Et lorsqu'il eut refermé la porte derrière nous, d'un brusque coup de pied, il me reposa doucement près du feu mourant. Il ne me toucha pas. A la place, il alla jusqu'à la table sur laquelle se trouvaient des coupes et des assiettes vides et la renversa d'une violente poussée, l'écrasant contre le mur. Plusieurs pièces de vaisselle heurtèrent bruyamment les pierres et rebondirent par terre. L'une d'elles se brisa.

Choquée, je reculai d'un pas.

Mais je n'avais pas peur de lui. Au contraire, son sursaut de colère embrasait encore plus mon désir. J'avais confiance en lui et je savais qu'il ne me ferait pas de mal. Ou en tout cas je l'espérais… Ce qu'il pouvait me faire *d'autre* dans cet état, en revanche, me faisait bouillir le sang.

Il alla jusqu'au lit et s'assit, enlevant ses bottes et les jetant de côté. Puis il me regarda.

Je n'avais jamais vu ses yeux aussi menaçants, aussi étincelants. Du doigt, il me fit signe de le rejoindre.

— Venez ici.

En hésitant, j'obéis. Je me tins devant lui.

Il posa les mains sur mes hanches et m'attira entre ses cuisses, me pressant contre lui et appuyant sa tête sur ma poitrine. Il y avait quelque chose de désespéré dans son étreinte.

Je passai les doigts sur les mèches de ses cheveux épais, réaffirmant mes droits sur lui, le reprenant aux autres.

— Tout va bien, murmurai-je, éprouvant le besoin de le réconforter.

— Je ne peux pas le supporter, dit-il à voix basse.

— Supporter quoi ?

— Vous. Eux.

Je ne compris pas ce qu'il voulait dire, mais je laissai durer le silence, espérant que Wilkie reprenne.

— Je veux être le seul à vous regarder, dit-il finalement, en levant les yeux vers moi. Pardonnez-moi, Roses. Je veux vous garder rien que pour moi. J'essaie de me contrôler, mais vous me rendez la tâche si difficile, avec votre chevelure, vos seins et vos lèvres que tout le monde peut voir.

Mes mains ne pouvaient se rassasier de toucher ses cheveux soyeux, sa peau hâlée.

— Mes lèvres sont à vous, dis-je en embrassant son visage, ses paupières closes, sa bouche. Mes seins sont à vous. Je suis tout entière à vous.

Je continuai à l'embrasser et à m'offrir à lui, chaque mot de la plus absolue sincérité. J'étais à lui. Et il était à moi, même si cette vérité-là n'était pas complètement confirmée ou autorisée par ses pairs. Peu importait. Pour le moment, il était là avec moi, et je me contentais de cette réalité.

Sa fureur s'estompait, se transformait en ardeur, je le sentais. Quand sa colère se fut refroidie, il s'écarta de moi. Avec précaution, pour ne pas l'irriter, je défis l'épingle qui tenait son kilt en place. Je déroulai la bande d'étoffe. Je relevai doucement sa chemise, la tirant par-dessus sa tête. Je passai les doigts sur les lignes viriles de ses épaules.

Il me souleva et me déposa sur le lit. Il s'allongea près de moi. Nous restâmes silencieux pendant une bonne minute, nous réjouissant simplement de la proximité de l'autre. Je le sentais et percevais qu'il le sentait aussi ; nous étions à notre place : ensemble.

Je commençai doucement.

— Guerrier ?

Il haussa un sourcil, attendant ma question.

— Vous n'avez pas épousé chaque femme avec qui vous avez couché.

Il marqua une pause avant de répondre.

— Non, pas une seule.

— Avez-vous couché avec beaucoup de femmes ?

Il me contempla d'un air nonchalant et un sourire

subtil joua au coin de ses lèvres, comme s'il était assez satisfait de mon interrogatoire. Sa beauté, tandis que son arrogance et son autorité innée jouaient sur son visage, était renversante. C'était là un homme pour qui les femmes se battaient. Elles se pâmaient quand il pénétrait dans une pièce. Et se sentaient faiblir quand il leur décochait un coup d'œil. Je l'avais entendu dire à la table de laird Ogilvie, et maintenant je l'avais vu par moi-même. Obtenir l'attention de Wilkie Mackenzie était en soi une conquête, une aspiration, un rêve. Le souvenir très frais de toutes ces femmes, battant coquettement des cils, bouillait dans mes veines. *Une en particulier.* Et Wilkie paraissait presque amusé, maintenant que sa propre jalousie s'était apaisée.

— Etes-vous jalouse, mon amour ?

L'image de Maisie Morrison refit surface, me mettant en fureur. J'étais *plus* que jalouse.

Il eut un grand sourire, découvrant ses dents blanches. Il rit à mon expression vexée et le son de son rire attisa mon désir et me soulagea ; son rire trouva un écho dans les endroits les plus intimes de mon corps, je devins toute moite et avide qu'il me touche.

— Votre visage, Roses. Vous êtes adorable quand vous êtes jalouse. Ces femmes n'existent plus pour moi, maintenant. Il n'existe qu'une seule femme que je veux dans mon lit et elle est là, me regardant en fronçant les sourcils.

Je restai aussi immobile qu'une pierre, mais mon cœur tambourinait d'un amour désespéré, blessé.

— Elles existaient pour vous ce soir, en tout cas, dis-je doucement en me remémorant leurs mains qui touchaient ses bras et ses cheveux — et la façon dont il les laissait faire.

— J'étais poli avec nos invitées, rien de plus. J'ai encouragé Kade à les divertir et il a semblé à la hauteur de la tâche. Le reste d'entre elles l'encerclait comme des loups affamés. Moi, en revanche, je ne prenais que peu de plaisir à la conversation, surtout alors qu'Angus Munro se penchait de plus en plus près de vous, vous bavait littéralement dessus et touchait vos seins.

Cette dernière phrase fut lancée telle une gifle silencieuse, comme si j'avais toléré… non, comme si j'avais *invité* Angus Munro à faire ce qu'il avait fait.

— Si vous aviez été près de moi, il ne m'aurait pas touchée, rétorquai-je.

Je fus surprise par la virulence de ma voix. J'avais le cœur lourd, et je me sentais au bord des larmes devant mon besoin d'avoir Wilkie pour moi. Je ne voulais pas me quereller avec lui, mais je ne pus me retenir.

Son irritation était palpable.

— Si j'avais été plus près de vous, j'aurais eu du mal à ne pas vous posséder sur-le-champ, dans un coin. Votre cotte en révèle trop.

— Vous préférez celle de Maisie Morrison ? demandai-je.

Je n'aurais pas dû attaquer ainsi, mais je poursuivis tout de même :

— Avez-vous engagé votre parole, guerrier ?

— Que voulez-vous dire ?

— Je veux dire, Maisie croit-elle que vous êtes plus qu'une simple connaissance ? Est-elle votre promise, oui ou non ?

Il marqua une pause comme s'il considérait de me dire ou non la vérité.

— Non, Roses. Elle n'est *pas* ma promise. Maisie Morrison et moi avons partagé un moment fugace. Elle ne signifie rien pour moi. Knox souhaite fortement que j'envisage de l'épouser, pour consolider l'alliance militaire dont nous avons grand besoin avec le clan Morrison. Je n'ai pas accepté. Je l'ai pressé de négocier pour sceller l'alliance par d'autres moyens. Je lui ai dit que je préférerais que ma relation avec Maisie reste du passé. Et je lui ai clairement indiqué ma préférence.

Quand je lui posai la question suivante, je me blindai contre sa réponse.

— Et qu'a-t-il répondu ?

— Nous en discutons toujours.

Ce qui signifiait probablement que le laird avait refusé de le laisser m'épouser. Le chagrin et la jalousie qui me submergèrent donnèrent un ton coupant à mes paroles.

— Si vous préférez les cottes des Morrison et leurs lits, alors vous devriez aller à elles. Comme vous l'avez déjà fait.

Wilkie se tut un moment. Puis sa voix s'adoucit un peu.

— Ne soyez pas sotte, lass. Vous êtes la seule qui ait touché mon cœur. Venez à moi. Laissez-moi apaiser votre jalousie par mes baisers.

Je restai indignée. Je ne me rapprochai pas de lui. Je me représentais une autre femme dans son lit, ou plutôt *deux*, l'embrassant, caressant ses cheveux. Cette pensée mit mes émotions à vif, me perturbant grandement.

— Roses, dit-il avec une dure autorité.

Il ajouta d'une voix sombre :

— Vous n'avez pas obéi à ma demande. Je vous ai dit de venir à moi.

Il se pouvait qu'il me taquine, mais il me mettait aussi à l'épreuve. Il posa un doigt sur mes lèvres.

Je voulus le mordre, et le manquai de peu lorsqu'il le retira vivement. Son regard se fit orageux. Il me saisit de ses bras musclés et m'attira à lui.

— Je me donne à vous, guerrier, dis-je.

— Il n'est pas question…

— Que vous m'épousiez ou non, le coupai-je.

Je ne voulais pas entendre parler de ma pureté, pas dans la chaleur intense de ce moment. Je nourrissais de toute mon âme le désir troublant qu'il souille ma pureté de son sang, de sa sueur — et d'autre chose.

Il fronça les sourcils.

— Que voulez-vous dire, Roses ? Vous m'avez déjà dit oui. Je n'accepterai pas un non maintenant.

— J'ai dit que je vous épouserais, déclarai-je, la voix

altérée. Je suis déjà à vous. Mais pourquoi devez-vous m'épouser avant de…

Je m'interrompis, trop honteuse et désespérée pour expliquer ce que je voulais de lui. Je le voulais tout entier. Je le voulais à l'intérieur de moi, je voulais qu'il me prenne et me fasse sienne complètement. Pour que nous brûlions ensemble, moi avec lui, *maintenant*. Un mariage semblait être un rêve lointain, des mois de préparation, des heures de séparation pour tout mettre au point. Et voilà que je laissais mes espoirs et mes rêves prendre le dessus sur moi, si je considérais des détails aussi précis que des préparatifs et des arrangements ! Un mariage, à supposer déjà qu'il soit une possibilité, me paraissait à un million de lieues du moment présent.

Et la question se posait plus fort que jamais dans mon esprit : pourquoi coucherait-il avec d'autres femmes et leur ferait-il l'amour alors qu'il me le refusait, à moi ?

Des larmes me piquèrent les yeux.

Wilkie les vit et prit une expression peinée.

— Roses ?

Il me regarda dans les yeux avec une concentration totale, comme s'il pouvait y lire la raison de mon angoisse.

— Qu'y a-t-il ? Pourquoi pleurez-vous ?

Je pouvais à peine parler. Mes paroles furent étouffées et mouillées de larmes.

— Vous ne me désirez pas comme vous les avez désirées, elles.

Il me prit par les épaules et son visage exprima l'incrédulité, puis une lente compréhension.

— Vous voulez vous donner à moi pour avoir une preuve… Vous pensez que je ne vous *désire* pas ? Est-ce pour *cela* que vous pleurez ?

Je fronçais toujours les sourcils, et hochai légèrement la tête.

Il lâcha un petit rire incrédule. Il embrassa mon visage, de petits baisers au coin de ma bouche, sur ma joue. Il baisa doucement mes paupières, une fois, puis une autre, mes larmes mouillant ses lèvres. Elles semblaient avoir provoqué un déclic en lui, comme un désir animal ou un besoin de protéger. Il y avait dans ses baisers quelque chose de nouveau et d'incisif qui me transportait et me terrifiait à la fois. Un revirement s'était produit en lui et il y avait dans ses manières une nouvelle ardeur et une sorte de férocité qui accéléraient les battements de mon cœur.

Il passa la main sur ma poitrine, abaissant le doux velours pour saisir mes seins par-dessous et les remonter, les exposant à ses yeux. Il prit chaque pointe entre son pouce et son index, tirant doucement dessus et les pétrissant. Ses caresses prirent de la force et devinrent presque douloureuses, m'embrasant tout entière.

— Je ne peux pas laisser ma Roses pleurer ainsi quand je peux apaiser si facilement ses larmes — si c'est ce qu'elle veut que je fasse.

Il suça mes tétons, l'un, puis l'autre, les goûtant brièvement, avec une légèreté presque maniaque.

— Je vous veux, murmurai-je.

Je n'avais jamais rien dit de plus vrai.

Il baisa mes joues, puis mes lèvres, et je sentis le goût salé de mes larmes. Il se débarrassa de ses vêtements. Ses mains s'affairèrent sur les lacets de ma cotte, qu'il dénoua. Puis il releva le velours jusqu'à ma taille et tenta de me l'ôter.

— Enlevez ceci ou je vais le déchirer.

Ne voulant pas qu'il détruise la soigneuse création d'Ailie, je fis passer la cotte par-dessus ma tête. Voyant que je ne portais rien dessous, Wilkie ronronna presque de contentement à cette découverte. J'étais nue, seuls mes cheveux me couvraient. Mais j'étais face à lui, et je ne me souciais plus qu'il découvre mon tatouage. En fait, je voulais même qu'il le fasse. J'allais le lui montrer. Je commençai à me tourner, mais il me retint et me rallongea sur le lit avec insistance, embrassant mes seins sans s'attarder, semant une traînée de baisers le long de mon ventre et plus bas.

— Vous voulez que je vous *prouve* que je vous désire plus que je n'ai jamais rien désiré dans ma vie, Roses. C'est bien ça ? Parce que je ne peux plus supporter vos pleurs.

J'étouffai une exclamation lorsqu'il lécha ma chair sensible, me mouillant de ses douces caresses, prononçant des mots tendres contre ma peau.

— Si vous persistez à douter de moi, Roses, si vous tenez absolument à briser toutes mes défenses avec vos larmes et votre beauté, alors c'est ce que je ferai, lass. Est-ce ce que vous voulez de moi ? Une preuve ?

Je ne pus que soupirer une douce réponse, succombant déjà, brûlant, voulant trop fort.

— Et vous êtes prête à accepter que je vous prouve mon amour pour vous en vous prenant complètement, totalement pour mienne ?

Comme pour mettre l'accent sur sa question, il lécha plus profondément ma féminité, se servant de ses doigts pour m'ouvrir doucement à sa langue insistante jusqu'à ce que je crie son nom en un gémissement.

Il remonta le long de moi, se frottant à moi, supportant son poids de ses bras pour se mettre en position.

— Vous voulez que je vous prenne comme *ceci,* Roses ?

Je sentais son sexe puissant pousser doucement contre l'entrée du mien. Sa taille et sa force lui donnaient un contrôle total et mon corps, qui n'était que trop consentant, palpitait de désir tandis qu'il se contentait de me toucher. J'avais peur et je me noyais dans mon désir pour lui, et cet effet combiné provoqua une nouvelle vague de larmes qui mouillèrent mes cheveux. Il écarta mes jambes de ses deux mains.

— J'ai attendu, douce lass, parce qu'une fois que je serai en vous, vous devez le comprendre, je n'aurai pas d'autre choix que de répandre ma semence. Nous serons liés à jamais.

Je haussai légèrement mes hanches vers lui, l'approchant jusqu'à ce qu'il soit fortement pressé contre moi.

Il commença à frotter le bout de son érection le long de

mes replis intimes, puis plus profondément, se glissant à peine en moi, donnant un rythme subtil à ce mouvement contrôlé. Mes muscles intérieurs se crispaient sur le vide qu'il laissait en moi. Je pensais mourir de désir.

— Pas une fois je n'ai répandu ma semence dans une femme, dit-il, et sa voix était basse, presque charmeuse, tandis qu'il continuait à me frotter de son corps. Je ne voulais pas être lié à elles de cette façon et au-delà de ce moment.

Mon corps réagissait à lui et ses caresses devenaient soyeuses et douces comme du miel du fait de la moiteur qu'il provoquait en moi.

— Si je vous fais l'amour, Roses, je ne voudrai pas me séparer de vous avant la fin. Je veux vous posséder complètement, et que vous me possédiez aussi. Je veux brûler avec vous, vous sentir palpiter autour de moi tandis que je vous emplirai de tout ce que j'ai à donner. Est-ce là ce que vous voulez de moi ?

Je fis glisser mes doigts sur les muscles noués de son dos, me cramponnant à lui, le griffant pour l'attirer plus près.

— Vous êtes trop sacrée, poursuivit-il, la voix enrouée par l'émotion. Vous êtes unique. Mon ange. Ma Roses. A moi.

Il se poussa un peu plus loin, maintenant toujours son rythme nonchalant. L'épaisseur de son sexe commença à m'étirer. Cette sensation me donna le tournis, et ma vision se brouilla sur les bords.

— Est-ce bien ce que vous voulez de moi ? me chuchota-t-il à l'oreille, en mordillant la chair tendre de mon lobe entre ses dents. Dites-le-moi.

— Oui, guerrier, dis-je dans un souffle.

— Vous me voulez en vous, tout entier ? Une fois que je commencerai, sachez-le, nous ne pourrons pas revenir en arrière. Et cela va vous faire mal, Roses. Il n'y a rien que je puisse faire pour éviter de vous blesser, au début. Mais ensuite tout ce que je ferai vous donnera du plaisir.

Je vous le promets. Autant de plaisir que vous pourrez en recevoir. Est-ce ce que vous voulez que je fasse ?

Je sanglotai sous l'effet de la tension qui nouait mon corps, et qui l'appelait.

— *S'il vous plaît, Wilkie.*

Alors il s'enfonça plus profondément en moi. J'éprouvai une vive douleur lorsqu'il franchit d'un seul et rapide assaut la fragile barrière de ma virginité. Je poussai un cri et il le recueillit dans un baiser, ouvrant ma bouche de la sienne, glissant sa langue en moi avec une pression douce et apaisante. Il se tint immobile, m'embrassant tendrement, jusqu'à ce que ma tension commence à diminuer.

— C'est la seule douleur, mon amour, dit-il en repoussant mes cheveux de mon visage. Et elle va se changer en plaisir.

Il alla plus loin en moi, et mon corps lui résista. Il était trop grand pour moi ; mon corps inflexible ne pouvait s'ajuster à lui.

— Avez-vous bientôt…

Je me mis à gémir quand il poussa encore, et j'étouffai un cri sous la brûlure, sous cette demande qui m'écartelait.

— Pas encore, lass. Je suis à peu près à la moitié.

— *La moitié ?*

— Détendez-vous pour moi, Roses. C'est moi, Wilkie. Votre guerrier. Laissez-moi entrer.

Il se souleva légèrement, prenant un sein dans sa main, le portant à sa bouche. Il lécha mon mamelon de sa langue, tournant autour du petit bouton qui se durcissait. Puis il me mordit, doucement, effleurant ma peau du bord de ses dents, m'embrassant et frottant son visage contre moi. Il fit la même chose pour mon autre sein, jusqu'à ce que je sente mes muscles intérieurs se détendre, se relâcher autour de lui, accepter peu à peu sa lourde invasion. Il poussa encore, avec plus de force, ressortant de moi puis me reprenant de nouveau, de plus en plus profondément.

— On y est presque, mon amour.

Il appuya plus lourdement son corps sur le mien. Il

m'embrassa en me léchant et en me mordillant d'une manière experte et pleine de précaution, tout en pénétrant mon corps d'une façon plus agressive.

Je bataillai pour respirer et me débattis légèrement, essayant de me libérer de l'impression que j'étais ouverte en deux. Je n'étais pas sûre de pouvoir accepter davantage de lui.

— *Vous êtes trop grand,* guerrier, dis-je, du désespoir dans la voix. Vous ne vous accorderez jamais avec moi.

— Nous nous accorderons, lass. Je m'adapterai parfaitement à vous.

Il écarta encore plus mes jambes, s'ajustant, allant plus loin d'un assaut plein de force. Son doux grognement bourdonna d'une note de satisfaction, et je sus qu'il était entièrement en moi, à présent. C'était inconfortable, cette façon extrême qu'il avait de me remplir, avec la brûlure de son premier assaut qui persistait. Je me tortillai et serrai les mains sur ses fesses, essayant de trouver du plaisir. En reculant un tout petit peu mes hanches, je pouvais atténuer la sensation d'être trop pleine, trop possédée. J'allai d'avant en arrière, à peine, et la moiteur de mon sexe commença à adoucir l'impression d'étroitesse.

Wilkie enfouit le visage dans mon cou. Il émit un bruit sourd, comme un grognement étouffé. On aurait dit qu'il souffrait.

— Guerrier ?

Il ne répondit pas tout de suite.

— Wilkie, chuchotai-je à son oreille.

— Oui, dit-il dans un souffle.

Son corps était terriblement dur et tendu.

— Est-ce que ça va ?

Silence.

— Wilkie ? murmurai-je de nouveau.

— Restez tranquille, Roses. Ne bougez pas.

Je lui obéis un moment. Je restai immobile, laissant mon corps se détendre autour de lui. Les muscles de son dos étaient durs comme de la pierre. Je passai les doigts dessus, les griffant légèrement, le taquinant par de petits pincements, comme il aimait me le faire. Je laissai mon corps s'ajuster à lui. Je reculai de nouveau mes hanches, diminuant la pression, puis je les haussai vers lui. Et je recommençai.

— *Roses,* dit-il sévèrement. Tenez-vous tranquille.

— Pourquoi ?

— Vous réduisez mon contrôle à celui d'un jeune lad inexpérimenté, dit-il d'une voix âpre. Vous êtes si serrée autour de moi.

Il releva la tête pour me regarder dans les yeux et nous restâmes ainsi un moment, immobiles et silencieux.

— Je suis à l'intérieur de ma Roses, dit-il, un sourire touchant ses lèvres.

— Oui, mon guerrier est à l'intérieur de moi. Me donnant tout ce qu'il a à donner.

Il m'embrassa, alors, et sa bouche fut avide et possessive, sa langue me prenant d'assaut tandis qu'il se mettait à bouger en moi selon le même rythme.

— Je veux sentir vos spasmes autour de moi, lass, grommela-t-il. Je veux que votre plaisir me porte à l'assouvissement.

— Nous allons brûler ensemble.

— Oui, dit-il. Ensemble.

Et ce fut alors que l'inconfort commença à se modifier, la douleur à s'adoucir. La friction brûlante à l'intérieur de moi fit soudain place à quelque chose de tout à fait différent. Tous mes sens et toutes mes sensations se concentrèrent sur le cœur de ma personne, maintenant apte à recevoir ses assauts. D'autres bouffées de plaisir étaient tapies aux abords de la vive tension de mon corps, je le sentais.

Wilkie entendit mon doux soupir tandis qu'il allait plus vite et compris, trouvant l'équilibre parfait entre la chair et les sentiments. Il gardait un rythme régulier, contrôlé, m'arrachant des bribes d'extase qui se retiraient tout de suite après, pour rester juste hors d'atteinte.

— Laissez-vous aller, Roses. Abandonnez-vous à moi.

Il leva un de mes bras au-dessus de ma tête, puis l'autre, et saisit aisément mes deux poignets dans l'une de ses mains puissantes. Mes jambes étaient complètement repliées, mes genoux serrés contre ses hanches.

J'étais clouée sous lui, maintenue par lui, empalée par lui. Il prit ma bouche. Je ne pus que me soumettre à lui. Le monde autour de nous avait cessé d'exister. Et dès que je me livrai à cette soumission totale, un courant fluide commença à emplir mon corps et mon esprit, tel un bourdonnement subtil et plein d'énergie qui venait du dedans. Il prit naissance dans mon âme, me sembla-t-il, s'enroulant à la fois au centre de moi et hors de lui. Les profonds assauts de Wilkie l'appelaient et le faisaient monter de plus en plus haut, me faisant fondre complètement jusqu'à ce qu'il ne reste rien de moi à part ce plaisir écrasant et dévastateur. Cette marée inexorable qui montait en moi me submergea en une explosion aveuglante de volupté, qui dura et se changea en un envoûtement croissant. Mon corps se crispa étroitement autour de lui en spasmes qui le retenaient, qui tiraient sur lui par à-coups rythmés, appelant tout ce qu'il avait à donner.

Wilkie soupira et dit dans un souffle quelque chose qui n'avait pas de sens. Et je n'avais jamais éprouvé une joie aussi dévorante que lorsque son essence se déversa en moi, brûlante, m'inondant de sensations vibrantes, prolongeant mon plaisir en longs frissons voluptueux et débordants qui roulaient comme des vagues et ne rencontraient pas de résistance.

Il se passa un long moment avant que l'un de nous ne puisse bouger ou parler. Nous étions anéantis et mêlés l'un à l'autre, aussi complètement liés qu'il était possible de l'être de toutes les façons qui existaient.

Je refis surface quelque temps plus tard pour découvrir qu'il nous avait changés de position ; nous étions à présent allongés face à face, sur le côté, ma jambe passée sur sa hanche et tenue par sa main. Ses yeux ouverts m'observaient pendant que je somnolais. Les traits virils de son visage ténébreux, ombré par la lumière basse et par ses intentions primales, me serrèrent le cœur. Quelque chose tremblait dans ma gorge et dans ma poitrine à la vue de Wilkie, le désirait avec une ardeur désespérée, tant il me paraissait beau.

— Mon ange, murmura-t-il en me regardant profondément dans les yeux, et il y avait dans sa voix quelque chose de tout aussi désespéré.

C'était à la fois trop et pas assez, comme si nous pouvions mourir si nous devions nous séparer un jour.

— Beau guerrier, vous êtes mon cœur.

Et presque sans bouger, Wilkie donna une lente et imperceptible poussée à l'endroit où nos corps étaient joints. Cette pression à peine esquissée suffit à m'exciter, provoquant une volupté suave qui parcourut mon corps et se maintint en moi, comme si je chevauchais l'énergie de Wilkie. Des sensations jaillirent en spirale du centre de ma personne pour se répandre en une vague continue qui le caressait paisiblement de l'intérieur. Elle lui procura un lent et profond assouvissement qui m'emplit de chaleur, d'amour et de vie.

14

— Vous devez être préparée à ce que l'on vous observe et parle de vous aujourd'hui, Roses, dit doucement Wilkie. Je vous garderai avec moi autant que je le pourrai, mais il y aura des moments où l'on me demandera de m'entraîner, de discuter de notre alliance avec les armées Morrison et Munro, de m'occuper de nos visiteurs. Fergus veillera sur vous en permanence. Si vous vouliez passer du temps à assister Effie, cela donnerait de la crédibilité à votre alibi, et mes sœurs feront de leur mieux pour vous tenir compagnie autant qu'elles le pourront.

— Je n'ai pas besoin qu'elles me tiennent compagnie, répondis-je. Je peux très bien m'occuper moi-même, et je veux les aider, ainsi qu'Effie, de toutes les façons nécessaires.

Il continuait à me tenir aussi fort que pendant sa fièvre, mais son emprise était plus complète, avec ses membres lourds enroulés autour de moi et son corps serré contre le mien. Au cours de la nuit, j'avais été réveillée plus d'une fois par les caresses intimes de sa bouche, de ses mains puissantes, par son désir insistant. Il avait répandu sa semence en moi maintes fois, chaque orgasme aiguillonné par les réponses saccadées de mon corps à sa possession qui m'emplissait de volupté. La nuit m'apparaissait comme une longue chevauchée de sensations merveilleuses. L'extase ne diminuait jamais, elle ne faisait qu'ondoyer à travers l'éveil et le sommeil.

— J'aurais pu être plus subtil quand nous avons

quitté l'assemblée hier soir, dit-il avec remords. Tel est mon désir pour vous, ma douce, qu'il me rend aveugle et sourd à tout et à tout le monde à part vous. On vous questionnera très probablement à ce sujet. Le mieux est de les laisser s'interroger, pour le moment. Mes discussions avec mon frère ne sont pas encore réglées. Mais elles le seront bientôt, je vous le promets.

— Tout ce que vous voudrez, guerrier. Je les laisserai donc se poser des questions.

— Maintenant, je vais m'arracher à votre corps et vous laver. Puis vous vous habillerez dans la pièce voisine et descendrez quand vous le souhaiterez. Je vous verrai dans quelques heures.

— Très bien.

Je ne voulais pas qu'il s'écarte de moi ou me quitte. Mais je me sentais suprêmement paisible. J'étais amollie de ravissement, mon corps et mon esprit si rassasiés que j'aurais pu ne jamais avoir eu un souci au monde.

Il ne bougea pas tout de suite. Toujours allongé sur moi, il posa un baiser sur le bout de mon nez.

— Vous avez de légères taches de rousseur ici, sur le nez et les joues.

Il se mit en devoir de les embrasser tour à tour.

— Et ici, sur le haut de vos seins magnifiques, comme si le soleil vous avait donné des baisers et vous avait poudrée d'or.

Il continua son exploration.

— Vos cheveux blonds captent toute la lumière de la pièce.

Il enroula une mèche autour de son doigt, puis traça de son pouce la ligne d'un sourcil.

— Vous êtes radieuse, Roses. Je n'ai jamais rien vu de pareil. J'ai envie de m'immerger en vous à jamais. De vous suivre et de sentir votre soleil, votre chaleur et votre beauté. Vous êtes plus que ce que mon cœur peut supporter.

— J'attendrai que vous reveniez à moi, toujours. J'ai

envie de rester allongée ici, comme ceci, avec vous, chaque jour et chaque nuit jusqu'à la fin des temps. Vous êtes ma vie.

Et si j'avais été capable de me concentrer dessus à ce moment-là, j'aurais pu être déconcertée par la vérité absolue et la portée de mes paroles.

Il m'embrassa encore une fois, puis il s'écarta de moi et je me sentis déjà attristée de notre séparation. Mais d'un autre côté — même si je ne m'en étais pas rendu compte jusqu'ici —, j'étais assez douloureusement meurtrie.

Wilkie alla jusqu'à une table de toilette sur laquelle étaient posés un pichet et une cuvette en porcelaine. Il versa de l'eau dans la cuvette et l'apporta jusqu'au lit, avec un linge. Il entreprit de me laver avec soin, essuyant sa semence et mon propre sang sur ma peau. Puis il se lava à son tour.

— Vous m'appartenez, maintenant, dit-il.

Cette déclaration m'emplit d'un bonheur sans mélange.

— Et vous m'appartenez, répondis-je, m'émerveillant de sentir sa chaleur, qui s'attardait en moi.

En moi et seulement en moi. Je songeai à la possibilité d'un enfant, mais ce n'était pas ma pensée la plus pressante. Un enfant, qu'il soit légitime ou non, me semblait être un lointain souci. Le plus important, en cet instant, c'était de savoir que l'essence de Wilkie s'était réellement mélangée à la mienne. Mon cœur, mon esprit, tout en moi se sentait plein de joie à ce que cela signifiait. J'avais l'impression — comme Wilkie le décrivait si bien — d'être pareille au soleil. C'était comme si un globe étincelant et vibrant se trouvait à l'intérieur de moi, là où nos esprits s'étaient mêlés et continuaient encore à danser.

— Je crois qu'Ailie et Christie vont emmener les femmes se promener dans les jardins, ce matin, après avoir déjeuné. Vous pourriez les accompagner, si vous voulez.

Cette suggestion était teintée d'une pointe d'anxiété, au souvenir de ma dernière promenade à l'extérieur. Mais Wilkie ajouta :

— Les gardes ont été doublés et sont prêts à agir. Il y a des patrouilles le long des murs extérieurs, dans les terrains et près des portes. Il n'y aura plus d'attaque-surprise, je vous en donne ma parole. Et Fergus sera avec vous.

Je m'assis, tout excitée. Je n'avais exploré les jardins que deux fois durant les jours et les semaines que j'avais passés à Kinloch. J'étais incapable de dire combien de temps avaient duré notre confinement érotique et notre guérison ; cette période semblait presque irréelle, un peu comme un rêve qu'il aurait été difficile de mesurer.

Mais à présent, j'étais impatiente de sentir de nouveau le soleil sur mon visage et de respirer dans la brise l'odeur des moissons. J'eus un grand sourire et joignis les mains.

Wilkie parut amusé de mon excitation.

Il m'embrassa d'un geste joueur, et alors que j'essayais de m'écarter de lui pour m'habiller, il retint ma main comme s'il ne voulait pas la lâcher. Je tirai dessus, questionnant ses intentions d'un sourire.

— Laissez-moi m'habiller, guerrier.

Je lui tournai le dos, mes cheveux lâchés. Je songeai à la requête pressante d'Ailie. J'avais pris soin de rester face à lui et de me servir de ma chevelure comme d'un écran quand j'étais nue devant lui à la lumière du jour. Mais il était vrai que j'avais légèrement abaissé ma garde. Néanmoins, j'étais contente qu'il n'ait pas encore remarqué mon tatouage.

Tu dois le lui dire, Roses. Tu le dois.

Je le ferai. *Je le ferai.* Mais la peur, une fois de plus, me transperça à cette idée. M'aimerait-il toujours si l'accusation de la vieille femme était vraie ? Pourrait-il me pardonner mes origines troubles et sinistres ?

Pourtant, je savais qu'Ailie avait raison. Je devais lui montrer mon tatouage.

Je le lui *montrerai.*

Ce soir.

Je m'autoriserais à savourer durant cette journée

l'intensité des étreintes de Wilkie, avant de tout risquer en lui dévoilant mon horrible secret. C'était égoïste de ma part, certes, de le vouloir aussi désespérément, même si je savais qu'il me rejetterait probablement dès qu'il découvrirait ma marque. Aucun homme aussi privilégié, aussi beau, ne voudrait s'associer pour toujours de corps et d'esprit avec une… Avec ce que j'étais en vérité.

Oui, je m'accorderais un jour de plus, et un jour seulement, pour *vivre*. C'était quelque chose à quoi il était difficile de renoncer, un amour et une joie de cette ampleur, mais je le ferais. Pour lui. Dans les faits, je le libérerais afin qu'il suive son destin et remplisse son devoir comme le noble qu'il était. J'avais déjà réclamé l'ultime récompense : une relation absolue avec l'homme de mon cœur. Je me sentais indéniablement comblée après avoir été aimée par Wilkie. C'était un sentiment et un souvenir que je pourrais emporter avec moi — même sur le bûcher…

Au bout d'un moment, il lâcha ma main et je soutins son regard tandis qu'il me regardait m'éloigner de lui et passer dans son antichambre ; marcher me rappela mes meurtrissures qui s'atténuaient, ainsi que la nouvelle sensibilité de ma féminité, qui était à vif. Les yeux de Wilkie étaient étrangement sombres, presque menaçants, comme s'il allait bondir et me poursuivre d'un instant à l'autre.

Dans la chambre voisine, j'examinai les choix vestimentaires que j'avais. Ailie et Christie avaient été généreuses : elles m'avaient apporté plusieurs tenues neuves entre lesquelles me décider.

Je choisis une cotte de velours vert clair bordée de satin blanc. Elle paraissait trop somptueuse pour une simple promenade dans les jardins, mais les autres toilettes aussi après tout. Comme auparavant, je passai les doigts sur le velours. Pouvait-on jamais s'habituer à des choses aussi luxueuses ? J'enfilai la cotte par-dessus ma tête, savourant sa douceur raffinée. Elle aurait pu être faite pour moi ; la coupe était confortable et flatteuse, resserrée en un corselet ajusté en haut, tombant en plis gracieux jusqu'au sol pour la jupe. Je touchai la bordure de satin blanc, appréciant sa texture soyeuse.

Je brossai mes cheveux, démêlant les longues mèches et les coiffant soigneusement. Je fis plusieurs nattes que j'enroulai autour de ma tête en les attachant à l'arrière. Puis je mis mes souliers.

Quand je retournai auprès de Wilkie, il était levé, assis au bord du lit où il laçait ses chausses, torse nu. Il avait toujours son bandage au-dessus de la taille, mais le voir ne me transperça pas le cœur comme durant les premiers jours. Je savais qu'il guérissait bien, même s'il avait rouvert sa blessure en se battant contre le guerrier d'Ogilvie. Ce qui me transperça, mais d'une manière bien différente, ce fut la façon dont les muscles de son large torse bougeaient à chacun de ses mouvements.

Il me regarda m'approcher de lui. Ses yeux glissèrent sur ma cotte, mes cheveux, mon visage. Puis il ferma les paupières, ses cils sombres dessinant un doux croissant sur ses joues.

Je m'avançai pour me placer entre ses cuisses, posant les mains sur ses épaules nues et bronzées. J'embrassai ses paupières closes.

— Pourquoi fermez-vous les yeux ?

Il les rouvrit et m'attira plus près.

— Vous blessez mon cœur, lass. Cette cotte est assortie à la couleur de vos yeux et les ganses de satin s'accordent à votre chevelure. Je ne veux pas vous partager.

Je ris légèrement à sa sottise et passai les doigts sur ses traits hâlés, aimant à sentir sa barbe naissante le long de sa mâchoire.

— Il n'est pas besoin de me partager. Je suis à vous, tout entière.

— C'est étrange, dit-il d'un ton pensif, de vous voir vous mêler à ma famille, à mon clan, à mes connaissances. Je me demande encore si je vous ai rêvée et pourtant vous êtes là. C'est vrai, je ne me suis jamais senti aussi possessif de toute ma vie.

Il s'arrêta et parut troublé par cette pensée et par sa propre réaction.

— Vous n'avez pas à vous inquiéter, guerrier. Je ne penserai qu'à vous. En outre, je sais très bien passer inaperçue.

Je songeai à toutes mes années au manoir d'Ogilvie, à être méprisée et évitée parce que je n'étais pas « comme les autres », aux jours que je passais en étant à peine prise en compte en dehors de l'accomplissement de mes tâches sans fin.

— Plus maintenant, lass. Tout le monde parlait de vous à l'assemblée hier soir, et à présent que je vous ai enlevée d'une manière aussi théâtrale, sans revenir de la nuit, vous n'avez aucune chance de passer inaperçue aujourd'hui, croyez-moi.

— Bon, eh bien, je ferai de mon mieux pour les laisser sur leur faim.

— Et maintenant je dois m'en aller, avant que mes frères ne viennent me tirer de ma chambre ! Attendez un peu avant de faire votre apparition en bas. Et je vous reverrai plus tard. J'irai vous retrouver dans les jardins.

Je l'aidai à enfiler sa tunique, saisissant chaque occasion de le toucher et de savourer son contact et sa proximité. Il ceignit son ceinturon et mit son épée et son couteau en place.

Il m'embrassa une dernière fois et ce fut un baiser à la fois sauvage et tendre, empli de toute la profondeur de notre nouveau statut : deux amants ne faisant plus qu'un.

Puis il me quitta et j'attendis un moment, comme il me l'avait demandé. Je rangeai ses quartiers et lissai les fourrures sur son lit. De mes nombreuses années à travailler au manoir d'Ogilvie, je connaissais le code implicite des chambrières : un lit refait était un signe qu'une chambre avait été nettoyée. Les draps seraient remarqués, je le craignais, les taches de sang révélant tout de ce qui s'était passé. Mais je n'en avais pas d'autres pour les remplacer. Si je faisais le lit et rangeais la pièce, personne n'en saurait rien, et je pourrais toujours demander à Wilkie de les changer ce soir. A défaut, je les laverais moi-même le lendemain.

Quand je jugeai qu'assez de temps avait passé, j'ouvris la porte et trouvai Fergus qui attendait. Je le saluai et il fit un signe de tête, puis me suivit tandis que je me dirigeais vers l'activité de la grand-salle, où toutes les invitées déjeunaient. Je fis de mon mieux pour ne pas me faire remarquer, mais tous les yeux se tournèrent d'un bloc vers moi et la conversation animée s'arrêta net, laissant place à un silence assourdissant.

Une paire d'yeux en particulier me transperçait avec une hostilité sans réserve. Et les sœurs de Maisie Morrison, de chaque côté d'elle, la réconfortèrent et lui parlèrent en chuchotant. Ailie se leva d'un bond et passa un bras sous le mien pour me conduire à une chaise vide entre la sienne et celle de Christie. Elles l'avaient gardée pour moi, apparemment, et cela me toucha grandement.

— Roses, dit Ailie, venez, joignez-vous à nous. Vous devez manger, et c'est une journée parfaite pour se promener dans les jardins.

— Je crains d'avoir dormi trop tard ce matin, murmurai-je, éprouvant le besoin de m'excuser, et terriblement embarrassée d'être le centre d'intérêt de toute la table.

Les deux sœurs ignorèrent mon commentaire, comme si mes excuses n'étaient pas nécessaires.

— Il faut espérer que cette promenade sera moins agitée que la dernière, dit Christie — et je n'aurais su dire s'il y avait une note sèche et ironique dans sa remarque ou simplement la candeur à laquelle j'étais habituée.

Il me vint alors à l'esprit que pour la première fois, la voix de Christie avait pris une intonation un peu plus mondaine. Je la regardai, jaugeant la différence. Ses lèvres paraissaient sensuelles et gonflées et elle avait les yeux brillants. *Elle avait été embrassée*, devinai-je, *peut-être pour la première fois.* Tosh Munro ? C'était probable. La pleine lune, vraiment ! Je pris sa main et la pressai doucement, et elle me répondit par un sourire.

Elle me jaugeait avec la même curiosité, comme si elle détectait une différence. Mais avant qu'elle ne puisse en parler — et je fus presque heureuse de cette interruption — la voix haut perchée de Maisie Morrison s'immisça dans la tension que ma présence avait provoquée.

— Nous en savons si peu sur votre visiteuse, Ailie. Vous devez nous la présenter convenablement et nous en dire plus sur elle. Ce n'est pas tous les jours que l'on rencontre une personne à l'air aussi… exotique.

— Vous avez déjà rencontré Roses hier soir, n'est-ce pas, Maisie ? objecta Ailie.

— Oui, mais vous n'avez pas dit d'où elle vient. Ni pourquoi elle est ici.

Clementine, dont l'amertume pouvait venir de sa terrible malchance avec les hommes, impossible de l'oublier, déclara d'une voix sèche :

— Elle n'a guère l'air d'une Highlander, avec des cheveux de cette couleur. Racontez-nous votre histoire, Roses.

Je dis ce que l'on m'avait dit de dire :

— Je viens du clan Macduff.

Puis j'ajoutai, en tentant de changer de sujet :

— Je suis si impatiente de me promener dans les jardins ! Je n'ai jamais vu une telle abondance de toute ma vie.

— Ça non, admit Clementine d'un ton dédaigneux. Les Macduff ne sont pas renommés pour leur agriculture.

Les Morrison non plus, si j'avais bonne mémoire.

Mais Maisie n'avait pas l'intention de laisser dévier la conversation.

— Et pour quelle raison êtes-vous en visite chez les Mackenzie, Roses ? Et où est votre escorte ?

J'aurais souhaité être une menteuse plus convaincante. Je fis de mon mieux pour paraître sincère.

— J'ai été escortée ici par plusieurs guerriers du

clan Macduff qui m'ont laissée aux bons soins du clan Mackenzie. On m'a assigné la position d'apprentie auprès d'Effie, la guérisseuse du clan, pour que j'apprenne de son expérience.

— Eh bien, nous nous sommes rendus chez les Macduff il y a quelques mois, pour une assemblée, poursuivit Maisie. C'était pour célébrer la naissance du deuxième enfant d'Hamish et Una Macduff. Un garçon.

Je fus heureuse d'avoir de bonnes nouvelles d'Una.

— De fait, nous avons eu besoin d'une guérisseuse pendant notre visite. N'est-ce pas ? C'était toi, Stella. Tu es tombée malade, tu as eu besoin de soins et de garder le lit plusieurs jours. Te souviens-tu d'avoir vu Roses ? Moi, sûrement pas.

Stella parut gênée par l'interrogatoire de sa sœur. Ses yeux étaient d'une claire couleur ambrée peu courante, assortie aux reflets dorés de ses longs cheveux sombres bouclés au bout. Elle avait une ossature bien plus fine que ses sœurs et sa peau était aussi lisse et pâle que du lait. Sa beauté me déconcerta tandis que je songeais à la mission de laird Mackenzie de marier Wilkie à l'une de ces sœurs. Stella, songeai-je, serait un choix bien plus agréable que Maisie pour n'importe quel homme, c'était sûr, avec sa nature douce et sa beauté indiscutable.

— Je me souviens peut-être de l'avoir vue, Maisie, répondit Stella avec quelque impatience. Mais j'étais malade. Je ne faisais pas attention à grand-chose.

— Eh bien, moi, si. Et je ne me rappelle pas avoir vu de guérisseuse blonde, pas une seule fois. Et toi, Clementine ? Te souviens-tu d'avoir vu Roses parmi les guérisseuses ?

— Non, je suis sûre que je me serais souvenue d'elle.

Il y eut une pause interminable. J'essayai de penser à un mensonge, une excuse, une histoire fantastiquement convaincante qui pourrait expliquer mon absence. Mais je ne pus en trouver une seule. Ailie et Christie, elles aussi, paraissaient pâles et tendues. Eh bien, tant pis pour ces héritières hautaines ! Ce qu'elles pouvaient bien penser n'avait pas d'importance, en particulier Maisie et Clementine. Elles avaient tout à offrir mais très peu de charme, et je pouvais comprendre pourquoi les hommes les avaient évitées jusqu'ici, même avec un titre de laird et une vaste fortune dans la balance. J'espérais plus que jamais auparavant que Wilkie ne serait pas obligé d'épouser Maisie. Quel piètre parti pour lui !

Me raccrochant aux branches, je dis la première chose qui me vint à l'esprit :

— J'ai été fille de cuisine pendant un certain temps, avant d'être assignée aux quartiers de guérison.

Les Morrison, stupéfaites, en restèrent coites.

Wilkie connaissait ma position inférieure ; il m'aimait quand même, et c'était tout ce qui comptait pour moi. Est-ce que d'autres, aussi, pouvaient me trouver de la valeur pour *qui* j'étais, au lieu de me condamner pour *ce que* j'étais ?

— Une *fille de cuisine ?* parvint finalement à articuler Maisie, la voix enrouée par l'incrédulité.

— Oui, répondis-je, regrettant déjà mon impulsion d'être honnête avec elle.

Quand elle poursuivit, sa voix monta dans les aigus et son visage était rouge d'outrage.

— Une fille de cuisine ? Une ribaude ? C'est *ça* qu'il préfère ?

Elle avait posé la question à la cantonade, ne masquant plus son dégoût.

Je fus peut-être imprudente, avec tant à perdre, mais je ne pus me retenir. La même tendance obstinée en moi qui avait refusé les avances de laird Ogilvie releva sa vilaine tête. Je tentai de me taire, sincèrement, mais ma réponse tomba simplement de mes lèvres.

— Si je suis une ribaude, alors vous pouvez sûrement être traitée du même nom, dis-je doucement, même si la douceur, je l'admets, ne servait à rien dans ces circonstances ; j'aurais tout aussi bien pu le crier.

Et si j'avais pensé que la salle avait été silencieuse avant ma déclaration, ce n'était rien par rapport au mutisme total qui régnait maintenant. Je crus détecter un écho de mes paroles qui se répercutait dans l'espace, mais je dus l'imaginer. Ce que je n'imaginai pas, toutefois, ce fut le large sourire de Fergus qui était fidèlement à son poste près de la porte. Je ne sais pas très bien pourquoi, mais cela me donna du courage.

— Comment osez-vous ! s'écria Maisie en se dressant, écarlate.

Ses sœurs se regroupèrent tout de suite autour d'elle et tentèrent de la réconforter, me jetant des regards acérés comme des dagues.

Mon défi se ratatina alors sur lui-même. Je n'aurais peut-être pas dû provoquer une telle scène en présence d'Ailie et de Christie, si civilisées. Je me sentais honteuse, mais seulement parce que je ne voulais pas les décevoir après toute la bonté qu'elles m'avaient témoignée. Et que penserait Wilkie ? Serait-il déçu que j'aie montré un tel irrespect et révélé mon statut inférieur alors qu'il avait été vu publiquement avec moi ? Alors qu'il m'avait demandé de laisser les autres s'interroger ?

Ailie, elle, paraissait tout sauf désappointée. Un peu choquée, oui. Mais gardant un contrôle infaillible.

— Maisie, je vous en prie. Vous devez admettre que vous êtes la première à avoir lancé des insultes. Je suis sûre que rien de ceci n'a d'importance. Terminons notre repas, puis nous irons prendre l'air. Je pense que cela nous fera du bien à toutes.

Les Morrison, toutes debout et leurs assiettes déjà vidées, parurent d'accord. Ailie, Christie et moi — ainsi que la sœur des Munro, légèrement sous le choc, et qui s'appelait Ainsley — nous levâmes à notre tour. Avec des étincelles de friction entre Maisie et moi qui n'échappaient à personne, nous sommes sorties. Et je fus follement soulagée de le faire. Nous avons commencé notre promenade, un peu apaisées par le chaud soleil.

Je pris Ailie à part, brièvement.

— Pardonnez-moi, Ailie. Ma conduite est inexcusable.

— Ne soyez pas sotte, Roses. Elles ont provoqué votre riposte.

Elle me pressa la main avec sincérité.

— Votre passé n'a pas d'importance pour moi. Vous êtes celle que Wilkie veut, nous le voyons tous.

Ses paroles me réconfortèrent, mais j'avais toujours des remords. Je me sentais également coupée du groupe. Je savais que ma place n'était pas parmi leur noble compagnie, et maintenant elles le savaient aussi. Je regrettai mon éclat impétueux.

Maisie me décocha des regards noirs jusqu'à ce que je m'éloigne légèrement d'elle, aspirant à la solitude et à un moment pour absorber l'air pur, la lumière éclatante et l'odeur revigorante de la terre fertile. Je voulais mettre un peu de distance pour me ressaisir.

Alors je partis le long d'une autre allée, m'enfonçant dans le verger.

Je savais exactement où j'allais. Je me rappelais la douceur sucrée des poires et où les trouver. Fergus ne me questionna pas, mais continua à me suivre à une légère distance, tel un géant silencieux. Les rares fois où j'avais essayé d'engager une brève conversation avec lui, il avait grommelé une réponse abrupte. Aussi respectais-je son désir apparent de se concentrer sur sa vigilance, ou ce qu'il faisait d'autre. Son large sourire quand j'avais explosé, toutefois, avait allégé l'ambiance entre nous et je sentais que nous trouvions tous les deux un élément de camaraderie dans notre compagnie forcée.

La beauté du jardin me frappa de nouveau. Je songeai à la première fois où je l'avais traversé, dans l'obscurité. Cette nuit argentée me semblait remonter à des siècles. Et je pouvais apprécier complètement la splendeur dorée du verger, maintenant, dans l'éclat du soleil de début d'automne. Je songeai à tout ce qui s'était passé dans les semaines qui avaient suivi cette nuit-là. Si j'avais essayé de rêver une telle issue, je n'aurais jamais pu approcher la réalité merveilleuse qui était maintenant la mienne. Même ma brève dispute avec Maisie ne pouvait pas atténuer la flamme de mon bonheur quand je pensais à Wilkie. A la beauté langoureuse de notre longue nuit ensemble.

Les arbres fruitiers étaient courbés par l'âge et par leur variété, plantés les uns près des autres comme des vieillards parlant des jours d'antan. Des fruits charnus pendaient de leurs branches comme les bijoux d'une reine : colorés, abondants, et grandement convoités.

Je cueillis la plus grosse poire que je pus trouver et mordis dedans. Je la mangeai en entier, puis deux autres encore.

J'allai jusqu'à l'arbre suivant et fus surprise d'entendre une voix.

— Qui est-ce qui cueille les fruits de mon plus bel arbre, et en avance ?

Je me tournai et vis un jeune homme debout tout près de là. Il avait une expression amicale et ses cheveux d'un brun-roux accrochaient le soleil. C'était un bel homme, à l'air placide et terre à terre. Je jetai un coup d'œil à Fergus qui se tenait non loin de nous, les bras croisés sur la poitrine, accordant peu d'attention à l'inconnu ; il était évident que l'homme était un Mackenzie et ne représentait donc pas de menace pour moi.

— Je m'appelle Roses, dis-je, encore surprise par sa présence, ce qui me fit légèrement bafouiller. Je suis invitée ici. On m'a dit que je pouvais cueillir une poire ou deux, si cela ne vous dérange pas.

— Pas du tout, lass. Prenez-en trois, si vous voulez.

Il s'arrêta, comme s'il sentait ma gêne.

— Mon nom est Fyfe. Je m'occupe du verger et du potager. Je soigne ces arbres et travaille ces jardins.

Mes sourcils se haussèrent.

— Vous soignez ces arbres ?

— Oui.

— Vous avez beaucoup de talent, dis-je. J'admire

votre travail. Ce sont les meilleures poires que j'aie jamais goûtées.

— Merci.

Ma curiosité me poussa à poursuivre :

— Et comment faites-vous grimper vos haricots aussi haut ? Je n'ai jamais pu y arriver.

Il me vint à l'esprit, seulement après avoir posé ma question, que je n'aurais pas dû connaître ces haricots… sauf que j'en avais volé lors de ma première expédition. Mais il ne parut pas troublé par ma remarque.

— Ah, dit-il. Une collègue jardinière. J'ai trouvé une âme sœur, je vois. Venez, je vais vous montrer.

Il bavarda avec aisance tandis que nous marchions, jetant de temps à autre un coup d'œil à Fergus, sans se montrer perturbé par sa présence ; après tout, il y avait beaucoup de gardes dans la forteresse.

Je trouvai la conversation de Fyfe passionnante. Il était clair que toute sa vie, ses pensées avaient été concentrées sur des plans complexes, des expériences, des inventions, des calendriers, et tout cela dans le domaine de l'horticulture. Cela faisait bien des années que je n'avais pas eu une conversation de ce genre.

— Vous voyez ce plant de haricots, là, dit-il en prenant la tige entre deux doigts.

Il cueillit un haricot et me le donna.

Je le mis dans ma bouche, savourant son goût en mâchant. La gousse pas tout à fait mûre était parfaite. Croquante, et les pois éclataient sur la langue.

— Oh ! Fyfe, c'est exactement ce que je cherchais à obtenir quand j'en faisais pousser moi-même. Mais ils avaient toujours un petit goût amer.

— La tige doit être attachée bien plus serrée que vous pourriez le penser. Et les gousses doivent être cueillies plus tôt que vous ne pourriez vous y attendre. J'ai fait l'erreur moi-même de les laisser trop longtemps sur la plante. Tenez, goûtez-en un autre.

Il me tendit le haricot, le plaçant près de ma bouche, si

bien que je dus mordre à même sa main. Mais quand je le fis, il ne le lâcha pas tout de suite. Il me regarda d'un air intense et il était assez près pour que je voie que ses yeux étaient d'un brun très foncé, comme la terre qu'il travaillait.

— Vos cheveux accrochent le soleil d'une façon extraordinaire, dit-il.

Puis il lâcha le haricot.

— Les vôtres aussi, remarquai-je. Ils ont la couleur du cuivre.

— Combien de temps durera votre visite, Roses, si je peux le demander ?

— Vous le pouvez. Elle durera... indéfiniment.

— Alors vous devez venir voir ma maison. Elle est là, dans le verger. J'ai la chance de vivre parmi les plantes, si bien que je peux les soigner à toute heure du jour et de la nuit. Puisque vous êtes une âme sœur, je peux vous dire un secret : les haricots aiment être cueillis la nuit, le saviez-vous ?

— Je ne l'avais jamais entendu dire.

— Cela fait une différence surprenante dans leur goût. Vous devez venir un soir, pour tester ma théorie. Et j'ai propagé toute une gamme d'hybrides qui pourraient vous intéresser.

Cela paraissait merveilleux : vivre au milieu des poiriers, sortir sur le pas de sa porte au clair de lune pour manger des pois frais cueillis ou des poires, si vous en aviez envie, faire pousser des plants dans la chaleur de sa maison avant de les planter dans la terre.

— Cela me plairait beaucoup, merci.

Je fus surprise quand il tendit la main pour toucher mon visage. Il fit glisser un doigt le long de ma joue, jusqu'à mon menton, et l'écarta lentement.

— Votre cotte va bien avec vos yeux.

Je rougis à ses attentions — et compris qu'il était temps que je m'en aille. Avant que je puisse m'excuser, une silhouette de colosse, bruyante et pleine d'énergie, surgit du feuillage.

Wilkie.

Il s'arrêta net, s'avisant de moi, de mes joues rouges, de l'homme qui se tenait près de moi et retirait juste sa main. Son regard alla de mon visage à la main de Fyfe et revint à moi. Ses yeux étincelèrent. D'un mouvement soudain, il donna un coup de poing dans un tronc d'arbre voisin, ce qui dut lui faire très mal, mais il recommença avant de gronder de frustration en secouant sa main.

— Wilkie ! m'écriai-je en allant jusqu'à lui et en prenant sa main qui saignait dans la mienne.

J'essuyai son sang de mes doigts.

Mais son attention était rivée sur Fyfe. Quand il parla, sa voix était froide et son ton très direct.

— Vous êtes un ami, Fyfe, un membre de longue date de ce clan et vous avez une grande valeur pour nous tous. Je ne vous blâme pas de souhaiter marcher avec elle et lui parler. Mais si jamais vous retouchez à cette lass, je m'occuperai de vous avec mes mains nues. Et je n'ai guère de retenue quand il s'agit de Roses. Suis-je assez clair ?

Fyfe était penaud.

— Oui, Wilkie. Oui.

— Bon, dit celui-ci.

Il passa son bras massif autour de mes épaules et me tint contre lui tandis qu'il m'éloignait de là d'un pas décidé. Par-dessus son épaule, il congédia Fergus.

Sa respiration était saccadée. Nous avons marché un certain temps avant qu'il ne parle, et quand il le fit nous étions loin du verger, dans un bosquet d'arbres, seuls.

Il me lâcha et me fit face.

— Si je dois vivre avec vous et votre clan, déclarai-je en espérant faire une allusion claire à l'affaire en cause — c'est-à-dire sa jalousie, et non sa possible colère à propos de mon éclat à la table des dames —, j'aurai besoin de parler à certaines personnes, de temps en temps.

Quel choc quand il tomba à genoux devant moi !

Je m'agenouillai à côté de lui, prenant son poing éraflé dans mes mains. Je baisai sa peau meurtrie.

— C'est trop, dit-il.

— Qu'est-ce qui est trop ?

— Mon amour pour vous. Je ne sais pas comment m'y prendre.

Il paraissait si grand, si fort et pourtant si vaincu, à genoux là devant moi. Je voulais seulement le réconforter, apaiser son angoisse. Je posai ma bouche sur ses lèvres.

— Si je peux y arriver, guerrier, vous le pouvez. Je serai toujours à vos côtés. Sentez ma bouche sur vous. Goûtez mon amour pour vous. Je suis là. Laissez-moi vous guérir.

J'aspirai sa lèvre supérieure, touchai sa langue de la mienne. Tandis que je l'embrassais, il délaçait ses chausses.

— Roses ? chuchota-t-il, si doucement que je l'entendis à peine.

— Oui.

Il m'allongea sur le sol, ses mains avides repoussant ma cotte jusqu'à ma taille.

— J'ai besoin de vous maintenant, ici, sur cette terre. *Ma* terre. Je suis fou de vous. Je ne peux penser à rien d'autre.

— Je suis à vous, guerrier. Vous savez que je suis à vous.

— A moi.

— Rien qu'à vous.

Il fit preuve d'une force agressive pour remonter mes genoux, repliant mes jambes et m'exposant complètement à lui. Il plongea sa langue dans mon corps. Je songeai brièvement à l'endroit où nous étions, dehors, où nous pouvions être vus si quelqu'un passait par là. Mais cette pensée s'évapora tandis que la bouche de Wilkie faisait des choses miraculeuses à ma chair ; je me sentais gonflée, tout humide, et je palpitais du besoin de tout ce qu'il avait à donner. Sa barbe naissante piquait les replis sensibles de ma féminité et ses cheveux effleuraient la peau tendre à l'intérieur de mes cuisses. Je sentais la vague prendre naissance au fond de moi, arrachée à mon corps par les caresses incessantes de sa bouche.

Puis il ne me toucha plus, mais avant que je puisse protester je sentis son poids sur mon corps et l'assaut plein de force de son sexe durci qui plongeait profondément en moi. Je le désirais, c'en était presque douloureux, et il m'avait rendue toute moite grâce à ses habiles caresses, néanmoins ma chair récemment éveillée au plaisir lui résista. Alors, ses assauts répétés se firent plus puissants, plus exigeants. Ses premières pénétrations me firent mal, ma chair étant encore à vif de la nuit précédente. Mais la douleur, quand il s'enfonça plus loin et plus profond, fit vite place à un corps à corps excitant. La friction de son corps insistant intensifiait le plaisir très intime qu'il avait commencé à me donner avec sa bouche. Cette volupté grandit, s'épanouissant en une marée qui montait inexorablement, soulevée par le besoin agressif de Wilkie. Puis, en un long moment où je retins mon souffle, le plaisir culmina, explosant dans tout mon corps en un raz-de-marée qui submergeait tout. Je m'entendis crier sous la force de mon orgasme. Les spasmes qui cascadaient en moi étaient tout simplement trop forts. Trop intenses. Insupportables par la hauteur de l'extase qu'ils provoquaient. Mes muscles internes se crispèrent fortement autour de Wilkie, pressant la longueur de son sexe jusqu'à ce que je sente la violente secousse de son propre assouvissement et la chaleur de sa semence qui se répandait en moi de façon rythmée. Il étouffa son grognement sauvage dans mon cou.

Nous sommes restés immobiles un long moment, nos deux corps toujours joints intimement, unis en une danse secrète et frémissante. Nos regards se joignirent.

— Je n'aurai jamais assez de vous, murmura-t-il. Pas dans cette vie. Pas dans un millier de vies. Je vous aime, Roses. Je vous aime avec une férocité qui menace mon équilibre.

Je l'attirai à moi, lui murmurant à l'oreille des mots

d'amour. Je l'aimais. *Je l'aimais.* Il était mon magnifique sauveur. Il était mon cœur et ma vie.

Je posai un baiser sur ses cheveux et les lissai de mes doigts. Je ne voulais pas que cette proximité finisse un jour. Je voulais le garder en moi, être liée à lui par la chair et l'esprit, jusqu'à la fin des temps.

La brume de mon ravissement commença à s'estomper et je pris de nouveau conscience de ce qui nous entourait.

— J'espère que personne ne nous a vus.

— Eh bien, si quelqu'un nous a vus, cela leur donnera de quoi bavarder !

Il se dégagea de moi et m'aida à m'asseoir, ajustant ma cotte et se rhabillant. Puis il se leva et me tendit la main.

— Je crois qu'il est temps d'annoncer nos fiançailles.

15

Les festivités du deuxième soir de la visite des Morrison furent encore plus animées que celles du premier. La musique était plus forte et la cervoise semblait couler plus librement. Le premier soir, il y avait eu une certaine réserve dans l'assemblée tandis qu'amis et familles refaisaient connaissance ou se rencontraient pour la première fois. Mais cette réserve avait maintenant bel et bien disparu et les Mackenzie et leurs hôtes mangeaient, buvaient, bavardaient, argumentaient et badinaient. Conclure des unions et des alliances était après tout la raison du rassemblement et les jeunes gens, en particulier, semblaient fort bien se vouer à cette tâche.

Ailie, remarquai-je, avait cessé d'éviter timidement Magnus Munro et était assise à côté de lui, rougissant de ses attentions. C'était réellement un très bel homme. Grand et roux, il avait l'air d'un romantique un peu dur. Et Ailie, avec la beauté de sa peau crémeuse et de ses yeux sombres, semblait l'avoir captivé. J'espérai, pour son bien, que le mariage se ferait et la rendrait heureuse.

Christie parlait de nouveau avec Tosh et Angus Munro. Angus ne tenta pas de me parler ce soir-là et je ne pus guère l'en blâmer : Wilkie le surveillait avec des yeux de faucon. Le jeune homme, apparemment, avait décidé de rechercher à la place l'attention de Christie. Il était clair que Tosh était quelque peu irrité par l'intrusion de son cousin, et j'espérai que Christie y allait doucement. Ses manières ouvertes et naïves pouvaient la rendre plus vulnérable que beaucoup et j'éprouvai de nouveau l'envie de la protéger.

Angus ou Tosh seraient-ils de bons partis pour elle ? Si Ailie épousait Magnus Munro, ne lui demanderait-on pas d'épouser un noble d'un autre clan ? Le but de laird Mackenzie semblait être d'étendre les possessions de sa famille aussi loin que possible ; il interdirait peut-être à ses sœurs d'épouser des frères.

Et donc mes pensées allaient et venaient au gré de la foule tandis que je regardais les unions se faire, avec une certaine nervosité. Wilkie choisirait-il de faire son annonce ce soir-là ? Et dans ce cas, quelles seraient les réactions ?

Il ne tenait pas en place. S'il avait eu un regard farouche la veille, ce soir-là c'était une autre histoire. Il restait à mon côté, faisant un effort, pensai-je, pour empêcher ses mains de me toucher trop ouvertement. Les rumeurs étaient allées bon train et, à cette heure, j'étais certaine que tout le monde dans la salle était au courant de ma confession : qui j'étais et ce que j'étais, pour autant qu'on puisse le savoir. Personne ne disait rien directement, mais je le voyais à leurs regards.

Ils étaient sages de tenir leurs langues. Wilkie, je l'avais entendu dire, n'était pas seulement renommé pour sa nature intrépide, mais aussi pour son adresse au combat ; il était paraît-il l'un des meilleurs combattants des Highlands à l'épée, et hautement respecté pour cette qualité. Cela, ajouté à son caractère imprévisible, faisait que les remarques ouvertes restaient réduites au minimum.

Je ne savais pas exactement si Wilkie avait lui aussi senti ce changement ou même s'il était au courant ; je n'étais pas sûre du tout qu'il sache que mon secret avait été révélé. Peut-être. C'était peut-être ce qui éclairait ses yeux bleus d'une lueur orageuse qui tenait — presque — les femmes Morrison à distance.

Mais il y avait un changement aussi dans l'attitude de Maisie. Elle savait à présent qu'elle était bien supérieure à moi, que ma situation lui donnait un avantage social indéniable dans notre quête commune de garder Wilkie pour nous. Et nous n'étions pas les seules, en plus ! A part Stella, qui gardait les yeux baissés ou regardait distraitement par les croisées, les sœurs de Maisie le reluquaient avec convoitise, sans parler de ses cousines…

Il me gardait près de lui, tenant même mon poignet à l'occasion. Une fois, il toucha mes cheveux sans y penser. Et entre nous, un courant crépitant brûlait et se maintenait en une agonie silencieuse. Etre si près de lui et ne pas le toucher était une vraie torture. Sentir son haleine sur mon visage et ne pas avoir le droit de me pencher et de sentir la chaleur de sa peau me troublait, me faisait souffrir et compter les minutes.

Le visage de Wilkie exprimait la même passion, ses yeux bleus âpres d'intensité. Les révélations de l'amour physique, la joie et le caractère absolu de notre lien durant les vingt-quatre dernières heures rayonnaient entre nous et nous attiraient l'un vers l'autre telle une force magnétique irrésistible. Et en même temps, l'incertitude de notre avenir ensemble, les murmures de la salle et l'insistance omniprésente de Maisie Morrison — affichant lèvres roses et poitrine avantageuse — crépitaient dans l'espace qui nous séparait, et qui aurait pu être le plus vaste des océans.

J'avais besoin d'air.

Ou au moins de boire un peu d'eau. Sans prévenir, je laissai Wilkie pour traverser la salle et trouver un pichet et une coupe. J'en bus une et la remplis de nouveau. Je l'emportai avec moi pour retourner auprès de Wilkie. Ne vaudrait-il pas mieux que je parte l'attendre dans ses quartiers ? Avant que je puisse me décider, je fus accostée par un homme qui portait un tartan Munro. L'autre cousin, supposai-je, que je n'avais pas encore rencontré.

— Tadgh Munro, déclara-t-il. Vous devez être Roses.

Il leva une main pour prendre la mienne et la baiser, un geste auquel je n'étais pas habituée mais que j'apprenais à connaître. Je lui donnai ma main et il effleura mes doigts de ses lèvres, me lâchant presque aussitôt — à mon grand soulagement. J'avais le sentiment qu'il vaudrait mieux ne pas mettre le contrôle de Wilkie à l'épreuve, ce soir-là ; il contenait déjà à grand-peine son agitation. Quand je jetai un coup d'œil dans sa direction, il semblait distrait, et était de nouveau entouré de ses admiratrices, comme il fallait s'y attendre.

— Lorsque vous aurez fini de « servir » Wilkie, vous serez plus que la bienvenue à la forteresse des Munro, dit Tadgh. Je vous escorterai moi-même.

Au début, je ne fus pas sûre de ce qu'il voulait dire, mais ses yeux bruns brillaient d'une lueur délurée… et de quelque chose de plus.

— Je… je dois partir, balbutiai-je.

Il fit glisser son doigt en une dernière invitation sur la peau de mon avant-bras tandis que je me hâtais de m'éloigner, gardant une impression brûlante et humiliante.

Et quand je m'approchai de Wilkie, il perçut tout de suite ma détresse. Il écarta d'un geste impatient les mains des femmes pressées autour de lui et se précipita à mon côté.

— Que s'est-il passé ? demanda-t-il, voyant mon expression blessée.

Je tentai de sourire et pris son poing serré entre mes mains.

— Ce n'est rien, guerrier. Je vais bien.

En réalité, je n'allais *pas* bien. Mon stupide éclat avait révélé la terrible vérité sur qui j'étais. On se moquait de moi et me regardait de haut. Je pouvais le sentir et le voir. Je n'étais pas assez bonne pour Wilkie, et cela me dévastait. Pour eux, j'étais un embarras pour mon noble guerrier, qui de son côté ne pouvait éprouver qu'une profonde humiliation. Mais la situation était malgré tout bien réelle. Etre vu avec moi et devoir subir le dédain de ses pairs : pas étonnant que Wilkie ait l'air contracté comme un ressort et prêt à exploser d'un instant à l'autre.

Je me sentais profondément honteuse de lui avoir causé une telle disgrâce.

Et un autre souci s'ajoutait à mon chagrin. Je savais que le moment approchait où je lui révélerais ma marque. La pensée de l'amour de Wilkie se changeant, peut-être violemment, en répulsion ou en colère était presque plus que ce que je pouvais supporter. Mais cela devait être fait, et au plus tôt. Je me haïssais pour ce que j'étais et, plus encore, de lui avoir caché ma véritable identité. Je savais pourquoi je l'avais fait : pour connaître l'amour que Wilkie était capable de me prodiguer sans relâche, juste une fois, juste un moment.

Il leva ses longs doigts pour me saisir le menton. Son expression ne semblait pas à proprement parler outragée ou honteuse, non — angoissée, plutôt. Et sa beauté ténébreuse me transperça le cœur de nouveau.

— Quoi que vous pensiez, lass, vous vous trompez. Et je ne peux plus supporter cette situation.

Et alors, comme si toutes les forces de l'univers convergeaient en un doux mouvement en avant, cela se produisit. La foule s'évanouit et tout ce que je pus voir ou sentir fut le visage de Wilkie et son attrait magnétique. Ses lèvres, si proches des miennes, étaient légèrement entrouvertes. Ces lèvres qui avaient fait à mon corps des choses incroyables, impossibles à raconter. J'avais faim de lui de toutes les fibres de mon être. Et lui, comme en réponse, posa sa bouche sur la mienne en un bref et suave baiser, complètement interdit.

L'assemblée murmura et bourdonna. Quelqu'un siffla. Un commentaire lubrique fusa à la suite. Et l'instant d'après Maisie Morrison fut là, piaillant et réclamant une sorte de juridiction sur ce qui venait de se passer. Elle se força pourtant à se reprendre, puis sourit d'un air suave, la main posée légèrement sur l'avant-bras musclé de Wilkie, mais ses paroles furent sifflées plus que prononcées.

— Wilkie, vous *ne devez pas*.

Je ne crois pas que ce furent ces mots qui le firent

exploser, ni même ses doigts serrés sur son bras. Il réagit seulement lorsqu'elle posa une main sur mon épaule, comme pour me repousser.

— *Otez* votre main de Roses, dit-il, et sa voix était teintée d'une hostilité d'acier.

Elle le fit, lentement et avec une expression un peu blessée, comme si elle ne comprenait pas sa froideur.

C'est alors que Wilkie sauta sur une chaise. Il se tint droit et promena les yeux sur la foule avec assurance, parfaitement à l'aise. Il parla d'un ton égal, élevant à peine la voix ; il avait déjà toute l'attention de la salle.

— Chers invités, amis et membres de mon clan, dit-il, j'aimerais faire une annonce.

Je faillis crier vers lui pour l'arrêter. *Attendez. Il y a quelque chose que je dois vous montrer d'abord, guerrier,* pensai-je frénétiquement. *Maintenant.*

— Wilkie.

Ce fut le laird qui parla, sans hausser le ton mais avec une autorité cuisante. Je suspectai que ce n'était pas le style de laird Mackenzie de hurler et d'imposer sa volonté devant la conduite impulsive de son frère, en particulier dans un lieu aussi public. Je ne doutais pas qu'il savait exactement ce que Wilkie avait l'intention d'annoncer. Le laird paraissait sur le point d'exploser. Knox Mackenzie, pour autant que je puisse le dire, était un homme patient, réfléchi et éminemment honorable, qui portait sur ses épaules le poids de tout son clan. Mais je décelais parfois en lui une trace d'agitation intérieure, comme si sous son extérieur de diplomate se cachait une sauvagerie strictement domptée — assez semblable à celle de son cadet — qui brillait dans ses yeux gris étincelants. Sa taille imposante faisait de sa colère une perspective terrifiante. Il se leva de la table, présentant sa requête avec un calme forcé.

— Nous discuterons de ton annonce dans mes quartiers privés avant d'en informer nos hôtes.

Mais Wilkie était déjà allé trop loin.

— J'ai l'intention de les en informer *maintenant*, mon frère, dit-il, et plusieurs participants lancèrent des vivats.

— Wilkie ! tonna le laird, et ce fut un ordre assez autoritaire pour faire taire ce dernier, sur le moment. Viens avec moi, ajouta Knox Mackenzie d'un ton sans réplique. Nous allons nous voir *en privé* pour discuter de cette question.

Il quitta la grand-salle dans un silence outragé.

Wilkie saisit ma main et me tira derrière lui.

Maisie nous regarda partir avec de grands yeux, et son expression effrayée indiquait qu'elle avait presque des doutes, à présent, à l'idée de s'enchaîner à un homme qui pouvait être à moitié fou.

Wilkie me conduisit le long de l'étroit corridor et dans les quartiers privés de son frère, jusqu'à la pièce où j'avais dîné une fois avec les Mackenzie et les lieutenants du laird. Un feu et un certain nombre de bougies étaient allumés, et un pichet de cervoise avec des coupes assorties étaient posés au centre de la table ronde, comme si cet endroit était prêt à recevoir en permanence des réunions impromptues comme celle-ci.

Laird Mackenzie était déjà assis à la table et emplissait trois coupes de cervoise.

— Asseyez-vous, dit-il.

Nous obéîmes, mais Wilkie ne se démonta pas pour autant. Cela me réconforta et me permit de me raccrocher à mon dernier espoir.

— Ceci est allé trop loin, déclara Knox d'un ton brusque.

— Je suis tout à fait d'accord, frère, répondit Wilkie. Et j'avais l'intention de régler la question une fois pour toutes.

Le laird poursuivit d'une voix cinglante et directe :

— Je ne suis pas un homme avide de pouvoir, Wilkie, ni quelqu'un qui en abuse. J'ai toujours pris à cœur les opinions de mes frères et de mes lieutenants, et en particulier les tiennes. Aujourd'hui, cependant, est un jour où je dois exercer mon droit de chef. Ton jugement a visiblement été altéré par tes… sentiments. Mais la décision a été prise : tu épouseras Stella Morrison. Il était clair pour nous que tu n'apprécies pas beaucoup Maisie. Prenant ce fait en compte et considérant également de récents événements concernant ses filles, laird Morrison a décidé que Stella sera celle qui fournira le futur laird à son clan, comme elle aurait dû le faire depuis le début. Elle est la deuxième en ligne, après tout, et l'aînée rentrera au couvent, m'a-t-on dit, dès que le mariage aura été célébré. Les arrangements ont déjà été faits. Laird Morrison et moi-même les avons discutés en détail il y a quelques heures. Je t'ai cherché pour en discuter avec toi, mon frère, mais tu étais introuvable. La décision est définitive. Le mariage aura lieu demain.

En entendant ces mots prononcés de ce ton autoritaire et résolu, un engourdissement soudain m'enveloppa, comme si une fine toile se posait sur moi, m'étouffant et me tirant à terre.

— Stella ? dit Wilkie, plus comme une affirmation que comme une question.

Je ne pouvais dire si ce décret lui était désagréable ou lui paraissait tentant, et cette incertitude ne faisait qu'accroître mon désespoir.

Mais alors Wilkie se leva, nouant les poings. Tandis qu'il faisait les cent pas, ses mouvements étaient souples et puissants, son attitude sombre et menaçante. Pour moi, il était splendide, même quand il était en rage. Peut-être même *spécialement* quand il était en rage. Je savais maintenant, intimement, quelles sensations son impétuosité pouvait provoquer. Je devins secrètement toute moite à cette seule pensée, même maintenant, alors que je savais qu'il n'était plus à moi. Dans mon esprit j'étais en train de le perdre, mais mon corps ne consentait pas encore à renoncer ou à céder.

— Je n'épouserai *pas* Stella, gronda Wilkie, et il appuya délibérément sur les mots de sa phrase suivante. J'épouserai *Roses*.

J'ai bien cru que le laird ne tolérerait pas l'insolence de cette déclaration, mais, après un court silence, ce fut d'un ton calme et autoritaire qu'il parla :

— Wilkie. La forteresse des Morrison, Glenlochie, est comme tu le sais un domaine prospère, avec des terres riches, des murailles puissantes, un grand manoir, et un clan travailleur qui ne cesse de s'accroître. Tu veux renoncer à tout cela ? Tu préfères rester ici, comme second, alors que tu pourrais être le laird de ta propre juridiction, pour guider, construire et former à travers ton rôle de chef, que tu as appris et mérité ?

Le lourd soupir de Wilkie fut chargé de frustration et l'entendre m'emplit d'un sentiment de terreur — mince, certes, mais insistant.

— Je désire renoncer à la position de laird de Glenlochie, oui, dit-il. Ne suis-je pas un soldat utile pour toi, Knox ? Un conseiller actif et un second qui te soutient ?

— Certes, Wilkie. Je ne peux imaginer de meilleur lieutenant. Mais ce n'est pas la question…

— Knox, l'interrompit Wilkie. Je me trouve bien à servir mon clan et ma famille *ici*, en tant que ton frère et premier lieutenant, et je préférerais rester dans ce rôle si cela signifie que je resterai fidèle à moi-même — et aux derniers souhaits de notre mère.

Laird Mackenzie contempla intensément son frère — perdu dans ses souvenirs, peut-être.

— Wilkie.

Il fit une pause, se passant la main dans les cheveux comme s'il essayait de contrôler ses émotions et sa colère, qui partaient dans toutes les directions. Quand il reprit, sa rage n'était pas moins prononcée, mais sa voix était égale.

— Je suis laird de cette forteresse. Tu es mon frère et l'un des hommes les plus respectés que je connaisse. Mais c'est ton devoir d'aider cette famille à grandir et à prospérer. Tu doubleras la taille de nos terres quand tu épouseras la fille de laird Morrison, qui t'a choisi personnellement pour reprendre son titre de laird. C'est une lass plaisante, aux yeux de n'importe quel homme ! Et c'est une riche forteresse, dotée d'une armée puissante, que tu peux avoir aisément.

Ses objectifs étaient sans équivoque.

— Une armée puissante qui nous aidera dans notre quête pour vaincre Campbell et venger la mort de notre père. Prendre le contrôle des troupes des Morrison peut bien être la seule façon de devenir assez forts pour assurer que Campbell et ses alliés ne mettent pas la main sur Ossian Lochs, qui est une position stratégique capitale.

Et ce fut ce dernier point qui fit mouche. Wilkie était peut-être prêt à renoncer à être laird, ce qui, en soi, n'était pas une mince affaire. Mais il ne voulait pas manquer une occasion de renforcer l'armée collective qui vengerait la mort de son père. Je savais que le guerrier en lui — lui tout entier — voulait saisir cette opportunité, qu'il n'avait peut-être pas bien considérée jusqu'ici. Conduire sa propre armée aux côtés de celle de son frère et défier la rébellion qui avait tué leur père : c'était l'ultime enjeu. Un enjeu qu'il ne pouvait pas refuser, et ne refuserait pas.

— Je comprends l'amour, Wilkie, reprit doucement laird Mackenzie, et ce fut la première fois que je détectai une faille dans l'armure du puissant chef de clan, tandis qu'il s'adressait à son frère.

Sa voix avait un côté rigide, comme teinté d'émotion.

— Ce n'est pas toujours le chemin le plus facile. Ni le meilleur. Tu peux apprendre à aimer, et tu décideras comment la situation entre vous trois évoluera. Quoi que tu décides sur ce point, ton mariage avec Stella aura lieu demain à midi. Laird Morrison veut que l'accord soit finalisé. Roses, vous pouvez rester ici, à Kinloch, pour le moment, ou bien nous vous escorterons chez les Macduff si vous préférez. Ou, si Wilkie décide de vous emmener dans sa nouvelle demeure, cela peut être un autre choix pour vous. A mon avis, il vous voudra probablement près de lui, bien que sa nouvelle épouse ait certainement son mot à dire dans l'arrangement. Mais le sort de Wilkie a déjà été déterminé. C'est la seule solution raisonnable. Et je ne reviendrai pas dessus.

Ce fut peut-être l'émotion qui sous-tendait les paroles directes et passionnées du laird qui mit fin une fois pour toutes à la discussion. Je ne connaissais pas les détails de la tragique histoire d'amour de Knox Mackenzie, mais Wilkie, lui, savait. Et cela, joint à son devoir comme frère, fils et guerrier, suffit à calmer sa rébellion.

Il alla s'asseoir sur un petit banc près de la porte ouverte, et personne ne parla pendant plusieurs minutes.

Un frisson glacé passa dans mes os, s'insinuant avec la furtivité d'un poison mortel. Mon espoir passager que je puisse être considérée un jour comme une épouse possible pour le très convoité Wilkie Mackenzie n'avait été que poudre aux yeux. Je le voyais, à présent. Maisie avait raison : je n'étais pas digne de lui. J'étais une servante, une vagabonde, une voleuse. Une ribaude. Une sorcière. Ma marque secrète n'avait guère d'importance, maintenant, à la lumière de ce nouvel arrangement.

Wilkie ne dit rien. Il ne protesta pas, ne discuta pas, ne bougea pas du tout.

Et ce fut le seul signe dont j'avais besoin. Je me levai.

— J'aimerais retourner dans ma chambre, laird Mackenzie. Vous aurez beaucoup à discuter. Avec votre permission, je vais me retirer.

Wilkie ne me regarda pas, perdu dans son terrible dilemme.

Et alors que je quittais la pièce, Kade entra. Je faillis le heurter, mais je me ressaisis et le contournai, sans rien dire. S'il nota mon chagrin, il ne me demanda rien, en tout cas. Il fit un bref signe de tête, préoccupé par d'autres considérations, sans doute, et je le laissai à ses affaires.

Peu après Kade, laird Morrison arriva, flanqué de deux de ses filles : Maisie et Stella, comme c'était à prévoir. Elles avaient toutes les deux les yeux rouges et paraissaient visiblement bouleversées par la probable discussion qui les avait amenées à se présenter sur le seuil de la pièce privée de laird Mackenzie. Laird Morrison me remarqua à peine, déterminé qu'il était à rencontrer son allié à propos de la question épineuse de trouver un époux à l'une de ses filles. Même moi, je savais que c'était une question qui avait été hérissée de nombreux plans rejetés et autres faux espoirs. Et le visage de laird Morrison reflétait chacune de ces déceptions. Le marché serait conclu, ici et maintenant. La résolution rougissait les traits du laird tandis qu'il faisait entrer ses filles avec lui.

— Assez est assez, marmonnait-il d'un ton plein de colère. Il n'y aura plus de complots, de manigances ni de négociations. Cette alliance va être scellée une fois pour toutes.

Je tentai de me faufiler devant eux, dans l'ombre, sans me faire remarquer, mais le regard de Maisie accrocha mon regard et le soutint. Ses yeux sombres brillaient de déception et, dès qu'elle me vit, de fureur. Je devinai qu'elle avait appris la nouvelle : Wilkie ne l'épouserait pas, finalement, malgré toutes ses tentatives pour le charmer et persuader son père que c'était *elle* la prochaine fille à marier. Son expression ébranlée indiquait assez qu'elle savait que Stella, à sa place, était destinée à épouser le futur laird. Après tout, c'était le droit de naissance de Stella, comme fille cadette, si Clementine avait choisi de passer sa vie dans un couvent. Et si Maisie n'était pas assez séduisante pour mettre la main sur Wilkie, alors Stella serait offerte à sa place ; Stella, avec sa beauté inégalée, réussirait là où sa sœur avait échoué.

Le regard dur de Maisie était meurtrier, quand je passai hâtivement devant elle. Plein de haine et d'une jalousie brûlante. Je pouvais lire le blâme dans ses yeux : c'était *moi* qui avais chamboulé ses plans minutieux. Elle avait été si près de faire de Wilkie son homme, mais *moi,* une vulgaire servante bannie, une *ribaude* inconnue, je le lui avais volé et j'avais sapé son influence. Il s'était plié aux désirs de Maisie, au moins en apparence, et avait accepté de la considérer comme une épouse possible — jusqu'à ce que j'arrive. A cause de moi, ses doutes persistants avaient alerté les lairds sur le caractère précaire de cette importante alliance.

— Vous ne l'aurez plus jamais, dit-elle, bouillant de rage, si bas que je pus à peine entendre ses paroles. *Jamais*. Je m'en assurerai, même s'il n'est pas à moi.

Ces mots accrurent ma torture. Le message était clair : si elle devait souffrir, alors je souffrirais aussi.

Cela me rappela l'histoire que Wilkie m'avait racontée, celle de l'épouse vengeresse du roi et de sa quête pour faire tuer la maîtresse de son époux et leur enfant. Je me représentai ma propre fin comme amante rejetée de Wilkie, cachant mon bébé illégitime des hommes de main de Maisie, poursuivie de nouveau. Ce n'était pas une façon d'élever un enfant, et la partie sensée de mon cœur espérait que Wilkie n'avait pas déjà planté sa semence en moi…

Puis je prêtai attention au visage de Stella, ciselé par la lumière d'une flamme tremblante, d'une beauté à serrer le cœur. Au lieu de colère, je ne vis sur ses traits que de la crainte et de la tristesse. Peut-être se morfondait-elle pour son garçon d'écurie, si les informations de Christie étaient exactes.

Toutes les parties concernées étaient présentes, pour discuter de l'affaire de famille en cause et régler toutes les questions.

Il n'y avait pas de place pour moi, ici. J'étais de nouveau une étrangère.

Je pris donc congé d'eux et partis à l'aveuglette dans l'étroit corridor.

Ce que j'avais mal ! Cela m'anéantissait. Mon corps me paraissait raide et lourd comme du plomb. Mon cœur battait de manière irrégulière, comme s'il était réellement brisé.

Je ne fis guère attention à ce qui m'entourait, me sentant étrangement engourdie et insensible. J'atteignis les quartiers de Wilkie et refermai la porte derrière moi. J'ôtai ma cotte et la posai soigneusement sur le lit, m'autorisant à toucher une dernière fois la belle étoffe. J'allai prendre mes vieilles chausses et ma tunique dans l'antichambre, ainsi que mes armes. J'avais empilé mes affaires sur une petite chaise où elles étaient restées un certain temps, négligées. J'avais songé une fois ou deux à les jeter, pensant avec optimisme que je n'avais plus besoin de vêtements d'homme pour me cacher ou d'armes pour me protéger. A ce moment-là, je m'étais sentie renaître, goûtant le sentiment d'être désirée au lieu d'être pourchassée.

Mais le destin venait d'en décider autrement. Je ne pouvais pas me battre contre les ordres du laird. Et je ne le voulais pas. Wilkie était lié par son devoir, mais il était aussi dans son droit, et les raisons ne manquaient pas. Je ne voulais pas saper sa résolution. Aider sa famille et son clan à prospérer et venger la mort de son père : c'étaient certainement des buts plus honorables que de tenir une promesse murmurée à une servante perdue et solitaire, dont les secrets, une fois révélés, mettraient sans aucun doute un point final à cette brève histoire d'amour. Il se construirait une vie avec Stella et finirait par trouver le bonheur avec elle, quand elle lui donnerait un fils, peut-être, ou même plus tôt. Elle serait un bon parti pour lui. Elle était aussi belle qu'il était beau et lui donnerait de beaux enfants. Elle le charmerait par son visage aux traits fins, ses cheveux aux multiples reflets et ses yeux ambrés. Il m'oublierait, et mènerait sa vie comme prévu, en tant que laird, chef, époux d'une dame noble. Son bonheur serait consolidé par la conscience qu'il vivait son destin tel qu'il devait l'être, et qu'il faisait ce qu'il fallait pour sa famille et son clan. J'espérai qu'il s'en rendrait compte et l'accepterait paisiblement, pour son bien.

Mon propre destin était également clair.

Je jetai un dernier regard à la pièce, me remémorant les détails des nombreux jours et des nombreuses nuits que j'avais passés entre ses murs protecteurs : les jours et les nuits les plus beaux et les plus marquants de ma vie. Et qui le resteraient.

Prenant soin de rester aussi discrète que possible, je redescendis l'escalier, longeai des corridors et allai jusqu'à une porte latérale du manoir qu'Ailie et Christie m'avaient fait découvrir. Apprendre à mieux les connaître, me réjouir de leur amitié grandissante et m'émerveiller à la perspective de les compter un jour comme mes sœurs me manquerait.

Sans bruit, je refermai la porte derrière moi.

J'étais dehors. Auparavant, j'avais toujours apprécié la première bouffée d'air pur, la fraîcheur et la liberté d'être hors des murs. Plus maintenant. L'air me paraissait froid plutôt que frais et rien n'était plus pareil. Il ne m'apporterait pas la liberté, mais l'exil.

Je m'autorisai un petit détour alors que je marchais vers les portes de la forteresse. Je m'approchai d'un petit poirier qui se dressait un peu à l'écart des autres. Beaucoup de ses fruits avaient été cueillis, mais il restait quelques poires éparpillées. J'en cueillis deux. Je n'aurais pas besoin de nourriture là où j'allais. Je continuai à marcher et ne pus presque pas me résoudre à les manger. Leur goût me mit les larmes aux yeux. Il était trop délicieux et doux-amer à la fois. Quelle ironie ! C'était le goût de tout ce que je n'étais pas et ne serais jamais. Je les mangeai sans rien laisser, comme une petite récompense et aussi une punition, avalant même les pépins. Le temps que j'aie fini, j'avais atteint les portes, qui étaient fermées et gardées.

Mes larmes ne pouvaient que faire paraître ma requête plus authentique.

— Laird Mackenzie m'a ordonné de partir dès ce soir. De grâce, laissez-moi passer.

Les gardes me regardèrent d'un air sceptique et je devinai leurs pensées. N'était-ce pas là la lass qu'on leur avait ordonné de protéger ? Celle qui avait failli être enlevée, raison pour laquelle les murailles avaient été renforcées et nanties du double d'hommes ?

— Je ne suis plus sous la protection du laird, ajoutai-je. Fiez-vous à moi quand je dis qu'il n'aimerait rien tant que de me voir à l'extérieur de ces murs, et le plus tôt possible.

Ils inspectèrent ma tenue et mes armes. Puis le garde en chef aboya :

— Ouvrez les portes !

Et je me retrouvai donc de nouveau hors de la forteresse des Mackenzie, seule sous un ciel constellé d'étoiles. Le claquement des portes qui se refermaient résonna dans mes oreilles longtemps après l'extinction du bruit.

Je retournai alors vers ma grotte.

16

L'ascension de la colline me prit une éternité. Mes jambes paraissaient moins agiles que d'habitude et mon poids plus lourd. Je montai à travers des bois qui sentaient l'humus, comme si l'odeur de mort et de putréfaction s'amplifiait. Distraitement, je remarquai que la lumière changeait. La nuit laissait place au jour.

C'est alors que je trouvai ma grotte. J'entrai, et la vue de la couverture tachée de sang, laissée là après le sauvetage de Wilkie, me transperça le cœur de nouveau.

Je m'enveloppai de l'étoffe sale. C'était tout ce qui me restait de lui à présent.

Je fouillai la grotte en quête de mon couteau, que je retrouvai finalement dans un coin sombre. Je descendis à la mare et m'arrêtai pour apprécier le lever de soleil qui teintait le ciel de rose et promettait faussement une journée parfaite.

Laissant tomber la couverture, je défis mon épée et la posai par terre. J'ôtai mes vêtements à partir de la taille, mais je gardai la longue tunique. Et je lâchai mes cheveux, les laissant pendre, comme Wilkie avait dit une fois qu'il les préférait.

Mon couteau serré dans une main, je descendis dans l'eau fraîche de la mare.

Comme je m'en souvenais, elle était divine et invitait à s'y enfoncer. Fraîche mais pas froide, comme si elle était réchauffée par la terre ou par une source chaude souterraine.

Je ne me hâtai pas. J'éprouvais de la nervosité, bien sûr. Mais pas de peur. Cette fin tranquille me paraissait beaucoup moins effrayante qu'une vie de séparation et de vide. Car Wilkie était perdu à jamais pour moi.

Mon cœur ne pouvait tout simplement pas le supporter.

Un reflet du soleil au bord de la mare me fit plisser les yeux. La broche émaillée de ma mère était posée sur une pierre, exactement là où je l'avais placée des semaines plus tôt. Mais elle n'avait plus d'importance, maintenant. Là où j'allais, je n'avais pas besoin de possessions.

Je passai légèrement la lame du couteau sur l'intérieur de mon poignet, l'essayant, étudiant le pouvoir de son fil tranchant et la promesse qu'il contenait. Est-ce que j'avais envie de mourir ? Non. Je voulais *vivre.* J'avais juste goûté à ce qu'être réellement vivante signifiait. Est-ce que je souhaitais mener la vie qui était maintenant mon destin, à supporter le courroux d'Ogilvie ou la pitié des Macduff ? Non. Je préférais mourir, maintenant que je comprenais la différence entre vivre et survivre. La seule vie que je désirais mener était celle d'une Mackenzie, et plus encore la Mackenzie *de Wilkie.* Mais ce chemin ne m'était plus ouvert. Même vivre comme une Mackenzie ne signifiait rien pour moi si je ne pouvais pas avoir Wilkie à moi.

Mais je n'étais pas prête. Et je pleurai face à mes choix. J'aurais tant voulu qu'ils soient différents.

Le jour qui se levait était inhabituellement chaud, et les rayons du soleil sur mon visage et mes épaules me prodiguèrent un peu de soulagement au milieu de mon chagrin ; c'était si réconfortant que je fermai les yeux et renversai la tête en arrière sur l'herbe de la berge.

Je pensai à Wilkie. A ses mains et à sa bouche. A ses cheveux noirs et à sa présence à mon côté et en moi. Je dus m'assoupir un moment, perdue dans mes rêveries.

Je n'aurais su dire combien de temps j'avais dormi, mais je m'éveillai en sursaut en entendant un bruit de sabots juste par-dessus la crête de la colline, sonore et retentissant. Il était si proche qu'avant que je ne puisse réagir, les cavaliers étaient déjà là dans la clairière, me dominant, immenses et armés, s'arrêtant brusquement dans une envolée d'écume.

Est-ce que j'étais encore en train de rêver ? Etait-ce lui, venu me chercher et me réclamer pour sienne ?

Non. Ceci n'était pas le paradis, et je ne m'éveillais pas à une nouvelle réalité sans nuages. J'étais bel et bien sur Terre, je m'en rendis compte avec amertume. Néanmoins, j'étais tellement immergée dans les profondeurs de ma nostalgie de Wilkie, *voulant* de tout mon cœur que ce soit lui, que pendant un instant je crus le voir.

Ses larges épaules, ses cheveux ébouriffés.

Il est venu me chercher.

Mais les cheveux n'étaient pas assez sombres.

Les mouvements pas aussi gracieux.

L'homme qui s'approchait de moi — un parmi six, je le voyais maintenant — n'était absolument *pas* Wilkie.

C'était un guerrier d'Ogilvie. Je reconnus son visage, même si je ne me rappelais pas son nom.

— Oui, disait-il aux autres. C'est elle. Encerclez-la ! Assurez-vous qu'elle ne puisse pas s'échapper. Cette fois, nous la ramènerons chez nous.

Il marchait à grands pas vers moi, et quelques-uns des autres cavaliers descendaient de cheval à sa suite.

J'étais prise dans une embuscade.

17

Durant la fraction de seconde avant que le guerrier d'Ogilvie ne m'atteigne, je pensai à mon couteau. Mais je l'avais laissé tomber quelque part. Je me servis de mes pieds pour tâter le fond de la mare, mais impossible de le trouver.

Et puis le soldat fut là, m'attrapant par le bras et me tirant hors de l'eau d'une traction de fer qui me fit terriblement mal et m'arracha un cri.

Je tentai d'atteindre mon épée, qui n'était qu'à quelques pieds de moi, mais le guerrier devina mon intention et l'envoya promener d'un coup de pied, si bien qu'elle disparut aussi dans la mare, hors d'atteinte pour moi.

— Ne tentez pas de me combattre, lass, me mit-il en garde. Vous ne réussirez qu'à vous faire du mal. Vous pouvez venir de votre plein gré ou nous pouvons vous rosser et vous lier les mains et les pieds. A vous de voir. Mais ne vous y trompez pas : vous *venez* avec nous pour être remise vivante à laird Ogilvie.

Il m'attira contre lui d'un geste brusque. J'avais été bien inspirée de garder ma tunique, même si je ne portais rien dessous ; son tissu mouillé collait à ma peau et ne me couvrait que jusqu'au milieu des cuisses, mais c'était mieux que rien.

Le soldat Ogilvie me tint contre lui en me serrant comme dans un étau et commença à me tirer vers les chevaux. Je me débattis, forcément, mais cela ne servit à rien, à part le mettre en colère, si bien que son emprise se fit encore plus rude et douloureuse.

Cette douleur, je le savais, n'était rien comparée à ce qui m'attendait. Je pouvais déjà me représenter le visage d'Ogilvie, sa jubilation, sa satisfaction. Il n'aurait pas de scrupules à rendre son châtiment aussi brutal et avilissant que possible, je n'en doutais pas. Je l'avais repoussé, frappé, humilié, et sa vengeance serait mûrement réfléchie et menée à bien. J'en étais certaine.

Je me débattis encore, me tortillant contre le guerrier et mordant son bras passé autour de mon cou. Il me relâcha en me frappant, et son coup fut si violent que je tombai par terre. Je restai assise là un moment, ma main plaquée sur ma mâchoire qui me lançait, sanglotant de peur et de chagrin jusqu'à ce que ma vision se brouille. Je me sentais totalement vaincue.

J'étais tellement sous le choc qu'il me fallut quelques instants pour prendre conscience d'une nouvelle agitation : d'autres chevaux approchaient. Cela devait être le reste de la patrouille de recherche, pensai-je en m'essuyant les yeux pour voir si je reconnaissais certains des hommes. Il me vint à l'idée que si Ritchie était parmi eux, il pourrait peut-être m'aider à m'échapper. Une autre fois.

Mais ce ne fut pas Ritchie qui s'avança.

C'était Kade. *Et Wilkie.*

Un moment, je crus que je les imaginais, qu'ils étaient le produit de mon esprit désespéré, qui se raccrochait au moindre espoir.

Wilkie.

Et alors même que le soulagement, la faim de lui et une joie absolue à sa vue enflaient dans mon cœur, ma terreur continuait à dominer toute autre émotion. Wilkie courait un grave danger, comme moi. Il m'avait suivie jusqu'ici, dans le nid de vipères de l'embuscade des Ogilvie, et nous pouvions tous — Kade compris — y perdre la vie.

Nos destins se sont mêlés, Roses. J'ignore pourquoi, mais je sais que c'est vrai : je suis lié à vous à jamais.

Wilkie sauta à bas de son cheval avant même qu'il ne soit à l'arrêt et marcha vers moi comme s'il ne remarquait pas les guerriers d'Ogilvie.

Et ces derniers parurent étonnamment passifs devant son avancée. A mon avis, leur nombre supérieur par rapport aux Mackenzie leur conférait de l'assurance, vu leur avantage. Wilkie ne semblait pas du tout intimidé ou soucieux de sa propre sécurité, ce qui m'inquiéta encore plus. Etait-il si distrait par moi et ma situation critique qu'il avait abaissé sa garde ? Ou était-il simplement si sûr de lui en tant que guerrier entraîné, armé et épaulé par son frère qu'il se sentait moins menacé qu'il n'y paraissait ?

Mais quand le soldat d'Ogilvie me saisit pour me ramener brutalement dans son emprise, Wilkie s'arrêta net. Le bras massif du garde était passé autour de mon buste, et il tenait son épée sur mon cou.

Wilkie n'était qu'à quelques pieds de moi, et le voir si réel et si proche suffit à me faire flageoler sur mes jambes. Je me serais affalée par terre si le soldat ne m'avait pas tenue aussi solidement. J'avais cru ne plus jamais poser les yeux sur Wilkie. Et voilà qu'il était là, plus beau que jamais. Son tempérament bouillant, au cœur du conflit, était tenu en bride mais dur comme de l'acier. Il n'y avait pas trace de son côté impulsif qui était souvent si prononcé. Rien qu'une concentration totale. Se battre emplissait ses journées et était son objectif principal, et il était clair à son assurance aguerrie qu'il était bon dans ce qu'il faisait. Toutefois, il y avait un nouvel élément dans cette situation : moi. Tenue par un ennemi avec une lame aiguisée comme un rasoir sur la gorge. Wilkie semblait légèrement perplexe devant cette situation.

Il tira son épée de son baudrier et la tint devant lui.

— Lâchez-la, commanda-t-il.

— Lâchez votre épée, Mackenzie, aboya d'un ton impatient le soldat qui me tenait, car bien sûr il n'y avait aucune chance qu'il me relâche, nous le savions tous.

Wilkie ne broncha pas.

— Ecartez-vous, ordonna le guerrier. Vous êtes libre de partir, et je vous conseille de le faire tout de suite. C'est la lass que nous voulons. Si vous nous attaquez, nous vous tuerons, votre frère et vous, et emmènerons la fille de toute façon. Elle appartient à Ogilvie et lui sera rendue.

Kade était descendu de cheval et tenait son épée dans une main et un couteau recourbé dans l'autre. Il paraissait presque d'un autre monde tandis que ses nombreuses armes accrochaient le soleil et le reflétaient en un éclat irisé.

— Elle est à moi, en tant que ma promise, dit Wilkie.

Peut-être disait-il cela comme une ruse, une tentative de convaincre les soldats d'Ogilvie de me relâcher. Je n'étais *pas* sa promise, je ne me faisais aucune illusion sur ce point. Ce jour-là était le jour de son mariage, certes — mais sa future épouse l'attendait à Kinloch, se demandant probablement ce qui le retenait. Il était peut-être venu me chercher par devoir, pour assurer ma sécurité avant de prononcer ses vœux et de sceller son sort. Mais en cet instant, cela n'importait guère. Le seul fait de le voir là, dans sa splendeur sauvage, gonflait mon cœur d'un pur bonheur, malgré les circonstances.

Un deuxième guerrier, à la barbe noire, se mit à rire.

— Votre promise ?

Je le connaissais : c'était un officier d'Ogilvie de rang élevé, nommé Dougal. Je l'avais assez souvent servi à table. Je savais qu'il parlait fort et ne mâchait pas ses mots ; de fait, c'étaient ses conversations souvent animées avec laird Ogilvie qui m'avaient fourni bien des informations politiques et militaires que je possédais.

— Je crains qu'Ogilvie n'ait l'intention de la prendre pour lui. Il l'épousera dès qu'elle lui sera ramenée.

— *L'épouser* ? Pas tant que je vivrai, répliqua Wilkie d'un ton de défi.

Dougal gloussa de nouveau, descendit de son cheval et s'approcha de lui.

— Je peux arranger ça. Vous êtes deux contre six, guerrier. Maintenant, laissez-nous passer ou vous mourrez.

Wilkie resta figé sur place, les yeux plus sombres que je ne les avais jamais vus. Il s'adressa alors à moi, à voix basse, comme si moi seule pouvais l'entendre, en dépit de notre public attentif et menaçant. Il parla comme s'il ne se souciait pas que ces soldats ennemis l'en empêchent, comme s'il craignait de ne pas avoir d'autre chance de dire ce qu'il voulait que je sache. Si nous devions mourir — comme c'était malheureusement probable —, il y avait des choses qui devaient être dites.

— Roses, pourquoi vous êtes-vous enfuie ? Ce n'était pas encore terminé, lass. Votre départ a été trop hâtif. Je n'épouserai pas Stella Morrison. C'est Kade qui scellera l'alliance.

Au prix d'un effort, dans la détresse poignante du moment, je me remémorai le visage de Stella. Sa peau laiteuse et ses yeux ambrés, toujours baissés. La plus belle des sœurs. Celle qui était promise à Wilkie.

Je regardai Kade, dont les yeux brillaient autant que le reste de sa personne.

— J'ai demandé la main de Stella et son père a accepté, déclara-t-il.

— Les préparatifs sont déjà en cours, ajouta Wilkie. Laird Morrison est satisfait de l'union, et Knox a reconnu que c'était une alternative raisonnable. Il a donné son accord pour notre mariage, Roses.

Il s'arrêta et baissa encore la voix.

— Avec l'alliance assurée, il me permettra de respecter le dernier vœu de notre mère. Nous serons mariés ce soir, lass.

Tout, hormis Wilkie, disparut momentanément de ma conscience. Même face à la mort, en cet instant j'oubliai tout. Si je devais vivre, je pourrais vivre *vraiment*. Que mon guerrier se voue à moi de cette façon m'emplit non seulement de soulagement, mais aussi d'émerveillement. Il me voulait *moi* plus qu'un titre de laird, un domaine et une armée. Il m'avait choisie moi, une simple servante, dédaignant toutes les femmes de sang noble à travers toute l'Ecosse. Mon cœur ne pouvait contenir tout l'amour que j'éprouvais pour lui en cet instant ; il battait follement, imprégnant mon corps et mon univers d'une sérénité proche de la vénération. Un oiseau chanta. Un nuage passa, éclatant de blancheur. Kade étincelait comme le sauveur qu'il était. J'espérais seulement que nous vivrions assez longtemps pour pouvoir le remercier et apprécier à leur juste valeur l'importance et le résultat de son sacrifice.

Et Wilkie. Ses cheveux si noirs avaient des reflets bleus sous les rayons du soleil. Ses yeux, dans l'éclat de la matinée, avaient la couleur du ciel d'automne et brillaient d'énergie et d'amour.

Je suivrai mon cœur, vers vous.

Mais nous étions encerclés de tous côtés et tenus à la pointe des épées. Oh ! si seulement Kade était arrivé dans la pièce privée de laird Mackenzie plus tôt ! J'aurais dû attendre Wilkie dans ses quartiers. Et les gardes, qui ne m'avaient pas empêchée de sortir… A quelques minutes près, Wilkie et Kade m'auraient retrouvée avant la patrouille d'Ogilvie. Mais il était trop tard pour avoir des regrets. Avant de pouvoir vivre, vraiment, il allait falloir se battre.

Et moi, je devais apprendre à faire confiance. Il n'y aurait plus de cachotteries, plus de secrets.

— Guerrier, déclarai-je. Je dois vous dire…

— Assez ! aboya Dougal, m'interrompant.

Il se tourna vers Wilkie.

— Si touchant que soit tout ceci, je crains que vos plans ne soient hors de question. Nous devons nous mettre en route. Nous avons une prisonnière à livrer. Ogilvie nous a fait pourchasser cette lass nuit et jour, utilisant des hommes de valeur pour parcourir les Highlands, escalader des murs et lancer des attaques. Tout ceci devient assez lassant, je vous l'assure. Mais après tout, elle n'est pas une simple fille de cuisine.

Prenant un accent noble et mélodieux, comme s'il imitait laird Ogilvie, il ajouta :

— « La bâtarde du roi. Ramenez-la-moi immédiatement ou vous mourrez. »

Il gloussa, et partit d'un rire sinistre et énervant.

Wilkie prit un air sombre, mais son cerveau semblait fonctionner à toute allure. Il s'adressa à Dougal :

— Qu'avez-vous dit ? Que signifient vos paroles, soldat ? lança-t-il d'un ton agressif. *La bâtarde du roi ?*

Dougal rit aux éclats à la question de Wilkie.

— Je suis surpris que vous ne l'ayez pas découvert par vous-même, si vous êtes aussi entiché d'elle que vous prétendez l'être. Vous devez perdre la main, Mackenzie.

Visiblement très sûr de lui et des capacités de ses soldats, et apparemment amusé par l'ignorance de Wilkie, Douglas lança à l'homme qui me tenait, et dont je ne connaissais pas le nom :

— Montrez-lui la marque. Entre ses omoplates, d'après Ogilvie.

— Ne soyez pas sot, Dougal, gronda l'homme qui tenait toujours son épée sur ma gorge. Vous feriez mieux de vous taire, espèce d'idiot.

Mais Dougal appréciait son avantage et désirait en profiter pleinement.

— Il n'y a pas de mal à ça, Gregor. Nous sommes six et ils sont deux. L'issue est certaine. Faites-lui comprendre ce qui a glissé de ses doigts chanceux de Mackenzie.

Un rire sonore gronda dans sa poitrine à cette idée.

— Apparemment, Mackenzie, votre bonne étoile vous a quitté.

Mon ravisseur — Gregor — obéit avec réticence. Il me tourna, ôtant son épée de ma gorge mais la gardant à proximité pour pouvoir frapper facilement, et tira rudement sur l'étoffe de ma tunique pour révéler mon tatouage.

Wilkie abaissa son épée et s'approcha, les Ogilvie lui permettant d'examiner la marque à l'encre par lui-même. Je réprimai unc exclamation quand le bout de ses doigts toucha ma peau.

— Ce n'est pas possible, murmura-t-il, incrédule.

— Oh ! mais si ! déclara Dougal d'un ton enjoué. Elle va assurer une grande fortune à laird Ogilvie — *et* à ses lieutenants de haut rang.

Ce que les Ogilvie insinuaient paraissait trop fou pour le concevoir. Je n'arrivais même pas à envisager cette possibilité. Ma joie à l'arrivée de Wilkie et de Kade était à présent dominée par la panique. J'avais entendu la déclaration de Dougal, mais la signification de ses paroles restait enfouie sous des années de secret soigneusement gardé, des années où j'avais toujours caché ce tatouage haï. Et maintenant il était révélé aux yeux de tous. Le soleil semblait me brûler là où ma peau était dénudée.

Même s'il existait une faible chance que nous battions ces guerriers et fuyions nous réfugier à Kinloch, il était hors de question que Wilkie veuille de moi, maintenant. Je savais ce que j'étais : une sorcière. C'était une réalité avec laquelle j'avais vécu secrètement toute ma vie et je ne pouvais croire autre chose. Pas encore. Le poids de mon secret avait pesé sur moi trop longtemps et était trop ancré en moi pour l'écarter d'un simple revers de la main. Je fermai les yeux, courbant la tête de honte, et attendis la réaction de Wilkie.

Mais au lieu d'entendre dans sa voix de la répulsion, j'entendis… de la stupeur. Là où il aurait dû y avoir un dégoût effrayé, il y avait de l'émerveillement et une trace de respect.

— Comment n'ai-je jamais remarqué ceci ?

Il tendit la main pour saisir mon menton et releva mon visage vers lui. Ses yeux étaient aussi vibrants que le ciel au-dessus de lui.

— Roses ? Connaissiez-vous cette marque ?

Je ne pus parler, mais hochai à peine la tête.

— *Pourquoi ?* Pourquoi ne me l'avez-vous jamais montrée ? demanda-t-il.

Je répondis dans un murmure :

— Je… j'avais peur.

— Vous ne pensiez pas que je pourrais vouloir savoir

que vous aviez le sceau du roi William tatoué dans votre dos ? demanda-t-il encore, incrédule.

Mon esprit tourbillonnait, bataillant avec des mensonges, des vérités, tout ce qui s'était passé et tout ce qui *arrivait.*

— Quoi ?

— Savez-vous ce que ceci signifie, Roses ?

En vérité, la compréhension commençait à s'insinuer dans ma conscience, dominant la peur, la honte, la perte.

Gregor devenait impatient. Apparemment, il était prêt à réclamer sa récompense pour ma capture, et au plus tôt.

— Cela signifie que la lass est l'enfant perdue du roi William. Celle qu'il cherche depuis si longtemps. La clé du domaine royal d'Ossian Lochs.

— On nous avait dit que l'enfant perdu du roi était un *garçon*, intervint Kade.

— Non, marmonna Wilkie, encore abasourdi. On n'a jamais dit ni l'un ni l'autre.

— Oui, approuva Dougal avec jubilation. Le roi se méfiait des imposteurs, alors il n'a jamais décrit les traits distinctifs de l'enfant. Qui eût cru que l'on trouverait son enfant perdue dans nos propres cuisines ? Que notre propre servante était en réalité l'héritière d'Ossian Lochs, le domaine le plus convoité de toute l'Ecosse ? Et qu'elle ne connaissait pas sa propre identité ?

Il gloussa de nouveau, apparemment très amusé par les mystères de la vie, ces mêmes mystères qui avaient plongé de nombreuses années de mon existence dans les tourments et la terreur.

Une sensation nouvelle et pas totalement déplaisante traversa mon corps tandis que leurs paroles me pénétraient. Je ne croyais pas que cela puisse être vrai. Pourtant, je devais l'admettre, l'histoire et mon passé concordaient. *Remise à un couple sans enfant d'un clan éloigné, pour être tranquillement et sûrement intégrée à une famille ordinaire, hors d'atteinte de l'épouse vengeresse du roi ?* Se pouvait-il que les divagations terrifiantes d'une vieille femme superstitieuse aient été sans fondement, et fausses ?

Une fois que les ramifications de tout ce qui venait d'être dit se mirent en place, l'ambiance de notre groupe changea, comme si une brise soudaine avait ravivé une animosité vigoureuse. La conversation improbable qui avait jailli d'une révélation choquante s'évanouit et, en un clin d'œil, la scène reprit la forme du conflit qu'elle était destinée à être.

Du coin de l'œil, je vis Wilkie serrer un peu plus fort son épée et Kade lever imperceptiblement, cran par cran, sa lame recourbée.

— A présent écartez-vous, les Mackenzie, et laissez-nous nous mettre en route. La lass appartient à Ogilvie.

Le soldat Dougal était bien sot s'il croyait que Wilkie Mackenzie allait gentiment se plier à ses ordres !

— Nous ne nous écarterons pas, dit-il d'une voix posée. La lass vient avec nous.

Sur un ordre discret de Dougal, l'un des guerriers d'Ogilvie fit un mouvement soudain comme pour attaquer Wilkie. Mais avant qu'il n'arrive près de lui, il y eut un éclair de lumière aveuglant et l'assaillant s'affaissa lourdement sur le sol. La lame arrondie de Kade était profondément enfoncée dans son front.

Et aussitôt, la bataille se déclencha. L'épée d'un guerrier Ogilvie qui s'appelait Hayes fendit l'air en direction de Kade ; ce Hayes avait la réputation d'être un combattant féroce et d'une grande adresse. Il avait trouvé un adversaire à sa mesure, cette fois, et je priai de tout mon cœur pour la victoire de Kade.

Dougal, fou de rage à la mort d'un de ses hommes, siffla un ordre à un autre soldat. L'homme leva son épée dans la direction de Wilkie, mais avant même qu'il ne réussisse à l'affermir dans sa main, Wilkie frappa. Le coup rapide comme l'éclair s'enfonça proprement et profondément dans le petit creux à la base de la gorge de l'homme. La lame entra et sortit avant que moi, ou le soldat lui-même ne puissions comprendre ce qui s'était passé. Le guerrier parut complètement sidéré et émit un gargouillis tandis que du sang rouge foncé jaillissait de sa blessure fatale au cou. Ses yeux roulèrent en arrière et son corps s'effondra par terre.

Les soldats restants regardèrent leur camarade pendant plusieurs secondes, ébahis, comme s'ils s'attendaient à ce qu'il se relève.

Dougal tonna :

— Attaquez !

Et les guerriers d'Ogilvie obéirent en chœur. Hayes fondit sur Kade pendant que Dougal et un autre encerclaient Wilkie, frappant comme un seul homme. Le choc assourdissant des épées résonnait avec fureur tandis que les deux soldats attaquaient et que Wilkie les repoussait habilement. La panique courait dans mes veines. Je luttai en vain contre l'étreinte de fer de Gregor qui me retenait toujours. Oh ! si seulement j'avais pu intervenir, et protéger Wilkie, l'emmener loin de tout danger ! De voir mon guerrier menacé et encerclé, la terreur qui me nouait les entrailles se changea en colère.

— Ne lui faites pas de mal ! hurlai-je. Comment osez-vous l'attaquer ! Ne le touchez pas, il est à *moi* !

En dépit de mon effroi, je parvenais à tirer un peu de réconfort de l'autorité qui émanait de Wilkie. Je pouvais seulement observer avec admiration sa finesse pleine d'adresse. Si effrayant que soit ce spectacle, sa grâce et son instinct me captivaient. Il était un guerrier jusqu'à la moelle, et un guerrier doué.

L'un ou l'autre des Ogilvie aurait été complètement surpassé par lui — mais les deux ensemble formaient hélas une équipe entraînée et qui se complétait. Ils semblaient opérer en mouvements bien répétés que chacun d'eux comprenait. Et ils étaient dangereusement près de dominer Wilkie. Dougal plongea, entaillant le bras nu de Wilkie. Celui-ci tressaillit à peine et je pus voir que la blessure n'était pas grave, mais assez profonde pour gêner ses mouvements. La vue de son sang m'horrifia.

J'aurais préféré me donner mille fois à Ogilvie plutôt que de voir Wilkie mis à terre par ses hommes.

Et je ne pouvais pas voir Kade, même si j'entendais les heurts métalliques du combat qu'il livrait non loin de là.

Gregor me tira vers les chevaux et l'attention de Wilkie fut détournée un instant par cette manœuvre tandis que je luttais contre la force de mon ravisseur. *Mais je pus voir ce que lui ne pouvait pas voir.*

— Wilkie ! hurlai-je. Derrière vous !

Il tournoya, son épée prête. Un choc puissant ébranla mes nerfs alors que sa lame heurtait celle de Dougal. L'épée de Wilkie semblait animée d'une vie propre, galvanisant sa puissance et son énergie. Apparemment, le deuxième soldat qui avait attaqué Wilkie s'était maintenant joint à Hayes pour lutter contre Kade, après un glapissement de douleur qui, je l'espérais, venait de Hayes.

Wilkie et Dougal échangèrent encore plusieurs coups, jusqu'à ce qu'il soit clair que Wilkie prenait le dessus. Dougal chancela, mais avant que Wilkie ne puisse porter son dernier coup mortel, Gregor, qui avait semblait-il décidé qu'il n'aimait pas du tout le tour pris par cette bataille, lança d'une voix sonore, près de mon oreille :

— Cessez votre attaque, Mackenzie ! Tous les deux ! Sinon, je vais la tuer ! Je vais le faire maintenant !

Wilkie s'arrêta, tenant son épée pointée sur Dougal mais tournant légèrement la tête dans ma direction. Sa poitrine se soulevait et s'abaissait à la suite de ses efforts, mais autrement il ne bougeait pas. Il fixait Gregor avec une haine mesurée qui lui promettait la mort. Je ne l'avais jamais vu paraître plus farouche, ni plus beau. Mais il savait visiblement que les menaces du guerrier étaient creuses. S'il était vrai que mon tatouage signifiait que j'étais la fille du roi, ou si ce n'était même qu'une lointaine possibilité, il était clair qu'Ogilvie tuerait tout homme qui me ferait du mal. J'étais la clé pour obtenir le splendide domaine d'Ossian Lochs, un domaine sans égal que laird Ogilvie — et beaucoup d'autres — convoitait plus que tout. Ces guerriers le savaient. Et Wilkie aussi. Gregor modifia sa déclaration, avec un défi évident dans la voix :

— Ou je trouverai *autre chose* à faire avec elle. A demi nue et tentante comme elle est, ce ne sera pas difficile. A présent, lâchez vos armes.

Cette menace-là n'était peut-être pas aussi vaine, surtout vêtue comme je l'étais, pieds et jambes nus, avec une tunique encore mouillée qui me moulait et couvrait à peine la moitié de mes cuisses. Et rien dessous.

Le corps massif du soldat ne m'enveloppait pas seulement, il était carrément *pressé* contre moi. Une horreur glacée me traversa à cet avertissement, et une étincelle alarmée brilla fugacement dans les yeux de Wilkie, emplis de rage.

Dougal s'était remis sur ses pieds, son épée levée.

L'emprise de Gregor se resserra encore plus. Je sentais les poils raides de sa barbe frotter contre mon visage tandis qu'il parlait, et cela me rendait malade. Il avait une odeur de sueur et de brutalité.

— Vous devriez savoir que nous ferons n'importe quoi pour ramener cette lass à la forteresse Ogilvie, quitte à risquer nos vies, lança-t-il d'une voix sonore à Wilkie. Une riche récompense a été offerte à celui ou à ceux qui la lui livreront. Une *très* riche récompense. Et je suis impatient de la toucher. Si vous nous retardez plus longtemps, et m'ennuyez encore avec votre futile rébellion, je m'accorderai d'abord une récompense d'une sorte bien différente, ici et maintenant. Alors lâchez votre arme ou je prendrai cette lass pendant que vous terminez votre duel avec Dougal, Mackenzie. Que dites-vous de ça ?

La main du soldat, serrée fortement sur ma taille, remonta légèrement si bien que son pouce effleura la pointe d'un de mes seins. J'entendis un petit gémissement terrifié — et m'avisai qu'il venait de moi.

— Alors, quelle est votre décision, Mackenzie ?

Wilkie n'hésita pas. Il jeta sa lourde épée par terre,

où elle tomba avec un bruit métallique. Puis il tendit les mains, paumes en l'air, en un geste tranquillement insolent.

Dougal s'avança pour poser la pointe de son épée sur le cou de Wilkie, juste sous sa mâchoire. Wilkie le fixa avec une expression de complet mépris.

— C'est la seule façon dont vous pouviez me vaincre, dit-il. Moi désarmé. Vous sans honneur.

Dougal lui jeta un regard noir, sachant très bien qu'il disait vrai. La lame de l'épée se pressa sur le pouls vulnérable du cou de Wilkie. Pour moi, c'en était trop.

— *Je vous en prie !* suppliai-je. Je vais aller avec vous ! Abaissez votre épée et laissez-le partir. Je ne lutterai pas contre vous. Je viendrai de mon plein gré.

— Ligotez-le, Dougal, gronda Gregor dont l'emprise se faisait de plus en plus insistante, me faisant mal et m'effrayant. Nous allons l'emmener.

Dougal ôta le couteau accroché à la ceinture de Wilkie et le lança hors d'atteinte.

— Je vais le tuer, dit-il entre ses dents.

— Non, aboya Gregor. La lass se pliera à toutes nos demandes — ou à celles d'Ogilvie — si nous nous servons de sa vie comme d'un moyen de pression. Liez-lui les mains dans le dos. Et pour l'amour du ciel, attachez-le solidement !

Je pouvais le voir maintenant : Kade avait abattu le second de ses assaillants. Hayes et lui se tenaient à une certaine distance l'un de l'autre, leurs épées toujours levées, et se tournaient autour.

— Pars à cheval, Kade ! cria Wilkie.

Kade, en un mouvement rapide comme l'éclair, prit un couteau dans un fourreau attaché à sa botte et le lança sur Hayes. Il se planta dans la cuisse de l'homme, ce qui le fit boiter et jurer bruyamment. Kade saisit cette courte opportunité pour sauter sur son cheval en un mouvement fluide. Sa monture se cabra et tourna sur elle-même, puis s'élança dans un galop furieux.

— Rattrapez-le ! hurla Dougal, et Hayes, retirant le

couteau de sa cuisse avec un grognement pour le glisser dans sa propre ceinture, se jeta dans l'action.

Mais Kade était déjà parti, lancé dans le galop de sa vie pour atteindre Kinloch, avertir Knox et rassembler l'armée des Mackenzie.

18

Nous chevauchâmes à vive allure, moi juchée devant Gregor, le guerrier d'Ogilvie qui toucherait sa récompense, « d'une manière ou d'une autre », en me gardant près de lui. Wilkie montait le cheval d'un des soldats tués, les poignets liés derrière lui et la blessure de son bras saignant toujours. Ses jambes devaient être douloureuses sous l'effort de serrer sa monture tandis que nous galopions vers le sud, de jour, de nuit, et de nouveau de jour. Je dormis par brèves périodes, avachie contre le garde qui ne desserrait pas son emprise sur moi. Nous nous arrêtâmes deux fois, pour boire dans de petits ruisseaux. On ne nous donna pas à manger. Et Wilkie ne dit pas un mot, regardant à peine dans ma direction. Dougal chevauchait à côté de Wilkie ou juste derrière, lui rentrant dedans de temps en temps pour essayer sans raison de le faire tomber.

Et si la question faisait rage dans ma tête, je pouvais à peine imaginer ce qui traversait l'esprit de Wilkie : *quel avait été le sort de Kade ?* Avait-il atteint Kinloch, pour avertir Knox de notre situation et déployer les troupes des Mackenzie ? Ou bien Hayes l'avait-il rattrapé ?

Le paysage et la ligne des collines dans le lointain commencèrent à paraître familiers, et nous avions maintenu un tel rythme d'enfer qu'au deuxième soir nous atteignîmes la forteresse d'Ogilvie. Il n'y avait aucun signe de quelqu'un nous suivant. Aucune armée.

Puis nous avons franchi les portes du manoir.

Oui, il y eut bien des regrets amers quand nous ralentîmes et pénétrâmes à l'intérieur de la forteresse au milieu d'une foule de visages vaguement familiers. Comment avais-je vécu presque deux décennies parmi ces gens pour être ainsi accueillie sans le moindre signe de bienvenue ? Je vis de la curiosité, et même de la jubilation, certains me reconnaissaient, mais je n'étais pas la fille prodigue rentrant chez elle. J'étais une étrangère devenue servante, privée de ses droits, qui ne s'était pratiquement pas fait remarquer jusqu'au jour scandaleux de son départ. Depuis, la rumeur de mon crime, de ma fuite et, finalement, de mon héritage improbable s'était visiblement répandue. Ce dernier détail, au moins, me donnait de la valeur à leurs yeux…

Et je pouvais le lire sur leurs visages, maintenant, tandis qu'ils engloutissaient notre petit groupe. Ils touchaient mes jambes nues, me tapotaient et s'efforçaient de se rappeler une heure, durant nos vies — à moitié — communes, pendant laquelle nous avions pu partager un moment au travail, un rire ou même un coucher de soleil. Noyée dans ce brouhaha, j'éprouvais très peu de choses, en fait. J'étais seulement consciente de Wilkie, de la proximité de son cheval près du mien, et je remerciais le ciel qu'on nous garde ensemble au moins jusqu'à ce qu'on atteigne l'entrée du manoir. La pensée d'être séparée de lui maintenant fit courir un frisson glacé dans mon dos.

Nos chevaux, épuisés, s'arrêtèrent.

Le guerrier qui me tenait descendit de sa monture, puis il me saisit de ses mains sales et me fit glisser au sol dans sa rude étreinte qui me révulsait. Wilkie passa une jambe par-dessus son cheval et sauta à terre, en chancelant mais sans tomber. Et Dougal le suivit, goûtant son petit pouvoir sur un puissant Mackenzie ligoté : c'était visiblement une position qu'il appréciait et dont il profitait au maximum. Il avait presque une tête de moins que Wilkie, mais il le poussa en avant, vers la grande porte du manoir qui s'ouvrait. Wilkie semblait à peine le remarquer, le traitant comme on peut traiter un insecte agaçant qui bourdonne autour de nous avant d'être écrasé.

En vérité, Wilkie paraissait détaché d'une manière presque irréelle. Soit cela, soit il était si concentré que son attention semblait émoussée. Nos regards ne se rencontrèrent qu'une fois ou deux, et je pus lire dans le sien que la possibilité d'être forcé à me voir, moi, prise par l'un de ces hommes menaçait une barrière invisible en lui. Je ne doutais pas que si ses mains pouvaient être libérées, il aurait la force et l'impulsion d'ouvrir rapidement une tranchée décisive dans l'armée d'Ogilvie. Une fureur à vif lui collait à la peau comme une aura frémissante.

On nous conduisit dans la grand-salle du manoir, entourés par une agitation qui allait croissant. Dans l'état où je me trouvais, je n'étais que vaguement consciente des détails, mais je pus voir néanmoins que d'autres visiteurs étaient accueillis en même temps que nous. C'étaient des guerriers, et leurs tartans les identifiaient, j'en étais presque certaine, comme des membres du clan Campbell.

Et ce fut confirmé dès que la foule s'écarta pour que nous soyons reçus par laird Ogilvie et ses hôtes : laird Campbell et au moins dix de ses lieutenants du rang le plus élevé. Ils étaient tous assis autour de la grande table et se levèrent dès que notre groupe entra dans la salle.

— Que se passe-t-il ? tonna laird Ogilvie, troublé et visiblement mécontent d'être interrompu en plein milieu de ce qui était clairement une réunion stratégique.

Je ne doutai pas qu'ils étaient en train de planifier leur attaque d'Ossian Lochs ; la tension et la colère sur leurs visages, ainsi que leur tenue militaire me firent deviner que le moment de leur rébellion approchait.

Ils se mirent donc debout quand notre groupe approcha et se tinrent devant nous.

Le regard d'Ogilvie me transperça, puis se posa sur Wilkie, tandis qu'un mélange d'émotions passait sur ses traits. De la cupidité et du triomphe, certainement ; une vive surprise, pendant un instant, à ma soudaine arrivée ;

et aussi de la gêne — qu'il montra en jetant un coup d'œil à Campbell —, comme s'il eût souhaité que cette présentation puisse avoir lieu ailleurs et *pas* en présence de son allié. Après tout, Campbell voulait réclamer Ossian Lochs et ses richesses avec plus de ferveur encore qu'Ogilvie. Il ne savait probablement rien de mon tatouage et le laird, à coup sûr, tenait à ce que les choses restent ainsi. Alliance ou pas, ils étaient tous les deux des hommes sournois. Et tandis qu'Ogilvie jetait un nouveau coup d'œil à Campbell, il parut très clair qu'il était certain d'une chose : si Campbell apprenait l'existence de ma marque, il n'aurait pas de scrupules à me réclamer pour sienne. L'occasion serait trop belle.

Et je n'aimais pas la façon dont les deux hommes — et beaucoup d'autres — me dévisageaient. J'aurais voulu au moins pouvoir me couvrir, à demi nue que j'étais devant eux ! Ma tunique avait séché dans le vent, mais était remontée jusqu'en haut de mes cuisses vu la façon dont mon ravisseur m'avait tenue et bousculée.

La faim familière d'Ogilvie affleurait sous son expression guerrière, mais après toutes ces semaines, je n'eus plus peur de le contempler. C'était un homme massif, aussi grand que Wilkie, mais beaucoup moins bien taillé. Il préférait exercer son pouvoir à table plutôt que sur le terrain d'entraînement. Son penchant pour la nourriture et la cervoise l'avait ramolli. Ses cheveux étaient d'un châtain uni et restaient brillants grâce aux soins des maîtresses dont il quêtait les attentions chaque nuit — et plus d'une fois. C'étaient leurs rangs que j'aurais dû rejoindre, et j'avais refusé. Bien qu'il approchât des quarante ans, Ogilvie n'avait pas encore pris femme, trop absorbé qu'il était par tous les plaisirs que son titre lui permettait de goûter. Ses yeux étaient bruns et étincelaient d'une ardeur allumée par ses conquêtes nombreuses et variées.

Le revoir maintenant, après tout ce qui s'était passé en mon absence, me donnait envie de vomir, et en moi s'insinua un sentiment peu familier que je pus finalement identifier : *la haine*. C'était là l'homme qui avait privé ma vie de bonheur pendant tant d'années. Il m'avait punie à dessein, je m'en rendais compte avec le recul, pour tenter de briser ma résistance. Et j'en avais souffert, plus que je ne pouvais le décrire. C'était seulement depuis ma fuite que j'avais saisi complètement l'étendue de mon malheur passé, causé presque exclusivement par l'homme face à qui je me trouvais maintenant. Je savais que mon expression trahirait mes sentiments vis-à-vis de lui tandis que ses yeux croisaient les miens, mais cela ne parut pas démonter Ogilvie. Peut-être avait-il l'habitude d'être regardé de cette façon — ça ne m'aurait pas étonnée.

— Gregor, Dougal, dit-il à ses hommes. Vous m'avez ramené ma servante en fuite. Beau travail. Je vous verrai plus tard ce soir pour vous donner votre récompense.

Son regard se posa sur Wilkie.

— Et que dois-je faire à propos de… *ceci* ? Mackenzie ? Avez-vous tué d'autres de mes hommes ? Est-ce pour cela que mes officiers ont lié vos poignets et vous présentent comme un prisonnier ?

— Il prétend qu'elle est sa promise, répondit Dougal.

— Vraiment ?

Ogilvie examina encore Wilkie, le jaugeant ; bien sûr, il devait se demander si Wilkie était au courant de mon tatouage, et si lui aussi me voulait pour cette raison.

— Eh bien, Mackenzie ? Vous essayez de réclamer ma servante comme vôtre ?

— Elle est mienne à présent, Ogilvie. Laissez-nous partir et votre vie sera épargnée, lui rétorqua Wilkie sans ciller.

Ogilvie regarda Campbell — et ils rirent tous les deux. C'était un rire qui fit monter l'horreur de notre situation de plusieurs degrés : un rire plein de mauvaises intentions, d'aigreur, de vengeance.

Quand Campbell parla, sa voix suintait de haine, et ce fut à ce moment-là seulement que je me rappelai complètement la réalité de cette épreuve de force : *le père de Wilkie et celui de Campbell s'étaient entretués.* Les rancœurs du passé étaient visiblement encore à vif, et plus encore dans cette salle.

— Fiez-vous à un Mackenzie pour réclamer quelque chose qui n'est pas à lui, pour se mêler d'affaires qui ne le concernent pas et pour exprimer des menaces qu'il ne peut pas mettre en œuvre.

— Oui, renchérit Ogilvie, mais son sourire disparut quand Dougal continua son rapport.

— Son frère et lui ont abattu trois de nos hommes : James, Hugh et Gannon.

Ogilvie fronça les sourcils.

— Et Hayes ?

— Il est parti à la poursuite du frère de Mackenzie pour l'empêcher d'atteindre Kinloch et d'envoyer leur armée dans notre direction, laird, répondit Gregor.

Ogilvie parut très mécontent, et un peu plus pressé. Il s'avança vers moi.

— Lâchez-la, dit-il à Gregor qui cessa enfin de me tenir et fit un pas en arrière.

Il tourna autour de moi, les yeux braqués sur mon corps, mais ce fut à Wilkie qu'il parla.

— Elle n'est très certainement *pas* à vous, Mackenzie. Elle m'appartient totalement. Et j'ai l'intention de l'épouser sur-le-champ.

— L'épouser ? lança Campbell, amusé. Dites plutôt coucher avec elle, oui, et la partager en hôte hospitalier que vous êtes, Ogilvie !

Ce dernier ignora le commentaire. Il ordonna à Gregor :

— Allez chercher le prêtre et commandez-lui de me rejoindre dans mes quartiers privés. Tout de suite.

Puis il s'adressa à Dougal :

— Faites emmener Mackenzie dans les cachots. Je déciderai plus tard que faire de lui.

Enfin, il déclara à Campbell :

— C'est une affaire urgente dont je dois m'occuper, Campbell. Mangez et buvez à votre guise, je vous rejoindrai sous peu. Je dois participer à une cérémonie et consommer un mariage.

Le bruit dans la salle augmenta en une vague curieuse, les guerriers assis à la table s'esclaffant et murmurant. Campbell, il faut le dire, parut un peu intrigué par l'urgence que montrait Ogilvie, mais il laissa faire ; peut-être pensa-t-il que la hâte d'Ogilvie était suscitée par son désir de se venger de Wilkie, un sentiment qu'il était parfaitement à même de comprendre.

Je pris une inspiration, la panique s'infiltrant dans mes poumons et dans mon cœur, assombrissant mon monde comme si un nuage était passé devant un soleil invisible. Je regardai Wilkie, mais ses yeux étaient rivés sur Ogilvie.

Et le laird lui rendit son regard tandis qu'il passait derrière moi.

— Elle est à moi, répéta-t-il à Wilkie d'un ton de triomphe.

Comme pour illustrer ses paroles, il plaça doucement deux doigts entre mes jambes, en mon endroit le plus vulnérable, qui était nu sous ma tunique.

Je m'écartai de lui d'un bond — maintenant que l'on ne me retenait plus — pour courir jusqu'à Wilkie. C'était une tentative désespérée, encerclés comme nous l'étions, mais j'allai jusqu'à ses poignets liés, qui saignaient sous le frottement de ses liens trop serrés, et tentai de dénouer la corde de cuir.

Mais avant que je puisse seulement commencer à délier les poignets de Wilkie, je fus saisie par-derrière et prise dans une étreinte dominatrice. C'était Ogilvie lui-même. Son sexe dur était pressé contre ma tunique retroussée, je le sentais. Je me débattis et sanglotai de peur et de frustration.

Et Wilkie réagit.

Il gronda, fou de rage, et décocha un coup d'épaule dans le laird, qui fut si secoué par la force de l'impact qu'il me lâcha. Mais j'étais à peine libérée que mes bras furent de nouveau emprisonnés, cette fois par deux gardes qui s'étaient approchés de la scène en train de s'envenimer. Wilkie avait fait tomber Ogilvie et réussi à lui donner un coup de pied dans les côtes, malgré ses bras attachés derrière lui, mais il fut attaqué de tous côtés par rien moins que sept gardes. Ils le jetèrent sur les froides dalles de pierre et le frappèrent de leurs poings et de leurs gourdins. *Ils allaient le tuer.*

Je hurlai, hors de moi :

— Ne lui faites de mal ! S'il vous plaît ! J'obéirai. Je ferai n'importe quoi. Je vous en prie, cessez de le frapper !

Les cris sortirent de ma gorge, ébranlant tout mon corps sous la force de mon angoisse.

— Je ferai ce que vous me demandez. Laissez-le tranquille ! Emmenez-moi dans les quartiers privés du laird.

Ogilvie fut remis sur ses pieds par plusieurs gardes. Il était en rage. Les autres guerriers tenaient solidement Wilkie et regardaient leur laird, comme s'ils attendaient sa réponse à mes supplications désespérées. Laird Ogilvie, lui — et de fait la plupart des gens dans la salle —, me contemplait comme s'il était pris de court par la force de mes sentiments pour Wilkie. Et ce détail parut attiser encore plus la colère du laird.

— Amenez-le avec nous, ordonna-t-il sauvagement. Arrachez-lui sa chemise. Et que Mumford nous accompagne.

Mes cheveux se dressèrent sur ma nuque. *Je savais qui était Mumford* ; j'avais souvent entendu parler de lui, en passant, quand je servais à la table d'Ogilvie. Un homme de confiance. Loyal. Farouche. Un très bon armurier. Et qui était affreusement bien versé dans les méthodes de torture.

La chemise de Wilkie fut déchirée par les couteaux des gardes et jetée par terre, en lambeaux. Il y avait du sang sur son visage et ses cheveux étaient en bataille. Il paraissait assommé par la tournure que prenaient les événements, mais quand il me vit son regard s'aiguisa lentement.

Quelle souffrance ! Le voir ainsi, ensanglanté et

vaincu, toujours aussi fascinant même dans notre défaite partagée. Les muscles de son torse et de ses bras étaient tendus, mouillés de sang et de sueur, son ventre dur et contracté — l'endroit où mes doigts l'avaient doucement apaisé, autrefois.

Je ne pouvais plus l'apaiser maintenant. Mais je ferais tout ce que je pourrais pour le sauver. Ogilvie laisserait-il partir Wilkie si je me donnais à lui de mon plein gré ?

— Roses.

Mon fier guerrier me parlait, ensanglanté, et le son de sa voix enrouée s'éleva entre nous, renouant avec tout ce qui était sacré pour moi, me calmant et renforçant ma résolution finale. Il était difficile de l'entendre au milieu de la confusion et de l'agitation de la salle tandis que nous étions saisis, entourés et poussés vers une porte distante.

— Vous ne devez *pas* consentir à ça, lass. Quoi qu'il advienne. Promettez-le-moi.

J'aurais voulu pouvoir lui promettre tout ce qu'il me demandait. *Mais je ne pouvais accepter qu'il soit torturé ou tué.* Je ne pouvais pas les regarder le mettre à mort et rester là sans rien faire.

On nous conduisit dans un appartement privé de laird Ogilvie, une pièce dont je me souvenais bien. Le prêtre était déjà en place et, détail glaçant, trois gardes encapuchonnés se tenaient le long d'un mur. Celui du milieu, le plus grand, avait à la main un long fouet noir à l'aspect sinistre. *Mumford.*

Wilkie fut conduit à un tabouret de bois qui avait été placé devant Mumford. On lui ordonna de s'asseoir, puis on lui lia les chevilles et on les attacha aux pieds du tabouret, les soldats bataillant un peu avec les liens, ce qui semblait bien dérisoire en une heure aussi noire.

— Commencez, dit Ogilvie au prêtre, d'un ton bougon.

L'officiant, un petit homme à la barbe blanche, paraissait très mal à l'aise dans ces circonstances et ses yeux ne cessaient d'aller à Mumford, puis de revenir à sa bible ouverte, à laquelle il se cramponnait comme si le salut qu'elle promettait n'avait jamais été désiré avec une telle urgence qu'en cet instant.

— Notre Père tout-puissant, nous demandons..., déclara-t-il.

— Allez droit aux vœux, mon père, coupa Ogilvie avec une patience forcée.

Le prêtre ouvrit de grands yeux.

— Bien sûr.

Il se racla la gorge plusieurs fois.

— Laird Errol Ogilvie, voulez-vous prendre pour épouse la lass ici présente, en…

— Je le veux.

Le prêtre jeta un coup d'œil inquiet à Mumford, à Wilkie, puis à moi. Il s'éclaircit de nouveau la voix et reprit :

— Voulez-vous… Quel est le nom de la lass ? Je dois avoir son nom complet pour que l'union soit officielle.

— Roses Stuart, répondit Ogilvie.

Ceci nous surprit tous, même moi qui n'y avais jamais pensé : le roi William était du clan Stuart. Et donc, apparemment, moi aussi.

— Stuart ? s'étonna le prêtre, sa curiosité dominant un instant son anxiété.

Ogilvie me prit par une épaule et me tourna pour montrer mon tatouage. Il écarta mes cheveux et abaissa ma tunique afin que l'homme d'Eglise puisse voir ma marque.

— Elle est la fille du roi. L'enfant qu'il recherche.

Le prêtre cacha à peine sa réprobation.

— Le roi sait-il où elle se trouve ?

Il devenait visiblement de plus en plus perturbé par les événements qui entouraient cette cérémonie de mariage très inhabituelle. Et nous l'étions tous autant que lui.

— Le roi sera averti dès que ce mariage sera officiel, déclara Ogilvie. Maintenant, s'il vous plaît, continuez.

Ogilvie remit ma tunique en place, sa main caressant légèrement mes cheveux. En réponse, Wilkie gronda depuis son siège, un son empli de douleur, comme si la fatalité et les tourments se mêlaient à sa rage pour le faire craquer.

Ogilvie fit un signe à Mumford, qui abattit férocement le fouet sur le dos nu de Wilkie. Wilkie serra les dents, se crispa et grimaça. Et s'obligea à se taire.

Le guerrier encapuchonné à la droite de Mumford leva légèrement son épée, en une sorte de réflexe à la flagellation de Wilkie.

— Continuez ! tonna Ogilvie.

Les yeux écarquillés du prêtre se fixèrent sur les miens.

— Roses St… Stuart, bredouilla-t-il, voulez-vous prendre laird Errol Ogilvie pour époux légitime ?

— Non, dit doucement Wilkie.

De nouveau, le fouet s'abattit, claquant dans l'air, suivi aussitôt par un autre bruit : celui, horrible, insupportable, de la chair qui se déchirait.

Le prêtre se hâtait, présumant à tort que la fin de la cérémonie marquerait la fin de la violence — et ignorant la supplication désespérée qui se lisait dans mes yeux.

— Donnez-moi votre consentement, lass, me pressa-t-il. Vous devez donner votre consentement avant que le mariage ne puisse être béni par notre Père tout-puissant.

— Roses, non ! gronda Wilkie, ses paroles noyées de souffrance.

— Donnez-le ! hurla Ogilvie, le visage cramoisi de colère.

Puis il ordonna à Mumford :

— Encore !

Le fouet cingla la chair à vif de Wilkie, et cela me brisa le cœur. Curieusement, l'autre garde encapuchonné qui flanquait Mumford réprima une exclamation et remua légèrement. Venait-il d'être recruté ? Il semblait en tout cas avoir du mal à supporter la torture.

— Ne le faites pas, Roses, grogna Wilkie. *Ne le faites pas*. Je peux prendre mille coups de plus.

En réponse, Mumford le frappa de nouveau. Le sifflement du fouet qui l'entaillait résonna dans la pièce.

Wilkie n'émit pas un son. Il ferma juste les yeux tandis que son corps crispé se tendait et saignait.

C'en était trop.

Sans que j'aie conscience de mes propres actions, mon corps se voûta. Je serrai les poings et les portai à mon visage pour bloquer la lumière et ne plus voir la scène. Je sanglotai doucement et tombai à genoux.

La main d'Ogilvie empoigna mon bras et tira fortement.

— Levez-vous et donnez votre consentement ! cracha-t-il. Ou je vais le tuer sur-le-champ.

Il me mit sur pied et je me ressaisis suffisamment pour le regarder dans les yeux. Les yeux de l'homme qui avait rôdé autour de moi pendant des années, emplissant ma vie de crainte, de terreur, et me faisant croire que je ne valais rien. Comme je l'avais déjà fait une fois alors qu'il se rengorgeait, avide et presque triomphant, je pris une décision. Et cette décision me donna de la force, même si je savais qu'elle me condamnait, et Wilkie aussi.

— Je ne vous donnerai *jamais* mon consentement, dis-je. Tuez-le et je mourrai avec lui, mais pas avant que je ne prenne votre vie avec la mienne. Vous ne gagnerez pas. Je serai l'épouse de Wilkie Mackenzie, ou bien je ne serai l'épouse de personne.

Une vague d'incrédulité passa sur le visage d'Ogilvie, vite suivie par une rage déchaînée.

— *Chienne !* lâcha-t-il d'un ton bouillant, et il me gifla violemment.

Il y eut un éclair de douleur. Le coup me sonna, mais je ne tombai pas. Je levai la tête pour lui jeter un regard noir, quelques étoiles blanches traversant ma vision. Je le haïs avec une férocité qui me stupéfia, avant même qu'il n'avoue une vérité choquante :

— Vous méritez une vie de souffrance et de servitude, dit-il. Votre père m'a combattu, me menaçant de mort si jamais je vous touchais, ce sot insolent ! C'est *mon* épée qui l'a abattu sur le champ de bataille. Votre mère l'a appelé même en mourant, alors que je la faisais mienne. Sachez *cela* avant de périr.

Il tourna la tête vers le bourreau.

— Flagellez-le jusqu'à ce qu'il saigne à mort.

Le prêtre murmurait frénétiquement des prières silencieuses.

Un très bref instant, mes yeux croisèrent ceux de Wilkie. Je me rappellerais leur couleur et la certitude de son amour aussi longtemps que ma courte vie me le permettrait.

Je me serais jetée sur Ogilvie, alors, si futile que puisse être mon attaque, en essayant de lui prendre son couteau et de le blesser ou de l'estropier comme je le pourrais. Mais à ce moment-là, les deux gardes encapuchonnés qui flanquaient le tortionnaire révélèrent leur visage.

Ritchie. Et Ronan.

Mes amis, qui m'avaient appris à me battre, qui m'avaient donné mes habits d'homme pour me dissimuler aux regards lubriques du laird. Ritchie qui m'avait permis d'échapper à la patrouille de recherche.

Ils me parurent plus grands que dans mon souvenir et plus imposants.

Ce fut Ronan qui plongea son épée dans la poitrine de Mumford, l'abattant instantanément, pendant que Ritchie prenait la parole :

— Tout ceci a été très instructif, laird Ogilvie. Je crois bien que notre allégeance a changé. Nos excuses, Mumford, dit-il au tortionnaire qui était maintenant à genoux, les mains serrées sur l'épée qui sortait de sa poitrine.

Ritchie me regarda.

— Roses, fille du roi William. Nos excuses à vous, aussi. Nous étions fermes dans notre loyauté envers Ogilvie, mais assez est assez. Je regrette que nous n'ayons pas arrêté ceci avant que le premier coup ne soit porté. Ogilvie nous a promis des terres et de l'argent, mais cela n'en vaut pas la peine.

— Ritchie, dis-je dans un souffle, mon choc cédant la place à l'espoir. Ronan.

Ritchie poursuivit :

— La trahison est passible de mort, bien sûr, et nous nous sommes maintenant probablement condamnés nous-mêmes. J'espère que nous pourrons nous racheter en offrant d'assurer votre liberté. Et si jamais vous avez besoin de deux guerriers de plus dans vos rangs à Ossian Lochs, je crains que nous ne soyons indéniablement en quête d'un nouveau poste.

Ronan, lui, coupait les liens qui entravaient les poignets et les chevilles de Wilkie avec un couteau.

L'outrage d'Ogilvie s'était changé en peur — et en détermination. Il tenait mon bras. Je tentai de me dégager, mais il me serra plus fort, me traînant avec lui tandis qu'il essayait de s'enfuir.

Mais Wilkie était libre.

Et il fut sur Ogilvie avant même que ce monstre ne puisse tirer son épée. Il semblait avoir oublié ses blessures. Il n'avait qu'une chose à l'esprit : se servir des seules armes qui lui restaient — ses mains nues — pour tuer le laird.

19

Laird Ogilvie était solidement bâti et ne fut pas en reste. Il fit plusieurs tentatives pour rendre les coups, pour se dégager de Wilkie et se protéger de ses assauts. Mais Wilkie était déchaîné. Il avait été poussé au-delà de ses limites et avait soif de sang. Il causa de plus en plus de dégâts. Ogilvie faiblit dans ses efforts jusqu'à ce qu'il soit clair qu'il avait du mal à rester conscient. Mais Wilkie se fatiguait aussi. L'effet combiné de ses blessures se faisait sentir, et à présent ses poings étaient en sang, comme le reste de sa personne.

Finalement, Ritchie intervint.

— Mackenzie.

Il fallut un moment à Wilkie pour répondre ; il était toujours déterminé à *tuer.* Ses actions se ralentirent et il se tourna enfin vers Ritchie, qui lui tendait son épée.

— Epargnez-vous des difficultés.

Wilkie s'arrêta, puis prit l'épée. Il la tint sur la gorge d'Ogilvie. Les yeux tuméfiés du laird ne purent cacher sa terreur en son dernier instant. Alors, sans un mot et d'un seul coup de lame, Wilkie mit fin à sa vie.

Je tournai la tête pour ne pas voir ça. Le prêtre se tenait près de moi et se balançait légèrement d'avant en arrière en marmonnant une prière sans fin.

Wilkie s'écarta du cadavre d'Ogilvie et rendit l'épée à Ritchie. Puis il vint jusqu'à moi. J'avais envie de le toucher, mais la vue de son corps meurtri me retint de tendre la main vers lui ; je ne voulais pas lui faire mal. Finalement, il prit ma main dans la sienne, très doucement.

L'un de ses yeux était cerné d'une meurtrissure bleu-noir, sa lèvre était entaillée et saignait, ses cheveux étaient en bataille. Les couleurs qui couvraient son corps me parurent terriblement intenses : le rouge, le bleu et le noir accrochèrent toute mon attention. Mais même dans ce moment de soulagement et d'horreur, tout ce que je pouvais percevoir était sa beauté, qui m'engourdissait l'esprit.

Nous étions cloués sur place. Ensemble. Et vivants.

Et là, dans ce moment de répit après les nombreuses heures violentes et tragiques qui nous avaient presque vaincus, Wilkie m'embrassa. Le doux contact de ses lèvres sur les miennes m'emplit d'une violente bouffée de joie qui s'épanouit dans mon cœur et se déversa dans mes yeux. Il approfondit son baiser et je pus sentir le goût de son sang sur ma langue, vif et métallique, et l'absorbai de mon plein gré, voulant mêler toutes les parties de son être au mien, encore et encore, à jamais.

Mais le petit grognement de Wilkie me rappela la sévérité de ses blessures. Il avait été entaillé par une épée, de nouveau, battu avec brutalité par pas moins de sept gardes, et fouetté à plusieurs reprises par l'un des tortionnaires les plus réputés du pays. Et il n'avait pas dormi pendant au moins deux nuits. Même la nuit qui avait précédé, je me le rappelai, notre sommeil avait été interrompu régulièrement par nos échanges sensuels.

Et nous courions encore un grave danger. *Nous venions de tuer le laird de la forteresse.* Et les hommes d'Ogilvie s'entretenaient en ce moment même, et depuis un certain temps, avec laird Campbell, un rebelle avide et sans états d'âme.

Je lus dans les yeux de Wilkie qu'il avait les mêmes pensées que moi. Nous devions nous enfuir, tout de suite. Il se tourna vers Ritchie et Ronan et dit :

— Guerriers, je vous remercie de votre assistance. Je

ne l'oublierai pas, et je vous dois plus que ce que je peux vous rendre. Vous êtes les bienvenus si vous voulez profiter de la protection et de l'hospitalité du clan Mackenzie. Je serai honoré de vous compter dans nos rangs. Je dois vous demander maintenant de nous accompagner, de nous fournir des chevaux et de nous conduire jusqu'à la sortie la plus proche.

— Oui, répondit Ritchie. Ce n'est qu'une question de temps avant que Dougal n'annonce le secret de Roses à qui voudra l'entendre et, si Campbell apprend qu'elle est la fille du roi William, il ne reculera devant rien pour la prendre pour lui. Cela le mettrait en possession d'Ossian Lochs une fois pour toutes.

— Nous pouvons nous enfuir par les cuisines, dit Ronan. Par ici.

Wilkie regarda le petit prêtre, qui continuait à vaciller légèrement à la suite de tout ce qui s'était passé. Ses marmonnements se calmèrent.

— Mon père, dit Wilkie, un mariage peut-il être officiellement consommé *avant* la cérémonie ?

L'homme d'Eglise parut très troublé par la question et aurait eu grand besoin d'une bonne pinte de cervoise. Il marqua une pause, comme s'il n'avait jamais considéré ce problème particulier auparavant.

— Je… je ne crois pas, non.

— Dans ce cas, je crains de devoir insister pour que vous nous accompagniez. Je préférerais que Roses m'épouse dans un décor un peu plus romantique que celui-ci, et aussi loin que possible du cadavre d'Ogilvie. Mais si nous avons besoin de nous marier précipitamment lors de notre fuite, il faut que nous vous ayons sous la main.

Les yeux gris et larmoyants du prêtre nous contemplèrent un instant tous les deux.

— Lors de votre fuite ?

— Oui. Nous allons partir tout de suite, pour retourner à Kinloch.

Le petit homme décida de ne pas discuter avec le grand guerrier agressif qui se tenait devant lui.

— Lass ? me demanda-t-il. Est-ce là un mariage auquel vous consentiriez ?

Je regardai mon guerrier, et le mot qui suivit, je le prononçai avec tout mon cœur :

— Oui.

Muni de cette assurance, le prêtre se laissa emmener par notre groupe, conduit par Ritchie. Je connaissais le chemin. Ritchie, Ronan, Wilkie, le prêtre et moi descendîmes un étroit escalier au fond du manoir. Il menait au petit recoin situé à l'arrière de la cuisine, qui abritait les quartiers réservés aux soins médicaux.

Et là, assise à sa table, remuant une teinture médicinale qui fumait, se trouvait Ismay. Elle fut si surprise par notre soudaine apparition qu'elle en lâcha sa cuillère de bois. Cela me fit un effet très bizarre de la revoir là, maintenant. Elle fut complètement sidérée par ma brusque réapparition, et aussi par la vue du guerrier torse nu et en sang qui s'accrochait à ma main comme si c'était la seule chose qui l'empêchait de s'écrouler, même s'il était immense et terriblement viril.

Ismay se précipita vers moi et me serra contre elle dans une étreinte chaleureuse.

— Roses, j'étais si inquiète ! Je craignais pour votre vie. C'est si merveilleux de vous voir ici…

A cet instant, elle jeta un coup d'œil à ma tenue sale et très courte, et ses yeux s'élargirent.

— … et saine et sauve.

— Venez, Roses, dit Ritchie. Nous devons nous hâter. Il faut que nous nous échappions et partions à cheval nous mettre en sécurité. *Tout de suite.*

Mais le regard d'Ismay examinait rapidement les nombreuses meurtrissures et coupures souillées de Wilkie. Puis elle le contourna, et retint une exclamation en voyant les plaies profondes de son dos.

— Ismay, je te présente Wilkie Mackenzie, dis-je.

Il fit un bref signe de tête, trop absorbé par ses douleurs, sa fatigue et ses plans d'évasion pour accorder de l'importance à des politesses.

Guérisseuse dans l'âme, Ismay était trop concentrée sur les blessures de Wilkie pour faire attention à son identité ou à sa brusquerie. Elle toucha avec précaution la peau de son dos.

— Roses, nous devons traiter ceci tout de suite. Ces plaies sont profondes et souillées. Elles doivent être nettoyées, ou elles vont s'infecter.

Ses yeux croisèrent ceux de Wilkie, puis les miens.

— Comment avez-vous…

— Ismay, dit Ritchie, s'impatientant de plus en plus. Si vous voulez traiter ces blessures, faites-le en route. Nous devons sortir de la forteresse avant que les gardes et les soldats ne soient avertis de la mort d'Ogilvie.

Les yeux d'Ismay s'écarquillèrent.

— Ogilvie est *mort* ?

Je savais qu'Ismay avait été appelée plus d'une fois par laird Ogilvie dans les chambres de ses maîtresses, comme beaucoup de ses serviteurs, et ce, contre son gré. Elle avait accepté uniquement parce qu'elle jugeait plus important de garder son travail de guérisseuse, un travail auquel elle accordait du prix, et le laird le savait.

— Eh bien, alléluia ! dit-elle, ce qui fit froncer les sourcils au prêtre.

Sans tergiverser, elle attrapa un sac et se mit à jeter dedans des pots d'onguents, des bandages et autres fournitures, dont une grande bouteille de whisky qui était, je le savais, un puissant désinfectant.

— Je viens avec vous, dit-elle.

Je lui pris le bras.

— Non, Ismay. Notre vie est en péril. Ogilvie et Mumford sont morts et nous en sommes responsables. Nous sommes en fuite, et je ne veux pas vous mettre en danger.

Mais elle ne se laissa pas fléchir.

— Je souhaite quitter cette forteresse depuis un certain temps, Roses. Il ne me reste pas de famille ici et les choses n'ont plus été les mêmes depuis votre départ. En outre, le neveu du laird — l'héritier du titre — est aussi peu recommandable que son oncle. Emmenez-moi. S'il vous plaît. Les blessures de cet homme sont graves. Mais je peux le garder en vie.

Nous n'avions pas le temps de nous attarder, afin que je la convainque de renoncer à une situation qui menaçait sa vie. Elle était déjà en train de mettre sa cape et de fermer son sac de remèdes. Et secrètement, j'étais contente de savoir qu'elle serait là pour soigner Wilkie. Je n'avais pas de remèdes et Kinloch — si nous y arrivions — était à deux jours de chevauchée.

C'est ainsi que notre groupe qui comptait à présent six personnes sortit par la porte de derrière de la cuisine. Il y avait des gens, et curieux de surcroît, mais nous fîmes mine d'ignorer les regards insistants, les questions, et nous enfuîmes directement vers les écuries.

— Heureusement pour nous, dit Ritchie, la plupart des hommes sont occupés à recevoir Campbell et ses lieutenants et à essayer d'en apprendre plus sur l'agitation entourant le retour de Roses. Mais il n'y a pas de temps à perdre.

Wilkie acquiesça.

— C'est seulement une question de minutes avant qu'ils ne découvrent le sort d'Ogilvie.

Et il s'avéra que notre départ ne devait pas passer inaperçu, effectivement. Trois hommes étaient en train de s'occuper de chevaux — des chevaux qu'il nous fallait voler, et sur-le-champ.

Je remarquai que deux d'entre eux étaient déjà armés. Et l'un d'eux, voyant Wilkie, plissa les paupières d'un air belliqueux. Il me regarda, puis continua à examiner Wilkie avec hostilité.

— C'est donc vrai, dit-il. Wilkie Mackenzie est ici, tentant de réclamer une de nos servantes pour sienne.

Un deuxième parut tout aussi irrité.

— Ritchie, Ronan, pourquoi n'avez-vous pas mis cet homme sous bonne garde ? Ne devait-il pas être conduit dans les cachots ?

Ritchie, qui allait de nouveau se montrer d'une valeur inestimable pour notre cause, s'adressa aux hommes qui se tenaient entre nous et une liberté précaire. Et pendant qu'il s'efforçait de raisonner avec eux, Wilkie était déjà en train de prendre la bride d'un cheval, de le seller et de faire signe à Ismay et moi de nous approcher, d'un geste pressé.

— Soldats, dit Ritchie, Ogilvie m'a ordonné d'escorter ces gens à Kinloch. Nous aurons besoin d'emprunter vos chevaux.

C'était une histoire improbable dont nous pouvions tous voir les défauts, les gardes compris. Mais Ritchie insista et j'entendis l'un des gardes demander :

— Pourquoi ont-ils besoin d'être escortés ? Et pourquoi emmenez-vous la guérisseuse et le prêtre ?

— Ismay, dit Wilkie à voix basse, vous allez monter avec Ritchie. Vous devrez bien vous tenir. D'accord ?

Elle hocha la tête avec de grands yeux.

— Par chance, vous n'êtes pas grosses, ni l'une ni l'autre, et le prêtre non plus. Nos chevaux seront lourdement chargés, mais il n'y a rien à y faire. Roses, vous monterez avec moi. Allez, grimpez !

Il me hissa sur un cheval bien plus haut que ce dont j'avais l'habitude, mais je fus contente de sa taille : elle signifiait que ses enjambées seraient plus longues et, il fallait l'espérer, assez rapides pour distancer ceux qui pourraient nous poursuivre.

Ronan avait enfourché un autre des chevaux et Wilkie aida le prêtre à monter derrière lui. Le petit homme avait l'air de pouvoir s'évanouir à tout moment ; il serrait toujours sa bible, les articulations de sa main blanches sur le dos du livre.

— Il va nous falloir une autorisation avant que vous

puissiez partir pour Kinloch, Ritchie, protesta l'un des gardes.

Mais Ritchie était déjà en selle derrière Ismay, prenant la bride. Wilkie était assis derrière moi — et ils éperonnèrent nos montures en direction des portes.

— Attendez ! cria un garde.

— Halte ! Vous ne devez pas…

— Arrêtez-les !

Les gardes pris de confusion sortaient maintenant d'autres chevaux des écuries et les sellaient, comprenant que notre mission était en réalité une fuite.

Et Campbell et ses hommes étaient sortis du manoir, eux aussi, brandissant leurs épées et courant vers les écuries pour prendre leurs propres chevaux.

— Attrapez-les ! hurla laird Campbell, le visage aussi rouge qu'une betterave. Elle est l'enfant perdue du roi ! Je la veux !

D'autres cris de colère transpercèrent l'air tandis que nous approchions des portes.

— Laird Ogilvie est mort !

— Pourchassez-les !

— Ramenez la lass à tout prix !

Mais les deux gardes qui surveillaient les portes n'eurent pas une seule chance. Wilkie, qui s'était procuré une dague d'une manière quelconque — je supposai qu'elle appartenait à Ritchie ou à Ronan —, abattit d'un coup féroce celui qui essayait de saisir la bride de notre cheval. Le deuxième, bataillant pour fermer les lourdes portes de la forteresse, fut renversé et piétiné par le cheval de Ritchie.

Et voilà que nous étions hors des murs de la forteresse d'Ogilvie, en route au grand galop. Poursuivis par tous les guerriers du clan voulant se venger — même si, en réalité, je me demandais si leur nombre était aussi impressionnant que cela —, et par la troupe de laird Campbell et ses douze lieutenants qui donnaient libre cours à leur fureur.

J'espérais seulement que nos montures étaient de taille à distancer des bêtes tout aussi grandes, et qui ne portaient qu'un homme.

Les bras de Wilkie m'entouraient, forts et sûrs, et il poussait notre cheval à aller de plus en plus vite. J'étais réconfortée par sa proximité tandis que je m'appuyais contre lui, une main posée sur sa cuisse.

Je pouvais voir que les chevaux de Ritchie et Ronan n'étaient pas loin derrière nous.

Je jetai alors un coup d'œil derrière Wilkie. Dans le lointain, les silhouettes d'au moins *vingt* chevaux avec leurs cavaliers nous traquaient, soulevant un nuage de poussière derrière eux.

Et ils nous rattrapaient.

— Plus vite, murmurai-je, mais Wilkie n'avait pas besoin que je le lui dise.

Nos montures filaient au grand galop, mais ralentissaient déjà légèrement sous notre poids et du fait de la vitesse qu'on les forçait à conserver.

Nous étions terriblement inférieurs en nombre. J'avais l'impression terrible que si nous étions pris, cette fois il n'y aurait pas d'échappatoire. Rétrospectivement, je pensais qu'emmener le prêtre avec nous n'avait peut-être pas été la meilleure stratégie ; cela signifiait que Campbell pourrait me forcer à l'épouser sans délai. Et il saurait aussi qu'il existait un moyen sûr de me faire accepter n'importe quoi. *N'importe quoi.*

Sauver mon guerrier. Ce fut ma dernière pensée cohérente.

Wilkie était tel un forcené, frappant notre monture avec la seule cravache qu'il avait sous la main : le plat de la dague. Le cheval y répondait, certes, mais il ne pourrait tenir ce rythme endiablé beaucoup plus longtemps.

Et les autres se rapprochaient toujours de nous.

Rapidement, maintenant.

Je pouvais entendre leurs cris tandis qu'ils s'éperonnaient mutuellement.

— Attrapez-moi cette lass !

Nous approchions d'une colline, avançant à une vitesse telle que j'espérais qu'il n'y avait pas de falaises, de rochers ou de trous invisibles sur notre chemin. Mais nous ne pouvions pas ralentir. Nous devions risquer des pièges pour sauver notre vie. C'est alors que j'entendis un fort grondement, tout près et tout autour de nous. De la poussière semblait monter de tous côtés, étrangement, et le bruit était assourdissant. Des cris tournoyaient dans l'air, comme si le vent avait cueilli l'approche bruyante de nos poursuivants et l'amplifiait, l'envoyant dans toutes les directions.

J'entendis hurler Ismay et me tournai pour voir ce que je pouvais. J'aperçus juste brièvement Ritchie qui répondait au coup d'un lieutenant de Campbell avec sa propre épée, le repoussant mais seulement de justesse, car le soldat chevauchait à côté de sa monture.

Wilkie continuait à pousser son cheval et nous étions à présent presque au sommet de la colline.

Et quand nous sommes arrivés en haut, nous avons pu contempler la vue la plus magnifique et la plus stupéfiante qui pouvait frapper notre regard : l'armée des Mackenzie qui venait du nord, arrivant droit dans notre direction avec plusieurs centaines d'hommes.

20

Nous allâmes droit vers eux. Nous nous mêlâmes à eux, fûmes engloutis par les hommes du clan de Wilkie, pour être soudain immergés dans une étonnante mer de sécurité.

Et je pus voir que les hommes de Campbell étaient si près derrière nous, et si pris de court par la subite matérialisation d'une armée ennemie, que dans leur élan plusieurs d'entre eux pénétrèrent dans les rangs des Mackenzie. Alors que Wilkie faisait volter notre cheval, j'aperçus deux lieutenants de Campbell qui étaient abattus, empalés par les épées de guerriers des Mackenzie, ceux-ci ayant peut-être attaqué par pure surprise plus que par calcul.

Campbell était livide de rage et semblait presque rendu fou par ses nombreuses frustrations. Il hurlait :

— Reculez, soldats ! Reculez ! Les Mackenzie sont trop nombreux !

Il jura bruyamment à la vue de deux autres de ses hommes passés par le fer, puis répéta ses ordres d'une voix suraiguë :

— Reculez !

Les soldats restants des forces de Campbell et d'Ogilvie obéirent sans demander leur reste. Ils se retirèrent et formèrent une rangée face à la ligne de front des troupes des Mackenzie, qui maintenant faisaient halte. Au milieu de cette première ligne se tenaient laird Mackenzie, Kade et Fergus flanqués de chaque côté par deux Munro, le rouge vif de leur tartan ressortant sur la masse vert et bleu des Mackenzie.

Pendant plusieurs secondes, personne ne parla, et l'on n'entendit que les piétinements et les hennissements des chevaux.

Mais alors la voix sonore et bourrue de laird Mackenzie retentit.

— Campbell ! Vous êtes en nombre inférieur, à raison de dix contre un au moins. Vous ne pouvez pas gagner cette bataille. Je prendrais grand plaisir à vous tuer ici et maintenant. Contrairement à vous, cependant, j'accorde de la valeur à l'honneur et je vais vous donner une chance et une seule de regagner pacifiquement votre forteresse et d'y rester. Vous n'avez ni droits ni juridiction sur cette lass ou sur Ossian Lochs, et n'en aurez jamais.

La réponse de Campbell fut teintée de bile ; il n'était pas seulement un ennemi juré de laird Mackenzie, il était aussi visiblement ulcéré par la tournure inattendue prise par les événements. La déception se lisait amplement dans ses gestes.

— Je prendrais autant de plaisir que vous à venger la mort de mon père, Mackenzie.

— Oui, dit Knox. C'est pourquoi notre meilleure façon d'agir pourrait bien être de laisser leur guerre mourir avec eux. Et votre rébellion avec. La lass est l'héritière légitime d'Ossian Lochs. Nous avons déjà convoqué le roi pour qu'il confirme officiellement l'identité de son enfant perdue, Roses Stuart.

Le roi ! La pensée de le rencontrer n'était qu'une goutte d'eau dans l'océan d'émotions qui me submergeait en cet instant.

Tandis que les lairds s'adressaient l'un à l'autre, Wilkie avait ramené notre cheval jusqu'à la première ligne et s'était arrêté entre ses deux frères. Je croisai le regard de Kade. Je l'imaginai peut-être, à moitié éblouie par l'éclat de son bouclier, de son épée et de toutes ses autres armes étincelantes, mais il me sembla qu'il me faisait un clin d'œil.

Wilkie s'adressa à Campbell :

— S'il y a ne serait-ce qu'un lambeau d'honneur en vous, Campbell, vous reconnaîtrez que cette question est maintenant réglée et nous pourrons tous nous efforcer de maintenir la paix. Vous n'êtes pas l'héritier légitime d'Ossian Lochs. Acceptez-le et retournez à votre domaine — une forteresse riche et bien nantie, de surcroît. Utilisez vos énergies à prospérer parmi les vôtres. Et laissez-nous en faire autant.

Je ne pus déterminer si Campbell avait été ou non convaincu par les suggestions des Mackenzie. Quoi qu'il en soit, il était clair que ses dix gardes restants et lui, ajoutés à un pathétique petit groupe de guerriers d'Ogilvie, n'étaient pas en position de discuter la proposition de laird Mackenzie. Du moins pas ce jour-là.

Knox ajouta :

— Nous sommes désormais alliés non seulement avec les armées des Munro et des Stuart, mais aussi avec celle des Morrison. Vous n'avez aucune chance de vaincre nos forces combinées, ni maintenant ni à l'avenir. Rentrez chez vous et restez-y.

Quels que soient ses futurs plans, la rébellion de Campbell, pour le moment, ne porterait pas ses fruits. C'était aussi évident pour lui que pour le reste d'entre nous. Mais ses dernières paroles furent menaçantes.

— Ce n'est pas la dernière fois que vous me voyez, Mackenzie. Surveillez votre dos. Ceci n'est pas fini. La lass, même si elle est la fille du roi, est une enfant illégitime. Elle n'a droit à rien, et encore moins au domaine du roi dans les Highlands.

— C'est une question que le roi seul tranchera, dit laird Mackenzie.

— Nous allons vous laisser, dit Campbell avec une certaine hauteur, comme s'il nous faisait une faveur. Soldats, nous partons.

Là-dessus, les guerriers de Campbell et leurs compagnons d'Ogilvie firent volter leurs chevaux et s'éloignèrent au galop. Nous les suivîmes du regard pendant plusieurs minutes, jusqu'à ce qu'ils ne soient plus que de petits points à l'horizon.

Et ce fut ainsi que se termina la bataille.

Le soulagement me traversa comme une vague et Wilkie, lui aussi, parut presque écrasé par lui ; son grand corps musclé s'affaissa d'un coup au-dessus de moi.

Laird Mackenzie contempla son frère et moi.

— Roses. Wilkie, dit-il moins fort tandis que son armée commençait à rompre les rangs, les hommes riant et discutant de cette victoire facile.

Une tout autre conversation s'engagea, pour laquelle seuls nous quatre étaient concernés : le laird, moi, Wilkie et Kade. Et le laird me causa un choc par les paroles qu'il prononça ensuite et la légère inclinaison de sa tête.

— Fille du roi William, je vous demande votre pardon. Je ne vous croyais pas digne de mon frère et j'avais tort. J'espère que vous accepterez mes humbles excuses.

Je l'aurais arrêté plus tôt, mais j'étais presque trop abasourdie pour répondre.

— Je… Non. Il n'y a rien à pardonner, laird Mackenzie. Vous agissiez dans l'intérêt de votre famille. J'ai un grand respect pour vos motifs.

— De grâce, dit-il, appelez-moi Knox, si vous voulez bien. Vous êtes de la famille, maintenant.

Je restai coite et pus seulement hocher la tête, ouvrant de grands yeux, devant ce noble de haut rang, massif et redoutable, qui se montrait humble et repentant devant moi — et qui serait bientôt mon frère.

Le laird poursuivit d'un ton de regret :

— Si seulement vous nous aviez montré votre marque…

— Oui, intervint Kade, mais elle ignorait ce qu'elle signifiait. Wilkie a de bons instincts, à ce qu'il semble.

Wilkie, dont les blessures, l'épuisement et le soulagement s'étaient peut-être combinés pour le rendre plus bougon qu'il ne l'avait jamais été, rétorqua :

— Mes instincts concernaient le caractère de Roses et n'avaient rien à voir avec son sang royal.

Laird Mackenzie — Knox — le contempla et sourit presque. C'était bien la première fois que je le voyais sourire !

— Mackenzie ! lança-t-il à ses hommes. Nous retournons maintenant à Kinloch pour préparer l'arrivée du roi et deux mariages. Je suppose que vous aimeriez toujours que votre mariage ait lieu à Kinloch ? me demanda-t-il en se tournant vers moi.

Il avait dû remarquer la présence du prêtre dans notre groupe.

— Oui, répondis-je.

J'avais beau désirer ardemment épouser Wilkie, et le plus tôt possible, je savais qu'en réalité il était trop épuisé pour faire faire un pas de plus à son cheval, et encore moins participer à une cérémonie de noces. En outre, maintenant que c'était devenu une réalité, j'aimais l'idée d'épouser Wilkie dans une chapelle, entourée de sa famille, comme cela se devait pour un mariage.

— Laird Mackenzie, dis-je. *Knox*. Je vous prie de revenir sur votre décision et de camper ici ce soir. Wilkie a besoin de repos. Et ses blessures doivent être soignées. Si on les laisse ainsi trop longtemps, elles risquent de s'infecter. Nous avons emmené la guérisseuse des Ogilvie, Ismay, qui est très habile et connaît bien les remèdes. Ses plaies sont sévères, et il n'a pas dormi de plusieurs nuits.

Knox regarda Wilkie, voyant peut-être pour la première fois l'état de son frère, meurtri et harassé. Il jeta un coup d'œil dans la direction qu'avaient prise les Campbell et sembla décider que ma requête était raisonnable et ne comportait pas trop de risques. Je ne l'avais pas remarqué avant, non plus, mais le jour commençait à baisser ; le soleil était bas dans le ciel brumeux.

— Soit, dit le laird. Faites venir votre guérisseuse. Je vais prévenir les hommes.

Il m'adressa un autre signe de tête respectueux, puis Kade et lui démontèrent pour parler à leurs soldats des arrangements pour la nuit.

J'aperçus Ismay toujours juchée sur le cheval de Ritchie, les bras du jeune homme passés autour d'elle. Au signe de laird Mackenzie, Ritchie démonta et l'aida à descendre.

Il ne se passa pas longtemps avant que nous soyons tous rassemblés, étendant des fourrures pour dormir, pendant que l'on allumait des feux et distribuait à boire et à manger. Un groupe de messagers composé de vingt hommes fut renvoyé à Kinloch pour donner des nouvelles de notre évasion et de notre victoire. Laird Mackenzie voulut que le reste de l'armée monte la garde pour la nuit, comme mesure défensive. Ce qui me rassurait. Nous partirions à l'aube.

— Bon, dit Ismay en examinant brièvement les plaies et meurtrissures de Wilkie. Il va falloir soigner tout cela, et bien. Emmenez-le à la rivière pendant que je prépare mes remèdes. Vous pouvez l'aider à se laver, Roses. Quand ce sera fait, il faudra les nettoyer avec de l'alcool. Cela le fera pas mal souffrir, probablement, mais cela doit être fait. Nous demanderons peut-être de l'aide — il sera sans doute nécessaire de le tenir.

Wilkie la regarda.

— Ce ne sera pas utile.

Ismay ignora son commentaire, ayant soigné maintes fois des blessures aussi graves et vu les réactions des patients à certaines de ses méthodes de traitement.

— On pourrait appeler ses frères. Ensuite, je soignerai et banderai les plaies. Et nous pourrons lui faire boire plusieurs teintures qui aideront à écarter la fièvre.

Elle emplit une tasse de whisky et la tendit à Wilkie.

— Buvez, dit-elle.

— Tout ? demandai-je.

— Oui. Cela émoussera la douleur pendant que je le soignerai.

Wilkie vida la tasse.

— Voici du savon médicinal, reprit Ismay en me donnant un petit bloc marron. Il ne devrait pas trop piquer. Les soins cuisants viendront après…

J'étais inquiète de la fatigue de Wilkie, mais, quand je touchai son front, il ne me parut pas trop chaud.

— Venez avec moi, guerrier. Je vais vous aider à vous baigner.

Nous sommes descendus le long d'une légère pente, où un sentier menait à une petite plage de galets. Nous pouvions entendre les conversations dans le camp voisin, mais nous étions assez isolés par la distance et la presque obscurité pour avoir un peu d'intimité.

Je posai la bougie à l'écart de l'eau, la faisant tenir avec des pierres.

— Asseyez-vous là, dis-je en indiquant un gros rocher. Je vais vous aider à quitter vos bottes.

Il obéit, et je m'agenouillai à ses pieds pour le déchausser.

— Vous pouvez aussi bien vous baigner, pour laver toute votre saleté. Cela vous aidera à guérir plus vite et rendra les blessures plus faciles à soigner.

Quand il se leva, je délaçai ses chausses et les fis descendre le long de ses jambes pour qu'il puisse s'en débarrasser. Et lorsque je levai les yeux vers lui et commençai à me redresser… je pus voir qu'il n'était pas aussi fatigué que ce que j'avais craint.

— Vous voir à genoux devant moi est un spectacle excitant, vraiment, dit-il d'un air taquin. Venez vous baigner avec moi.

— Guerrier ! le réprimandai-je. Nous devons soigner vos blessures.

Il y avait plus dans son attitude que le fait de lutter contre la fatigue et l'excitation. Il semblait presque fâché contre moi, à présent. Avant que je n'entreprenne d'aller au fond des choses, je pris conscience d'un subtil changement entre nous : je parvenais mieux à déchiffrer ses émotions ! J'apprenais à le connaître. Certes, ses gestes brusques et son visage renfrogné n'étaient peut-être pas les sentiments les plus difficiles à percer, mais j'éprouvais néanmoins de la satisfaction à le découvrir d'une manière plus intime encore, et surtout à savoir que peut-être — peut-être — j'aurais le droit de passer le reste de mes jours à le déchiffrer et à faire tout ce qui serait en mon pouvoir pour calmer son tempérament fougueux et cultiver son bonheur.

— Je me baignerai avec vous, dis-je, si vous me dites ce que vous avez à l'esprit. Qu'ai-je fait pour vous mettre en colère ?

J'aurais pu deviner qu'il m'en voudrait d'avoir quitté Kinloch, pour commencer, de m'être mise en danger ainsi que tous les nôtres.

Wilkie entreprit de me déshabiller, et dans son état d'épuisement et de nervosité ses mains perdaient toute leur douceur, m'ôtant mes habits avec rudesse. Il me tira dans l'eau avec lui. Elle était froide, mais pas trop, après les récentes journées d'automne anormalement chaudes. Il retint une exclamation quand l'eau piqua sa peau éraflée et il plongea sous la surface, restant immergé plusieurs secondes. C'était une autre chose que je savais de lui, depuis le début : il était à l'aise dans l'eau. Il aimait nager.

Lorsqu'il reparut, il avait l'air rafraîchi, mais cette trace d'animosité pointait toujours dans ses yeux.

J'allai jusqu'à lui et tournai son dos face à moi. Avec beaucoup de précautions, je commençai à le laver avec le savon médicinal dont Ismay avait inventé la recette ; je l'avais souvent aidée à le fabriquer. Je lavai les cheveux de Wilkie, laissant l'eau savonneuse nettoyer ses blessures, et le frottai doucement pour ôter la saleté, la sueur et le sang. Son pauvre corps, meurtri et entaillé, mais si magnifiquement fait, avec de longs os gracieux et des muscles durs et sculptés qui descendaient avec fluidité jusqu'à son ventre plat.

Il était inhabituellement silencieux. Eprouvait-il des remords d'avoir tué un homme, même aussi vil qu'Ogilvie ? Cela expliquait peut-être en partie son agitation. C'est donc ce que j'ai cru, en premier. Toutefois, ce silence semblait davantage dirigé *contre moi*.

— Dites-moi, chuchotai-je.

Son silence persista jusqu'à ce que je fasse glisser le savon sur son ventre, où je savais qu'il était chatouilleux. Il se tortilla — et ce fut assez pour ouvrir les vannes de son courroux.

— *Ne me quittez jamais,* vous ai-je dit un jour, déclara-t-il, la voix sourde et chargée de reproches. Et quelle a été votre réponse à cela, Roses ? Que m'aviez-vous promis ?

Je me rappelais bien cette conversation, comme je me rappelais chaque mot qu'il m'avait dit alors.

— Je vous ai dit : « Je resterai avec vous, chaque jour et chaque nuit. »

— Et pourtant que se passe-t-il dès que l'ombre d'un doute apparaît ? demanda-t-il froidement. Vous vous enfuyez ! Tout droit dans les mains des sbires d'Ogilvie !

— Vous savez pourquoi je devais partir, objectai-je. J'interférais dans votre devoir envers votre clan. Je ne voulais pas vous placer dans cette position. Votre frère vous avait donné un ordre et je ne voulais pas compromettre votre...

— Accordez-moi une faveur, voulez-vous ? me coupa-t-il. A l'avenir, laissez-*moi* me préoccuper de mon devoir et de mon clan. Et de mon frère. Si vous ne m'aviez pas quitté si rapidement, vous auriez appris — quelques minutes plus tard à peine — qu'il y avait une autre issue à la situation, et qu'elle représentait une meilleure solution pour toutes les personnes concernées.

Je ne pouvais argumenter contre cette déclaration, mais il me vint à l'esprit qu'une des personnes concernées au moins n'était probablement *pas* satisfaite du tout de ces nouveaux arrangements : Maisie Morrison. Toutefois, je n'avais aucune envie de parler d'elle. Je m'interrogeai aussi, fugacement, à propos de Stella Morrison… Qu'éprouvait-elle, *elle,* à propos de ses soudaines fiançailles avec Kade ? On ne lui avait pas donné le choix !

— Et ce n'est pas tout ! lança-t-il, rageur, et je suspectai que les effets du whisky se faisaient sentir étant donné que ses paroles mordantes avaient un débit un peu ralenti, qui s'accroissait tandis qu'il parlait. Vous négligez — après tout ce qui s'est passé entre nous ! — de me dire que vous portez un tatouage secret. Qui se trouve justement être le sceau du roi William pour sa *maîtresse.* Cette même maîtresse qui lui a donné sa seule et unique enfant. Une enfant qu'il a cherchée pendant plus de vingt ans. L'enfant qui doit hériter *du plus grand domaine de toute l'Ecosse* !

— Je…

— Est-ce que cela vous est sorti de la tête ? Avez-vous juste *oublié* que vous étiez l'héritière d'une vaste fortune royale, qui, soit dit en passant, nous aurait offert une voie beaucoup plus paisible et moins dangereuse vers nos fiançailles — des fiançailles que je pensais que vous désiriez autant que moi ?

Il avait le souffle court, et son corps était brûlant dans l'eau fraîche.

Une larme glissa jusqu'à ma mâchoire à ces mots pleins de colère, et aussi du fait de mes regrets. Bien sûr, que j'avais eu tort de ne pas lui avoir dit et de ne pas lui avoir montré ma marque ! J'aurais dû lui faire confiance.

— *Pourquoi,* Roses ? Eclairez-moi, je vous en prie. Parce que j'ignore ce qui a pu vous passer par la tête pour me cacher tous ces secrets. Et pour *nous* abandonner quand j'étais encore en train de négocier.

Il était vrai que j'en savais très peu sur les négociations de toute sorte. Je n'avais jamais eu besoin de négocier grand-chose, avec n'importe qui. On me disait ce que je devais faire et je le faisais. C'était ma vie. Mais à présent, je commençais à comprendre que des familles — pas les Ogilvie, bien sûr ! — discutaient de cette façon-là. Ils argumentaient et faisaient des compromis. Et parfois, ils parvenaient à des solutions, ensemble. Je n'avais pas beaucoup d'expérience de ces choses-là, mais je voyais que maintenant, avec Wilkie, j'aurais besoin d'apprendre à faire mieux, en tant que son épouse.

S'il voulait toujours de moi.

J'avais lavé ses blessures avec soin. Je tournai Wilkie vers moi.

— J'ai un autre souvenir de ma petite enfance, guerrier.

J'essuyai les larmes brûlantes sur mes joues.

Sa colère se calma un peu à la vue de mes larmes, mais il ne m'avait pas pardonné, je le voyais dans ses yeux. Il attendit que je continue.

— C'était juste après mon adoption par mes parents, dis-je, et ma voix tremblait sous le coup du chagrin. J'étais malade et ma mère a consulté une des vieilles femmes du clan… C'était plus une devineresse qu'une guérisseuse. Elle était très vieille, très frêle, avec une peau ridée et des yeux qui larmoyaient. Cette vieille femme a été appelée dans notre petite maison. Elle a examiné mon corps pour trouver des signes de maladie. Elle a vu la marque. Elle a retiré ses mains comme si elle s'était brûlée. Elle a fait un bruit étrange. Et puis elle s'est mise… à glapir.

D'autres larmes brouillèrent ma vision, mais je ne les essuyai pas. Je savais qu'il y en aurait d'autres. C'était un souvenir si horrible, si effrayant, que je ne l'avais jamais raconté à personne. Jusqu'à maintenant. Rien que d'en parler me bouleversait. Ma voix était à peine plus qu'un murmure, mais je me forçai à prononcer les mots qui suivirent :

— Elle me criait après, en me pointant du doigt. Elle était horrifiée. « Sorcière ! m'a-t-elle appelée. C'est la marque des sorcières », a-t-elle hurlé. Elle a ajouté que si quiconque apprenait son existence, je serais battue, fouettée et brûlée sur un bûcher. Oui, c'est ce qu'elle a dit : que je devrais être *brûlée*. Et après cela mes parents ont tenu mon tatouage caché, soudoyant la vieille femme avec du blé et de l'orge, achetant son silence. Certains jours, nous avions faim parce que nous devions lui donner ce que nous avions. Mes parents se sont toujours assurés que j'aie à manger, alors même que parfois ils devaient s'en passer.

— Cette vieille était visiblement folle, dit Wilkie d'un ton abrupt.

Ses mots produisirent un étrange effet sur moi. J'éprouvais du soulagement, oui, et de la tristesse que ma famille ait été lésée de cette façon. La dévotion de mes parents pour moi n'avait jamais vacillé, pas une fois, malgré ma marque. Ils m'avaient protégée et avaient beaucoup sacrifié pour me garder en vie et en sécurité. En cet instant, ils me manquèrent désespérément. J'aurais tant voulu les revoir, leur raconter la vérité sur mon tatouage, les remercier et leur dire que je regrettais.

Quand il reprit la parole, la voix de Wilkie s'était adoucie. Je sanglotais, complètement démolie. Il me prit dans ses bras, appuya ma tête sur son torse et me tint contre lui.

— Vous n'avez plus besoin de vous inquiéter des divagations d'une vieille femme sénile, lass, dit-il. C'est fini, maintenant.

— *J'allais* vous le dire ! m'écriai-je. Je vous l'ai caché parce que je craignais que vous éprouviez de la répulsion pour moi, comme la vieille femme. Je voulais tellement être avec vous, et je savais que lorsque vous verriez cette marque vous pourriez me haïr et me jeter dehors…

— Je ne vous aurais *jamais* jetée dehors, Roses, et encore moins condamnée au bûcher, dit-il en levant mon visage vers lui. Vous êtes mon ange, lass. Voilà ce que vous êtes. C'est ce que vous avez toujours été et serez toujours. Je vous aime. A la folie. Ne vous l'ai-je pas prouvé, de toutes les façons que je connais ? Dites-le pour moi. Dites : « Mon guerrier m'aime jusqu'à la folie. »

Je reniflai.

— Mon guerrier m'aime.

— Non, Roses. « Mon guerrier m'aime *jusqu'à la folie*. »

Il s'arrêta et essuya mes larmes.

— Cela me fait mal de penser que vous avez porté ceci en vous toutes ces années, en plus de vos autres fardeaux. Mais c'est fini, lass. Vous êtes libre, libre de vivre votre vie comme vous étiez destinée à le faire. Je suis ici avec vous et le serai toujours, pour assurer que cela se passe ainsi. Vous n'êtes plus seule. Nous sommes deux, maintenant.

Je le tins contre moi, mon guerrier, et j'eus l'impression que mon cœur allait éclater d'amour pour lui.

— Avant que nous retournions à Kinloch, dit-il, vous allez me promettre, ici et maintenant, que vous ne me quitterez plus jamais. *Jamais*. Dites-le.

— Je promets de tout mon cœur que je ne vous quitterai plus jamais.

— Y a-t-il d'autres secrets que vous aimeriez révéler ? demanda-t-il avec insistance. Parce que j'exige de tous les connaître, maintenant.

Je le ramenai doucement vers le bord de la rivière, pensant à ses blessures et à ses soins. Nous avions un peu dérivé vers l'aval, si bien que nous devrions escalader un petit rebord pour remonter sur la berge.

— Il n'y a plus de secrets, guerrier. C'était le seul. Je le jure.

— Bon. Parce que si jamais vous brisez cette promesse, je devrai vous punir.

— Que me ferez-vous ? fis-je, mi-perplexe, mi-amusée.

— Oh ! je trouverai quelque chose de très…

Il s'interrompit alors que je faisais un mouvement pour grimper sur la rive. Ses mains se plaquèrent sur mes fesses qui, dans ma position, étaient en partie exposées à son regard. Il fit un bruit — entre un soupir de défaite et un grondement de bête.

La férocité de sa douleur et de sa colère subsistait en lui, et je fus choquée par la façon dont ses mains écartaient mon intimité, me révélant à lui. Sa bouche se posa sur moi. Sa langue se fit insistante tandis qu'il plongeait dans les recoins les plus intimes de ma personne, se glissant en moi, avant d'alterner avec la douceur de sa bouche habile. Ensuite, il se dressa au-dessus de moi. Ses mains ajustèrent ma position et la dure pression de son sexe poussa contre mes fesses.

— Guerrier, nous devrions retourner…

— Non. Pas encore.

Il y avait quelque chose de désespéré dans sa façon de me toucher, comme si avoir frôlé la mort avait fait surgir ses vulnérabilités les plus élémentaires. Il frotta son érection sur mes replis sensibles, plongeant avec ardeur en moi, puis se retirant. J'essayai de me tourner vers lui, mais il me tint en place, me montant dessus, si bien que son corps pesait lourdement sur moi et me couvrait. De nouveau, lentement, il entra en moi, puis se retira, et le vide que je ressentis à son retrait me déconcerta, tirant du plaisir et de la chaleur de ma chair tendue. Je n'avais jamais imaginé une telle position, mais il me rendait folle de désir par ses taquineries et ses promesses. Il me toucha, se servant de ses doigts pour m'ouvrir à lui, pour humecter le centre délicat de toutes mes sensations.

— Je vais vous prendre de cette façon, me chuchota-t-il à l'oreille. Il faut que je vous prenne. Maintenant. Laissez-moi faire, lass.

De nouveau, il se retira. Il me mettait à l'épreuve, jaugeant si j'étais d'accord. J'émis un petit bruit frustré et levai mes hanches vers lui, m'offrant en une invitation dévoyée à davantage de plaisir. Je fus ivre de soulagement quand il me caressa de nouveau, jouant avec moi, jusqu'à ce que je me balance encore plus contre lui pour le recevoir. Je le sentis se mettre en position, m'étirant délicieusement tandis qu'il se coulait plus loin. Puis il s'enfouit en moi d'un élan puissant. Instantanément, j'explosai sous l'effet de la pression qui m'emplissait si complètement, et de manière si exquise. Il releva mes hanches et sa main se posa à l'endroit exact où j'en avais besoin. Sa pénétration profonde et pleine de force suivait le même rythme que les caresses de ses doigts qui me faisaient fondre tandis qu'il me prenait doucement, encore et encore. Ma volupté, qui avait commencé avec son premier assaut, m'enveloppa d'une brume d'extase. Le plaisir était si vif que je devais me tortiller contre lui, bouger contre son grand corps infatigable rien que pour supporter ses excès. Il saisit mes hanches dans ses mains et s'enfonça plus profondément en moi qu'il ne l'avait jamais fait, puis resta là. Un frisson le secoua, suivi de la pulsation de son propre orgasme qui se répandait en moi. Lors de son assouvissement plein de passion, ses grognements furent teintés de douleur, presque comme s'il s'empêchait de pleurer. J'avais moi aussi les larmes aux yeux à cause de l'intensité de cette étreinte, de l'intensité de *nous deux*. Mon cœur frissonna en même temps que lui, en parfait unisson, comme si mon corps cherchait à aspirer chaque goutte de son essence.

Son poids appuyé lourdement sur moi, il fit remonter sa main le long de mon dos, écartant la masse de mes cheveux pour couvrir ma peau de baisers. Il embrassa mon tatouage, et la sensation de ses lèvres sur cet endroit secret, toujours interdit, me coupa le souffle.

— Comment parviendrai-je à survivre, Roses ? murmura-t-il près de mon oreille. J'ignore comment je supporterai tout le plaisir que vous me donnez.

Dans le lointain, j'entendis que l'on nous appelait. Le bain de Wilkie, c'était certain, avait duré plus longtemps que prévu. Je ne répondis pas tout de suite ; je flottais sur les ondes de son étreinte, qui s'attardaient.

Mais j'avais conscience qu'il avait besoin d'être soigné au plus vite. Je l'aidai à s'habiller, m'habillai moi-même et pris la bougie qui brûlait encore. Nous remontâmes jusqu'au camp par le sentier.

— Il a intérêt à être extrêmement propre ! nous gronda Ismay.

Elle avait déjà préparé le coin pour l'opération. Une

couverture était étendue près du feu et un certain nombre de fioles et de pots étaient alignés à côté de son sac. Knox et Kade se tenaient prêts, ainsi que Fergus. Cela m'inquiéta. Wilkie aurait-il si mal qu'il faudrait *trois hommes* pour le tenir ? J'espérai que la mission de Fergus était seulement de monter la garde, et non d'assister Ismay…

— Roses, vous vous asseyez là, commanda celle-ci en indiquant une fourrure qui avait été placée à une certaine distance de la zone de soins, comme si elle craignait que je puisse être une gêne plus qu'une aide.

J'en fus un peu irritée, après toutes les fois où je l'avais aidée à soigner des blessés, même si c'était pour des blessures moins graves que celles de Wilkie, il fallait bien l'avouer. Je rapprochai donc la fourrure et m'assis.

D'abord, Ismay soigna les petites coupures de Wilkie, nombreuses, et décida de recoudre l'entaille de son bras. Puis elle la banda. Dieu merci, Wilkie paraissait assez assommé par les effets du whisky ; il tressaillit à peine tandis qu'elle le recousait, alors j'espérai que ses sens étaient convenablement émoussés. J'ai bien cru qu'il allait s'endormir, même, mais ses paupières restèrent mi-closes, ses yeux fixés dans ma direction.

Ismay fit un signe de tête aux frères de Wilkie, qui placèrent leurs mains sur les épaules de ce dernier et autour de ses bras, le tenant fermement.

— Cela va juste un peu piquer, maintenant, dit-elle à Wilkie.

Et elle murmura d'un ton autoritaire à Knox et à Kade :

— Tenez bon.

Elle commença alors à verser le whisky sur la chair à vif de Wilkie. Il tressaillit violemment, luttant contre l'emprise de ses frères, grimaçant et grognant sous la brûlure de l'alcool. Mais Ismay continua jusqu'à ce qu'elle soit certaine que les blessures avaient été bien stérilisées, sans tenir compte de la réaction furieuse et sonore de son patient à ses traitements. Je n'avais jamais entendu de tels jurons de ma vie !

Et quand elle eut terminé, elle demanda à Knox et à Kade de tenir Wilkie quelques minutes encore, tandis qu'elle passait l'onguent sur les plaies et les bandait. Elle craignait peut-être les représailles !

A ce moment-là, il avait les yeux fermés et, quand ses frères le lâchèrent, il resta tranquille.

— Toujours vivant, frère ? demanda Kade d'un ton ironique, mais avec une pointe irréfutable d'inquiétude.

J'apprenais aussi à connaître les frères de Wilkie, constatai-je. Je m'étais suffisamment familiarisée avec Kade, maintenant, pour me rendre compte qu'il essayait de trouver de l'humour même dans les pires situations. C'était une qualité que je trouvais intéressante. Je ne pus m'empêcher de penser que Stella Morrison aurait fort à faire avec lui ! Certains aspects de son comportement farouche et direct étaient parfois terriblement intimidants. Mais plus je passais de temps avec lui, plus je détectais par-dessous un côté joueur et indiscipliné qui était à la fois attirant et énigmatique ; ce côté-là avait des facettes qui suggéraient un goût pour l'amusement, mais aussi la nette possibilité de dangers. Quelles étaient les impressions de Stella sur Kade, et comment réagissait-elle à la nouvelle de leur mariage imminent ? Je ne pus m'empêcher de m'interroger de nouveau.

— Oui, marmonna Wilkie des profondeurs d'un oreiller, sans paraître totalement convaincant.

— Je suis sûre qu'il va vivre, déclara Ismay. Et une bonne nuit de sommeil lui fera beaucoup de bien.

— Merci, Ismay, dis-je.

Elle sourit et rangea ses affaires.

Nous nous installâmes sous nos fourrures pour dormir près du feu. Wilkie était à côté de moi, ses couvertures nous couvrant tous les deux. Il était allongé sur le côté, face à moi. Les soldats de garde patrouillaient non loin de là tandis que les autres se préparaient à prendre quelques brèves heures de sommeil. Je ne pus m'empêcher de remarquer qu'Ismay était couchée à côté de Ritchie qui ronflait déjà légèrement, à peine visible dans le cocon de ses couvertures. Knox fixait le feu pendant que Kade buvait à une petite flasque en argent. Fergus était debout à quelque distance de là, faisant face à la nuit.

Dans ma vie, je n'avais jamais eu l'occasion de faire beaucoup pour mes compagnons, ma famille, mes amis. Mes buts à l'époque ne me permettaient pas de rêver. Je considérais à présent mon nouveau destin en tant que fille du roi William, s'il devait en être ainsi, promise à une nouvelle vie à Ossian Lochs après avoir épousé Wilkie, qui deviendrait alors de droit le nouveau laird. Cela faisait beaucoup à concevoir d'un coup. J'étais plus qu'intimidée à l'idée de rejoindre le clan Stuart et le domaine royal, comme une châtelaine récemment anoblie de ce titre, avec seulement Wilkie à mes côtés. Certes, Wilkie était tout ce dont j'avais besoin. Rien d'autre n'était essentiel à ma vie. Mais si je devais regarder au-delà, je me rendais compte qu'il pourrait y avoir bien davantage. Ritchie et Ronan nous accompagneraient. Et Fergus, le géant stoïque et silencieux dont la présence me procurait un profond sentiment de sécurité, que j'appréciais, pourrait aussi venir avec nous, peut-être. Et maintenant Ismay, également. J'étais sûre qu'elle se joindrait à nous ; elle avait déjà exprimé son intention de rester avec moi : ma seule véritable amie, et la plus fidèle dans tous les sinistres jours de ma servitude, qui m'avait toujours offert autant de réconfort que quelqu'un peut en donner dans de telles circonstances.

Je me blottis plus près contre mon guerrier, ses bras forts me serrant aussi étroitement que lors de notre première étreinte fiévreuse. Je levai les yeux vers le ciel constellé d'étoiles, écoutant dans l'obscurité les bruits légers tout autour de nous. Et tandis que mes yeux aux paupières lourdes observaient d'abord mon bien-aimé, puis, un par un, les gens regroupés autour du feu qui crépitait doucement, leur présence et leur proximité me réconfortèrent. Je fus surprise de voir que la lumière du feu était brouillée par mes larmes tandis que je prenais conscience d'une chose très nouvelle pour moi : ces gens qui m'entouraient me donnaient l'impression d'être *ma famille* — et c'est bien ce qu'ils étaient.

21

Nous fûmes reçus à bras ouverts par un clan Mackenzie soulagé et plein d'excitation. Les nouvelles qui me concernaient, ainsi que celles de l'arrivée imminente du roi et du prochain mariage, mirent tout le monde en effervescence. Et si j'avais pensé être choyée et comblée d'attentions auparavant, ce n'était rien comparé aux soins de chaque instant dont j'étais entourée maintenant ! J'étais la future épouse choisie par le très convoité et respecté Wilkie Mackenzie. J'étais aussi la fille du roi, qui allait arriver en personne à Kinloch le lendemain pour me voir par lui-même. Alors je devais être préparée avec une attention spéciale pour l'assemblée du lendemain soir, un événement qui consacrerait également le nouveau titre de laird de Wilkie et l'alliance nouvellement renforcée avec le clan Stuart.

Et comme j'étais rentrée de la bataille contre Ogilvie dans un état impossible à décrire, débraillée et poussiéreuse, une vraie vagabonde à peine vêtue et très fatiguée, il y avait beaucoup à faire !

Toute la forteresse était nettoyée, garnie de jonchées fraîches et décorée, et les quartiers de Wilkie, en particulier, semblaient envahis par des serviteurs dont le seul but était de prendre soin de nous, de nos tenues, et de faire de nous — au moins pour cette occasion — les joyaux de la couronne Mackenzie.

Les Munro resteraient pour l'assemblée. Les Morrison étaient repartis durant notre absence et reviendraient dans deux semaines, quand le mariage de Kade et Stella aurait lieu, ici, à Kinloch, un autre événement qui faisait aller bon train les spéculations au sein du clan. Et je ne pouvais m'empêcher de prêter l'oreille aux nombreuses questions que l'on se posait. Kade s'était-il sacrifié afin que Wilkie puisse m'épouser ? On savait que les deux promis s'étaient rencontrés pour la première fois juste quelques jours plus tôt, lors des festivités. C'était une demande en mariage très rapide — mais après tout Stella était considérée de loin comme la plus belle des femmes Morrison. Fallait-il y voir un coup de foudre, ou bien était-ce simplement la décision immédiate de Kade de prendre le titre de laird qui était offert, et qui avait été refusé par son frère ?

J'éprouvai une bouffée de remords pour Kade. Je priai pour qu'il ne se soit pas engagé uniquement pour libérer Wilkie de son devoir… Je suspectais que tous les yeux seraient tournés vers Kade et sa promise durant les semaines à venir et particulièrement lors du mariage. Les gens chercheraient forcément des réponses aux questions et aux rumeurs.

Wilkie m'avait dit qu'en fonction de la décision du roi, nous resterions à Kinloch jusqu'après le mariage de Kade, pour préparer notre voyage et partir ensuite pour Ossian Lochs.

J'avais envisagé la possibilité que le roi me voie, inspecte mon tatouage et déclare que je n'étais *pas* l'enfant qu'il cherchait, que ma marque n'était pas son sceau, ou qu'il avait changé d'avis à propos de sa succession. Mais en vérité, aucune de ces hypothèses ne m'emplissait d'appréhension. J'avais ce qui comptait le plus pour moi : mon guerrier, qui avait aussi profondément besoin de moi que moi de lui. Si Ossian Lochs ne devait pas être à nous, eh bien, soit, je serais tout à fait satisfaite de rester à Kinloch, aux côtés de Wilkie, pour passer notre vie ensemble. Pour moi, cela me paraissait tout aussi enviable, aussi ne pouvais-je éprouver de nervosité ou de crainte.

Effie avait pris en charge les plaies de Wilkie à la suite d'Ismay. Elle poussa bien quelques soupirs, comme si elle était fâchée qu'il ait laissé autant de mal lui être fait alors qu'elle avait pris un tel soin pour guérir ses précédentes blessures de bataille.

Et Ismay s'occupait de moi, vérifiant que je n'avais pas de meurtrissures ou de bosses qui auraient pu passer inaperçues durant les événements harassants des derniers jours. Elle me rassura aussitôt : j'étais en bonne forme et sans blessures, à part quelques muscles froissés par les longues journées de chevauchée. Sans en discuter, nous savions toutes les deux qu'elle nous accompagnerait à Ossian Lochs quand le moment viendrait — s'il venait — et j'étais profondément heureuse de sa compagnie.

Les éclats de Wilkie dus à son fort tempérament avaient été émoussés par ses souffrances, qui avaient maintenant laissé place à de l'agacement tandis que les serviteurs pullulaient sans fin autour de nous. Nous fûmes soignés, baignés — le paravent dissuadant à peine nos troupes dévouées… —, nourris, gavés de remèdes et pressés de questions, jusqu'à ce que finalement Wilkie en ait assez.

L'intensité des derniers jours, sa propre fatigue et notre statut de futurs mariés semblaient avoir accru son besoin de me protéger et il refusait de me quitter des yeux. Quand Ailie tenta de m'emmener dans l'antichambre pour essayer ma cotte pour le lendemain soir, Wilkie explosa.

— J'ai dit que Roses ne devait *pas* me quitter, aboya-t-il, et il y avait en lui une dureté qui nous fit nous arrêter net et le considérer.

Il était debout près du feu, ses pansements refaits, et vêtu uniquement de ses vêtements de dessous. Ses cheveux étaient encore humides et il tenait à la main un gobelet de cervoise qu'il vida d'un trait.

— Ailie, dis-je en étreignant légèrement celle-ci comme nous l'avions déjà fait plusieurs fois dans l'après-midi, comme les sœurs que nous étions devenues. Je pense que Wilkie a besoin de se reposer, maintenant.

Il vaudrait peut-être mieux que vous m'aidiez avec ma cotte demain matin.

Elle hocha la tête.

— Oui. Je pense que vous avez raison, Roses. A demain.

Elle fit sortir le reste des serviteurs et sourit en refermant la porte derrière elle.

Je n'allai pas tout de suite jusqu'à Wilkie — je percevais son agitation et je comprenais qu'il avait besoin d'un moment pour lui. Je m'assis sur le lit et me mis à brosser mes cheveux encore humides pour les faire briller. Quelquefois Wilkie aimait me brosser les cheveux, dans ses moments les plus doux, mais il était à des lieues de cet état d'esprit, ce soir-là. Il inclina le pichet de cervoise vers son gobelet, pour se servir une autre rasade, et jura à voix basse quand il constata qu'il était vide.

— Voulez-vous que j'aille vous chercher de la cervoise, guerrier ? demandai-je.

— Non, répondit-il d'un ton bref. Je vais y aller.

Sans me regarder, il enfila ses chausses mais pas sa chemise, et prit le pichet. Il se dirigea vers la porte. En sortant, il me dit :

— Mettez-vous au lit et attendez-moi.

La porte se referma dans un claquement.

Je ne pouvais guère le blâmer d'être fatigué, irritable, ou d'avoir soif. Je ferais ce qu'il demandait, donc, et l'attendrais. Et quand il reviendrait près de moi, je l'aiderais à se détendre et chasserais sa tension par mes baisers.

Mais il lui faudrait un certain temps pour aller jusque dans la cuisine… Pendant qu'il était parti, je pouvais bien jeter un petit coup d'œil à la cotte qu'Ailie avait préparée pour moi dans la pièce voisine, non ? Elle avait cousu une cotte de mariage, m'avait-elle dit, dans du velours blanc chiffonné. Elle était « modeste », d'après elle, mais je savais qu'en vérité c'était l'une de ses plus belles réalisations jusqu'ici. Je me doutais bien qu'elle mourait d'impatience de me voir l'essayer, pour savourer ma réaction et ajuster le vêtement si nécessaire. Ma curiosité l'emporta, je sortis du lit et allai jusqu'à la porte de l'antichambre, que j'ouvris avec précaution pour m'assurer qu'il n'y avait personne. Ce qui était le cas.

Je refermai doucement la porte derrière moi.

La cotte avait été étalée dans un fauteuil et, quand je la pris pour la tendre devant moi, je réprimai un petit cri. C'était l'une des plus belles robes que j'avais jamais vues, et de loin. La douce étoffe du corselet avait été incrustée de fils de soie, et un délicat voile de dentelle bordait l'encolure.

Je pensai que j'avais le temps. J'allais vite l'essayer, et dès maintenant — Wilkie ne serait pas de retour avant plusieurs minutes. Je savais déjà que la cotte était le choix parfait pour le lendemain soir, une occasion sans pareille où je célébrerais tout ce que ma vie était devenue et dont je n'aurais pu oser rêver.

Le contact du velours était tout simplement divin. Et il était assorti au bout de mes mèches, d'un blond presque blanc, qui tombaient en rideau dessus. La cotte m'allait à merveille, et je ne pensais pas qu'Ailie aurait à la reprendre.

Mais je ne devais pas m'attarder. Wilkie pouvait revenir d'un instant à l'autre. Et il serait alarmé de ne pas me trouver dans son lit. Il était déjà agité par la bataille, ses blessures et le voyage, et aussi par les effets de la cervoise qu'il avait consommée. Découvrir que j'étais partie le contrarierait certainement et pourrait conduire à un autre mouvement d'humeur. Mon impulsion avait peut-être été un peu téméraire, maintenant que j'y pensais. Wilkie était impulsif et, s'il me trouvait absente, je ne savais trop ce qu'il lui passerait par la tête.

Mais avant que je puisse me déshabiller, sa voix tonna de l'autre côté de la porte. Il me cherchait. Il fit violemment irruption dans l'antichambre, les muscles tendus et son épée levée. Il était si alarmé qu'il tenait son arme à quelques pouces seulement de mon visage.

Sa sauvagerie dura un moment, ses yeux fous brillaient

d'un éclat meurtrier tandis qu'il inspectait la pièce à la recherche d'agresseurs. Puis sa fureur se dissipa. Il commença à me distinguer et contempla la cotte que je portais, d'abord surpris, puis prenant son temps. Il avait le souffle court, mais se força vite à respirer plus lentement, plus calmement.

Il posa son épée par terre. Et sa rudesse disparut soudain complètement. Il me souleva dans ses bras forts et me porta jusqu'à son lit, où il me plaça avec un soin infini sous ses fourrures, s'allongeant à côté de moi, sur le ventre, pour ne pas blesser son dos flagellé.

— Je vais passer ma vie à vous chercher, Roses, dit-il doucement, en suivant un de mes sourcils du bout du doigt. Vous êtes mon ange. Mon soleil. Et vous serez bientôt mon épouse. Vous avez été volée à moi, menacée et blessée. Je vis mille morts chaque fois que j'y pense.

— Taisez-vous, maintenant, guerrier, dis-je d'une voix caressante, en posant sa tête sur la douceur de mes seins, pour le calmer. Je suis là, avec vous. Je ne vous quitterai jamais. Je suis en sécurité avec vous, pour toujours.

Je caressai ses cheveux et répétai des mots tendres, le berçant et l'apaisant. Je le serrai sur mon cœur battant toute la nuit. Je rêvai qu'il me caressait et m'éveillai juste pour le plaisir de le regarder.

Le roi devait arriver en début de soirée, pour participer à la fête de mariage. Nos noces étaient prévues pour la fin de l'après-midi. Il n'y avait plus de spéculations à propos de mon identité : j'avais été acceptée par la famille et le clan Mackenzie comme la promise de Wilkie, même sans l'assurance du roi que j'étais bien son enfant. Cela me procurait un sentiment non seulement de joie, mais aussi de paix. Je suspectais que cela avait peut-être quelque chose à voir avec les remords de Knox de m'avoir repoussée au début, comme s'il me faisait des excuses et voulait me prouver sa loyauté. Et ainsi, il honorait également la mémoire de sa mère en acceptant le choix de Wilkie. *Promettez-moi de toujours suivre votre cœur.*

Et le moment était venu.

Le clan Mackenzie se pressait dans la petite chapelle qui n'était pas assez grande pour contenir tout le monde, alors on nous conduisit à travers une foule de visages curieux et bienveillants. Je portais la cotte de velours blanc d'Ailie. Mes cheveux avaient été laissés longs et étaient ornés d'une couronne de petites roses blanches, que l'on retrouvait dans mon bouquet. Wilkie était vêtu de la tenue solennelle de son clan, avec son kilt et son épée. Il était superbe et je pouvais à peine le regarder, tant j'étais impressionnée par sa beauté fière et virile.

Le prêtre des Mackenzie officiait à l'autel. Celui des Ogilvie était là également, bien qu'on lui ait offert, m'avait-on dit, de le raccompagner au manoir d'Ogilvie avant même notre retour à Kinloch. Apparemment, il avait décidé d'assister au mariage et peut-être même de rester un peu plus longtemps.

Près du prêtre des Mackenzie se tenaient Knox, Kade, Ailie et Christie, debout. Fergus, Ritchie et Ronan étaient derrière eux, comme gardes et lieutenants nouvellement nommés.

Nous nous sommes agenouillés sur deux coussins rouges qui avaient été placés devant l'autel de bois, et la cérémonie commença.

Les paroles du prêtre semblaient flotter loin, très loin. Je n'étais concentrée que sur le visage de Wilkie et la chaleur de sa main qui enveloppait la mienne avec fermeté et tendresse à la fois. Il était illuminé par la lumière aux teintes chatoyantes qui tombait d'un vitrail placé sur le mur voisin. Des nuances rouges, orange et vertes émaillaient ses cheveux et la blancheur de sa chemise. Ses yeux bleus, qui avaient changé ma vie avant même que je le sache, dès l'instant où je les avais regardés, étaient emplis d'amour.

Et il me tirait doucement pour me mettre debout tandis qu'on nous demandait d'échanger nos consentements.

— Voulez-vous, Wil… dit le prêtre.

— Le roi ! cria un homme depuis la porte ouverte de la chapelle. Le roi est arrivé !

Tous les yeux se tournèrent vers le fond de la nef.

— Mon père, dit Wilkie, nous pouvons peut-être demander au roi d'être le témoin de notre mariage, puisqu'il est arrivé plus tôt.

— Comme vous voulez, Wilkie, répondit le prêtre.

Après quelques minutes de brouhaha et de murmures excités dans la chapelle et dehors, le roi William en personne se découpa sur le seuil, telle une apparition. Il était grand, vêtu d'une longue tunique, et sa silhouette sombre était auréolée de soleil.

Tout le monde se leva.

Le roi, suivi de près par quatre gardes armés, marcha droit vers nous. Son attention, tandis qu'il approchait, restait fixée sur mon visage et il m'observait avec un vif intérêt.

Il semblait avoir une cinquantaine d'années. Ses cheveux longs étaient châtain foncé, comme sa barbe semée de gris. Le premier détail qui me frappa en lui fut ses yeux. Leur forme, si similaire aux miens. C'était la première fois que je rencontrais quelqu'un qui m'était apparenté par le sang, et non seulement je pouvais voir la ressemblance, mais je pouvais la *sentir* comme un lien viscéral qui nous unissait.

— Mon enfant, dit-il.

Sa voix était grave et avait un timbre rocailleux que je trouvais agréable à l'oreille. Son ton était réconfortant et… paternel. Pas familier, mais d'une certaine manière gravé en moi.

Sans hésiter, mais avec douceur, il m'enveloppa de ses bras et m'étreignit d'une façon franche et affectueuse. Son étreinte me parut étonnamment revigorante et je soupirai, m'imprégnant d'une sensation inhabituelle de bien-être, de sécurité, et surtout de résolution.

— Roses, dit-il.

— Père, murmurai-je, et ce fut seulement après avoir prononcé ce mot que je me rendis compte qu'il était peut-être inapproprié…

N'aurais-je pas dû l'appeler « roi William » ou « Votre Majesté », ou tout autre terme convenant à son statut ?

Son grand sourire fit plus que me rassurer.

Au bout d'un moment, il regarda Wilkie.

— Vous êtes l'époux de Roses ? demanda-t-il.

— Oui. Presque. Wilkie Mackenzie, dit Wilkie en s'inclinant. C'est un grand honneur, Votre Majesté.

— Si vous le permettez, dit le roi — mon *père* —, j'aimerais conduire la cérémonie moi-même.

— Je vous remercie, Sire, répondit Wilkie. Nous en serions touchés et honorés.

Il avait la main sur mon épaule.

— Voudriez-vous voir le tatouage de Roses, Votre Majesté ? demanda-t-il.

— En effet, répondit le roi. Bien que je n'aie pas besoin de le voir pour savoir qu'elle est l'enfant de Sophia, ma maîtresse chérie, qui m'a quitté. Elle était aussi blonde que vous, Roses, aussi délicate et avec des yeux aussi verts. Vous lui ressemblez tant, ajouta-t-il avec mélancolie.

Wilkie dénoua les liens de ma cotte et abaissa légèrement le corselet dans mon dos pour révéler la marque. Sans se presser, le roi toucha mon tatouage, l'examinant de près.

— Oui, c'est bien le sceau que j'ai fait faire pour Sophia. Voyez la volute du *S* et le dessin des trois roses, sa fleur favorite. Je peux confirmer que vous, Roses, êtes bien l'enfant que j'avais perdue pendant tant d'années. Je suis si heureux de vous avoir retrouvée.

— Tout le plaisir est pour moi, murmurai-je.

Wilkie referma ma cotte et je me tournai face au roi.

— Votre mère était l'amour de ma vie, me dit-il. Sa beauté était stupéfiante, sa douceur presque divine. Ses cheveux blonds et ses yeux vert d'eau faisaient l'envie de tous ceux qui la rencontraient — mon épouse comprise, hélas.

Il s'arrêta, perdu un moment dans ses souvenirs.

— Sophia a été tuée par les assassins de ma femme, mais elle avait réussi auparavant à vous marquer et à vous cacher. Je n'ai cessé de vous chercher depuis.

Il s'adressa ensuite à Knox et à Wilkie :

— Aussi dois-je vous remercier, vous, les Mackenzie, de l'avoir ramenée. Votre loyauté est grandement admirable, comme l'était celle de votre père. J'ai beaucoup entendu parler de vos prouesses sur le champ de bataille. Wilkie, j'ai foi que vous m'honorerez comme nouveau laird de ma couronne des Highlands. Procédons donc à ce mariage.

Des vivats montèrent de l'assemblée. Le prêtre remit le missel de cérémonie au roi en s'inclinant, et le souverain déclara :

— Voulez-vous, Wilkie Mackenzie, prendre pour légitime épouse ma fille Roses Stuart ?

Il continua à réciter les vœux puis demanda rituellement à Wilkie de répondre.

La pression des doigts de Wilkie sur les miens augmenta.

— Moi, Wilkie Mackenzie, je vous prends, Roses Stuart, pour légitime épouse, afin de vous aimer sans condition et de vous garder à dater de ce jour, dans la santé et dans la maladie, de vous honorer et de vous chérir jusqu'à ce que la mort nous sépare.

— Moi, Roses Stuart, je vous prends, Wilkie Mackenzie, pour légitime époux…

Je priai que mes genoux me soutiennent pendant que je récitais mon propre consentement, ma voix aussi ferme et sincère qu'elle ne l'avait jamais été.

— … jusqu'à ce que la mort nous sépare.

Christie tendit une bague à Wilkie, qui me dit :

— C'était la bague de ma mère. En attendant que je puisse vous donner quelque chose spécialement fait pour vous.

Il glissa la bague à mon doigt.

Kade s'avança, tirant un couteau de sa ceinture. Wilkie, qui me regardait, lui tendit sa paume ouverte et Kade traça une petite entaille dans sa peau. Puis il se tourna vers moi, réclamant ma main. Bien que je ne m'y sois pas attendue, je n'hésitai pas et lui tendis ma paume. Il fit la même chose avec moi, puis plaça la main de Wilkie dans la mienne, paume contre paume, afin que notre sang se mélange. *Comme il l'avait déjà fait une fois.* Le roi noua une bande de tissu blanc autour de nos poignets, nous liant l'un à l'autre.

— Wilkie Mackenzie, dit-il, je suis heureux de vous accueillir dans ma famille, le clan Stuart. En tant qu'époux de ma fille, je vous confère le titre de laird d'Ossian Lochs, afin de superviser ses ressources et son armée.

Il se tourna vers moi et se pencha pour m'embrasser sur la joue.

— Roses, ma fille, enfant de ma Sophia et héritière de mon trône des Highlands, bon retour parmi nous.

Puis j'entendis mon père prononcer les mots les plus doux que j'avais jamais entendus :

— Par la grâce de notre Père tout-puissant, je vous déclare mari et femme. Vous pouvez embrasser votre épouse, Wilkie Mackenzie.

Et Wilkie ne se le fit pas dire deux fois.

Epilogue

Ossian Lochs est aussi beau qu'il est sauvage. Faisant presque deux fois la taille de Kinloch et entouré de murailles plus hautes, c'est un domaine vraiment majestueux. Une grande partie est battue par les vents et rocailleuse, mais il y a aussi de vastes étendues cultivées, splendides. J'aide à superviser les jardins et les vergers, et j'ai une équipe de tenanciers très capables qui exécutent leurs tâches avec talent et expérience.

Et Wilkie s'est adapté à son rôle de laird avec grâce et ténacité. Sa nature bouillante s'est adoucie en une attitude de chef déterminé et infatigable. Il semble avoir l'énergie de dix hommes, et ses soldats respectent non seulement ce qu'il leur apprend de bon gré, mais aussi les efforts qu'il fournit pour les guider et les entraîner un par un. Il y a eu quelques frictions dans les rangs au début, comme toujours quand un nouveau chef intervient. Mais le talent de Wilkie à l'épée est tel que tout homme qui le défiait a eu tôt fait d'implorer sa merci. Parmi ses officiers de plus haut rang se trouvent Fergus, Ritchie et Ronan, tous de formidables guerriers — et d'une loyauté sans faille. Au bout d'un certain temps, et avec un respect sincère, les hommes du clan Stuart ont juré allégeance à Wilkie, tous jusqu'au dernier. Il gouverne comme son frère Knox, et leur père avant lui : dans la justice et dans l'honneur, avec un travail acharné, des loyautés gagnées par le mérite et une authentique camaraderie.

Officiellement, nous sommes laird et lady Stuart,

mais beaucoup de ses lieutenants l'appellent simplement « Mackenzie », comme il les y autorise.

Les cicatrices de Wilkie forment une vraie carte sur son corps, et chaque jour je le soigne, je l'apaise et le guéris avec tous les remèdes que je connais.

Le soir, dans l'intimité de notre chambre, Wilkie continue à m'apprendre à lire et à écrire. Lors de ces séances, je vois un aspect différent de mon époux guerrier : un noble instruit et patient qui a voyagé, étudié et considéré des idées plus vastes que tout ce que j'aurais pu imaginer avant. Il semble apprécier de partager cette part de lui-même, et moi, captivée, je suis une élève appliquée, même si je me laisse facilement distraire par les aspects de lui que j'adore déjà et ceux que je découvre, tout aussi séduisants. Souvent, mes leçons sont abrégées pour se consacrer à des tâches… plus urgentes.

Le clan Stuart semble apprécier la nouvelle stabilité apportée par notre présence. Ils étaient las des escarmouches et des soulèvements qui ont régi leur clan et leur forteresse pendant de nombreuses années, et ils goûtent le nouveau sentiment de paix et d'accomplissement qui imprègne l'atmosphère d'Ossian Lochs à présent. Comme moi. Leurs questions, comme les miennes, ont été réglées.

Beaucoup de gens de mon clan me sont apparentés par le sang et je me réjouis de ces relations nouvelles et fascinantes. Cette histoire partagée nous unit aussi sûrement que des souvenirs.

J'ai finalement trouvé un endroit où je me sens chez moi.

Notre vie ne va pas sans menaces, étant donné que laird Campbell continue à faire valoir ses exigences persistantes, mais notre armée est forte et a de bons alliés. Et ma réapparition comme fille du roi William, qui a officiellement remis Ossian Lochs entre mes mains, a émoussé la rébellion en dehors des derniers sympathisants de Campbell. Néanmoins, Wilkie reste toujours sur ses gardes.

Ismay vient de me laisser, et j'attends Wilkie dans nos

quartiers privés. Il s'est montré cachottier et excité ces derniers temps, et dit qu'il a une surprise pour moi, qu'il me donnera ce soir. Moi aussi, j'ai une surprise pour lui, mais je le laisserai révéler la sienne le premier.

Il arrive et sa présence emplit la chambre et mon cœur, complètement et avec fougue, comme toujours. C'est le soir, juste après le crépuscule, et l'hiver va bientôt céder la place au printemps. Malgré toute sa férocité qui couve sous son nouveau calme, Wilkie est d'humeur joueuse, ce soir. Il me soulève dans ses bras et le baiser qu'il me donne est plein de jubilation et de dévotion.

Il me repose et je remarque qu'il tient quelque chose dans chaque main.

— C'est le moment de vous donner vos cadeaux, dit-il.

— En quelle occasion ? Pourquoi me faites-vous des présents ?

— C'est mon devoir, en tant que votre fidèle époux, de réaliser tous vos rêves, dit-il.

— Mes rêves se sont déjà réalisés. Vous êtes mon rêve, mon époux.

Mais il met un genou à terre devant moi et prend ma main gauche avec douceur. Il glisse une bague à mon annulaire et l'ajuste.

— Voici votre premier cadeau, dit-il. Un cadeau que vous auriez dû recevoir voilà plusieurs mois, en vérité, mais il m'a fallu du temps pour le faire faire.

La bague est en or avec une petite rose ciselée au centre, et la fleur est incrustée de nombreux petits diamants. Je retiens une exclamation devant son élégance et son luxe. Elle accroche la lumière quand je la lève pour l'admirer.

— Elle est magnifique, guerrier, dis-je dans un murmure.

— Et maintenant, votre autre cadeau.

Je proteste :

— C'est trop !

Mais il sort une pièce de tissu et me fait pivoter. Il place un bandeau sur mes yeux et l'attache. Je me surprends à sourire devant sa conduite impatiente, on croirait un petit garçon ! Il déborde d'attente.

Il me soulève aisément, me portant dans ses bras puissants. Je suis emportée dans le grand escalier de notre manoir, il me semble, puis dehors. Je sens l'air frais du soir qui annonce déjà le printemps. Les bourgeons et les plants ne tarderont pas à percer, maintenant, et je détecte l'odeur de la terre qui amorce son renouveau.

Il continue à me porter le long d'un sentier sinueux, si j'en crois ses mouvements.

— Où m'emmenez-vous, guerrier ?

Il me pose par terre et m'ôte enfin mon bandeau.

Nous sommes dans les jardins, au milieu du verger de poiriers, où se trouve une petite clairière. Et dans la clairière, à présent, se dresse une petite cabane de bois blond, éclairée de l'intérieur, si bien que des rais d'une lumière accueillante et douillette percent la nuit presque noire. D'un côté de la cabane se trouve un appentis ouvert, avec des étagères et des pots emplis de terre. Et tout près de là, il y a un puits fraîchement creusé.

Je reste coite, et Wilkie sourit largement à mon silence stupéfait. Il me prend par la main et me conduit jusqu'à la porte de la cabane. Il l'ouvre, puis referme derrière nous et une douce chaleur nous accueille. Il y a un lit couvert de fourrures, une petite cheminée en pierre dans laquelle brûle un feu crépitant, et rien d'autre.

— Voici notre retraite, dit-il, où nous pourrons nous retirer quand nous aurons besoin de paix et de tranquillité. Vous pourrez soigner vos plants de nuit, si vous le souhaitez, et manger vos poires au clair de lune quand l'envie vous en prendra.

Je suis presque submergée d'amour pour mon guerrier d'époux, qui comprend si bien mes sentiments, mes attentes. Je l'embrasse longuement. Je caresse légèrement ses cheveux et son visage en le suppliant en silence de comprendre combien il a capturé mon cœur et tout ce que je suis, plus que je ne saurais le dire.

Je remarque alors la broche émaillée de ma mère, posée sur le manteau de la cheminée, et qui brille à la lumière du feu. Je suis sidérée de la voir.

— Guerrier… Ma broche ?

— J'ai demandé qu'on aille la chercher pour vous.

Il me soulève de terre et me pose avec soin sur le lit. Il se met à déboutonner le devant de ma cotte — une nouvelle création d'Ailie, vert clair avec des boutons de nacre. (Ailie est venue en visite deux semaines plus tôt avec son fiancé, Magnus Munro.) Mes seins sont déjà plus gonflés… Wilkie va-t-il deviner mon secret avant que je le lui dise ?

— Moi aussi, j'ai une surprise, dis-je dans un murmure alors qu'il suce mes mamelons et les taquine de sa langue.

— Quelle surprise, lass ? demande-t-il d'une voix enrouée.

— Je m'en doutais depuis un petit moment, mais Ismay est venue me voir aujourd'hui et m'a confirmé que c'est bien vrai.

Il est distrait et continue à tirer sur la pointe de mes seins avec sa bouche, envoyant des ondes de chaleur dans mon corps. Il me caresse et murmure des mots tendres.

— J'adore ma femme. Je vous vénère, ma Roses. Votre corps est mon port d'attache. Vos seins sont si…

Soudain il s'arrête, tandis que mes paroles se fraient un chemin dans son esprit. Et il comprend. Il me regarde dans les yeux, et le bleu des siens est brillant et farouche, interrogateur.

— Oui, dis-je. Un enfant. A naître à l'époque des moissons.

Il s'assied et ôte ses mains, comme s'il craignait de me briser.

— Un enfant ? chuchote-t-il.

Je ris à son intense émerveillement et le ramène à moi.

— Oui, guerrier. *Notre* enfant.

Il prend mon visage entre ses mains et me regarde dans les yeux.

— C'est un miracle, lass.

— Pas un tel miracle, dis-je en souriant. Des bébés naissent tous les jours.

— Pas *notre* bébé, Roses, insiste-t-il, l'air transporté.

Si grand, si plein d'énergie, il m'enveloppe de sa chaleur qui s'insinue en moi, imprégnant mon corps de l'éclat profond et réconfortant du vrai bonheur.

— C'est la chose la plus miraculeuse sur cette Terre, dit-il. Il sera le bébé le plus chéri qui soit jamais né. Avec des cheveux d'or et des yeux verts.

— Ou des cheveux noirs et des yeux bleus, lui fais-je remarquer en partant d'un rire léger, soulagée de son excitation débordante.

J'avais craint qu'il puisse être réticent, avec notre mariage qui remontait seulement à quatre mois et notre nouvelle demeure où tant de travail restait à faire. Mais d'un autre côté, m'étais-je dit, il ne s'était certainement pas montré réticent en ce qui concernait l'acte qui pouvait donner naissance à un bébé — pas une seule fois.

— J'ai pensé à un nom, dis-je.

— Lequel ? C'est un peu tôt pour penser à des noms, vous ne croyez pas ?

— Il y en a un qui m'a sauté à l'esprit, et avec insistance, dès que j'ai été certaine de mon état.

— Quel nom ?

— Bien sûr, si vous n'êtes pas d'accord, nous pouvons…

— Dites-moi.

Wilkie devient toujours d'une curiosité impatiente quand je garde une partie de mes pensées pour moi. Je le taquine et il le sait, néanmoins il ne peut pas supporter cette petite distance entre nous.

— Je veux dire, s'il y en a un que vous préférez…

— *Roses,* dit-il sévèrement.

Je suis, comme je l'ai été si souvent auparavant, émue par sa beauté et par la façon dont je me sens comblée quand il est près de moi. Je lisse du doigt la tresse de sa tempe.

— J'ai pensé… à Mackenzie.

Il me regarde avec des yeux brillants. Il semble beaucoup aimer cette idée.

Il m'embrasse et me serre contre lui jusqu'à ce que nous soyons aussi proches que nous pouvons l'être — de nouveau, et pour toujours.

A paraître le 1er mai

Best-Sellers n°605 • suspense

La coupable parfaite - Laura Caldwell

A Chicago, une femme est accusée d'avoir empoisonné sa meilleure amie dans le but de lui ravir son mari. Aux yeux de la police, la culpabilité de la prévenue ne fait aucun doute. En revanche, pour l'intrépide et brillante avocate Izzy McNeil, qui se lance alors dans sa première affaire pénale, rien n'est moins sûr. Sa cliente a beau se montrer étrangement secrète, Izzy n'est pas du tout convaincue par la thèse du crime passionnel. A tel point qu'elle décide de mener sa propre enquête pour éclaircir les zones d'ombre et découvrir la vérité. Mais ce qui s'annonce comme l'affaire de sa carrière ne pouvait pas tomber plus mal car la vie personnelle d'Izzy est en plein chambardement : son ex-fiancé fait un retour retentissant alors même qu'elle tente de construire une nouvelle histoire d'amour.

Entre sombres secrets et passions inavouables, Izzy plonge peu à peu dans un monde où les relations aux allures inoffensives peuvent se révéler dangereuses…

Best-Sellers n°606 • suspense

Dangereux faux-semblants - Heather Graham

Pétrifiée, Madison Darvil ne peut détacher son regard de l'épaisse flaque de sang qui macule le sol. Qui rôdait cette nuit dans les sous-sols sinueux des studios de cinéma où elle travaille, et a sauvagement égorgé la belle Jenny Henderson, une jeune actrice dont la carrière était en train de décoller ? La police soupçonne le petit ami de Jenny, mais Madison, elle, refuse de croire à sa culpabilité : jamais celui qu'elle considère comme son petit frère n'aurait pu commettre un crime aussi odieux ! Parce qu'elle veut à tout prix qu'il soit innocenté, mais aussi parce qu'elle veut faire enfermer le criminel qui peut de nouveau – et à tout instant – frapper, Madison accepte d'apporter son aide à Sean Cameron, l'agent du FBI dépêché sur place. Un homme auréolé de mystère qu'elle peine à cerner… et dont la présence la trouble plus encore quand il lui révèle qu'il connaît son secret et que, comme elle, il a le pouvoir de communiquer avec les morts.

3est-Sellers n°607 • roman

_'héritage des Granger - Brenda Jackson

Des années plus tôt, Jace, Caden et Dalton Granger ont laissé derrière eux Charlottesville, la maison de leur enfance, et les terribles souvenirs qui y sont ttachés. Mais, aujourd'hui, ils sont de retour pour exaucer le dernier souhait de leur défunt grand-père : sauver l'entreprise dans laquelle des générations de Granger ont mis toute leur énergie et leur passion.

Lorsqu'il découvre que *Granger Aeronotics*, qu'il a toujours connue florissante et à la pointe du progrès, est aujourd'hui au bord de la faillite, Jace n'a qu'une envie : claquer la porte et retourner à la vie qu'il s'est construite loin de Charlottesville. Hélas, comment le pourrait-il alors qu'il a solennellement juré à son grand-père, sur son lit de mort, de reprendre les rênes de l'entreprise familiale ? S'il veut sauver *Granger Aeronotics* et démasquer le traître qui a vendu certains de leurs secrets de fabrication à leur plus grand concurrent, Jace n'a qu'une solution : faire appel à Shana Bradford, la meilleure consultante de la ville.

Mais à peine pose-t-il les yeux sur la jeune femme qu'il pressent que cette collaboration sera bien plus difficile qu'il ne l'avait envisagé. Comment consacrer toute son énergie à sauver *Granger Aeronotics*, comme la situation l'exige, alors que les formes pulpeuses, la voix douce et le regard lumineux de Shana l'obsèdent jour et nuit ?

3est-Sellers n°608 • historique

_a scandaleuse - Nicola Cornick

Londres, Régence

Susanna, en chair et en os ? Impossible ! Et pourtant… James Devlin, stupéfait, doit se rendre à l'évidence : c'est bien sa première épouse qui rit et danse avec insouciance au bal le plus prisé de la saison, et qui fait mine de ne pas le reconnaître ! Comment Susanna ose-t-elle réapparaître ainsi comme si de rien n'était, après avoir disparu sans laisser de traces, neuf ans plus tôt, au lendemain de leur nuit de noces ? Et comment peut-elle croire que se présenter sous un faux nom suffirait à le tromper, lui ?

Alors que la colère le submerge avec la même force qu'autrefois, James se jure que Susanna ne quittera pas ces lieux sans lui avoir donné l'explication qu'il attend depuis neuf ans. Ni sans lui avoir avoué ce qu'elle fait aujourd'hui au bras de l'un des célibataires les plus en vue de Londres. Car même s'il refuse de se l'avouer, il ne peut supporter l'idée que Susanna soit à un autre homme que lui…

Composé et édité par les

éditions HARLEQUIN

Achevé d'imprimer en février 2014

BRODARD & TAUPIN

La Flèche

Dépôt légal : mars 2014

Imprimé en France